BASTEI
LÜBBE

KONSALIK

Die Bucht der schwarzen Perlen

Roman

BASTEI LÜBBE

BASTEI LÜBBE TASCHENBUCH
Band 25619

Vollständige Taschenbuchausgabe

Bastei Lübbe Taschenbücher ist ein Imprint
der Verlagsgruppe Lübbe

Lizenzausgabe: Verlagsgruppe Lübbe GmbH & Co. KG,
Bergisch Gladbach
Einbandgestaltung: Tanja Diekmann
Titelfoto: Premium
Satz: hanseatenSatz-bremen, Bremen
Druck und Verarbeitung: Cox & Wyman Ltd.
Printed in Great Britain
ISBN 3-404-25619-0

Sie finden uns im Internet unter
http://www.luebbe.de

Der Preis dieses Bandes versteht sich einschließlich
der gesetzlichen Mehrwertsteuer.

1

Das ist also deine Auffassung von Glück, dachte er und verschränkte die Arme hinter dem Kopf. Da liegst du nun auf den von der Tropensonne ausgebleichten Planken eines alten Motorkahns, um dich der Stille Ozean, und genießt die sogenannte Freiheit. Das hast du dir immer gewünscht, nicht wahr, du Spinner Ron Edwards, der einmal Rudolf Eduard Hamacher hieß, in Köln geboren wurde und es bis zum Abteilungsleiter einer großen Bank gebracht hat. Er war Abteilungsleiter für Kredite und Darlehen gewesen, hatte Lohnabrechnungen geprüft, Sicherheiten zusammengestellt, Konditionen ausgehandelt und Zinsfestschreibungen festgesetzt – bis ihn das alles anwiderte und er seine Kündigung einreichte.

Bankdirektor Johannes Vielig von der Zentrale ließ ihn kommen, bot ihm Kaffee und eine Zigarette an und fragte dann ohne Einleitung: »Herr Hamacher, sind Sie verrückt geworden?«

»Vielleicht.« Er hatte damals so selbstsicher gelächelt wie einer, der im Lotto Millionen gewonnen hat und nun keine Existenzangst mehr kennt. »Aber ich fühle mich jetzt, nach der Kündigung, sehr wohl ...«

»Noch habe ich nicht zugestimmt!« sagte Vielig mahnend.

»Eine Formsache, denke ich.« Hamacher trank einen Schluck Kaffee. »Angenommen, Sie nehmen die Kündigung nicht an – was geschieht dann? Ich bleibe einfach weg – das ist alles. Darauf werfen Sie mich raus. Das Endergebnis ist also das gleiche: Kündigung. Nur etwas lautstärker, wo man doch alles so still regeln könnte.«

»Warum wollen Sie uns verlassen, Hamacher?« Direktor Vielig steckte sich nervös eine Zigarre an. Er brauchte ein so intensives Raucherlebnis, vor allem wenn er erregt war. Seine Mitarbeiter sagten: Der Chef hält sich an der Zigarre fest. Und Vielig war jetzt sehr erregt, wenn er es auch zu verbergen suchte. Trotz angestrengten Nachdenkens hatte er keinen Grund gefunden, der Hamacher zu einer Kündigung veranlassen konnte. Hamacher war jetzt zweiunddreißig Jahre alt und hatte in der Bank eine schnelle Karriere gemacht. In diesem Alter schon Abteilungsleiter für Kreditwesen – das bewies Kompetenz und überdurchschnittliche Begabung.

»Haben Sie ein besseres Angebot bekommen?« wollte Vielig wissen.

»Von wem?«

»Das gerade möchte ich von Ihnen hören. Nennen Sie mir keinen Namen, ich weiß, das wäre ein Vertrauensbruch, und den traue ich Ihnen wirklich nicht zu. Nennen Sie mir nur die Summe, die man Ihnen geboten hat. Das genügt mir schon.«

»Es gibt kein Angebot, Herr Direktor.«

»Was sonst hat Sie bewogen, so überraschend zu kündigen?«

»Ich will weg, ganz einfach weg! Von der Bank, von dieser Stadt, von meinem bisherigen Leben . . .«

»Aha! Ein Aussteiger!« Vielig räusperte sich, saugte an seiner Zigarre und blies eine mächtige Rauchwolke gegen die Decke. »Hat dieser idiotische Virus auch Sie erfaßt? Alles hinschmeißen und eventuell als Bananenpflücker in Honduras arbeiten . . . Das ist doch Blödsinn!«

»Vielleicht.« Hamacher hatte seinen Vorgesetzten angelächelt. »Auch Bananenpflücker müssen sein . . . schade, wenn gerade die Banane im Obstsalat fehlen würde.«

»Nun reden wir mal ernst, Hamacher.« Vielig hüllte sich wieder in dichte Rauchwolken. »Das sollten Sie noch gar nicht wissen, erst zum Jahresende, aber unter den gegebenen Umständen sage ich es jetzt schon: Im Mai wird der Direktorposten in der Filiale Euskirchen frei. Dafür hatte ich Sie ausersehen. Und nun setzen Sie mir den Stuhl vor die Tür! Hamacher, Mensch ... Aussteigen ist doch ein Irrsinn! Hier sind Sie wer, haben eine sichere Position, sind eine geachtete Persönlichkeit ... was wollen Sie denn noch mehr?«

»Freiheit! Absolute Unabhängigkeit!«

»Mein Gott, was verstehen Sie darunter? Sie leben in einer freiheitlichen Welt, in einem freien Staat, sind ein freier Mensch in einer musterhaften Demokratie ...«

»... aber ich habe über mir Sie, dann den Generaldirektor, dann die Bankenaufsichtsbehörde – überall muß ich buckeln.«

»Ich habe noch nie etwas Derartiges von Ihnen verlangt!« sagte Vielig geradezu entsetzt. »Hamacher, ich glaube fast, Sie sind krank.«

»Ja. Krank vor Sehnsucht nach der völligen Freiheit. Ich möchte morgen in Shanghai sein, zwei Tage später in Manila, nächste Woche am Strand von Waikiki liegen ... kann ich das?«

»Das ist doch nicht das wahre Leben! Das ist alles irreal!«

»Für Millionen Menschen vielleicht, nicht für mich. Vielleicht bin ich wirklich verrückt, aber ich fühle mich wohl dabei.«

»Und Ihre Verlobte – was sagt die dazu?«

»Von Barbara habe ich mich getrennt. Vor zwei Wochen bereits. Meine Wohnung habe ich gekündigt, meine Möbel und alles drumherum wird am kommenden Montag en bloc verkauft. Herr Vielig, ich habe in den letzten Jahren gut verdient, zudem die günstige Aktienlage ausgenutzt, billig gekauft und teuer wiederverkauft. Ich habe genug Kapital angesammelt, um in diese enge Welt zurückzukehren, wenn sich die absolute Freiheit auch nur als ein Hirngespinst erweisen sollte, wenn ich sehe, daß Erwartung und Wirklichkeit sich nicht vereinen lassen. Aber erst muß ich raus aus diesem Alltagsmief. Jeder Mensch ist anders, Gott sei Dank, und ich bin nun mal extrem freiheitsliebend. Und mit meinen zweiunddreißig Jahren bin ich auch nicht mehr umzuerziehen, aber jung genug, ein anderes Leben zu versuchen.«

»Sie sind ein verkappter Abenteurer, nicht wahr? Und nun lockt Sie das Unbekannte, die Fremde.« Direktor Vielig sog zweimal hintereinander an seiner Zigarre, blies heftig den Rauch aus.

»Vielleicht . . .«, gab Hamacher zu.

»Ich sehe, es hat keinen Sinn, mit Ihnen vernünftig zu reden. Reisende soll man nicht aufhalten. Lieber Himmel, da ist ein Mann, dem sich eine glänzende Zukunft bietet, und was tut er? Er geht in die Wüste!« Direktor Vielig sah Rudolf Hamacher abschätzend an. »Und Sie glauben, daß Sie für dieses dämliche Abenteuer fit genug sind?«

»Ja. Im letzten Urlaub habe ich ein Überlebenstraining absolviert. Ich habe ein Motorboot-Patent, besitze den Führerschein aller Klassen, habe mich ärztlich durchchekken lassen mit allem, was dazugehört: Computer-Tomographie, Ultraschall und Doppler. Ergebnis: Ich bin direkt unanständig gesund! Außerdem habe ich einen Kung-Fu-Lehrgang gemacht, kann schießen und mit Pfeil und Bogen umgehen. Ich kann schwimmen, tauchen und Fallschirm springen, mit allen Waffen umgehen und Messer werfen.«

»Ein Abteilungsleiter muß ja 'ne Menge Zeit haben«, stellte Vielig sarkastisch fest. Er stand auf und reichte dem Jüngeren die Hand. »Erwarten Sie nicht, daß ich Ihnen Glück wünsche zu diesem Irrsinn. Aber ich möchte doch, daß wir uns wiedersehen, wenn Ihnen Ihre absolute Freiheit mal leid geworden ist.«

Ja, so war das damals gewesen. Und dann die erste Station: USA Texas. Auf einer Farm. Knochenarbeit. Und reiten mußte er lernen, obgleich er in Köln Reitunterricht genommen hatte. Es ist aber etwas anderes, einen jungen Bullen aus der Herde herauszufangen als im Stadtwald von Köln elegant über die Reitwege zu traben oder einen Galopp über die Jahnwiese zu absolvieren.

Hier in Texas, in der kleinen Stadt Ebony, hatte er sich auch für siebenhundert Dollar einen Paß auf den Namen Ron Edwards verschafft und damit für immer den Namen Hamacher gelöscht. Den Abteilungsleiter für das Kreditwesen gab es nicht mehr, er war aus seinem bisherigen Leben verschwunden.

Texas ... dann San Francisco ... hinüber nach Hawaii ... weiter nach Samoa und Palau ... Papua, Neuguinea lockte ... Von dort war er nach Australien gegangen, wo er ein Jahr blieb und im Outback, der roten Wüste mitten im Kontinent, Känguruhs und wilde Kamele jagte, bei den Aboriginals, den Ureinwohnern, auf der Erde schlief und von einem Medizinmann lernte, wie man aus ausgekochten Schlangenköpfen eine Heilsalbe herstellt.

Ja, und nun Tonga, das letzte Königreich der Südsee, mit seinem fast vier Zentner schweren König Taufa'ahau Tupou IV., der Tränen in die Augen bekam, wenn er deutsche Volkslieder hörte oder eine Sinfonie von Beethoven. Tonga mit seinen unzähligen Inseln und der blitzsauberen Hauptstadt Nuku'alofa, in der es kein Hochhaus gibt, denn alle Gebäude sind nur zwei Stockwerke hoch, selbst der Königspalast mit seinem rotleuchtenden Dach und dem kleinen Türmchen.

Nur zwei Gebäude haben drei Stockwerke, und sie sind eine absolute Ausnahme und die höchsten Bauten von Nuku'alofa: das neugebaute, langgestreckte Hospital, ausgerüstet mit den modernsten Geräten, vor allem deutscher Hersteller, und das Hotel *Date-line,* das beste von Tonga, mit einem Hauch von internationalem Flair.

Als Ron Edwards mit dem Frachter *Debby Burger* in Nuku'alofa frühmorgens landete und an der Yellow Pier Jetty an Land ging, kam er aus Neuseeland und kam sich, nach eigener Aussage, sehr beschissen vor. Zum erstenmal seit drei Jahren hatte er mit dem Gedanken gespielt, von Auckland aus an seine Bank in Köln zu telegrafieren und um so viel Geld zu bitten, daß er mit dem nächsten Flugzeug zurückfliegen konnte. Erster Klasse, mit drei Menüs, Champagner, Whisky oder Wodka, Schlafsessel und Kopfhörer mit sechs Programmen, einem Videofilm auf der Bordleinwand und betreut von zauberhaften Stewardessen, jede eine polynesische Schönheit.

Auf Neuseeland, das er ein »Land wie Samt und Seide« nannte und wo er fast bereit gewesen wäre, wieder seßhaft zu werden, war ihm etwas zugestoßen, das ihn beinahe aus der Bahn geworfen hätte.

Natürlich war eine Frau daran schuld – wie konnte es anders sein? Eileen hieß sie, Eileen Marchand, Tochter eines der größten Schaffarmer auf Neuseeland. Siebzig Millionen Schafe gibt es auf Neuseeland, und ausgerechnet bei einem Mann, dem davon genau 203 405 Schafe gehörten, fand Ron Arbeit und lernte das Schafscheren

Er war kein schneller Scherer, der Weltmeister im Schafscheren schaffte es in knapp einer Minute, so ein dickwolliges Tier völlig nackt wieder laufen zu lassen, und damit konnte sich Ron nicht messen. Aber er tat seine Arbeit gut, vertrug sich mit den anderen Farmarbeitern und sang abends Lieder zur Gitarre. Direkt romantisch war es: das flackernde und funkensprühende Lagerfeuer, um sie herum die samtlaue Nacht, der Mond, der auf dem Kopf stand, das weite, hügelige Land mit seinen Baum- und Buschgruppen, das an die Toskana erinnerte. Hier konnte man leben, weit, weit weg von allen europäischen oder deutschen Problemen, die von hier betrachtet so winzig und unwichtig waren, daß die Zeitungen sie nur am Rande erwähnten. Wen kümmerte es hier, daß ein Politiker einen anderen Politiker beschimpfte . . . in Deutschland wäre es eine balkendicke Schlagzeile gewesen. Die Welt war weit und schön – das war's, was Ron immer gesucht hatte!

Und so, am Lagerfeuer auf seiner Gitarre spielend und mit einer angenehmen Stimme singend, sah ihn Eileen zum ersten Mal. Sie lehnte sich an einen Baum, wartete das Ende des Songs ab und klatschte dann in die Hände.

»Bravo!« rief sie, noch vom Schatten des Baumes verdeckt. »Das klingt besser als im Radio oder Fernsehen. Sie sollten mal im Sender Auckland vorsingen.«

»Der Gedanke wäre schrecklich!« rief Ron zurück.

»Warum?«

»Dann könnte ich nicht mehr so leger herumlaufen mit Hose, Hemd und Halstuch.«

»Ist das Ihr ganzes Vergnügen?«

»Zur Zeit – ja! Andere Freuden haben sich noch nicht ergeben.«

»Halt's Maul«, flüsterte ein Schafscherer neben ihm. »Das ist die Tochter des Chefs! Verlobt mit einem Architekten. Bring dich nicht in Schwierigkeiten.«

Eileen trat in den Feuerschein, und sie kam ihm wie ein Engel vor, der vom Nachthimmel niedergeschwebt war. Ron ließ auf seiner Gitarre einen vollen Akkord erklingen, sprang auf und verbeugte sich.

Obgleich er spürte, daß sein Nebenmann ihm in die Wade trat, sagte er: »Wer hätte das gedacht! Für Sie würde ich Halstuch, Hemd und Hose gern ausziehen.«

Ihr Lachen war hell und aufreizend zugleich. Umgeben vom flackernden Schein des Lagerfeuers schien ihr Körper selbst eine große Flamme zu sein. Ron Edwards stützte sich auf seine Gitarre und hielt dem Blick ihrer glitzernden blauen Augen stand.

»Singen Sie noch einmal . . . bitte«, sagte sie.

»Ein Liebeslied?«

»Was Sie wollen. Ich möchte nur Ihre Stimme hören.«

So fing es also mit Ron und Eileen an. Und auch die Reihenfolge stimmte: Erst löste sie sein Halstuch, dann zog sie ihm das Hemd über den Kopf, und in ihrem

Schlafzimmer, in einem Spitzentrakt der Villa, befreite sie ihn vom Rest seiner Kleidung.

Herrliche Wochen verbrachten sie miteinander. Es war ein Rauschzustand, ein Himmelsjauchzen und eine selige Müdigkeit, ein warmer Strom von Körper zu Körper und ein Einschlafen in leidenschaftlicher Umklammerung.

Ron Edwards beschloß sogar, in Neuseeland zu bleiben, ein neues bürgerliches Leben zu beginnen und die Jagd nach der absoluten Freiheit einzustellen – Eileen zuliebe Sie hatte ihn verzaubert, und wenn er sie geliebt hatte und ihre zärtlichen Finger über seine Haut streichelten, fragte er sich immer wieder: Junge, was ist nur mit dir geschehen? Verwandelt bist du ... aus einem Wolf ist ein kleiner Hund geworden, der seinen Kopf in den Schoß seiner Herrin drückt.

Bis Stan Wilson kam. Stan, der Architekt aus Wellington. Stan, der Verlobte.

Er kam plötzlich, unangemeldet, hatte natürlich einen Schlüssel zu Eileens Wohnung und betrat das Schlafzimmer, als beide nackt auf dem Bett lagen und eine Beruhigungszigarette rauchten. Auf Eileens Nachttisch standen zwei Gläser und eine Flasche Champagner.

Stan Wilson war ein Gentleman. Er tobte nicht, stürzte sich nicht auf das Liebespaar, sondern trat nur an das Bett heran.

»Er hat dich vergewaltigt, nicht wahr?« fragte er und zog dabei eine Pistole aus dem Hosengürtel. »Und du konntest dich nicht wehren! Ist es so?«

»Ja, Stan. So war es.« Eileens Stimme klang heiser, aber die Worte waren deutlich zu verstehen. Ron, an ihrer Seite, fühlte sich plötzlich wie gelähmt. »Bitte, steck die Waffe weg«, bat Eileen ihren Verlobten.

Stan gehorchte, schob die Pistole wieder in den Hosenbund und winkte Ron zu. »Kommen Sie aus dem Bett, Sie Dreckskerl!« sagte er dabei, ebenso ruhig wie vorher. »Wir gehen in den Garten und sprechen von Mann zu Mann darüber. Nein, ich werde Sie nicht erschießen. Eine Patrone kostet sechzig Cent . . . und die sind Sie nicht wert! Ich warte draußen.«

Stan Wilson verließ die Wohnung, und Ron zog sich an, ohne auch nur noch einen Blick auf Eileen zu werfen.

Sie machte den Versuch, etwas zu sagen, aber er drehte ihr den Rücken zu, verknotete sein Halstuch und ging wortlos hinaus.

Im Garten lief Stan Wilson unruhig hin und her. Als er Ron aus dem Haus treten sah, zog er die Jacke aus und warf sie über einen Ast.

»Wenn Sie kein Feigling sind, machen wir das jetzt unter uns aus. Und dann verschwinden Sie für immer!«

Es waren für lange Zeit die letzten klaren Worte, die Stan Wilson sprach. Wenn ein Gegner Kung-Fu beherrscht und man selbst nur seine Fäuste einsetzen kann, ist ein Zweikampf sinnlos.

Stan merkte es, als ihn der erste Tritt voll an der Brust traf und er sich mehrmals überschlug, ehe er zu Boden ging. Ein Schmetterlingsschlag von zwei Handkanten lähmte seine Arme, er hörte die Oberarmknochen brechen, und als er das zweitemal versuchte, hochzukommen, traf ihn eine Schuhspitze genau auf die Kinnspitze. Mit dem Gefühl, sein Kopf sei explodiert, fiel er in Bewußtlosigkeit.

Noch in dieser Nacht machte sich Ron Edwards auf den Weg nach Auckland, mit einem Motorrad, das dem Schafscherer Phips gehörte. Im Hafen band er einen Zettel mit Phips' Namen und Adresse an den Lenker und schrieb dazu: »*Fluch ruhig, aber verzeih mir. Ich konnte nicht anders. Leb wohl, Phips, wir sehen uns nie wieder.*«

Auf dem Frachter *Debby Burger* fand er einen Job als Küchenhilfe. Er erhielt keinen Cent Lohn, nur das Essen war frei und das Schlafen in einer Hängematte zwischen den Ladebäumen.

Als der Frachter den Hafen von Auckland verließ und

Rons Traum Neuseeland im Morgendunst verschwand, schwor sich der Mann, nie mehr, nie wieder im Schoß einer Frau seine Freiheit aufzugeben. Und den bohrenden Gedanken, nach Köln zu telegrafieren und zurückzukehren in die Enge seiner Heimat, nannte er jetzt eine Verrücktheit, die ihn nicht ein zweitesmal überkommen sollte.

Tonga!

Ja, nun war er auf Tonga, hatte sich von der Crew des Frachters verabschiedet und bummelte ziellos durch die Straßen der Stadt. Im Tonga-Hua Chinese Restaurant trank er ein sündhaft teures Bier und aß eine Portion Hühnerfleisch mit Glasnudeln und Schwammpilzen. Später ging er die Hauptstraße, die Taufa'ahau Road hinunter, blieb vor dem deutschen Konsulat stehen und betrachtete das ovale Staatsschild. Darauf betrat er die eigenwillig gebaute Catholic Basilica, setze sich in eine Bank und sagte leise zu sich:

»Was nun? Jetzt bist du in einem der letzten Paradiese der Südsee, ein Flüchtling, der einen ehrenhaften Mann vielleicht zum Krüppel geschlagen hat, sitzt in einer Kirche, was früher nie vorgekommen wäre, und fühlst dich saumäßig. Die absolute Freiheit . . . was ist das? Wo ist sie? O Scheiße!« Und dann verbeugte er sich vor der Statue der Maria mit dem Jesuskind im Arm und sagte lauter: »Verzeihung, meine Dame, ich hätte mich wohl besser draußen abreagiert.«

Bis zum frühen Abend besichtigte er die Stadt Nuku'alofa. Er sah dem Fußballspiel von zwei Schülermannschaften der Tupo High School zu, wanderte bis zum Friedhof und staunte über die Gräber, die mit in die Erde gesteckten Flaschen umrahmt waren, als lägen hier Tausende von Säufern. Dann sah er sich die pompösen Königsgräber an der Laifone Road an. Als es dämmerte, fragte er im Tonga Visitors Bureau an der Vuna Road, gleich dem Meer gegenüber, wo man ein gutes, aber billiges Zimmer bekommen könnte.

Die hübsche, schwarzäugige Tongalesin hinter dem Tresen musterte Ron mit interessiertem Blick. Ein kräftiger, junger blonder Mann ist immer eine Augenweide für eine polynesische Frau.

»Gerade angekommen?« fragte sie in einem singenden Englisch. Es klang wie das Zwitschern eines großen Vogels. »Tourist?«

»Wie man's nimmt, meine Schöne. Ein paar Tage möchte ich schon auf Tongatapu bleiben. Wo ist ein Zimmer frei?«

»Überall! Wo Sie wollen, Sir.«

»Was empfehlen Sie mir!«

»Billig und doch gut?«

»So ist es, Glutäuglein.«

Das Mädchen straffte sich, rückte seine Reize ins rechte Licht und tat so, als dächte es angestrengt nach. Halt dich zurück, Junge, ermahnte sich Ron. Für dich sind Weiber jetzt neutrale Wesen. Keine neuen Komplikationen, bloß das nicht. Gib dir keine Mühe, Kleine, ich bin nicht interessiert.

»Vielleicht das Kimiko Guest House?« sagte sie plötzlich. »Es liegt ganz in der Nähe an der Yellow Pier Jetty vorbei . . . direkt an der Uferstraße. Soll ich mal nachfragen?«

Es war glücklicherweise ein Zimmer frei, mit Meerblick sogar. Es war ein heller, aber kärglich möblierter Raum, doch er hatte ein gutes Bett und eine leise summende Klimaanlage. Das Zimmer kostete pro Nacht 12 Pa'anga, und Ron rechnete aus, daß dies nach deutschem Geld rund dreißig Mark waren.

»Okay!« sagte er und nickte dem Geschäftsführer zu. »Und was kostet ein Abendessen?«

»Ab sechs Pa'anga, Sir, können Sie hier essen.«

Also leben wir jeden zweiten Tag nur von Früchten, dachte Ron. Die Südsee ist ein teures Paradies für einen Europäer.

Drei Tage wohnte Ron bei Kimiko, ließ sich mit den fröhlichen dreirädrigen offenen Taxen, die man Ve'etolu nannte, kreuz und quer über die Insel fahren, zu den Korallenriffen und zum Oholei-Strand, zu den Terrassengräbern und dem Baum des Captain Cook. Er versuchte vergeblich, den hochragenden Mormonentempel bei Liahona zu betreten und sah dem sprühenden Schauspiel an den Blow Holes zu, wo das Meer durch die Felsen blies und Fontänen erzeugte. Im Wald der »Fliegenden Füchse« bei Kolovai, wie man hier die Fledermäuse nannte, saß er auf einem Baumstamm und sah den flatternden Schwärmen zu, wenn sie, durch Böllerschüsse aufgeschreckt, einer zerplatzenden Wolke gleich durch den Wald zogen.

Am vierten Tag erhielt Ron Besuch. Nein, nicht von dem Mädchen vom Touristikbüro, sondern von einem Offizier des Immigration Office. Ron saß in einem Korbsessel im Garten seines Hotels, als der Uniformierte höflich grüßend an ihn herantrat.

Er stellte sich mit einem unaussprechlichen Namen vor und setzte sich dann Ron gegenüber in einen anderen Korbsessel.

»Sir«, sagte er mit großer Zurückhaltung, »es handelt sich nur um eine Formsache. Sie sind mit der Crew der *Debby Burger* an Land gekommen, nicht wahr?«

»So ist es, Officer.«

»Aber die *Debby Burger* ist seit zwei Tagen wieder auf See.«.

»Auch das ist mir bekannt.«

»Doch Sie sind noch an Land, bei uns.« Der Offizier räusperte sich. »Nach unseren Gesetzen muß jeder Reisende, der Tonga besucht, im Besitz einer bezahlten Rückpassage oder einer weiterführenden Passage sein. Außerdem hat er ausreichende Geldmittel für seinen Aufenthalt vorzuweisen. Einen gültigen Paß haben Sie sicherlich.«

»Alles, was Sie wünschen, Officer. Nur eins nicht: eine Fahrkarte nach irgendwohin.«

»Das ist schlecht, Sir. Sehr schlecht.« Der Offizier machte ein sorgenvolles Gesicht, er behielt seine Höflichkeit bei. »Was wollen Sie auf Tongatapu? Wann verlassen Sie uns wieder – und womit? Mit dem Flugzeug? Sie können von unserem Flugplatz bei Fua'amotu viermal wöchentlich nach Auckland fliegen.«

»Von da komme ich gerade her, Officer.«

»Dreimal wöchentlich geht es nach Pago Pago auf Amerikanisch-Samoa, und täglich fliegen wir nach Suva auf Fidschi.«

»Sie wollen mich also loswerden, Officer?«

»Ich möchte Ihnen keine Schwierigkeiten bereiten, Sir. Aber wenn man das Gesetz streng auslegt, sind Sie illegal eingewandert. Wir können Ihren Aufenthalt auf Tonga bis zu dreißig Tagen tolerieren, wenn Sie das nötige Geld nachweisen. Möchten Sie länger bleiben, müssen Sie bei mir einen Antrag stellen. Aber auch dieser Aufenthalt ist begrenzt. Die Höchstdauer beträgt sechs Monate! Und Sie dürfen keinerlei Arbeit aufnehmen.«

»Das ist das einzige, was ich Ihnen versprechen kann, Officer.« Ron lachte kurz auf. »Ich sehe mir die schöne Welt an, das ist alles. Und ich suche die absolute Freiheit. Tonga – ich bitte um Verzeihung – scheint sie nicht mehr zu haben. Auch hier gibt es jetzt eine Menge Gesetze ... und ich bin gegen alle Beschränkungen des Menschen allergisch. Ich verspreche Ihnen, Ihr Land bald zu verlassen.«

»Darf ich etwas Privates sagen, Sir?« Der Offizier sah Ron fast mitleidig an. »Etwas Unhöfliches?«

»Nur zu, Officer!«

»Sie sind ein Narr, Sir!«

»Das weiß ich.«

»Sie suchen Utopia – und werden es nie finden. Es gibt keine Paradiese mehr.« Der Offizier wurde wieder dienstlich ernst. »Besorgen Sie sich eine Flugkarte nach irgendwohin, und verlassen Sie innerhalb von dreißig Tagen die Insel. Wollen Sie länger bleiben –«

»Ich weiß: Antrag, Nachweis, daß ich keinem auf der Tasche liege, keine Arbeit auf Tonga will, keine Tongalesin schwängere –«

»Diesen Paragraphen gibt es nicht im Gesetz.« Der Offizier grinste breit. »So weit greifen wir nicht ins Privatleben ein.«

»Das beruhigt mich.« Ron erhob sich aus seinem Korbsessel. Sofort sprang auch der Offizier auf. »Ich werde eine Flugkarte nach Vava'U kaufen.«

»Die Inselgruppe gehört leider auch zu Tonga, Sir. Ich rate zu Fidschi.«

»Ich habe gehört, Officer, daß von den etwa einhundertsiebzig Inseln Tongas nur sechsunddreißig bewohnt sein sollen. Man könnte sich auf eine der unbewohnten Inseln zurückziehen.«

»Es steht jedem frei, seine Selbstmordart selbst zu wählen. Doch was bisher unbewohnbar war, machen auch Sie nicht zum Paradies. Sir, ich erwarte Sie im Office. Mit einer Flugkarte! Noch einen schönen Tag ...«

»Danke, Officer. Ich überlege mir das alles.«

Nachdenklich blickte Ron dem Beamten nach. Wenig später hörte er das Anlassen eines Motors und die Abfahrt des Wagens. Utopia, dachte er. Vielleicht hat der Officer recht. Wo Menschen leben, gibt es keine absolute Freiheit, keine Paradiese mehr.

Er ging auf sein Zimmer, holte aus dem Reisesack einen Ersatzschuh und schraubte den Absatz ab. Der Absatz war hohl, und in ihm lagen, sauber gefaltet, ein Packen amerikanischer Dollarnoten. Meine Lebensversicherung, so nannte Ron dieses Geld. Ein Überbleibsel von Sicherheitsdenken. Die »eiserne Reserve«. Er zählte fünfhundert Dollar ab, steckte sie in die Hosentasche und verließ das Hotel.

An der Faua Jetty, der Pier, von der die Fähren nach Eua, der Nachbarinsel von Tongatapu, abfahren, hatte er bei seinen Rundgängen eine alte, verrottete Werft entdeckt, die Boote reparierte und mit einem neuen Anstrich versah.

Ein Mann mit Namen Topu Ha'ateiho, ein schmächtiger Kerl mit wettergegerbtem Gesicht, starrte den Weißen entgeistert an, als Ron ihn fragte:

»Kann man ein Boot kaufen?«

»Warum?« fragte Topu zurück.

»Ich will's braten und auffressen! Mann, wozu ist ein Boot denn da? Ich will nach Vava'U fahren.«

»Allein?« fragte der Alte skeptisch.

»Warum nicht?«

»Es fahren auch richtige Schiffe dorthin, Sir. Und die kommen bestimmt an!«

»Genau das ist es. Garantierte Sicherheit! Ich will es ganz allein schaffen. Verstehen Sie das?«

»Nein.«

»Auch gut. Also, wie ist's mit dem Boot? Haben Sie eins zu verkaufen?«

»Mehrere! Wieviel wollen Sie bezahlen?«

»Erst will ich nur ein paar Boote ansehen, dann verhandeln wir.«

Es dauerte eine Stunde, bis man sich einigte. Topu, nun doch noch ein Geschäft witternd – Amerikaner sind nun mal verrückt, sagte er sich –, pries ein Boot an, das stabil aussah, ein kleines Führerhaus besaß, einen klopfenden Dieselmotor und funktionierende Lenzpumpen. Sogar eine Probefahrt machte er mit Ron und stellte dabei fest, daß der Verrückte etwas von der Schiffahrt verstand und das Boot sofort in der Hand hatte.

»Ich nehme es«, sagte Ron. »Machen wir einen Preis.«

Jetzt wurde das Gespräch zäh, begleitet von großen Gesten Topus, vor allem als er hörte, daß mit guten US-Dollars bezahlt werden sollte.

»Mein letztes Wort –«, sagte Ron nach einer Stunde. »Vier Fässer Diesel, eine Seekarte, eine Leuchtkugelpistole, Werkzeug und Rettungsring ... zusammen mit dem

Boot genau fünfhundert Dollar!« Er holte die Scheine aus der Hosentasche und hielt sie Topu unter die Nase. »Und keinen Cent mehr! Jedes weitere Wort bedeutet einen Dollar Preisnachlaß.«

Tupo Ha'ateiho dachte scharf nach. Man sah es an seiner gerunzelten Stirn und seinem nach innen gekehrten Blick. Dann betrachtete er noch einmal den alten Kahn aus ausgebleichtern Holz, schien einen erfreulichen Gedanken zu bekommen und sagte gedehnt: »Handeln wir nicht weiter . . . nehmen Sie das Schiffchen, so wie es ist, Sir. Fünfhundert Dollar. Wann wollen Sie abfahren?«

»In zwei Stunden.«

»Dann kommen Sie aber nicht weit, Sir, es wird bald dunkel.«

»Ich habe Zeit, viel Zeit. Und auf dem Meer zu schlafen ist herrlich. Ich habe in Australien, zwischen den Riffen, mal drei Wochen gelebt.«

»Dann viel Glück, Sir.« Topu hielt Ron nun wirklich für verrückt. »In zwei Stunden ist alles, was Sie brauchen, an Bord«, versicherte er dennoch.

So war das, dachte Ron jetzt, dehnte sich in der Sonne, zog ein Handtuch über seinen Kopf und spürte den warmen Wind über seinen Körper streichen. Zwei Tage ist das her . . .

Das Boot schaukelte in der schwachen Dünung, unter ihm hämmerte und seufzte der alte Motor in unregelmäßigem Rhythmus. Verdreckt und verölt wird er sein, die Kolben verschlissen, die Leitungen halb verstopft . . . in Va-va'U gab es bestimmt Werkstätten, wo man den Motor überholen konnte. So lange, alter Junge, mußt du noch durchhalten. Wir tuckern ja langsam dahin, ich schone deine Lunge, mein Bester, und in Neiafu wechseln wir alles Klapprige aus. Wie ein junger Bursche wirst du dann wieder sein.

Irgendwann schlief er ein. Er erwachte, weil der Wind stärker geworden war und er das Gefühl hatte, im Nassen zu liegen. Tatsächlich, es regnete, mit dicken, schweren Tropfen. Das kleine Boot tanzte auf den Wellen.

Ron sprang auf, drehte den Schleppanker hoch und stürzte dann ins Fahrerhäuschen. Auf dem primitiven Armaturenbrett leuchtete eine kleine rote Lampe auf.

Alarm! Die Lenzpumpen arbeiteten nicht richtig! Langsam, aber unaufhaltsam lief das Schiff voll Wasser. Erst jetzt bemerkte Ron, daß der Kahn tiefer lag als sonst. Die ersten hohen Wellen schlugen bereits auf Deck, und schwerer als sonst lief das Boot im Ruder.

»Topu, du Gauner, du hast mich beschissen!« stieß Ron hervor und band das Ruderrad fest. »Diese Krücke ist keine hundert Dollar wert! Aber wart's ab, wir sehen uns noch mal wieder.«

Er stieg hinunter in die winzige Kabine, drückte von dort die Tür zum Motorraum auf und starrte in die ölige Brühe, die ihm entgegenschwabbte. Sie stand schon zehn Zentimeter über dem Boden und stieg sichtbar an. Die beiden Lenzpumpen schwiegen. Die Lampe im Motorraum flackerte, auch das Aggregat starb langsam dahin.

Mit nackten Beinen watete Ron zu den Pumpen, einen großen Schraubenschlüssel in der Hand, und hieb dann auf eine der Pumpen ein. Manchmal wirkte das Wunder. Er hatte es in der argentinischen Pampa selbst erlebt, mit einem Ausflugsbus, der plötzlich stehenblieb und keinen Ton mehr von sich gab. Der Fahrer fluchte gotteslästerlich, holte Werkzeug, schraubte und drehte, pustete die Leitungen durch, bürstete mit einer Stahlbürste die Zündkerzen sauber – der Bus rührte sich nicht.

Am Ende seiner Weisheit und völlig verzweifelt warf der Fahrer das Werkzeug hin, kletterte auf den Kotflügel, schrie: »Du Miststück, verfluchtes!« und gab dem Motor einen gewaltigen Tritt. Und siehe da, er sprang an, als sei nichts gewesen, und schnurrte brav bis zur Stadt zurück.

Aber das war in Argentinien gewesen. Eine Pumpe in Tonga reagiert anders. Obgleich Ron auch »Miststück, verfluchtes!« schrie und auf die Pumpe mit dem Schraubenschlüssel eindrosch, blieb sie stumm. Dafür begann der Motor erbärmlich zu keuchen und roch so stark nach glühendem Eisen, als brenne er von innen nach außen durch.

Und das Wasser stieg und stieg. Der Himmel schien sich geöffnet zu haben, warme Wassermassen stürzten herunter.

Der Stille Ozean war gar nich mehr still, sondern schleuderte das Boot in die Luft und ließ es dann wieder in schäumende Abgründe fallen. Und bei jedem Sturz schlugen die Wellen über Ron zusammen und füllten jetzt auch schon die Kabine mit Wasser.

Ron hangelte sich nach oben, erreichte völlig durchnäßt das Führerhaus und bekam noch die nächste Welle mit, bevor er die Tür verriegeln konnte. Er beugte sich über die Seekarte, die auf dem Kartenbrett lag, starrte dann auf den verbeulten Navigationspeiler, wollte ihn anstellen und sah, daß auch dieses Gerät nicht mehr reagierte.

Mit allem habe ich gerechnet, dachte er, nur nicht damit, daß ich einmal absaufen werde. Aber es scheint so, als wäre genau das mein Ende. Ertrinken im Paradies – das Schicksal hat einen bitteren Humor.

Ohne Panik studierte er nochmals die Seekarte. Angenommen, ich bin jetzt hier, dachte er und legte den Zeigefinger auf einen Punkt. Der Wind kommt von Südwest und treibt mich ab. Der Scheißmotor ist viel zu schwach, um mit ihm noch einen Kurs zu halten. Also treibt uns der Wind dorthin. Und dort liegt eine Insel, nur zwanzig Meilen entfernt. Ob bewohnt oder unbewohnt, das ist doch gleichgültig. Es ist Land, Land, fester Boden . . . und man verhungert langsamer, als man ersäuft. Du lieber Himmel, was sind schon Meilen?! Die schaffst du doch, alter Knabe von Motor. Die mußt du einfach noch schaffen!

Er band das Ruderrad los, änderte den Kurs und drückte den Maschinenhebel bis zum Anschlag. Volle Kraft . . . verdammt, spucke, und röchle, Motor, aber halt durch!

Und das Meer kam immer näher, das Boot sank immer tiefer in die See. Die kleine Kabine war bereits zwanzig Zentimeter hoch unter Wasser, und es regnete, regnete ... Nein, das war kein Regen mehr, das war ein Guß aus aufgeschlitzten Wolken.

Plötzlich röchelte der Motor heiser auf, stieß einen Laut aus, der wie ein Wehklagen klang, und schwieg dann. Das aufsteigende Wasser hatte ihn erreicht und abgewürgt.

»Das war's. Amen!« sagte Ron und drückte die Stirn gegen das Glas der Fahrerstandtür. Er starrte hinaus auf das schäumende Meer und betrachtete die kraftvolle Schönheit seines Mörders.

2

Es gibt Menschen, die sehen in einer solchen Situation keinen Ausweg mehr, sie setzen sich hin und beten. Es gibt andere, die an der Verzweiflung zerbrechen, sich die Seele aus dem Leib schreien und in den Wahnsinn flüchten. Und es gibt Menschen, die sich ganz still in eine Ecke setzen, die Augen schließen und ergeben das Ende abwarten.

Ron Edwards war anders. Er gab nicht auf, solange er noch denken und handeln konnte. Er kämpfte, auch wenn er sich sagte, daß es eigentlich sinnlos sei. Das Meer war stärker, da gab es keinen Zweifel, und wenn er das Meer überlebte, waren da noch immer die Haie. Es war zu überlegen, was besser war: zu ertrinken oder in Stücke gerissen und gefressen zu werden. Kämpfen wir zunächst mal gegen das Meer, dachte Ron. Dann wird man weitersehen.

Er holte aus einem Schapp die zur Ausrüstung gehörende Schwimmweste, legte sie an, drückte sich durch den Rettungsring, hangelte sich um das Führerhaus herum zum

Heck des Bootes, wo an gebleichten Seilen ein winziges, bereits farblos gewordenes Schlauchboot hing, band es los, sprang hinein und ließ sich mit der nächsten Welle wegtragen.

Minuten später sah er, wie sein Boot von einer großen Welle in die Tiefe gerissen wurde. Es wird nie auf dem Meeresboden ankommen, dachte er. Hier ist eine der tiefsten Furchen der Weltmeere, der Tongagraben. Über elftausend Meter geht es hinunter, dreitausend Meter mehr, als der Mount Everest hoch ist. Wer kann sich das vorstellen? Der Druck des Meeres wird das Boot zermalmen, und die zerrissenen Bretter werden von den Wellen fortgetragen.

Ron legte sich in das kleine Schlauchboot, klammerte sich an den seitlichen Halteseilen fest und wartete darauf, daß nun auch der Gummi brüchig würde und nur noch das Schwimmen übrigblieb.

Es gibt nichts Gemeineres als einen Tropenregen. Er setzt ganz plötzlich ein, ebenso plötzlich hört er wieder auf. Dann brennt die Sonne erneut vom Himmel, als sei nichts geschehen, als habe man nur geträumt von herunterstürzenden Wassermassen. Und auch der Wind tobt nicht mehr über das Meer, sondern ist nur noch ein leises Fächeln, das die Haut streichelt.

Seit zwei Stunden trieb Ron in dem alten Schlauchboot umher. Als der Regen aufhörte, die Sonne ihn zu trocknen begann und seinen Körper mit einer dünnen, brennenden Salzschicht überzog, meldete sich der Durst. Aber es gab nichts zu trinken. Das einzige, was er hatte noch mitnehmen können, war ein Beutel aus grünem Leinen. In ihm befanden sich Rons Papiere, die Signalpistole, ein Karton mit Signalpatronen, ein Sägemesser und eine Schere. Notausrüstung fürs Überleben.

Eine Flasche Wasser und ein Päckchen Zwieback wären jetzt nützlicher gewesen, dachte Ron bitter. Da hat man nun alles durchgespielt, das Überleben im Urwald und im Dschungel, sogar in der Wüste. Man hat sich überlegt, wie man aus Schlangenfleisch Flüssigkeit preßt oder das Wasser aus den Kakteen saugt.

Nur an das Meer hat man nicht gedacht! Wasser überall – und man kann es nicht trinken, weil es Salzwasser ist. Überleben auf dem Meer wurde nicht geübt, hier war der Mensch kleiner als die Natur. Hier konnte sie nicht überlistet werden.

Also lassen wir uns vertrocknen, dachte Ron. Das Meer haben wir besiegt, vor Haien bin ich sicher, wenn das Schlauchboot hält, nur die Sonne wird es jetzt schaffen. Die Sonne ... Wie undankbar von ihr, ich habe sie immer geliebt. Und jetzt bringt sie mich um. –

Als das Meer ruhiger wurde, griff er zu dem kleinen Paddel und versuchte, das Boot in einer Richtung zu halten. Die Salzschicht brannte auf seiner Haut, sein Gaumen schien zu Leder zu werden. Meer und Sonne blendeten ihn. Mit zusammengekniffenen Augen drückte er das Paddel ins Wasser und trieb das kleine Boot vorwärts. Ab und zu blickte er auf seine Armbanduhr ... drei Stunden, vier Stunden, fünf Stunden ... Die Zeit dehnte sich ins Unendliche.

Irgendwo muß eine Insel sein, dachte er. Erde, auf der etwas wächst. Und wo etwas wächst, ist auch Feuchtigkeit. Ohne Wasser kein Leben. Sonne, du Undankbare, schenk mir eine Insel!

Er trieb sechs Stunden auf den immer flacher werdenden Wellen, paddelte und ruhte sich aus, paddelte weiter, bis seine Armmuskeln zuckten und das Meer um ihn herum zu flimmern begann.

Erschöpft legte er sich wieder in das Schlauchboot, schloß die Augen und hoffte auf die kühlere Nacht.

In der Zeitung hatte er mal von einem Mann gelesen, der siebzehn Tage auf dem Meer dahingetrieben war. Und er hatte es überlebt! Er fing Fische, aß sie roh, und damit bekam sein Körper etwas Flüssigkeit.

Was dieser Mann konnte, kann ich auch, dachte Ron.

Nur etwas ausruhen, auf den Abend warten, und dann fängst du einen Fisch, saugst ihn aus und ißt sein Fleisch.

Nach ungefähr sieben Stunden glaubte er, in der Ferne einen grünen Streifen zu sehen. Er richtete sich auf, legte die Hände über die Augen und starrte auf den Horizont.

Grün, tatsächlich grün ... wie eine hohe Palmenwand, wie Land ... Land ...

Sonne, ist das eine Insel? Ist das wirklich eine Insel? Kann ich weiterleben?

Ron griff nach dem Paddel und begann mit aller Kraft, die ihm verblieben war, zu rudern. Und je näher er dem Streifen kam, um so deutlicher konnte er es erkennen: die typischen, vom Wind schiefgedrückten Palmen, die schäumenden Wellen am Korallengürtel, ein Leuchten von weißem Korallensand ... Leben, Leben, Leben!

Plötzlich war eine unbändige Energie in ihm. Er paddelte in einem gleichmäßigen Rhythmus, kam dem Korallenring immer näher, sah schon die auf Pfählen stehenden polynesischen Häuser mit ihren hochgezogenen, spitzen Dächern, die wie große Segel aussahen. Da begann er zu schreien und zu winken, schwenkte das Paddel durch die Luft und trieb an den Korallenriffen entlang.

Von der Insel erhielt er keine Antwort. Er sah auch keine Menschen am weißen Strand.

Aber wo Häuser sind, müssen auch Menschen sein!

Er paddelte am Rand des Korallenriffs entlang und suchte die Einfahrt zur Insel. Es mußte eine Lücke geben, denn am Strand sah er einige bunt bemalte Auslegerboote, mit denen man auch außerhalb der von den Korallenbänken gebildeten Lagune fischen konnte. Es war nicht anzunehmen, daß die Insulaner nur im begrenzten Raum diesseits der Barriere lebten.

Ron hob das Paddel und winkte. Man mußte ihn sehen, so wie er die Hütten sah und die Boote. Von irgendwoher beobachtete man ihn, aber man half ihm nicht, den Einlaß zur Lagune zu finden!

»He!« schrie er zu der Insel hinüber. »He! Ihr sturen Hunde... Seht ihr nicht, was mit mir los ist? Kommt raus! Helft mir! Hallo!«

Er drückte das kleine Boot an der Korallenbarriere entlang, immer in einem ehrfürchtigen Abstand, damit die scharfen Spitzen den Rumpf nicht aufschlitzten. Endlich fand er den Durchschlupf, einen Einschnitt von kaum drei Metern Breite, durch den nur ein Kanu mit Ausleger gerade noch hindurchkam.

Vorsichtig paddelte Ron in die Lagune. Hier war das Wasser nicht mehr blau, sondern grünschillernd mit silbernen Flecken. Langsam trieb er sein Boot auf den weißen Strand zu, in Richtung der hochgezogenen Kanus, denn wo sie lagen, mußte die nötige Tiefe sein, keine spitzen Korallen, sondern ein flacher Sandstreifen.

Plötzlich waren auch Menschen da. Drei breite, stämmige Männer mit dicken Waden, Fischer und Jäger, wie er sie von Tonga und vor allem von Samoa her kannte. Einige neugierige Frauen drückten sich unter die hohen Dächer der Hütten, und mehrere Kinder liefen zu den drei Männern und hoben dicke Steine auf. Es war offensichtlich, daß man hier Fremde nicht gerne sah und sie mit Abwehr empfing.

Ron ließ sein Boot auf den Sand auflaufen, kletterte hinaus und hob beide Arme in Brusthöhe. Die Handflächen streckte er den Männern entgegen ... das verstanden alle, selbst die Ureinwohner von Papua: das Zeichen der Wehrlosigkeit, der Beweis, keine Waffen zu haben.

Aus der Gruppe der drei Männer löste sich ein älterer Eingeborener und kam langsam auf Ron zu. Er hielt einen Speer mit einer gezackten Eisenspitze in der Hand, hatte seinen muskulösen Körper mit einem buntgefärbten Rock aus gesponnenen Palmfasern umhüllt, und um den Hals trug er eine Muschelkette, die auf der Brust mit einem Medaillon aus Haifischzähnen zusammengehalten wurde. Ohne Zweifel – er war das Oberhaupt der Insel.

Ron blieb stehen und warf einen raschen Blick zu den Kindern hinüber, die ihre dicken Steine wurfbereit hielten. So bemerkte er, daß noch mehr Männer zwischen den Palmen lauerten, mit Lanzen, Pfeilen und Bogen bewaffnet. Vergiftete Pfeile waren es bestimmt, die immer tödlich waren, auch wenn sie nur die Haut ritzten.

Der Mann mit dem Speer blieb drei Meter vor Ron stehen, hob seine linke Hand, die Handflächen zu Ron gekehrt, und sagte mit einer tiefen Stimme: »Talitali fiefia, Tangata'eiki.« (Willkommen, Herr.)

Ron Edwards ließ die Arme sinken. Er verstand zwar kein Wort, aber die Haltung des alten Mannes sagte ihm, daß er nichts zu fürchten hatte. Trotzdem ging er sehr langsam weiter, erst den sanft sich zum Meer neigenden Strand hinauf, dann blieb er unter einer stark gebogenen Palme stehen und drehte sich um. Die drei Männer waren dicht hinter ihm, lautlos, ohne daß er einen Schritt gehört hatte.

»Spricht hier niemand Englisch?« fragte Ron.

Das »Englisch« mußten sie verstanden haben; sie schüttelten die Köpfe, und der speertragende Mann sagte: »'Ikai« (Nein.) Dabei zeigte er zu den Hütten hinüber. Die Frauen verschwanden blitzschnell unter den hohen, schwungvollen, spitz zulaufenden Dächern, und die Kinder ließen die Steine fallen und sahen nur noch neugierig zu dem Fremden hinüber.

»Was nun?« murmelte Ron. »Alter Junge, sieh mich an, dann weißt du, woher ich komme. Aber wie mache ich dir das klar? Versuchen wir's mal mit der Pantomime. Was die Papuas verstanden haben, wirst du auch verstehen. Also . . . paß auf!«

Ron zeigte auf sich, tippte dabei auf seine Brust und nickte.

»Mein Name ist Ron Edwards. Ich komme aus Tongatapu.« Dabei zeigte er auf das Meer und machte mit der linken Hand die Bewegung eines Schiffes.

Der alte Mann nickte und grinste breit.

»Ko hoku hingoa ko Fatahefi Tapana«, antwortete er und zeigte auf sich. (Mein Name ist Fatahefi Tapana). Dann machte er eine weite Handbewegung zu den Palmen hin. »Tonu'Ata . . .«

»Na also, es funktioniert ja hervorragend! Du bist also Fatahefi Tapana, und die Insel heißt Tonu'Ata.« Ron nickte zustimmend, zeigte wieder auf das Meer, machte die Bewegung des Paddelns, ließ die Hand nach unten fallen und warf dann den Kopf mit geschlossenen Augen in den Nacken.

Tapana verstand sofort. Er ging an Ron vorbei, drehte sich dann um und winkte, ihm zu folgen. »'Alu –«, sagte er dabei, was ›gehen‹ bedeutete, wie Ron gleich erriet.

Er führte Ron zu einer besonders großen und bunt bemalten Hütte in der Mitte des Dorfes – sein Haus, das Haus des Stammesfürsten, das war Ron sofort klar – und ließ ihn eintreten.

Angenehm kühl war es hier. Das hohe Dach, mit Palmenblättern gedeckt, wirkte wie eine Ventilation. Die Luftzirkulation ließ keinen Hitzestau aufkommen. Ron sah eine große, buntbemalte Strohmatte an der Hinterwand des Raumes, und plötzlich befreit von dem Gedanken, er habe nur die Wahl, entweder zu verdursten oder von den Haien gefressen zu werden, überkam ihn eine lähmende Müdigkeit. Er taumelte auf die Matte zu, ließ sich darauf fallen und machte mit beiden gewölbten Händen die Geste des Trinkens. Tapana nickte wieder, lehnte den Speer an die Wand und verließ den Raum.

Ron legte sich auf den Rücken und starrte gegen das hohe Dach mit den kunstvoll geschnitzten Balken aus Palmenholz und dem Flechtwerk der Decke. Gerettet bin ich, dachte er, aber die Lage ist dennoch beschissen! Auf einer Insel bin ich gelandet, an der die Jahrhunderte spurlos vorbeigegangen sind. Daß es so etwas noch gibt . . .

Er merkte gar nicht, daß sich die Erschöpfung immer

mehr in ihm ausbreitete und er einschlief. Nur im Unterbewußtsein spürte er seine ausgetrocknete Kehle und begann, krampfhaft zu schlucken.

Ein Gefühl, als ränne Wasser über seinen Körper, weckte ihn auf. Ein herrliches Gefühl war das. Er reckte sich und spürte plötzlich zwei Hände, die seinen Oberkörper abwuschen und ihn gleichzeitig streichelten.

Verblüfft sah er auf und blickte in zwei fast schwarze Augen, die direkt über ihm waren. Dann erst sah er die langen schwarzen Haare, die schmale Nase, den lächelnden Mund und versuchte, sich aufzusetzen.

»'Ikai! 'Ikai!« hörte er eine helle Stimme sagen. (Nein! Nein!) Die schmalen Hände drückten ihn zurück auf die Matte, und wieder ergoß sich Wasser über seinen Körper, wieder wurde er massiert und so das Salz von seiner Haut gespült.

»Fefe hake?« (Wie geht es?) fragte die Stimme. Der Kopf verschwand aus seinem Blick, Ron stützte sich auf die Ellbogen und sah ein bezauberndes Mädchen neben sich sitzen. Ihre Augen strahlten, sie nickte ihm zu, trocknete ihre Hände an ihrem buntbedruckten Kleid ab und zeigte zur anderen Seite. Dort lagen auf Palmblättern zwei aufgeschlagene Kokosnüsse, ein paar Früchte, die er nicht kannte, ein Stück gebratenes kaltes Fleisch und drei große, gekochte Süßkartoffeln.

»Du bist ein Engel!« sagte Ron, griff nach der ersten Kokosnuß und trank mit langen, gierigen Zügen die kühle Milch. Es war, als sauge sich ein Schwamm voll. Er spürte, wie die Erschöpfung von ihm abfiel, wie das Atmen leichter fiel und seine ausgedörrte Kehle wieder geschmeidig wurde. Er aß das Fleisch, zerkaute eine der Kartoffeln und biß dann in eine Frucht, die säuerlich schmeckte und ungemein erfrischte.

Das Mädchen hockte neben ihm, sah ihm zu und lächelte. So schön wie sie können nur Menschen in einem solchen Paradies werden, dachte Ron und trank die zweite

Kokosnuß leer. Ein Zauber ist um sie, den man nicht erklären kann. Gauguin hat versucht, dieses ganz besondere Flair zu malen, aber die Wirklichkeit ist viel schöner.

»Danke«, sagte er. »Wer bist du?«

Sie hob die Schultern, schüttelte den Kopf und lachte. Dann stand sie auf, sah Ron noch einmal forschend an und ging mit graziösen Schritten. So lautlos verschwand sie, daß er sich mit beiden Händen über das Gesicht fuhr, um festzustellen, daß er nicht träumte.

Für eine geraume Weile kümmerte sich niemand um ihn. Ron wartete ab, doch als nichts geschah, stand er auf und trat ins Freie.

Der Mann mit dem Speer saß neben dem Haus, stützte sich am Schaft ab und winkte. Begleitet von den neugierigen Blicken der Frauen und Kinder gingen sie durch das Dorf, bis sie vor einer windschiefen Hütte stehenblieben. Das Flechtdach war an einigen Stellen durchlöchert, die Lattentür hing schief in ihrer Befestigung aus Palmstrikken.

Das Oberhaupt der Insel zeigte auf die Hütte, wies mit einer einladenden Geste auf die Tür, nickte Ron zu und ging zurück ins Dorf.

Mein neues Heim, dachte Ron. So muß ich das wohl verstehen. So freundlich ihr auch seid, meine Lieben ... hier bleibe ich nicht länger als unbedingt nötig. Ihr lebt nicht auf einem anderen Stern, ihr bewohnt eine Insel, die zu Tonga gehört, und das nächste Boot, das hier anlegt, nimmt mich bestimmt wieder mit in die Zivilisation.

Er drückte die Tür auf, betrat die Hütte, die nur aus einem einzigen Raum bestand, und blieb verwundert stehen. Sie war eingerichtet, als wäre der Bewohner nur einmal kurz weggegangen: Auf einem Tisch standen zwei Gläser und Geschirr aus bemaltem, gebranntem Ton. Ein Bett gab es und zwei Schemel, einen Schrank aus Palmenholz und eine Blechkanne auf einem schmalen Tisch, der an der Wand stand. Papiere lagen auf der Tischplatte und ein dickes, in schwarzes Leinen eingebundenes Buch. Darüber aber, an die Wand genagelt, hing ein kleines, versilbertes Kruzifix.

»Das ist ja unglaublich!« sagte Ron in die Stille hinein und erschrak vor seiner eigenen Stimme. Er starrte auf das Kreuz, schob dann einen der Schemel heran und setzte sich an den schmalen Tisch. Noch bevor er das Buch aufschlug, wußte er, daß es eine Bibel war. Er klappte den Deckel hoch, las das Titelblatt »Die Heilige Schrift« und ließ den Deckel wieder zufallen. Das silberne Kreuz vor ihm schimmerte im Licht, das durch die Löcher im Dach fiel.

Ron blickte auf die Papiere, die den kleinen Tisch bedeckten, Blätter, mit Bleistift beschrieben, ein zerfledderter, schon teilweise vergilbter Haufen, aber die Seiten waren numeriert und noch lesbar. Er sortierte die Blätter den Seitenzahlen nach, schob die Bibel zu dem Kreuz hin und begann zu lesen.

»Ich heiße Emanuel Richards –«, begann der Bericht, geschrieben mit einer steilen, energischen Schrift. *»Wer diese Blätter findet, sei gesegent und hoffe auf den Herrn. Ich bin ein Missionar, ein Pater des Ordens vom Leiden Christi. Vierundfünfzig Jahre bin ich geworden, und Gott hat beschlossen, mich nun in sein himmlisches Reich zu holen. Ich weiß, daß ich mich beeilen muß, noch alles niederzuschreiben . . . mein Herz hält nicht mehr lange durch, es sticht in der Brust und würgt mir den Atem ab. Aber ich will noch so lange leben, wie ich brauche, um Rechenschaft abzulegen über mein Tun.*

Ich bin auf diese Insel gekommen im Jahre 1951, genau an einem 21. März. Kurz vor Ostern – ein gutes Zeichen des Herrn, dachte ich. Das Fest der Auferstehung. Die Verkündigung des ewigen Lebens. Nur durch Zufall bin ich hier gelandet. Mein tongalesischer Steuermann verirrte sich mit dem kleinen Schiff, das ich immer benutzte, um meine weit verstreute Gemeinde im Archipel zu besuchen. Er warbetrunken, und als wir die Insel auftauchen sahen, schrie er: ›Hier war ich noch nie! Die Insel kenne ich nicht! Es müssen Heiden sein, Pater, sie werden uns töten!‹ Aber sie töteten uns nicht. Sie ließen Nukunuku, meinen Steuermann, und sein Boot wieder wegfahren. Ich aber blieb bei ihnen auf dieser einsamen Insel. Ich verstand die Sprache der Menschen, ich erzählte ihnen von Gott, von Maria und Jesus, und sie hörten mir zu wie einem Märchenerzähler.

Ein Jahr ist nun vergangen, ein schönes, fruchtbares Jahr. Sie haben beten gelernt und wie man ein Feld nutzbringend bestellt, ich habe mit ihnen geschnitzt und geflochten, habe die Neugeborenen getauft und die Alten begraben, ich habe mit ihnen gelebt, als sei ich einer der Ihren. Aber eines Abends fragte mich der Häuptling: ›Wer ist eigentlich dein Gott, und was will er von uns?‹ Da wußte ich, daß ich ein ganzes Jahr vertan habe ... hochmütig in meiner Sicherheit und der Gewißheit, es genüge, von Gott zu erzählen. Versagt deshalb mein Herz? Ruft mich der Herr zum Rapport? Ich weiß es nicht. Ich weiß nur, daß mich die Kraft verläßt, daß mein Herz schwächer und schwächer wird und der Druck in der Brust immer stärker.

Wer diese Zeilen liest, möge ein Gebet für mich sprechen. Ich bitte darum, denn ich gehe schweren Herzens von hier weg. Ich war gerne unter diesen Menschen, auch wenn es mir nicht gelang, Gott zu ihnen zu bringen. Fünfundneunzig Prozent der Tongalesen sind Christen ... aber auch die restlichen fünf Prozent sind Kinder Gottes. Du, der du diese Zeilen liest, sag es ihnen. Amen.«

Ron legte die Seiten zusammen und blickte nachdenklich auf das silberne Kreuz. Ein merkwürdiges Gefühl kam in ihm auf, obwohl er von Priestern nicht viel hielt. Aber hier hatte ein Mensch seine Seele aufschreiben lassen, bevor sein Herz versagte. Ein einsamer Mensch, der gescheitert war.

Er griff nach der Bibel, klemmte sie unter den Arm und verließ die windschiefe Hütte. Draußen zog die Dunkelheit über das Meer, der Horizont wurde flammendrot in der untergehenden Sonne, grüngolden schimmerte die Lagune, und die Palmen wurden zu riesigen Scherenschnitten.

Das Mädchen, das ihn gewaschen und ihm das Essen gebracht hatte, saß auf einem großen, glattpolierten Stein am Strand und blickte über den Ozean.

»He!« rief Ron. »Auch wenn du mich nicht verstehst . . . sieh mir genau zu.« Er ging zu ihm, streckte die Bibel aus, tippte auf den schwarzen Einband und machte dann die Gesten des Grabens.

Das Mädchen schien ihn zu verstehen, denn es lächelte, erhob sich und ging ihm voraus. Nicht weit von der Hütte entfernt blieb es stehen und zeigte auf eine Stelle mitten in einer Palmengruppe.

»Hier?« fragte Ron und sah auf den glatten Boden. Er zeigte mit dem Finger darauf, und das Mädchen nickte wieder.

Natürlich, dachte Ron. Fünfunddreißig Jahre ist es her, da gibt es keine Spuren mehr. Hier haben sie ihn verscharrt, den weißen Fremden, der so schöne Märchen erzählte von einem Gott, der alle Menschen liebte. Und dann war ein Taifun gekommen, die halbe Insel stand vielleicht unter Wasser, die Palmen knickten wie dürre Gräser, die Dächer der Häuser flogen in den tobenden Himmel, und die Eingeborenen flüchteten in die erhöhte Mitte der Insel und flehten, wie immer, ihre zürnenden Götter an. Da ist ein Jahr zu wenig, um von einem anderen, gütigen Gott zu predigen. Wo war er denn auch, dieser Gott, als der Taifun die Bäume knickte?

»War's so, Emanuel Richards?« fragte Ron laut. Er trat in den Kreis der Palmen und blickte auf die Stelle, wo sie Richards vergraben hatten. »Ich werde deine Papiere mitnehmen und an deinen Orden schicken.«

Er bückte sich, legte die Bibel auf den Boden und drehte sich dann um.

Das Mädchen stand dicht hinter ihm, sah ihn mit großen, staunenden Augen an und sagte ein paar Worte. Und nur aus dem Tonfall heraus begriff Ron, daß sie etwas fragte.

»Das verstehst du nicht, mein Schatz«, sagte er. »Mit wieviel Idealen und innerer Kraft ist Richards wohl losgezogen – und was ist aus ihm geworden? Vielleicht geht es mir eines Tages auch so, wer weiß das? So schön du bist, ich will weg von hier! Wann kommen hier Schiffe vorbei? Kommt überhaupt ein Boot? Wem du mir bloß eine Antwort geben könntest!«

Er strich ihr mit der Hand über die nackte Schulter, und die Berührung mit ihrer warmen, glatten Haut elektrisierte ihn und nahm ihm sekundenlang den Atem. Laß den Blödsinn, Ron, sagte er sich, als er rasch seine Hand zurückzog. Du hast schon Schwierigkeiten genug. Laß die Finger von dieser Inselschönheit!

Der letzte Widerschein der Sonne verblaßte sehr schnell, Dunkelheit senkte sich über das Meer und die kleine Insel. Irgendwo in den Palmen schrien Nachtvögel, in der Lagune schwamm ein kleines, trübes Licht . . . ein Fischer kehrte mit seinem Auslegerboot zum Dorf zurück.

Das Mädchen nahm Rons Hand und zog ihn von der Palmengruppe fort. Stumm gingen sie nebeneinander her bis zu der verfallenen Hütte des Paters. Das Mädchen legte die kleinen, schmalen Hände aneinander und verbeugte sich leicht.

Ron sah ihm nach, wie es zu den Häusern zurückging – eine schlanke, verführerisch schöne Gestalt. Eine Versuchung, der er aber nicht nachgeben würde!

Ron betrat die Hütte des Paters. Vollkommene Finsternis umgab ihn. Er blieb unter der Tür stehen und überlegte, ob er etwas gesehen hatte, womit er Licht machen konnte. Eine Kerze, eine Petroleumlampe, ein Feuerzeug, ein Päckchen Streichhölzer. Nein, nichts dergleichen war in dem kleinen Raum vorhanden. Hatte es so etwas gegeben, war es längst verschwunden. Fünfunddreißig Jahre ... welch eine Zeit! Damals war er gerade geboren worden. Fünfunddreißig Jahre ... welch ein langer Weg wenn er vor einem liegt, und wie kurz, wenn man ihn hinter sich hat.

Er tastete sich an der Wand entlang, bis er an den Schrank stieß. Jetzt um den Schrank herum, noch einen Meter weiter ... da mußte das Bett stehen, an der hinteren Wand. Mit ausgestreckten Armen ging Ron weiter durch die Finsternis, stieß mit dem Knie an Holz und wußte: Ich stehe jetzt vor dem Bett.

Vorsichtig setzte er sich auf das Palmstroh, es roch muffig und knirschte, als er sich hinlegte.

Langsam gewöhnten sich seine Augen an die Dunkelheit.

Die Dörfler haben alles so gelassen, wie es nach Pater Richards Tod war, dachte er. Auf diesem Stroh wird er gestorben sein, und nun liege ich hier, auf eine Insel geworfen wie ein Stück Treibholz. Und mehr bin ich ja auch nicht ...

Wieder befiel ihn der Drang, vom nächsten Flughafen aus zurückzufliegen in die Sicherheit seines früheren Lebens.

Warum bin ich eigentlich von daheim geflüchtet? überlegte er. Weil mich das ewige Gleichmaß ankotzte? Weil ich sah, daß ich ein Mensch in einer unsichtbaren Uniform wurde? Weil ich verrückt bin mit meiner Suche nach der großen Freiheit? Was ist sie denn, diese Freiheit? Wo findet man sie? Wo hat sie sich versteckt? Wenn jeder so denken und handeln würde wie ich – die Welt würde in einem Chaos zerplatzen.

Drei Jahre bist du nun unterwegs, Ron Edwards – und bist du glücklicher geworden? Sei ehrlich, was haben dir diese drei Jahre gebracht? Fast die ganze Welt kennst du jetzt ... und hast dich doch drei Jahre lang betrogen und belogen.

Er lag lange wach, versuchte, sich gegen diese trüben und deprimierenden Gedanken zu wehren, er dachte an den nächsten Morgen und die Möglichkeit, von dieser weltvergessenen Insel wegzukommen – und schlief erst ein, als schon der neue Tag begann.

Er wachte auf durch das Gefühl, beobachtet zu werden. Er schrak hoch, wußte im ersten Moment nicht, wo er war, erkannte dann das durchlöcherte Dach und ließ sich in das muffige Palmstroh zurückfallen.

Hinter seinem Kopf raschelte es. Sofort schnellte Ron vom Bett empor, warf sich zur Seite und wirbelte herum. Doch es war weder eine Ratte noch eine Schlange. Das Mädchen hockte hinter seinem Bett an der Flechtwand und lächelte ihn an. Neben ihr, auf einem Holzbrett, lagen wieder Früchte und dünne, auf heißen Steinen gebackene Fladen. Ein Tonkrug mit Fruchtsaft stand daneben.

»Malo e lelei ki he pongipongi ni ...«, sagte sie und nickte ihm zu. Ron ahnte, daß es so etwas wie »Guten Morgen« hieß. Er bemerkte, daß sie ein anderes Wickelkleid trug als gestern, rot gefärbt und mit weißen Strichen bemalt

»Du bist verdammt schön«, ssgte er. »Aber sieh mich nicht so verführerisch an. Ich bin kein Mann für dich. Bei der nächsten sich bietenden Gelegenheit verschwinde ich von hier – Wir haben also gar keine Zeit, uns näherzukommen. Außerdem habe ich nicht die geringste Lust, von deinen Stammesbrüdern aufgespießt zu werden. Das ist keine Frau der Welt wert.«

Er setzte sich auf das Bett, nahm einen Fladen, brach das noch warme Gebäck in einzelne Stücke und begann zu essen.

Das Mädchen sah ihm zu, als sei er ein exotisches Tier, dem sie Futter gebracht hatte.

Ron hatte gerade die zweite saftige, säuerlich schmekkende Frucht gegessen, als Fatahefi Tapana in die Hütte kam, an der Tür stehenblieb und sich auf seinen Speer stützte. Er sagte etwas, dem Klange nach war es nichts Freundliches. Ron hob die Hände und schüttelte den Kopf.

»Sie war bereits hier, als ich aufwachte«, beteuerte er. »Ich habe sie nicht zu mir gelockt – wenn es das ist, was dich aufregt. Und wenn sie deine Tochter ist, dann paß besser auf sie auf.« Er wischte sich über das Gesicht und merkte, daß ihm der Schweiß auf der Stirn stand. »Du lieber Himmel, wie mache ich dir klar, daß ich so schnell wie möglich von hier verschwinden will und nicht das geringste Interesse an einem Flirt habe! Es muß doch einen Weg geben, von hier fortzukommen! Ihr lebt schließlich nicht auf einem anderen Stern.«

Tapana zeigte nach draußen, winkte Ron, mitzukommen, und verließ wieder die Hütte.

Das Mädchen erhob sich nun auch und nahm das Holzbrett mit den Früchten und der Kanne auf. Die langen schwarzen Haare fielen wie ein Schleier über ihre nackten Schultern, das Wickelkleid rutschte etwas tiefer, und Ron sah den Ansatz ihrer Brüste, als sie ihr Haar mit einer lässigen Bewegung nach hinten schleuderte.

Du mußt hier weg, bevor du unvernünftig wirst, dachte er, erschrocken von dem Drang, sie an sich zu ziehen. Was ist denn mit dir los, du Idiot? Die Welt wimmelt von schönen Frauen, und ausgerechnet auf einer Insel, die keiner kennt, willst du den Kopf verlieren? Oder willst du etwa hierbleiben bei diesen Menschen? Willst du ihre Einsamkeit teilen? Wenn nicht, dann zeig gefälligst kein Interesse an diesem schwarzen Engel.

Er trat ins Freie, blinzelte in das helle Licht, blickte über die grünschimmernde Lagune und wünschte sich, jetzt hineinspringen und schwimmen zu können. Aber Tapana wartete auf ihn. Es war bestimmt nicht klug, ihn wütend zu machen.

Während Ron an der Seite des Häuptlings zum Dorf ging, blickte er sich verstohlen nach allen Seiten um. Er sah nur die Frauen und Kinder, aber keine Männer, die bewaffnet auf ihn warteten. Als er die an Land gezogenen Auslegerboote entdeckte, blieb Ron stehen und zeigte auf die buntbemalten Kanus.

»Ich –«, sagte er, tippte an seine Brust und zeigte auf die Boote –, »ich will ein Boot. Ich bezahle es gut.« Er rieb Daumen und Zeigefinger aneinander und hoffte, daß Tapana ihn verstand.

Wie blöd bist du eigentlich? dachte er im gleichen Augenblick. Was sollen diese Menschen hier mit Geld anfangen, kennen sie überhaupt irgendeine Währung? Wann war zuletzt ein Mensch aus der zivilisierten Welt bei ihnen? Vor fünfunddreißig Jahren . . . Pater Richards?

Tapana sah Ron mit ernstem Blick an und schüttelte dann den Kopf. Er ging voraus in sein großes Haus, deutete an, Ron möge warten, kam nach kurzer Zeit zurück und überreichte ihm eine ausgebleichte, mit Flicken übersäte, ehemals blaue Hose, ein weißes Hemd voller Stockflecken, ein Paar rissige Schuhe und eine bodenlange, ehemals weiße, jetzt gelbliche Soutane. Tapana hielt die Sachen vor Ron hin, als seien sie das wertvollste Geschenk, das man ihm machen konnte.

Pater Richards Kleidung! Sie haben ihn nackt begraben, dachte Ron schaudernd. Sie haben seine Sachen aufgehoben und damit ungeahnt eine Reliquie geschaffen. Und jetzt soll ich die Kleider anziehen, ausgerechnet ich, der an allem zweifelt, was aus Priestermund kommt? Tapana, das kann ich nicht, das will ich nicht . . . wenn ich das anziehe, wird meine Haut brennen, als ginge ich durch Brennessel!

Tapana sah ihn auffordernd an und hielt ihm noch immer Pater Richards Kleidung hin. Ron nagte an der Unterlippe, suchte einen Ausweg und griff dann mit einem Seufzer nach Schuhen, Hose, Hemd und Soutane.

»Hast du noch was?« fragte er. »Natürlich hast du noch eine Menge von ihm. Bestimmt besaß er eine Uhr, nicht wahr? Und das ganze Meßgerät fehlt ... die Hostiendose, der Kelch, das kleine Reiseweihrauchkesselchen ... Das wirst du mir alles noch bringen, Tapana, ich weiß das.«

Er nahm des Paters Kleidung über den Arm, ging zu der verfallenen Hütte zurück, streifte seine Jeans ab und zog Richards Hose an. Sie paßte wie für ihn gemacht, und Ron stellte sich den Pater vor. Sicher war er so groß wie er selbst gewesen, vielleicht sogar mit den gleichen blonden Haaren über einem kantigen Gesicht.

Auch das Hemd war passend, etwas weiter als Rons Hemden, was bewies, daß Emanuel Richards breiter als er gewesen war. Die Schuhe, in den langen Jahren hart im Leder geworden, waren eine Nummer zu groß, aber sie boten einen hervorragenden Schutz gegen die im Sand liegenden Korallenspitzen.

Doch als Ron die Soutane überzog und die oberen Knöpfe schloß, kam er sich unbehaglich vor, so als trüge er das Priestergewand auf einem Maskenball und jeder starre ihn strafend an.

»Ich werde es sofort ausziehen, Emanuel!« sagte er in die Stille der Hütte hinein. »Nur ein paar Schritte gehe ich damit hin und her, dann hänge ich es an die Wand neben das Kreuz.«

Er drehte sich einmal um sich selbst, bedauerte, jetzt in keinen Spiegel blicken zu können, und verließ dann seine Hütte. Langsam ging er am Strand entlang zum Dorf, eine weiße, in der Sonne leuchtende Gestalt. Der Wind spielte mit der Soutane und blähte den Stoff etwas auf ... und plötzlich war er nicht mehr allein, drei alte Männer rannten vom Dorf auf ihn zu, stellten sich ihm in den Weg, fielen auf die Knie und hoben ihre gefalteten Hände.

»Nicht! Das ist ein Irrtum!« schrie Ron. Er spürte das rasende Klopfen seines Herzens und gleichzeitig eine ohnmächtige Wut. »Ich bin es nicht! Verdammt, steht auf, ihr vergreisten Gehirne, begreift es doch: Ich bin nicht Pater Richards! Ich will euch auch keinen fremden Gott bringen, will nicht von Liebe und Güte predigen. Ich will nur weg von hier. Weg!«

Mit bebenden Fingern knöpfte er die Soutane auf, zog sie hastig über den Kopf und warf sie in den Korallensand.

Die drei alten Männer beugten sich nach vorn, zogen das Gewand näher zu sich heran und küßten es. Und dann sangen sie, mit dünnen, zittrigen Stimmen, und sahen hinauf zu Ron Edwards.

Er drehte sich um, riß die Soutane aus dem Sand und lief davon.

3

Den ganzen Tag über blieb er in der Hütte. Die Soutane hatte er zusammengerollt und benutzte sie als Kopfkissen, nicht nur weil er so bequemer lag, sondern auch aus stillem Protest, daß man ihn jetzt als einen Nachfolger von Pater Richards ansah.

Niemand besuchte ihn an diesem Tag, selbst das schöne Mädchen Tama'Olu nicht. Sie brachte ihm kein Essen, nichts zu trinken, keine Früchte. Er konnte sich weder an ihrem Lächeln noch am Anblick ihres schönen Körpers erfreuen.

Obgleich er erst vor zwei Tagen auf diese Insel gespült worden war, vermißte er sie bereits. Seit Stunden wartete er auf das Knirschen der windschiefen Tür, auf Tamas sanfte Stimme, auf die vielen wohlklingenden Worte, die er nicht verstand, auf das leise Tappen ihrer nackten Füße im weißen Korallensand.

Das ärgerte ihn maßlos, denn je entschiedener er sich vornahm, nicht an Tama zu denken, um so heftiger kreisten seine Gedanken um sie.

Außerdem hatten die drei alten Männer, die bestimmt

von Pater Richards getauft worden waren, sich vor der Hütte in den Schatten der Palmen gesetzt und sangen abwechselnd mit ihren dünnen Greisenstimmen Lieder, die der Melodie nach Kirchengesänge waren. Hörte der eine auf, setzte der andere an, und so ging es stundenlang, ohne Ermüdung, immer dieser zittrige Singsang, der an Rons Nerven zerrte.

Er rollte Blätter zusammen, ließ sie sich im Tonkrug voll Wasser saugen und stopfte sie dann in seine Ohren. Es half alles nichts –. In seinem Inneren klangen die Lieder wider, und seine Gedanken blieben bei Tama'Olu, ihren schwarzen Augen und ihrem verführerisch schönen Körper.

Erst am Abend stellten die drei alten Männer ihren Gesang ein und gingen zurück ins Dorf. Dafür kam Tapana zu Besuch, brachte ein Stück Schweinebraten mit, zeigte es Ron und verließ wieder die Hütte. Draußen setzte er sich auf einen umgerissenen Palmenstamm und wartete, bis Ron zu ihm hinauskam.

»So geht das nicht weiter, Tapana«, sagte Ron und setzte sich neben das Stammesoberhaupt. »Entweder werde ich in deinem Paradies verrückt, oder ich verführe deine Tochter, was ebenso verrückt ist!«

Tapana verstand nur seinen Namen, nickte und zeigte auf sich.

»Paß mal auf, wir versuchen es mal anders«, schlug Ron vor.

Er bückte sich, nahm einen Ast vom Boden und ritzte in den noch sonnenwarmen weißen Sand den Umriß eines Schiffes . . . erst mit Schornsteinen, dann mit Mast und Segeln. Er tippte mit dem Ast auf sein Bild und zeigte dann hinaus aufs Meer.

»Kommt ein Schiff hierher?« fragte er dabei.

Tapana sah auf die Zeichnung im Sand und verstand durch den fragenden Ton in Rons Stimme, was dieser meinte. Wortlos nahm er ihm den Ast aus der Hand und verwischte das Schiff.

»'Ikai . . .«, sagte er dabei und schüttelte den Kopf. (Nein)

»Verdammt! Hier kommt kein Schiff vorbei?«

»'Ikai . . .«

»Das ist einfach nicht möglich! Ihr lebt doch auf keinem anderen Stern, gehört schließlich zum Königreich Tonga. Ab und zu muß jemand zu euch kommen! Wo habt ihr denn die Stoffe her? Die Werkzeuge? Die Schüsseln und Kochtöpfe? Nägel habe ich bei euch gesehen, Drahtrollen und Taue. Die wachsen nicht auf Bäumen! Euch muß doch jemand besuchen . . . ein Händler, der die Inseln abklappert . . . Mein Gott, wie soll man dir das erklären?«

Er sah Tapana resignierend an, als er etwas entdeckte, das ihn wie ein elektrischer Schlag durchzuckte. Das war es, das würde Tapana verstehen, das konnte weiterhelfen: Um den braunen Hals trug der Stammesfürst eine lange Kette aus bunten Glasperlen und als zweiten Schmuck, etwas kürzer, eine Kette aus matt glänzenden, ebenmäßigen schwarzen Perlen.

Wer hatte Tapana geschliffenes Glas und schwarzen Plastik-Kitsch verkauft?

»Hier!« Ron griff nach der Glaskette und hob sie von Tapanas Brust hoch. »Wer? Woher? Wer ist das?«

Der Alte lächelte und nickte wieder, wobei er sagte: »Gilbert Descartes.« Er sprach den französischen Namen sogar mit der richtigen Betonung aus. »Kaume'a . . .« (Freund.)

»Das hätten wir.« Ron atmete tief durch. Es gab also einen Gilbert Descartes, der die Inseln versorgte. Er zeigte wieder auf das Meer und machte eine weite Handbewegung. »Wo? Wo ist Gilbert Descartes?«

Tapana zog die Glaskette aus Rons Händen und streckte den Arm aus.

»Lifuka«, sagte er. »Pangai . . .«

»Na also, jetzt weiß ich's. Und das ist eine große Scheiße!«

Ron stützte das Kinn in die rechte Hand und starrte aufs Meer hinaus. Lifuka hieß die Hauptinsel der Ha'apai-Gruppe, und Pangai ist die Hauptstadt und der Hafen. Auch dahin hatte er gewollt auf seiner Rundfahrt durch das Königreich Tonga, bevor der Sturm ihn zu einem Stück Treibholz machte.

Gilbert Descartes lebte also in Pangai, was bedeutete, daß diese Insel hier zu der Ha'apai-Gruppe gehörte, eines der kleinen Eilande, die weit abseits der Fährrouten lagen, die kein Flugzeug überflog, die selbst den Tongalesen unbekannt waren. Ein winziger Fleck aus Steinen, Sand, Korallen und Palmen im riesigen Stillen Ozean.

Wann kam Descartes wieder hierher? In einem halben Jahr? Oder früher? War er erst kürzlich hier gewesen, oder konnte er schon morgen jenseits des Korallenriffs vor Anker gehen? Wen konnte man fragen? Niemand verstand ja Englisch. Nur etwas war gewachsen: die Hoffnung, einmal, über kurz oder lang, von dieser Insel wegzukommen. Dann, wenn Descartes hier landen würde.

Gott, ich belästige dich sonst nicht, aber jetzt bitte ich dich: Laß ihn bald kommen, betete Ron.

Bei Einbruch der Dunkelheit erschien wieder Tama'Olu und brachte kaltes Fleisch, Bananen, gedünstete Avokados und einen Krug mit Kokosmilch. Unter dem Arm trug sie eine Schüssel mit hartem Tierfett, in dem drei Dochte aus Palmfasern steckten, eine Art Kerze, die einen Schimmer von Licht in die Hütte brachte und die Dunkelheit vertrieb, die nur der Mondschein durchbrechen konnte.

Während Ron aß, begann Tama Feuer zu machen. Sie rieb zwei trockene Hölzer aneinander und hielt sie dabei über trockenes Palmstroh, so lange, bis ein Funke von den geriebenen Hölzern sprang und das Stroh entzündete. Mit der aufzüngelnden Flamme steckte sie die drei Dochte an. Es wurde heller, als Ron erwartet hatte. Nur ein ranziger, säuerlicher Geruch breitete sich aus, als das Tierfett dem Feuer Nahrung gab.

Auf der Erde sitzend, die schmalen Hände in den Schoß gelegt, sah das Mädchen zu, wie Ron aß, wie er die Kokosmilch trank und dabei in den Kerzenschein starrte. Sie trug wieder das rote Wickelkleid, das mit großen weißen Blüten bedruckt war, und Ron konnte sich denken, daß Gilbert Descartes für diesen Stoff eine Menge eingetauscht hatte: Holzschnitzereien, Schildkrötenpanzer, Webebilder aus verschiedenfarbigen Palmblättern und Fasern, die man als »Eingeborenenkunst« auf den Touristenmärkten gut verkaufen konnte.

Insoweit war die Zivilisation auch schon bis zu dieser Insel vorgedrungen. Ron sollte später sehen, daß es »Familienbetriebe« gab, die Baströcke und Bastjacken herstellten, Teppiche aus Pflanzenfasern und kunstvolle Flechtarbeiten als Wandbehang. Das alles schien Monsieur Descartes abzuholen und einzutauschen gegen billigsten Kitsch, vielleicht zweimal im Jahr. So war er die einzige Verbindung zu einer fernen, unbekannten Welt, in der Menschen mit einer weißen Hautfarbe lebten. Um den Hals trug Tama'Olu eine dieser schrecklichen Plastikperlenketten, die den Händler ein paar Cent kosteten.

Ron beugte sich vor, schob zwei Finger unter die Kette und wollte sie von Tamas Hals abheben, aber sie zuckte zurück, preßte mit beiden Händen die schwarzen Perlen gegen ihren Körper und kroch auf den Knien aus seiner Reichweite.

»Jaja, ich weiß, das ist ein großer Schatz für dich«, sagte Ron und schüttelte den Kopf. »Du brauchst keine Angst zu haben, ich nehme ihn dir nicht weg. So was kannst du in Amerika für ein paar Cent kaufen. Wenn ihr wüßtet, wie dieser Descartes euch betrogen hat.«

»'Ikai Descartes.« Tama hob wie abwehrend beide Hände. »'Ikai . . .«

»Die Kette stammt nicht von Descartes?« Ron spürte, wie Hoffnung und Unruhe in ihm aufstiegen. »Kommt noch jemand auf die Insel? Gibt es einen zweiten Händler? Tama, Mädchen, wenn ich dich jetzt verstehen könnte, würde ich dir sagen, daß ihr mich bald los sein werdet. So völlig einsam scheint auch ihr nicht zu leben. Es ist alles nur ein Zeitproblem.«

Er aß zu Ende, Tama erhob sich, nahm die leere Schüssel und verließ schnell die Hütte.

Ron folgte ihr, ging ein paar Schritte am Strand spazieren und näherte sich dem Dorf bis auf ein paar Meter. Dabei beobachtete er die Eingeborenen, wie sie in ihren offenen Hütten saßen oder auf dem Boden auf einer dicken Matte lagen. Drei kurzhaarige Hunde mit Peitschenschwänzen und schmalen Köpfen strichen um ihn herum, beobachteten ihn, aber sie bellten nicht. Es schien, als wüßten sie, daß er jetzt zum Dorf gehörte – geduldet, weil er nun einmal da war und angewiesen auf die Gnade der Menschen, die ihm Unterkunft und Nahrung gaben.

Ich muß irgend etwas tun, dachte Ron. Ich kann nicht tagelang, wochenlang am Strand oder vor der Hütte sitzen, übers Meer blicken und einfach warten, ob sich ein Segel oder ein Schornstein am Horizont zeigt. Ich muß arbeiten ...., nur so krieg' ich die Zeit klein, nur so drehe ich nicht durch.

Er wanderte zurück zu seiner Hütte, die drei Hunde begleiteten ihn, bis er die Tür hinter sich zuzog. Als er durch einen Spalt nach draußen lugte, sah er, daß die Tiere sich vor seiner Tür niedergelassen hatten. Es schien so, als wollten sie die Nacht über bei ihm bleiben.

»So ist's recht«, sagte Ron und ging zu seinem Lager zurück. »Wir Vagabunden sind eine große Familie. Wir halten zusammen. Gute Nacht, ihr drei Streuner.«

Er schob die zusammengerollte Soutane unter seinen Nacken, schloß die Augen und schlief zum erstenmal, seit er auf der Insel war, schnell ein. Die Hoffnung, in absehbarer Zeit abgeholt zu werden – und sei es von diesem Gauner Descartes –, beruhigte ihn ungemein.

Tama'Olus Kette aus schwarzen Plastikperlen hatte er längst wieder vergessen.

Das Verschwinden des merkwürdigen Amerikaners Ron Edwards löste in Nuku'alofa Unruhe und Verwirrung aus. Der Offizier des Immigration Office, der Ron im Hotel »Kimiko Guest House« besucht und verhört hatte, rief sofort die Hauptstadt Neiafu auf der Insel Vava'U an, aber dort hatte man keinen an Land gehenden Amerikaner gesehen.

»Eine solche Person wäre uns aufgefallen«, erklärte der Polizeichef von Neiafu stolz. »Alles, was hier ankommt, sei es eine Sache oder ein Mensch, haben meine Polizisten genau unter Kontrolle.«

»Aber Edwards hat verlauten lassen, daß er nach Vava'U will. Zuerst mit dem Flugzeug ...«

»Dann wüßten wir das ganz genau! Den Flugplatz verläßt keiner ohne Kontrolle.«

»Lassen Sie mich ausreden, Kommissar. Wir haben aber jetzt erfahren, daß Edwards mit einem Motorboot losgefahren ist. Er hat es am Tag seiner Abreise gekauft.«

»Wann war das?«

»Vor einer Woche. Er müßte also eingetroffen sein.«

»Wenn er nicht irgendwo in einer stillen Bucht an Land gegangen ist. Wir können ja nicht die ganze Küste bewachen.« Der Polizeichef von Vava'U räusperte sich. »Was hat der Kerl verbrochen, Officer?«

»Nichts. *Noch* nichts. Er konnte jedenfalls nicht sagen, warum er nach Tongatapu gekommen ist. Geld scheint er hier wenig zu besitzen, und arbeiten kann er bei uns nicht. Was also will er hier ohne eine Rückfahrkarte?«

»Das ist verdächtig, Officer.«

»Sehr verdächtig. Und nun ist er weg.«

»Irgendwo muß er auftauchen. Er muß Benzin tanken, Verpflegung an Bord nehmen ... das ist das Notwendigste. Und das spricht sich schnell herum.«

»Wir haben über einhundertsiebzig Inseln, Kommissar«, gab der Officer zu bedenken.

»Aber nur vierzig sind bewohnt, und von denen hat

über die Hälfte kein Tanklager. Um Benzin zu zapfen, muß er eine der größeren Inseln anlaufen – und schon haben wir ihn. Es gibt nur zwei Möglichkeiten, mein Bester: entweder er verirrt sich auf dem Meer und verhungert und verdurstet, weil er keinen Sprit mehr hat, oder er kommt irgendwo an Land und wird natürlich gesehen. Einen dritten Weg gibt es nicht.«

»Er kann von einem Handelsschiff aufgefischt worden sein.«

»Dann sind wir ihn auch los! Das ist doch die Hauptsache.«

»So gesehen haben Sie recht, Kommissar.«

»Was interessiert Sie so an dem Kerl, Officer?«

»Wie soll ich das erklären? Er ist kein Strolch wie so viele, die nach Tonga wollen und hier den Glücksritter spielen. Dieser Ron Edwards hat bereits die halbe Welt bereist und träumt immer noch von dem Ideal einer absoluten Freiheit. Von einem Stück Erde, wo Menschen nur Menschen sind, ohne Haß, ohne Lug und Betrug ...«

»Ein Idiot also, Officer.« Der Kommissar im fernen Va-va'U lachte laut »Warum wollen wir ihn unter diesen Umständen überhaupt suchen? Er wird an sich selbst zugrunde gehen.«

»Trotzdem. Halten wir die Augen offen. Ich weiß nicht, warum, aber ich möchte ihn noch einmal wiedersehen.«

Er legte den Hörer auf, steckte sich eine Zigarette an und blickte an die Decke auf den sich drehenden, leise summenden Ventilator.

Mit einem alten, klapprigen Boot ist dieser Edwards losgefahren, dachte er. Vor ein paar Tagen hat es einen Sturm gegeben, nur kurz, aber ziemlich heftig. Er muß Edwards auf offener See erwischt haben. Hat das Boot diesem Unwetter standgehalten? Ist er irgendwo angeschwemmt worden, an eines der vielen unbewohnten Inselchen, die selbst wir nur aus der Luft kennen? Ein Mensch, der von wilden Bananen, Kokosnüssen, rohen Fischen und Wurzeln leben kann, der Regenwasser auffängt und sich seine Blätterhütte baut, zusammengehalten durch Baumfasern ... und der nie wieder auftaucht und täglich, stündlich das Paradies verflucht, auf das er geworfen worden ist?

Mein Gott, ich kann doch nicht hundertsiebzig Inseln nach einem einzigen Mann absuchen lassen! Wer soll das bezahlen? Der königliche Finanzrat würde mich für verrückt erklären.

Er drückte die Zigarette in einem bemalten Aschenbecher aus und beschloß, Ron Edwards aus seinem Gedächtnis zu streichen.

Seit drei Tagen arbeitete Ron verbissen daran, die Hütte von Pater Richards wieder instand zu setzen. Mit Hilfe eines Beils – auch von Monsieur Descartes? – fällte er dünne Kokospalmen, schälte sie und verband sie mit Baststrikken und den vorhandenen rostigen Nägeln zu einer neuen Tür.

Die drei alten, offenbar getauften Männer halfen ihm und deckten das Dach neu. Dazu benutzten sie Matten aus Bananenblättern und einem Geflecht aus Ästen und biegsamen Palmwedeln. Die Löcher in den Wänden wurden mit einem Brei aus zerrupften Blättern, die man mit Meerwasser tränkte und die in der Sonne dann eisenhart wurden, geflickt. Auch eine Bank aus Knüppelholz sollte noch entstehen, auf der er sitzen, über das Meer blicken und die feurigen Sonnenuntergänge erleben wollte.

Am Abend war Ron zum Umfallen müde, doch stets wartete er auf Tama'Olu oder ihren Vater Tapana. Er bemühte sich, einige tongalesische Wörter zu lernen, doch die Sprache war so schwierig, daß er nur wenig Erfolg hatte.

In den ersten beiden Tagen erschienen eine Anzahl Dorfbewohner, vor allem Frauen und Kinder, umlagerten die Hütte und sahen Ron voll Interesse bei seiner Arbeit zu. Wenn er mit dem Beil mal danebenhieb, kicherten sie laut und steckten die Köpfe zusammen, aber sie brachten auch Baststricke mit, damit er seine Tür und die Dachmatten festbinden konnte.

Nun bin ich schon eine Woche hier, dachte Ron, als er am Abend vor seiner Hütte hockte und den flammenden Abendhimmel betrachtete. Durch den schmalen Korallenriff-Eingang kamen die Männer mit ihren Auslegerbooten vom Fischen zurück. Die kleinen, spitzen Segel sahen aus, als wären sie von der untergehenden Sonne in Gold getaucht worden. Im Dorf flammten die kleinen Feuer zwischen aufgeschichteten Steinen auf – die Frauen warteten auf den Fang ihrer Männer.

Eine Woche nur . . . und es kommt mir vor wie eine kleine Ewigkeit. Ein Monat wird mir wie ein Jahr erscheinen, und nach einem Jahr werde ich verrückt geworden sein. Ich muß mir das immer und immer wieder vorsagen: Hab Hoffnung, Junge! Auch diese Insel ist ein Teil unserer Welt und wird nicht vergessen. Es gibt nichts Unbekanntes mehr auf unserer Erde. Bau dein Haus aus, leg einen Garten an, sammle das Regenwasser in deinem Schlauchboot, und wenn du es gar nicht mehr aushalten kannst, verführe die zauberhafte Tama'Olu und laß dich dann von ihrem Vater erschlagen. Das wäre wenigstens ein anständiges Ende.

Er hörte hinter sich das leise Knirschen des Sandes und drehte sich schnell um. Wenn man vom Teufel spricht, ist er nahe, durchfuhr es ihn, aber daß auch Engel auf Gedanken reagieren, ist neu. Auf dem Stamm der umgestürzten Palme hockte Tama und sah ihn aus ihren unergründlichen Augen an.

Ron seufzte auf. »Es ist nicht gut, wenn du immer um mich bist«, sagte er ziemlich grob. »Ich habe darin Erfahrung. Bis jetzt hat es noch keine Frau gegeben, die sich gewehrt hätte, wenn ich sie in den Arm nahm. Nein, sie haben sogar darauf gewartet. Geh zurück ins Dorf. Du bist viel zu schön, und es wäre für uns beide ein Unglück, wenn ich dich mit in meine Hütte nähme.«

Sie nickte, wie immer, wenn sie nichts verstand, blieb auf dem Palmenstamm sitzen und wartete. Über ihr schmales braunes Gesicht glitt der Schimmer der untergehenden Sonne. Um den Hals trug sie wieder eine der schrecklichen Ketten aus Plastikperlen, die Ron in den vergangenen Tagen auch bei anderen Frauen gesehen hatte. Ein großer Halunke muß dieser Gilbert Descartes sein, hatte er gedacht. Echte, handgemachte Eingeborenenkunst tauschte er gegen wertlosen Kitsch. Auch wenn er mich eines Tages von dieser Insel wegholt, werde ich ihn deswegen in den Hintern treten.

»Also, wenn du unbedingt bei mir sein willst«, sagte er, »dann bring mir Tongalesisch bei. Mit ein paar Wörtern komme ich aus. Ein paar kenne ich ja schon.« Er kam zu ihr, setzte sich neben sie auf den Stamm, zeigte auf die versinkende Sonne, machte zu Tama eine Verbeugung, als käme er oder verabschiede sich. »Ta'ahine Tama'Olu (Fräulein Tama'Olu) . . . guten Abend . . .«

Tama blickte ihn erstaunt an, schien zu begreifen, was er ausdrücken wollte, und sagte fast feierlich: »Malo e lelei ki he efiafi ni.« (Guten Abend.)

»Ach, du lieber Jolly!« Ron starrte sie entgeistert an. »Das begreif ich nie! Das ist ja schlimmer als Chinesisch und Japanisch zusammen. Tama, braunes Engelchen, machen wir's umgekehrt: Du lernst Englisch, das ist einfacher und geht schneller.«

Er legte den Arm um ihre nackten Schultern, und als er ihre glatte, warme, seidige Haut unter seiner Hand spürte, biß er die Zähne aufeinander und zog den Arm sofort wieder zurück.

Mit weiten, staunenden Augen sah Tama ihn an. Dann lehnte sie den Kopf an seine Schulter, ihr langes schwarzes Haar wehte über seine Brust und sein Gesicht, und das Haar roch betäubend süß nach dem Saft einer ihm unbekannten Blüte.

Ron zeigte wieder auf die untergehende Sonne. »Good

evening . . .«, sagte er mit plötzlich rauher Stimme. »Ko koe.« (Du.)

»Got ieieging«, wiederholte Tama und mußte nach diesem Wort lachen. »Ma'kovi.« (Das ist schlecht.)

»I love you.«

»Ei lawe ju . . .« Sie warf den Kopf in den Nacken und freute sich, daß sie den Satz besser ausgesprochen hatte. »I love you . . .«, wiederholte sie.

»Wenn du wüßtest, was das bedeutet«, sagte Ron und atmete ein paarmal tief durch. »Nun willst du das erklärt haben, nicht wahr? Verdammt, Mädchen, lauf ganz schnell weg von hier. Lange kann ich mich nicht mehr beherrschen, dazu bist du viel zu reizvoll. Aber ich will keinen Ärger mit deiner Familie.«

»Kohai ia?« (Was ist das?) fragte Tama'Olu und hob die Schultern.

Die Frage und die Gebärde waren deutlich genug. Ron schob eine schwarze Haarsträhne aus seinem Gesicht, nahm Tamas Kopf in beide Hände und küßte sie auf den Mund. Ihre Lippen öffneten sich, er schmeckte die Süße des fremden Blütensaftes, mit dem sie nicht nur ihr Haar, sondern offenbar den ganzen Körper eingerieben hatte. Und gegen seinen Willen, gegen alle Vernunft schlang er die Arme um sie, drückte sie an sich, küßte und küßte sie immer wieder, glitt mit seinen Lippen über ihre Augen, den Hals, die Schultern bis hinunter zum Ansatz ihrer Brüste. Und sie streichelte seinen Kopf, seufzte und bog sich ihm entgegen.

Doch mit einem Ruck riß sich Ron von ihr los und sprang auf. »Ich bin verrückt!« stieß er hervor. »Tama, du hast mich wahnsinnig gemacht, aber es soll nicht wieder vorkommen! Mit was für einem Teufelszeug hast du dich bloß eingerieben? Es raubt mir fast den Verstand. Also – geh zurück!«

Er zeigte in Richtung des Dorfes. »Begreifst du das denn nicht – es darf nicht sein. Dein Stamm würde mich umbringen, und das mit Recht!«

»Ei lawe ju ...«, sagte sie wie ein Kind, das einen Vers aufsagen muß. »Ei lawe ju ...«

Ron zögerte. Es war die Sekunde der Entscheidung, ein Kampf zwischen Gefühl und Vernunft.

Dann warf er sich herum und rannte zu seiner Hütte zurück, als jage ihn schon Tama'Olus Familie. Innen setzte er sich gegen die Tür, um zu verhindern, daß Tama ihm nachkam. Aber sie folgte ihm nicht.

Als er vorsichtig die Tür einen Spalt öffnete und hinausspähte, sah er sie noch immer auf dem Palmenstamm sitzen, ein Schatten in der von einer schmalen Mondsichel erhellten, fahlen Dunkelheit.

Sie wartet, dachte er. Sie wartet, daß ich sie hole. Mädchen, ich möchte es so gern ... aber den Teufel werd' ich tun!

Er ging zu seinem Bett, warf sich auf das neue Palmstroh, das ihm einige Frauen gebracht hatten, verschränkte die Hände im Nacken und schloß die Augen. Schlaf, sagte er zu sich. Verdammt, du Esel, schlaf! Das ist die einzige Möglichkeit, standhaft zu bleiben. Denn, wenn du Tama'Olu nimmst, kommst du nie mehr von der Insel weg. Hier wird das Ende deiner Suche nach Freiheit sein. Eine Frau, ausgerechnet eine Frau fängt dich wieder ein. Aber das war ja vorauszusehen! Drei Jahre bist du jetzt unterwegs, und fünfmal hast du gedacht: Hier bleibe ich, hier kann ich leben, mit Eileen, Francesca, Juilette, Mary und Mona im Bett. Mona aus Waitomo auf Neuseeland. Ein Abkömmling der Maoris, eine Frau wie eine Göttin ... Und doch bist du jedesmal geflüchtet, wenn du merktest, daß sie dich als ihr Eigentum betrachteten. Du wärst erstickt in dieser besitzergreifenden Liebe. Und jetzt, Ron, du Rindvieh? Wie ist es jetzt? So schnell wie möglich willst du von hier weg, das sagt dir dein Verstand. Aber willst du wirklich fort? fragt dein Gefühl. Gilbert Descartes, wann kommst du endlich? Hol mich hier raus ...

Und dann träumte er, daß ein weißes, schönes Motorschiff jenseits der Korallenbarriere ankerte und ein Boot durch die Passage auf die Insel zuhielt. Ein dicker, schwitzender Mann mit einem Menjoubärtchen auf der Oberlippe, einem Strohhut auf dem Kopf und in einem weißen Baumwollanzug sprang an Land und rief: »Los, steigen Sie ein, Edwards. Haben Sie alles gepackt? Die Geschäfte sind beendet, wir müssen weiter. Kommen Sie schon –«

Und er hörte und sah sich antworten: »Gilbert, Sie können mich mal. Ich bleibe bei Tama'Olu. Hier gehöre ich hin und nirgendwoanders.« Da tippte sich Descartes an die Stirn, rief eine unflätige Bemerkung, fuhr zu seinem schönen weißen Schiff zurück und dampfte ab. Aber noch in Sichtweite schoß eine Stichflamme aus dem Rumpf, der Explosionsknall blieb in den Palmen hängen, und in einer Feuersäule versank das Boot im Meer. Nur eines blieb noch und schwebte über dem Wasser: das schreckliche, höhnische und fette Lachen von Gilbert Descartes ...

Schweißgebadet schreckte Ron aus dem Traum empor. Er setzte sich im Bett auf und blickte sich um. Die Morgensonne schien durch die noch nicht gefüllten Wandritzen, vom Dorf herüber klang ein rhythmisches Stampfen. Die Frauen zerhieben die Maniokwurzeln, bis sie zu Mehl wurden, aus dem sie dann ihre Fladen backten.

Ron wollte sich mit beiden Beinen aus dem Bett schwingen, aber ruckartig hielt er in der Bewegung inne.

Vor seinem Bett, auf der Erde liegend, schlief Tama'Olu. Ihr Wickelkleid war verrutscht und gab eine ihrer wohlgeformten Brüste frei. Sie schlief so fest, daß sie nicht hörte, wie Ron über sie hinwegstieg und sich an Pater Richards halb verfaulten Tisch setzte.

Das glaubt mir keiner, daß sie nur vor meinem Bett geschlafen hat, dachte er und fühlte sich alles andere als wohl in seiner Haut. Wie soll ich das ihrer Familie nur erklären, wenn mich doch keiner versteht? Sie war die ganze

Nacht bei mir, das genügt! Ein Mann und ein wunderschönes Mädchen allein in einer Hütte ... Was gibt es da noch zu beteuern? Niemand auf der ganzen Welt würde mir glauben. Junge, wir gratulieren, würden sie sagen. Oder: Tötet ihn – er hat Tama'Olus Unschuld genommen. Tötet ihn!

Leise schlich er sich aus der Hütte, blickte hinüber zum Dorf, straffte sich und ging auf dic Häuser zu. Vor seiner großen Hütte saß Fatahefi Tapana auf einem geschnitzten Holzklotz und sah den Frauen beim Maniokstampfen zu. Er winkte Ron freundlich zu und forderte ihn auf, näher zu kommen.

Ron blieb vor dem Stammesoberhaupt stehen, zeigte hinüber zu seiner Hütte und wedelte mit der Hand, so als wolle er einen Mückenschwarm abwehren. »Tama'Olu – 'Ikai«, sagte er dabei. Das »Nein« war die einzige Möglichkeit, die Lage zu erklären.

Tapana nickte, erhob sich von seinem Holzblock, zog den verblüfften Ron an sich und küßte ihn auf beide Wangen.

In diesem Augenblick öffnete sich die Tür von Rons Hütte, und sie sahen, wie Tama leichtfüßig durch den Korallensand zum Strand lief, ihr Kleid abwarf und sich nackt, mit ausgebreiteten Armen, in das warme Wasser der Lagune fallen ließ. Es war, als erfrische sie sich jetzt nach einer Nacht voller Leidenschaft.

»Das ist ein Irrtum, Tapana!« rief Ron. »Ein Irrtum! Wie soll ich dir das nur begreiflich machen? Es ist nichts zwischen uns gewesen. Ich habe Tama'Olu nicht angerührt.«

Der Alte nickte erneut, gab Ron noch einen Kuß auf die Wange und rief dann etwas zu den Männern hinüber, die an einem Boot arbeiteten. Die Männer hoben die Köpfe, lachten und klatschten in die Hände. Eine ältere Frau – Tamas Mutter? – kam aus der Hütte, verbeugte sich immer wieder vor Ron und überschüttete ihn mit einem lebhaften Wortschwall. Auch die maniokstampfenden Frauen gerieten in eine seltsame Freude, klatschten wie die Männer vor Begeisterung in die Hände und warfen Ron strahlende Blicke zu.

Sie nehmen genau das Gegenteil an, dache Ron betroffen, und keiner erschlägt mich oder spießt mich auf. Nein, sie klatschen in die Hände, und Tapana küßt mich ab wie einen zurückgekehrten Sohn. Was hat das alles zu bedeuten? Bin ich jetzt in ihren Stamm aufgenommen, nur weil man glaubt, ich hätte mit Tama'Olu geschlafen? Statt Rache zu nehmen, feiern sie mich – unbegreiflich!

Langsam ging er zurück zu seiner Hütte, den Kopf gesenkt, und war sich plötzlich bewußt, daß nicht sein Hierbleiben, sondern das Verlassen der Insel seinen Tod bedeutete. Er war erst dann Tapanas Feind, wenn er flüchtete und Tama allein zurückließ.

Am Strand blieb er stehen und sah hinüber zu ihr. Sie schwamm in der grünblauen Lagune, drehte sich im Wasser auf den Rücken und strampelte mit den Beinen, lag dann still und ließ sich treiben, und die Spitzen ihrer Brüste durchbrachen die glatte Oberfläche des Meeres.

»Was nun, Tama'Olu?« sagte Ron leise. »Das hast du gut hingekriegt. Aber täusche dich nicht: Ich haue ab, sobald sich eine Gelegenheit bietet. Und wenn du noch so schön und zärtlich bist ... auf deiner Insel gehe ich ein! Und deshalb werde ich dich auch nicht anrühren, auch wenn du jetzt jede Nacht vor meinem Bett auf der Erde schläfst.«

Er sah, wie sie auf den Strand zuschwamm, aus dem Wasser stieg und in wunderbarer Nacktheit, lachend, das nasse, lange Haar an die braune Haut geklebt, ohne Scheu und Zögern auf ihn zuwatete. Eine kleine Göttin stieg aus der Lagune.

Ron wandte sich schroff ab, ging zurück zu seiner Hütte, zog hinter sich die Tür zu und setzte sich auf das Bett. Wenn sie jetzt hereinkommt – was tue ich da nur? fragte er sich. Jage ich sie hinaus? Oder nein – ich übersehe sie einfach, das ist besser. Sie ist nicht vorhanden, basta! Oder *ich* verlasse die Hütte und gehe hinüber zu dem Bananenfeld. Und kein Wort zu ihr, kein einziges Wort.

Ron hielt sich an diesen Vorsatz. Er sprach kein Wort mit Tama'Olu, als sie wirklich hereinkam und die Sonne ihre nackte Haut glitzern ließ, als sei sie mit Kristallen übersät. Mit kleinen, graziösen Schritten kam sie auf ihn zu, hielt ihm ein großes Tuch hin, drehte ihm den Rücken zu und hob die Arme über den Kopf.

Abtrocknen, hieß das. Mein Liebster, trockne mich ab.

Und Ron kam der Aufforderung nach, rieb das Meerwasser von ihrer Haut und rubbelte ihr langes Haar trokken, so, als sei es selbstverständlich und immer so gewesen, daß er sie nach einem Bad in ein Tuch rollte und mit leichter Hand massierte.

Aber er hielt sich an seine Abmachung und sagte kein einziges Wort. Doch er war glücklich, ihre schlanke Gestalt unter seinen Händen zu spüren und den Duft ihres Haares einzuatmen.

Ron brauchte Tama'Olu nicht aus seiner Hütte zu werfen, auch mußte er sich nicht länger zwingen, sie zu übersehen. Zu seiner größten Verwunderung verließ sie ihn, nachdem er sie abgetrocknet hatte. Sie schlang den bunten Baumwollstoff wieder um ihren schlanken Körper, sagte »Sai pe« (danke), warf mit beiden Händen ihr langes Haar über die Schultern und ging hinaus.

Was soll nun das wieder? dachte er verblüfft. Welchen Trick spielt sie jetzt aus? Glaubt sie etwa, ich komme ihr nach? Bildet sie sich vielleicht ein, ich sei ihr schon hörig? Irrtum, mein Mädchen! Ich rühre mich nicht von der Stelle. Vielleicht ist jetzt das ganze Dorf versammelt, starrt auf meine Hütte und wartet, daß ich dir nachrenne. Und dann klatschen alle in die Hände und jubeln, und Tapana küßt mich wieder, und ich werde in das Häuptlingshaus geführt, und alle wollen sehen, wie ich Tama liebe. Wer weiß, wie hier die Sitten sind?

Er setzte sich auf die Bettkante und wartete. Draußen hörte er Stimmen, fleißige Hände stopften die letzten Löcher in der Flechtwand der Hütte, über ihm raschelte es – dort band man die neuen Dachmatten fest –, und in der Tür erschien einer der getauften Männer, lachte ihn mit seinen Zahnlücken an und rief: »Halleluja!«

Ron rührte sich nicht aus dem Haus. Er wartete. Wartete auf Tama'Olu mit der sich steigernden Ungeduld eines Versetzten. Sie kommt nicht, dachte er und erlebte zum erstenmal ein bedrängendes Gefühl, das vom Kopf bis in den Magen zog. Ich will sie sehen, ich muß sie sehen . . . nur sehen, weiter nichts. Das ist doch ein harmloser Wunsch, nicht wahr? Ich will nichts, als ihre Stimme hören, ihren Blick einfangen, ihre zarte Gestalt bewundern. Ihr Haar soll im warmen Wind wehen, und der Wind soll das Kleid fest an ihre Brüste pressen. Die Sonne läßt bestimmt ihre seidige Haut glänzen – ein erregender Anblick. Nur das will ich, nur das . . . Warum kommt sie nicht zurück?

Um die Mittagszeit brachten zwei junge Frauen die noch heißen, frisch gebackenen Fladen, einen süßen Brei aus zerdrückten Früchten und eine halbe, rotfleischige Wassermelone. Sie legten alles vor Ron auf den Boden, kicherten wie zwei alberne Teenager und rannten wieder aus der Hütte.

Warum bringt Tama'Olu mir nicht das Essen, so wie bisher? Was ist da draußen im Dorf vorgefallen? Was hat man mit ihr angestellt?

Unruhe stieg in Ron auf und nahm ihm fast die Luft zum Atmen. Ein paarmal schlug er die geballten Fäuste zusammen, lief dann nervös in der Hütte auf und ab, riß die Tür auf und blickte hinüber zu den hohen, geschwungenen Dächern.

Im Dorf war kein Mensch zu sehen, es wirkte wie ausgestorben. Kein Mann, der arbeitete, war zu entdecken, keine Frauen, die schwatzten, kein Kinderlachen, nicht mal die Hunde streunten zwischen den Palmen und dem Strand herum.

Ron blieb in der Tür stehen und wischte sich mit beiden Händen über das schweißnasse Gesicht. Junge, da braut sich was zusammen, sagte er sich. Soviel Frieden bedeutet Sturm. Was habe ich falsch gemacht?

Und es gibt keine Möglichkeit, sich zu wehren oder einfach davonzulaufen . . .

4

Der Drang, die Insel Tonu'Ata so schnell wie möglich zu verlassen, nahm überhand. Ron ging hinunter zum Strand, wo sein kleines Schlauchboot noch immer mit einem Strick an einer windschiefen Palme festgebunden war. Niemand hatte es angerührt, sogar das Paddel war noch vorhanden. Eine Umhängetasche aus nylonüberzogenem Leinen lag auf dem Boden.

Ach ja, dachte Ron und griff nach der Tasche, die hatte ich völlig vergessen! Unter sehr ehrlichen Menschen lebe ich hier, anderswo wäre sie längst gestohlen worden. Er hatte Mühe, die Tasche zu öffnen: Den Knoten der Leinenkordel, bretthart durch das in der Sonne kristallisierte Salz des Meerwassers, mußte er erst mit einem Stein weichklopfen, ehe er ihn aufschnüren konnte.

Ron erinnerte sich, daß er nur diese Tasche hatte retten können, bevor sein Schiff in der Tiefe der Südsee versank. Später, als er sich von der Strömung treiben ließ, hatte er den Nylonbeutel als Kopfkissen benutzt. Aber dann, bei seinem Kampf gegen Wellen und Korallenriffe und nach seiner Landung auf der Insel, war er so erschöpft gewesen, daß er nicht mehr an die Tasche gedacht hatte.

Jetzt öffnete er sie, holte den Inhalt heraus und legte ihn auf den Boden des Schlauchbootes. Sein Reisepaß kam zum Vorschein, ausgestellt auf den Namen Ron Edwards, amerikanischer Staatsbürger, den er damals für viele Dollars gekauft hatte, ein Plastiktäschchen mit Travellerschecks und Dollarnoten. Zusammen waren es viertausend Dollar, die »eiserne Reserve«, mit der man von jeder Ecke der Welt nach Hause fahren konnte, wenn man die Nase voll hatte vom Abenteuer der absoluten Freiheit. Schließlich ein Vielzweck-Taschenmesser mit verschiedenen Klingen, Zangen und Feilen sowie komischerweise ein zusammengeknülltes buntes Baumwollhemd und ungefähr zwei Meter einer dicken Kordel.

Ron setzte sich auf den Rand des Schlauchbootes und blickte über die grünschimmernde Lagune hinüber auf das Riff und den dahinter schäumenden Ozean. Soll ich es wagen? dachte er. Das Boot vollkpacken mit Lebensmitteln, Früchten und Wasser und dann hinausfahren aufs Meer – mich treiben lassen und paddeln, tagelang, in der Hoffnung, irgendwo an Land zu können oder einem Schiff zu begegnen, das mich mitnimmt, ganz gleich wohin, nur weg aus dieser Einsamkeit.

Weg von Tama'Olu?

Er blätterte den Paß mit den vielen Ein- und Ausreisestempeln durch. Erinnerungen tauchten wieder auf. Singapur und Hongkong, Manila und Shanghai, Neuseeland und Australien, Tahiti und Fidschi, und überall – Ron, du verdammter Kerl! – hatte es eine Tama'Olu gegeben. Nur hießen die Mädchen Li oder Eileen, Marilyn oder Barbara. Und keine hatte ihn halten können, eines Tages war er einfach verschwunden.

Er schrak hoch und hob den Kopf. Dumpfer, rhythmischer Trommelklang wehte zu ihm an den Strand. Er kam aus dem Palmenwald hinter dem Dorf, und jetzt sangen die Eingeborenen auch dazu.

Ron packte alle Papiere und die wenigen Habseligkeiten

wieder in die Tasche, hing sie sich um und stapfte durch den weißen Korallensand zurück ins Dorf. Als er an den verlassenen Häusern vorüber war, sah er nach vielleicht zweihundert Metern mitten im Palmenwald eine große Lichtung, auf der drei hohe, geschnitzte und mit Pflanzenfarbe bemalte Götterstatuen standen. Mit riesigen Glotzaugen starrten sie die Menschen an. Die Finger glichen Vogelkrallen, und aus den breiten, das ganze Gesicht durchschneidenden Mäulern bleckten riesige Zahnreihen. Ein furchterregender Anblick für all jene, die an die grausame Macht der Götter glaubten.

In einem weiten Kreis standen alle Bewohner von Tonu'Ata um diese etwa vier Meter hohen Totems. Die Menschen klatschten in die Hände, sangen eine eintönige Melodie, stampften dabei mit den Beinen auf den Boden, und vier Männer schlugen mit Knüppeln auf die Baumtrommeln, die vor ihnen auf der Erde lagen. Zwischen den Götterstatuen stand ein mit bunten Strichen, Kreisen, Winkeln und phantastischen Figuren über und über bemalter Mensch, die Arme hoch zum Himmel gereckt, regungslos, wie erstarrt, als sei auch er ein Götzenbild. Ein Stirnreif mit bunten Vogelfedern bedeckte seinen Kopf und erinnerte Ron an den Häuptlingsschmuck der Papuas, den er im Hochland von Neuguinea gesehen hatte.

Ron stand versteckt hinter einer dicken Palme und suchte in dem wogenden Menschenkreis Tama'Olus zierliche Gestalt. Tapana hatte er schon entdeckt ... er stand dem bemalten Mann gegenüber, der ein Zauberer, Priester oder Medizinmann sein mußte.

Tapana schien sich schon in Trance gesungen zu haben; mit geschlossenen Augen, den Kopf weit in den Nacken geworfen, die Erde stampfend, stieß er unmelodische Töne hervor. Schweiß bedeckte seinen nackten Oberkörper, der im Rhythmus der Trommeln wild zuckte.

Dieser Descartes, dieser Händler, der hier ab und zu mit seinem Schiff auftaucht, ist ein Saukerl, dachte Ron. Aber offensichtlich ein Verkaufsgenie. Mit seinen Ketten aus schwarzen Plastikperlen hat er ein Bombengeschäft gemacht. Alle Frauen von Tonu'Ata tragen diesen billigen Schmuck um den Hals. Kitsch und Talmi sogar im Tonga-Reich – die Zivilisation war nicht aufzuhalten.

Langsam schlich sich Ron davon, ging dann wieder durch das leere Dorf und am Strand entlang zu seiner Hütte, holte den von Pater Richards selbstgebastelten Hocker aus dem Raum und setzte sich vor sein Haus.

Erschrocken zuckte er zusammen, als hinter ihm ein Rascheln ertönte. Er fuhr herum und sah Tama'Olu an der Hüttenwand auf der Erde hocken. Wieder trug sie die zwei schwarzen Ketten aus schwarzen Plastikperlen. Wunderbar sah sie aus mit ihrer mattglänzenden braunen Haut, den langen schwarzen Haaren und den großen, ebenso schwarzen Augen. Ihr roter, kurzer Wickelrock bedeckte gerade ihre Hüften und die Hälfte ihrer schlanken Schenkel. Sie lächelte, als sie die Bewunderung in Rons Blick las.

»Wie lange sitzt du schon da?« fragte er. »Ich habe dich nicht kommen hören. Warum tanzt du nicht mit den anderen? Was feiert ihr eigentlich? Ihr habt so eine Art Medizinmann, nicht wahr? Erzählt er euch, daß ich ein böser weißer Teufel bin? Wenn du mich bloß verstehen könntest, Mädchen! Du bist wunderschön, genau das, was man einen Südseetraum nennt, etwas, was es eigentlich gar nicht gibt. Ich habe rund um die Welt viele Frauen gesehen ... du bist mit Abstand die hübscheste. Und das auf einer einsamen Insel, die kein Mensch kennt!

Was aber wird mal aus dir werden? Du wirst nie die Insel verlassen, du wirst einen der jungen Burschen hier heiraten, Kinder kriegen, eins nach dem anderen, und deine Schönheit wird verblühen und verwelken, von Jahr zu Jahr rascher. Immer schneller, je älter du wirst. Und wenn du vierzig bist, wirst du ausssehen wie siebzig, faltig und mit hängenden Brüsten und ausgemergeltem Leib ...

Tama'Olu, das Leben ist grausam, aber darüber wirst du

dir nie Gedanken machen. Du kennst nur deine kleine Welt, die Insel hier, und sie genügt dir. Eigentlich bist du ein glücklicher Mensch – stellst keine Ansprüche und bist mit allem zufrieden, was das Leben hier bietet.«

Er beugte sich zu ihr vor und streckte die Hand aus. Aus dem Palmenwald dröhnten die Baumtrommeln und wehten die Stimmen der Sänger bis zu ihnen. »So viel habe ich lange nicht geredet . . ., und du verstehst kein Wort. Du lächelst mich an, voll Vertrauen darauf, daß alles, was ich dir sage, gut ist. Aber es ist nicht gut. Ich will weg von hier!«

Er beugte sich vor und griff nach ihren schwarzen Ketten. Langsam ließ er sie durch seine Finger gleiten. Dabei berührte er Tamas Brust, aber während er zurückzuckte, rührte sie sich nicht, nur ihre Augen schienen heller zu glänzen.

Einen Moment lang war er verblüfft, nicht über ihren Blick, sondern über das, was er zwischen seinen Fingern spürte. Die schwarzen Perlen fühlten sich nicht wie Plastik an, sie waren nicht leicht und hohl, sondern massiv und hatten ein gewisses Gewicht. Schwarzes Kunstharz oder gefärbtes Perlmutt, dachte er. Bei uns daheim würde man das als anspruchsvollen Modeschmuck bezeichnen, dachte er. Ein ganz großer Gauner scheint Descartes also nicht zu sein; er liefert immerhin gehobenen Kitsch.

Aber je länger er die Perlen durch seine Finger gleiten ließ, um so merkwürdiger kamen sie ihm vor. Er beugte sich zu Tama'Olu hinunter, zog die längste der Ketten über ihren Kopf und betrachtete sie genauer. Es waren wundervolle, mattschwarz schimmernde Perlen mit einem Hauch von Silbergrau im Lüster, in der Rundung nicht immer gleichmäßig, ganz so, als seien sie wirklich im Inneren einer Muschel gewachsen. Eine raffinierte, vollkommene Nachbildung. Wirklich eine Nachbildung?

Ron betrachtete wieder Perle um Perle, zog dann die zweite Kette über Tama'Olus Kopf und sah, daß auch diese Perlen von einer vollendeten Schönheit waren. Er hielt sie gegen die Sonne, der Glanz verstärkte sich, und das wundervolle wie mit Silber durchsetzte Schwarz des Lüsters begann zu leuchten.

Das gibt es nicht, dachte Ron und spürte plötzlich, wie ihm die Kehle eng wurde.

Das ist unmöglich! Das können keine echten Perlen sein! Mein Gott, wenn sie echt wären, dann trügen diese Frauen hier Hunderttausende von Dollars um den Hals. Und sie wissen es nicht, keiner weiß es, auch Descartes nicht, denn der hätte sie ihnen längst abgehandelt.

Echte schwarze Perlen, hier an der Küste irgendwo aus dem Meer geholt ... Nein, nein, das gibt es nicht!

Ron erinnerte sich an Tahiti. Dort war der Weltmarkt für schwarze Perlen. Ebenso für silberfarbene, graue und rosa Perlen, gezüchtet auf weiten Muschelbänken nach den Methoden von Mikimoto, dem Perlenkaiser von Japan.

Es gab allerdings auf Tahiti auch echte schwarze Perlen, keine gezüchteten, sondern von Perlenfischern aus der Tiefe der Riffe heraufgeholte, natürlich in den Muscheln gewachsen, so selten und wertvoll wie Diamanten. Das waren keine kleinen Perlmuttkugeln die in eine Muschel eingepflanzt worden waren, sie entstanden aus einem winzigen Sandkorn, das in die Muschel gespült worden war. Die Muschel umspann dann den Fremdkörper – eine echte Perle entstand.

Eine echte schwarze Perle ... ein Vermögen, ein Kunstwerk der Natur.

Und hier trugen die Frauen, sogar die Kinder Ketten davon, als seien es gefärbte Steine.

Tonu'Ata war eine Insel, auf der Millionen Dollar schliefen ...

»Woher?« fragte Ron erregt und hielt Tama'Olu die Ketten vors Gesicht. »Wo?« Er zeigte hinaus aufs Meer, dann auf die Perlen und hob die Schultern. Er machte mit den Armen die Bewegung des Schwimmens und hob anschließend die Ketten hoch »Tama'Olu ... wo hast du sie her?«

Daß er ihren Namen nannte, schien sie zu erfreuen. Sie nickte, erhob sich vom Boden, nahm ihm die Perlenketten aus der Hand und streifte sie wieder über ihren Kopf. Sie fielen über ihre schönen Brüste und schimmerten in der Sonne. Dann zeigte Tama mit ausgestrecktem Arm in das Innere der Insel und sah Ron auffordernd an.

»Dort?« fragte er ungläubig. »Das gibt's doch gar nicht!« Du kleines Luder, Perlen wachsen nicht auf Bäumen, und wenn doch, dann sind es keine Perlen, sondern perlenähnliche, bisher unbekannte Samenkörner, von denen bisher niemand eine Ahnung hatte. Tama'Olu, das mußt du mir zeigen.«

Es war, als verstünde sie ihn. Sie faßte seine Hand und zog ihn mit sich fort in eine Richtung, die er noch nicht gegangen war. Es war ein Weg durch einen Palmenhain und zwischen hohen Farnen hindurch. Ein Weg, der anstieg und sich um Felsen herumwand, durch säulenartige Steingruppen, die davon zeugten, daß auch diese Insel einmal aus dem Meer gestiegen war, emporgehoben durch vulkanische Urgewalten.

Plötzlich blieb Tama'Olu stehen, löste den Rock von ihren Hüften, stellte sich auf die Zehenspitzen und umwikkelte mit dem Stoff Rons Kopf. Er wollte den Stoff wegreißen, aber sie hielt seine Hände fest, und sie entwickelte eine solche Kraft, daß er überrascht war.

Nun gut, dachte er, verbinde mir die Augen. Ich habe ein gutes Orientierungsgefühl – den Weg werde ich wiederfinden.

Sie verknotete den Rock um seinen Kopf, faßte dann seine Hand und zog ihn hinter sich her. Links, dachte Ron. Nach ungefähr hundert Schritten wieder rechts. Dann eine Weile wieder geradeaus. Jetzt geht es ein Stück aufwärts, unter meinen Schuhsolen spüre ich Steine ... und nun geht es abwärts, Zweige schlagen meinen Körper, es muß ein enger Pfad sein, der ziemlich steil nach unten führt. Und dann hörte er plötzlich wieder das Rauschen von Meereswellen, die gegen das Riff anrannten und sich dort brachen, hörte das Schreien der Seevögel und spürte den warmen Wind, der vom Ozean zu ihnen herüberwehte.

Wie lange sind wir gegangen? Vielleicht etwas mehr als eine halbe Stunde. Wir müssen an einer anderen Küste der Insel sein, westlich von meiner Hütte, wenn mich mein Gefühl nicht täuscht. Er tappte an Tama'Olus Hand weiter, hörte ein Knirschen unter den Füßen und spürte den feinen Sand, der bei jedem Schritt in seine Schuhe drang.

Tama'Olu blieb stehen und löste den Knoten in Rons Nacken. Als sie ihren Rock von seinem Kopf zog, sah er zuerst das Meer. Frei lag es vor ihm, nicht abgegrenzt durch Korallenriffe. Und was er für das Brechen von Wellen jenseits der Lagune gehalten hatte, war das Aufschäumen des Ozeans an dunkelgrauen, bizarren Klippen, die einen kleinen, schmalen, halbrunden Strand umsäumten.

Hinter ihnen führte der Weg in die Felsen hinein, durch windschiefe Palmen und zerzauste Frangipanibüsche hindurch . . ., ein Platz von wilder Schönheit und unberührter Einsamkeit.

»Hier?« fragte Ron und starrte auf die Klippen, gegen die die Brandung tobte. »Mein Süßes, da kann doch keiner ins Wasser. Da wird man doch sofort an die Felsen geschleudert. Und ich wette, hier gibt's auch Haie.«

Er sah Tama'Olu ungläubig an. Sie stand neben ihm in völliger Nacktheit, den Rock in der Hand, und sie schien es selbstverständlich zu finden, daß er sie so sah. Sie streckte den linken Arm aus und zeigte auf das Meer. Jetzt erst bemerkte Ron, daß eine Kette von Kokosnüssen auf den Wellen trieb – eine Markierung, die um die Bucht herumführte und hinter den Klippen verschwand.

Das Muschelfeld, aus dem die schwarzen Perlen kamen!

Tama'Olu wußte seine erstaunte Miene zu deuten. Sie

warf ihm den Rock zu und lief dann durch den weißen Korallensand zum Meer und in die anrollenden Wellen hinein. Ihr herrlicher, nackter, aufregender Körper glänzte in der Sonne, das lange Haar flatterte wie eine Fahne im Wind. Bis zu den Hüften im Wasser stehend, blickte sie sich noch einmal um und winkte Ron zu.

Heiße Angst um das Mädchen nahm ihm plötzlich den Atem. Und dann schrie er auf, warf den Rock in den Sand und rannte Tama'Olu nach, die mit einem Sprung in den Wellen verschwand.

»Zurück!« brüllte er. »Nicht, Tama, nein . . . bleib hier! Tama! Komm zurück.«

Er lief ins Wasser, stemmte sich gegen die Wellen, aber er sah Tama'Olu nicht mehr. Ab und zu meinte er, ihre Haare auf den Wogen treiben zu sehen, schon ziemlich weit entfernt, in der Nähe der Kokosnußkette, und die Angst stieg ins Unermeßliche. Seine Phantasie gaukelte ihm Schreckensbilder vor.

Die Minuten dehnten sich ins Unendliche, der Krampf in seiner Kehle erstickte ihn fast. Er sah im Geist, wie die Brandung Tama'Olu gegen die Felsen schleuderte und ihren zierlichen Körper zerschmetterte; er sah sie vor einem Hai flüchten, unter Wasser schreien, aber der Hai war schneller und wendiger als sie und griff sie mit vollaufgerissenem Maul an.

Sie kommt nicht wieder, dachte er voller Verzweiflung. So lange kann kein Mensch tauchen! Einmal muß sie doch Luft holen, muß ich ihren Kopf sehen! Aber nichts sehe ich, nichts . . . Tama'Olu, was hast du da getan?

Diese Perlen, diese verfluchten schwarzen Perlen . . . ich will sie ja gar nicht haben! Ich will nur, daß du wieder auftauchst und zurückkommst zu mir . . .

Er schüttelte die Beklemmung ab, warf Schuhe, Hemd und Hose in den Sand und wollte sich in die Wellen stürzen, um Tama'Olu zu suchen. Da sah er ihren Kopf auftauchen, entdeckte ihren winkenden Arm, sah, wie sie mit kräftigen Stößen zu ihm schwamm – vom Meer getragen, als sei sie ein Stück braunes, leichtes Holz.

Als sie Grund unter den Füßen hatte, watete sie lachend auf ihn zu und hielt eine große Muschel hoch über ihren Kopf.

Ron lief dem Mädchen entgegen, umarmte es, drückte es an sich. Und als er Tamas Körper spürte, löste sich alle innere Spannung und Not in einem tiefen Seufzer. Eng aneinandergepreßt standen sie nackt in der Brandung, umklammerten sich, und während Ron mit einem Gefühl, das er nie zuvor gespürt hatte, ihr Haar streichelte, preßte sie ihr Gesicht an seine Brust, und liebkosten ihre kleinen, schmalen Hände seinen Rücken.

Eng umschlungen gingen sie dann aus dem Meer, stumm, denn was zu sagen war, spürten sie in ihrem Herzen, im Klopfen des Blutes und mit jeder Pore ihrer Haut. Erst als sie wieder am Strand angelangt waren, trat Tama'Olu einen Schritt zurück und hielt Ron die große Muschel hin. Er bückte sich, holte aus der im Sand liegenden Hose das Taschenmesser, klappte eine Klinge heraus und öffnete damit die Muschelschalen.

Das Wunder der Natur lag in seiner Hand ... eine große, runde, matt glänzende, einmalig schöne schwarze Perle.

Zweitausend Dollar, dreitausend, schoß es Ron durch den Kopf. Vielleicht noch mehr. Wer hat solche Perlen schon gesehen? Wer hat so etwas Einmaliges jemals in der Hand gehalten? Und dort, im Meer, liegen die Muschelbänke mit vielleicht Hunderten solcher Perlen. O mein Gott!

Tama'Olu nahm mit den Fingerspitzen die herrliche Perle aus der Muschel und legte sie Ron in die Handfläche. »A'au« (Dein), sagte sie dabei. »Koau kaume'a ...« (Du bist mein Freund.)

»Ich weiß nicht, was das heißt«, antwortete er. »Und du verstehst nicht, wenn ich dir sage, wie sehr ich dich liebe.

Ja, verdammt, ich liebe dich. Als ich dachte, du kommst nicht mehr zurück war ich wie ausgeblutet. Tama'Olu, es ist alles so verrückt, gegen alle Vernunft, aber ich liebe dich. Verflucht noch mal, ich liebe dich!«

Er ließ die Perle auf seine Hose im Sand fallen, hob Tama'Olu, die in schimmernder, sonnenüberfluteter, herrlicher Nacktheit vor ihm stand, auf seine Arme und trug sie vom Strand weg zu den Palmen und Frangipanibüschen.

Sie legte die Arme um seinen Nacken, küßte ihn, rieb ihre Brüste an seiner nassen Haut, nagte mit den Zähnen an seinem Ohrläppchen und begann zu zittern, als auch er sie küßte. Sanft ließ er sie unter einer Palme auf den Boden gleiten und begann, mit den Lippen ihren Körper zu erkunden.

Und dann verschwammen Zeit und Raum, es gab nichts mehr als sie beide, es gab kein Meer mehr und keinen unendlichen blauen Himmel, keinen warmen Wind, der über sie hinwegstrich, und kein Donnern der Brandung an den Klippen, kein Vogelkreischen und keine Sonne mit ihrer Nachmittagsglut ... Es gab nichts als das selige Gefühl, miteinander zu verschmelzen und etwas unirdisch Glückliches zu werden.

Später lagen sie eng umschlungen im Korallensand, lächelten sich an, streichelten und küßten sich, und Ron sagte fast feierlich: »Ich bleibe bei dir, ich flüchte nicht von deiner Insel, das verspreche ich dir. Hier ist die Endstation meines Lebens. Ich hätte nie geglaubt, daß es so etwas gibt. Mein Gott, wie glücklich bin ich!«

Von dieser Stunde an blieb Tama'Olu bei Ron, wohnte mit ihm zusammen in seiner Hütte wie Mann und Frau, und niemand sah sie mit scheelen Blicken an. Es war so selbstverständlich wie die Tatsache, daß Bananen wuchsen oder Mais und Bohnen auf den Feldern.

Zwei Tage später schlachtete Tapana ein Schweinchen, briet es über dem offenen Feuer und gab für alle ein Fest zu Ehren seines neuen Sohnes. Er nannte Ron von nun an

Ovaku – der Teufel mochte wissen, was das bedeutete, Aber Ovaku war von nun an sein Name, alle nannten ihn so. Nur Tama'Olu sagte »Liebling« zu ihm, weil er es auch immer zu ihr sagte, und sie spürte, daß es ein zärtliches Wort war.

Die vergangenen Wochen, in denen Ron auf das Erscheinen eines Schiffes oder eines stabilen Bootes gehofft und gewartet hatte, waren ihm wie Monate vorgekommen ... jetzt dagegen flog ihm die Zeit davon. Ein Tag war zu kurz, die Nächte mit Tama'Olu vergingen für Ron viel zu schnell, waren erfüllt mit Zärtlichkeit und Leidenschaft.

Die drei Alten, die Getauften, bauten ihnen in der Nähe der Hütte einen Steinofen und eine offene, windgeschützte Feuerstelle. Sie gruben einen Erdofen in den Boden und legten die Grube mit glattgeschliffenen Steinen aus, die sie aus dem Meer holten. Die Steine waren in Jahrtausenden von den Wellen poliert worden und so stahlhart, daß sie die Hitze der brennenden Scheite in sich speichern konnten.

Eine feierliche Handlung war es, als Tapana, begleitet von seiner Frau, seinen drei Söhnen und der gesamten Sippe – alle mit Federn und Ketten geschmückt –, in einer würdevollen Prozession zu Rons Hütte zog und in einer Schale aus Eisenholz das Feuer zu Ovaku, dem Gebieter von Tama'Olu, brachte.

Er kippte die flammenden Holzscheite auf das Reisig mit dem Tama den Ofen ausgelegt hatte, und als das trokkene Holz sofort hoch aufloderte, legte sie dicke Scheite darauf und verbeugte sich vor dem Feuer. Von nun an war es ihre Aufgabe, das Feuer, das Leben bedeutete, zu hüten, dafür zu sorgen, daß es nie erlosch und so lange ununterbrochen flammte, wie Ovaku lebte. War er gestorben, würde sie das Feuer mit dem Wasser des Meeres löschen und zurückkehren in das Haus ihrer Sippe – eine Witwe, die auf ihren eigenen Tod wartete.

In diesen Wochen lernte Ron ein wenig mehr von der tongalesischen Sprache und brachte Tama'Olu Englisch bei. Zuerst hatte er mit dem Gedanken gespielt, sie Deutsch zu lehren, aber als sie »Ich liebe dich« und »Komm zu mir« sagen konnte und begriffen hatte, was es bedeutete, setzte er den Unterricht in Englisch fort, denn damit konnte sie später etwas anfangen, mit Deutsch nicht.

Tama'Olu lernte schnell, viel schneller als Ron das Tongalesische, das er nach vier Wochen Zungenübungen als die walmsinnigste Sprache dieser Erde bezeichnete. Wo gab es das noch einmal, daß ein schlichtes »Guten Morgen« etwa »Malo e lelei ki he pongipongi ni« bedeutete?

»Hier müßte mal ein Sprachreformer her«, stöhnte Ron, während Tama'Olu ihm immer wieder mit größter Geduld die Worte vorsprach, die er wiederholen mußte. »Mein Schatz, diese Zungenbrecher kann doch niemand behalten! Einigen wir uns auf Englisch, einverstanden?«

Tama'Olu schüttelte den Kopf, sagte einem Lächeln aber bestimmt: »'Ikai«, was, wie Ron wußte, »nein!« hieß, und gab ihm erst dann einen Kuß oder ließ sich von ihm über die Brüste streicheln, wenn er brav nachsprechen konnte: »Malo 'aupito«, was »Danke« hieß oder »Ko hoku hingoa ko Ovaku«, was »Mein Name ist Ovaku« bedeutete

Nach dem Unterricht erholte sich Ron in der Lagune oder auf dem offenen Meer. Tarpana oder Tama'Olus Brüder luden ihn zum Fischen ein. Mit ihren schwankenden Auslegerbooten führen sie ohne die geringste Furcht durch die Fahrrinne des Korallenriffs hinaus, hißten ein Segel aus geflochtenen Palmfasern und schleppten dann eine Art Reuse hinter sich her. Manchmal stellten sie sich auch unbeweglich ins Boot, einen langen Speer in der Hand, und warteten, bis ein größerer Fisch neugierig an die Oberfläche schwamm. Dann stießen sie blitzschnell zu, und meistens trafen sie den Fisch auch genau im Nacken. Die Widerhaken des Speers krallten sich im Fleisch fest, es gab kein Entrinnen mehr. Mit einem zweiten Speer zog man den Fisch ins Boot, wo ihm der Nackenwirbel zerschlagen wurde.

Auch das lernte Ron von Tamas Brüdern, denn was er selbst aus dem Wasser holte, gehörte ihm, und es war die Aufgabe des Mannes, das Essen für seinen Haushalt zu besorgen.

Tama'Olu war eine gute Frau. Was sie aus Gemüsen, Früchten, Fisch und Fleisch kochte und mit Ron unbekannten Gewürzen verfeinerte, war für ihn jedesmal eine Überraschung und ein Festmahl. Hinter der Hütte, auf einem Stück Brachland, begann sie, ein kleines Feld anzulegen, hackte den Boden auf, klaubte die Steine heraus und zog mit einem großen Wurzelholz, das aussah wie ein verkrüppelter Pflug, Furchen in den aufgewühlten Boden.

»Laß das sein, Liebling!« sagte Ron, als er sie bei seiner Rückkehr vom Fischen damit zum erstenmal arbeiten sah. »Die Arbeit ist doch viel zu schwer für dich. Warum hat Descartes, dieser Halunke, euch keine richtigen Pflüge verkauft? Mit der Wurzel zu pflügen, das ist doch pure Schinderei. Nein, komm, laß mich das machen.«

Aber Tama'Olu ließ das nicht zu. Der Mann soll fischen und jagen, Boote bauen und Reusen flechten – die Arbeit auf dem Feld ist Sache der Frauen.

Am Abend aber, wenn sie vor der Hütte auf der von Pater Richards gezimmerten Bank saßen und in das Abendrot blickten, in den flammenden Sonnenuntergang, vor dessen gewaltiger Schönheit einem der Atem stocken konnte, lehnte sie den Kopf an Rons Schulter. Die Härte des Tages fiel von ihr ab, ihr Körper wurde hingebungsvoll und anschmiegsam.

Und wenn sie dann auf deutsch »Ich liebe dich« sagte, wußte Ron so sicher, wie er sein Herz klopfen hörte, daß es doch noch Paradiese auf dieser Erde gab. Paradiese, die man erobern mußte. Paradiese, die es einem aber nicht leicht machten, in ihnen zu leben.

Über die Bucht der Schwarzen Perlen sprachen sie nicht wieder, und Tama'Olu führte Ron auch nicht mehr zu diesem Platz.

Bei den Fischzügen mit ihren Brüdern kam Ron nicht in diesen Teil der Insel, weil die Fischschwärme in andere Richtungen zogen und auch die großen Fische die Klippen und die tosende Brandung scheuten.

Nur wenn Tama'Olu, zusammengerollt wie ein kleines Kind, schlief, nahm Ron ab und zu die Ketten in die Hand und ließ die schwarzen Perlen durch seine Finger gleiten, diese glatten, von einem inneren Licht erfüllten Kugeln. Dann rechnete er aus, welches Vermögen er jetzt in den Händen hielt . . . ungefähr sechzigtausend Dollar, wenn jede Perle nur eintausendfünfhundert Dollar kosten würde. Und was die anderen Frauen und sogar die Kinder um den Hals trugen, ließ sich gar nicht schätzen.

Wenn Ron sich mit den Perlenketten beschäftigte, merkte er nicht, daß Tama ihn durch die halbgeschlossenen Lider beobachtete. Ihr Atem ging ruhig und gleichmäßig, so als schliefe sie, und auf ihren Lippen lag ein leises Lächeln.

Eines Tages, am Morgen nach dem Bad im Meer, sagte sie: »Du heute nicht fischen, Ovaku. Du lernen tauchen . . . Sai 'aupito?« (In Ordnung?)

»Ich kann tauchen.« Ron dachte an die kleine Bucht, die Strömung, die Klippen und die hochschäumende Brandung. Verdammt, auch das ist zu schaffen, sagte er sich. Wenn Tama es schafft, gelingt es mir mit Sicherheit. Und wir werden das Ganze verfeinern, mein Liebling! Wir rudern mit meinem Schlauchboot hinaus zu den Muschelbänken und tauchen genau über ihnen in das Meer. Mein Boot hält das aus, aber nicht eure Einbäume, trotz Ausleger. Und eins, mein Schatz, ist sicher: Allein lasse ich dich nicht noch einmal in diese grausame Tiefe.

»Du nix tauchen!« sagte Tama'Olu streng und schüttelte den Kopf.

»Das wirst du sehen, mein Liebling!« Er gab ihr einen

Kuß auf die Augen und lächelte siegessicher. »Ich habe schon in Australien, im Great Barrier Riff, nach roten Schmuckkorallen getaucht, und das war gar nicht so einfach.«

»Du nix können!« erklärte sie wieder energisch. »Komm.«

Sie gingen hinunter zum Strand, legten ihre Kleidung ab und wateten in das blaugrüne Wasser der Lagune. Als sie keinen Boden mehr unter den Füßen hatten, schwammen sie nebeneinander in den tieferen Teil, aber auch hier, schätzte Ron, war das Wasser nicht tiefer als fünf oder sechs Meter, und es war lächerlich, hier tauchen zu lernen.

Ron hob den Arm, lachte Tama an und tauchte ruckartig weg. Das Meer war hier wirklich nur ein paar Meter tief, ein kleiner Schwarm rot-gelb schillernder Fische stob vor ihm davon. Auf dem Lagunenboden hatten flache Korallen die Steine überwuchert, See-Anemonen, Algen und Unterwasserfarne wiegten sich in der leichten Strömung, die Rons Körper erzeugte. Aber das war ihm nichts Unbekanntes, das hatte er schon schöner gesehen im Roten Meer oder an der Küste der Seychellen – und unvergleichlich im Barrier Riff.

Plötzlich entdeckte er Tama'Olu. Ihr langes schwarzes Haar zog sie wie ein Segel hinter sich her. Elegant, schwerelos, ja, spielerisch schwebte sie durch das Wasser, wie ein großer, tanzender brauner Fisch, die Arme vorgestreckt und nur mit den Händen wedelnd.

Fasziniert sah Ron ihr zu, wie sie inmitten eines Fischschwarms über den Meeresboden glitt, so, als sei sie ein Teil des Schwarms und kenne nichts als das Leben unter Wasser.

Die Luft wurde ihm knapp, seine Brust schmerzte, die Lunge verlangte nach Sauerstoff. Er streckte sich, ließ sich nach oben treiben und sog gierig die frische Luft ein.

Dann schwamm er auf der Stelle, trat das Wasser unter

sich weg und wartete darauf, daß auch Tama'Olu endlich wieder auftauchte.

Sie blieb so lange unter Wasser, daß erneut Angst in ihm hochkroch. Das hält doch keine menschliche Lunge aus, durchfuhr es ihn. Und wenn sie im Meer aufgewachsen wäre . . . selbst ein Wal und ein Delphin müssen immer wieder Luft holen. Ein Mensch kann unmöglich so lange ohne Sauerstoff sein. Unmöglich!

Er wollte wieder mit einem Schwung hinabtauchen, als Tama endlich neben ihm auftauchte. Mit einem kraftvollen Schwung drehte sie sich auf den Rücken.

»Malo e lelei!« rief sie (Hallo! Guten Tag!) und lachte laut, als sie Rons böses Gesicht sah »Ich sag' es ja . . ., du nix tauchen.«

Ron gab sich geschlagen und schwamm mit kräftigen Stößen zurück in das seichte Wasser. Dort stellte er sich hin und wartete, bis Tama'Olu zu ihm kam. »Ihr müßt konstruierte Lungen haben«, sagte er und zog sie an sich. »Ein normaler Mensch hält das nicht aus.« Und da sie ihn offensichtlich nicht verstand, fügte er hinzu: »Liebling, komm . . .«, und zeigte auf seine Hütte.

Aber zum erstenmal schüttelte Tama'Olu den Kopf, wrang ihre langen Haare aus und ging in ihrer göttlichen Nacktheit an Land. Ein Anblick, der ihn maßlos erregte.

»'Ikai!« sagte sie jedoch. »Nein. Du jetzt lernen tauchen.«

»Ich liebe dich . . .« Er griff nach ihr, aber sie wich mit einem schnellen Schritt zurück. »Tama, ich habe noch nie ein Mädchen so geliebt wie dich. Ich habe ja gar nicht gewußt, wie Liebe sein kann, bis ich dich in den Armen hielt. Früher, na ja, da war das Zusammensein mit einem schönen Mädchen ein Erlebnis, das meinen Körper erfreute. Es war ein Prickeln unter der Haut und der Triumph, diese Frau besessen zu haben. Ja doch, ich war ein Macho, und jede schöne Frau gehörte mir, das war so gut wie selbstverständlich. Aber das Herz, Tama, das Herz oder das, was man Seele nennt und nicht greifen und begreifen kann, das habe ich nie gespürt. Wenn es vorbei war, habe ich eine Zigarette geraucht und fühlte mich irgendwie leer. Und manchmal habe ich sogar die Frau an meiner Seite verabscheut und war froh, wenn sie sich wieder anzog und ging. Bis zum nächstenmal, auf ein Neues, das habe ich gedacht. Nun aber habe ich dich, mein Liebling, und alles ist anders, ganz anders. Ich sehne mich nach deiner warmen, seidigen Haut, nach deinen Händen, nach deinen süßen Lippen, nach deiner betäubenden Zärtlichkeit, nach deinem Atem, der über mich weht … Tama, Liebling, komm …«

»'Ikai!« sagte sie wieder und zeigte hinaus auf die Lagune. »Du jetzt tauchen. Nix Liebling …«

»Vergiß nicht, daß ich heute nacht auch nein sagen könnte«, drohte er lächelnd. »Du bist ein kleines, süßes Aas … Warum liebe ich dich bloß so wahnsinnig?«

Sie drehte sich um, watete in das Wasser zurück und wartete, bis er nachgekommen war.

»Sieh zu«, befahl sie, holte tief Atem und ergriff dann seine Hand, legte sie auf ihren Bauch und nickte. Ihr Leib fühlte sich steinhart an, die komprimierte Luft war wie ein großer Ballon in ihr. Pfeifend atmete sie wieder aus und tippte auf seinen dichtbehaarten Bauch. »Du auch …«

Ron saugte so viel Luft ein, wie er konnte, dann hielt er den Atem an. Tama'Olu streckte einen Finger nach dem anderen aus und zählte die Sekunden. Sie ließ die Hände fallen, als Ron wieder Luft holen mußte.

Fünfundzwanzig Sekunden lang konnte Ron die Luft anhalten. Doch Tama war damit nicht zufrieden. »Mußt haben Teau (hundert). Mehr als Teau … du kannst gar nix tauchen …«

»Ich habe bisher auch immer mit Maske und Preßluft getaucht, du Hexe!« entgegnete Ron. »Ich habe keine Walfischlunge! Und um an die Perlen zu kommen, laß' ich mir noch was einfallen, du wunderschönes Luder.«

Es half kein Protest, und es half auch nichts, daß Ron ein paarmal nur mit letzter Kraft wieder auftauchen konnte – Tama'Olu war unerbittlich, übte mit ihm jetzt hinter der Korallenbarriere im wellenreichen, tiefen Ozean.

Das ging vier Wochen so, jeden Tag ein paar Stunden, nach denen Ron stets ausgepumpt, schlaff und total erschöpft im weißen Korallensand lag, ein Handtuch über dem Gesicht und selbst zu schwach war, um Tama'Olu zu sagen: Nein, das mache ich nicht mehr mit, das halte ich nicht länger aus. Du bringst mich noch um, du zartes, bärenstarkes, wunderbares Weibsstück. Ich kann nicht mehr, und ich will auch nicht mehr. Aber am nächsten Morgen fuhren sie mit dem Schlauchboot wieder hinaus auf die offene See, und gehorsam stürzte sich Ron in die Tiefe, wenn Tama'Olu mit der Hand nach unten zeigte. Jedesmal folgte sie ihm dann, und sie blieb immer länger als er unter Wasser, so als habe sie gar keine Lungen.

Für den Haushalt, für die Beschaßung des Essens sorgten Tamas Brüder. Sie fischten für Ron, sie ernteten auf den Feldern, kletterten die Palmen hinauf und schlugen die Kokosnüsse ab. Wenn Ron und Tama'Olu wieder zurück zu ihrer Hütte kamen, hatten die drei alten Männer, die Pater Richards getauft hatte, für sie gekocht. Sie sangen glücklich einen Choral, während die anderen aßen.

Nach sieben Wochen Quälerei hatte es Ron geschafft, zwei Minuten unter Wasser zu bleiben. Das war das Äußerste! Wenn er nach diesen zwei Minuten wieder an die Oberfläche schoß und einatmete, war es ihm, als zerplatzten ihm Lungen, Herz und Hirn.

Aber zwei Minuten war schon eine gute Leistung; Tama schien zufrieden zu sein. Sie gab Ron einen langen Kuß, rieb seinen gemarterten Körper mit einer duftenden Salbe ein, deckte ihn mit scharf riechenden, aufgeweichten Blättern zu, und ein so köstliches Gefühl der Entspannung durchrann ihn, daß er auf der Stelle einschlief.

Als er erwachte, fühlte er sich stark, kräftig und unternehmungslustig. Er sah Tama neben sich liegen in ihrer wundervollen Nacktheit, zog sie an sich – und da war es wieder, das Vergessen von Himmel und Welt. Nur sie war noch da, nur sie und ihre betäubende Zärtlichkeit.

»Morgen«, sagte sie an diesem Abend. »Morgen, Ovaku, gehen wir zu den Perlen.«

Er nickte, vergrub sein Gesicht zwischen ihren Brüsten und war glücklich, einfach glücklich.

Sie paddelten beide an der Markierung aus Kokosnüssen entlang und hatten keine Mühe, die Muschelbänke zu erreichen. Die Wellen waren ziemlich glatt hier draußen, im Gegensatz zu der Brandung an den Riffen, die wie immer donnernd und schäumend an den Felsen emporstieg. Dort mußte eine besondere Strömung herrschen, und es kostete viel Kraft, zu der kleinen weißen Bucht zu paddeln, über schaumige Wellen hinweg, bis man kurz vor dem Sandstrand in ruhiges, flacheres Wasser geriet.

Vom Meer aus sah die Bucht wie ein verwunschenes Stück Land aus. Die dunkelgrauen Vulkanfelsen, die vom Wind schräggebogenen Palmen, die Frangipanibüsche, hinter denen der schmale Weg ins Inselinnere begann, das dichte Buschwerk, das die säulenartigen Steine umwucherte, abweisend, aber dennoch von einer bizarren Schönheit war diese Bucht, vor der die Muschelbänke der schwarzen Perlen lagen.

»Hier«, sagte Tama'Olu plötzlich und legte Ron die Hand auf die Schulter. »Hier! Tu'u!« (Halt.)

Ron sah sich um. Die Kokosnußmarkierungen waren schon weit von ihnen entfernt sie schaukelten bereits um die Klippen herum, an Felsen vorbei, die steil und uferlos ins Meer abfielen.

»Bist du sicher?« fragte er zweifelnd. »Hier? Wir sind doch weit weg von den Nüssen.«

»Gute Perlen hier. Glaub mir.« Tama'Olu zeigte ins Meer. Sie band sich einen Gürtel aus Palmfasern um den schlanken Körper, steckte ein großes Messer hinein und sah Ron ernst an. Er hatte seinen Ledergürtel umgeschnallt und trug ebenfalls ein Messer an seiner Hüfte. »Du hinter mir«, befahl sie. »Ganz hinter mir . . . nix allein, hörst du?«

»Ich höre, mein Engel.«

Er warf einen großen Stein an einem Lianenstrick ins Wasser, damit das Boot nicht zu weit abtrieb, und zuckte dann doch zusammen, als Tama'Olu sich über den Rand in die Tiefe fallen ließ. Sofort sprang er hinterher, sah sie hinabtauchen und folgte ihr.

Die Muschelbänke dehnten sich weit über Felsen und Korallensiedlungen, so breit und groß, daß kein Ende zu sehen war. Ein paar größere, schnelle Fische kreisten über ihnen, und Ron wußte, daß es Barrakudas waren. Wo diese Fische sind, gibt es auch Haie, dachte er. Junge, denk nicht daran, laß dich nicht ablenken . . . du hast nur für zwei Minuten Luft. Und diese zwei Minuten sind verdammt kostbar.

Er stieß hinter Tama'Olu hinab zu den endlosen Muschelkolonien, sah, wie sie mit dem Messer eine große Muschel aus der Bank herausbrach, hockte sich neben sie auf das glitschige Riff, hieb mit seinem Messer auf eine runde, borkige Muschel und bekam sie frei, als er schon das Gefühl hatte, seine Lungen würden gleich bersten. In wilder Verzweiflung stieß er sich vom Untergrund ab, schoß nach oben und schnappte mit einem gurgelnden Schrei nach Luft. Zwei Meter neben ihm tauchte auch Tama auf, war gleich darauf bei ihm und legte den Arm um seinen Nakken.

»Gut, Ovaku«, sagte sie. »Gut Komm zurück . . .«

Er schwamm völlig ausgepumpt zum Boot zurück, zog sich mühsam über den Wulst hinein und sah bewundernd zu, wie Tama sich elegant über den Rand schwang. Sofort brach sie mit dem Messer ihre Muschel auf und hielt sie Ron hin.

»Nichts!« sagte er erschöpft. »Leer. Wie oft muß man tauchen?«

»Hundertmal . . . dann eine Perle.«

Er starrte Tama'Olu an, begriff, daß schwarze Perlen nicht wuchsen wie Pilze oder Schwämme, nahm das Messer und öffnete seine Muschel.

Naß und schimmernd in einem blassen, wie mit Silber durchzogenem Schwarz umschloß das Muschelfleisch eine kleine, vollkommen runde Perle. Mit den Fingerspitzen holte Ron sie aus der Muschel und hielt sie gegen die Sonne.

»Eine Perle . . .«, stammelte er und lehnte sich gegen Tama'Olu, die ihn mit beiden Armen umfing. Und dann schrie er hinauf in die Sonne: »Meine erste schwarze Perle . . . *Meine* Perle! Mein Engel, ich habe es geschafft . . . ich habe es geschaff! Wir werden dem Meer die schwarzen Perlen entreißen und unendlich glücklich sein!«

Am Abend erst kehrten sie zum Dorf zurück. Tama'Olu paddelte allein, Ron lag mit geschlossenen Augen im Boot, zu Tode erschöpft, unfähig, sich noch zu bewegen.

Aber neben ihm lag der Nylonbeutel, und in ihm glänzten sieben schwarze Perlen.

Zehntausendfünfhundert Dollar . . . Lohn für einen einzigen Tag.

5

Ron Edwards Leben hatte sich verändert. Und nicht nur sein Leben, seine ganze Welt war eine andere geworden, eine Welt aus Millionen Dollar, von der niemand eine Ahnung hatte. Ob auch eine schönere Welt, daran mochte Ron nicht denken, nicht jetzt, wo ein Schatz vor ihm im Meer lag, der gar nicht abzuschätzen war. Eine kilometerlange Steinbank, besetzt mit unzählbaren Muscheln, die, wenn ein Sandkorn in sie eindrang, nur schwarze Perlen produzierten. Perlen von einer bisher nie gesehenen Schönheit und Vollkommenheit. Ein seltenes Kunstwerk der Natur.

Die Tage wurden Ron zu kurz, sie hätten die doppelte Stundenzahl haben müssen. Morgens fuhr er mit den Männern des Stammes hinaus auf den Ozean, fischte mit Netzen oder stach die großen Fische mit dem Speer, so wie sie es ihm beigebracht hatten. Einmal sah er auch einen Hai, der um ihre Boote herumschwamm, angelockt von dem Blut der getöteten Fische. Es war, als erkenne der Hai, daß Ron nicht zu den Männern der Insel gehörte, als nehme er seine helle Hautfarbe wahr und habe die Pflicht, ihn zu vertreiben.

Wie ein Torpedo sauste der gnadenlose Mörder der Meere auf Rons Boot zu, hob den Kopf aus dem Wasser, starrte den weißen Menschen mit seinen kleinen, kalten Augen an, riß das breite, mit messerscharfen Zähnen gespickte Maul auf und biß in die Querstange des Auslegers. Das Holz knirschte und splitterte, das Boot schwankte besorgniserregend. Ron duckte sich, krallte die Finger in den Bootsrand, um nicht über Bord zu fallen, und beugte sich vor, so daß er dem Hai direkt ins Auge sehen konnte. Das Geschrei von Tamas Brüdern im Ohr, faßte er mit der Rechten seinen Speer mit der gezackten Spitze und stieß zu.

Er traf den Hai zwischen die Augen, nicht tief genug, daß der Speer haften blieb, er verwundete den Raubfisch nur, kratzte ihn an, hinterließ eine kleine Wunde, die kaum blutete.

Der Hai starrte Ron an, als wolle er mit ihm sprechen. Seine Zahnreihen umklammerten noch immer den Auslegerstamm. Das Tier schien zu begreifen, daß es falsch zugebissen hatte und das Boot von der anderen Seite sogar hätte zerstören können, aber nun war es, gereizt bis aufs Blut, bereit zu kämpfen.

Der riesige Fisch ließ die Holzstange los, tauchte. Ron sah voller Angst, wie der Hai elegant unter dem Einbaum wegschwamm, wie er sich blitzschnell drehte und dann wieder zum Boot zurückkehrte. Ein Glück, dachte Ron noch, daß ich nicht wie sonst mit meinem Schlauchboot hinausgefahren bin, ein solcher Biß hätte es auseinandergerissen.

Er kniete sich auf den Boden und wog den Speer in seiner Hand. Er sah, daß Tamas Brüder auf ihn zupaddelten. Aber sie würden zu spät kommen, fast windstill war es, und ihre Segel hingen schlaff an dem kleinen Mast.

Der Hai griff an. Die dreieckige Rückenflosse durchschnitt das Wasser wie ein Messer, der spitz zulaufende Kopf kam heran wie ein Rammbock.

»Jetzt!« schrie sich Ron zu, »jetzt ... Er will das Boot zum Kentern bringen, aber der Ausleger wird das verhindern. Jetzt!«

Er stützte sich, so gut es ging, in dem schmalen Boot ab, nahm den Speer in beide Hände und stieß mit aller Kraft zu – gerade als der Kopf des Hais vor ihm auftauchte. Die Speerspitze drang tief in den glänzenden Leib ein, der Hai bäumte sich auf, sein Mördergebiß schnappte in die Luft.

Ron ließ den Speer los, um nicht über Bord gezogen zu werden, und klammerte sich wieder am Bootsrand fest.

Der Hai tauchte weg, den Speer im Rücken, und verschwand in der Tiefe des Meeres.

Tamas Brüder waren jetzt nahe bei Ron, standen mit gespreizten Beinen in ihren Einbäumen und warteten auf das Wiederauftauchen des Fisches. Aber der Hai kam nicht mehr nach oben. Vielleicht versuchte er, den Speer in seinem Rücken an einem Korallenfelsen abzustreifen, wenn nicht andere Haie von seinem Blut angelockt wurden und ihn erbarmungslos zerrissen.

An den Vormittagen also fischte Ron und brachte Tama'Olu seinen Fang in die Hütte. Sie wartete dann schon, nahm die Fische aus, kratzte die Schuppen ab und kochte oder briet die Fische fürs Mittagessen – so, wie es alle Frauen im Dorf taten, die ihre Männer versorgten.

Oft saß dann Ron auf Pater Richards Bank und sah ihr zu, wie sie vor dem Steinofen hockte, mit entblößten Brüsten und eingehüllt in ihre langen schwarzen Haare.

Meine Frau, dachte er dann. Ich habe eine Frau . . . die schönste auf dieser Erde. Die zärtlichste, die anschmiegsamste; ein Geschöpf, das nur aus Liebe zu bestehen scheint. Ron, für dieses Glück gibt es keine Worte mehr.

Nach dem Essen – und so war es jetzt Tag für Tag – gingen sie hinunter zum Strand und schoben das Schlauchboot in die Lagune. Mit vier Flechtkörben, die sie im Boot verstauten, ruderten sie dann durch die Lücke in der Korallenbarriere hinaus aufs offene Meer und fuhren um die Insel herum bis zu der kleinen Bucht zwischen den Vulkanfelsen. Hier warf Ron wieder seinen Treibanker aus, den schweren Stein an dem dicken Palmstrick, und machte sich zum Perlentauchen bereit.

Ein paarmal sagte er: »Mein Liebling, ich tauche allein.«

Und Tama'Olu antwortete stets ruhig, aber eigensinnig: »'Ikai!«

»Denk an den Hai, Tama'Olu!«

»Immer ich denke daran, Ovaku.«

»Es ist zu gefährlich!«

»Auch für dich gefährlich«, konterte sie.

»Und deshalb will ich, daß du im Boot bleibst.«

»'Ikai!«

»Verdammt. Sei nicht so ein Dickkopf! Ich will, daß du im Boot bleibst.«

»Ich will aber bei dir sein. Immer. Ich habe auch großes Messer für Hai. Zwei Messer sind besser als eins.«

Gegen diese einfache Logik gab es kein Argument mehr.

Ron wartete, bis auch Tama'Olu ihren breiten Gürtel umgebunden hatte, das Messer hineinsteckte und ihren

Flechtkorb über Bord ins Meer warf. Dieser Gürtel war das einzige, was sie am Körper trug, sonst war sie wie immer nackt und sah unter Wasser aus wie ein seltener, braun glänzender Fisch.

Sie ließ sich über den wulstigen Bootsrand gleiten, umfaßte den schwimmenden Korb und sah zu Ron hinauf. Warum kommst du nicht? besagte dieser Blick.

Der Mann kniete auf dem Boden seines Bootes und beugte sich zu Tama'Olu hinunter. »Hör einmal zu – «, sagte er und hielt sie an den Haaren fest, als sie wegschwimmen wollte, »ab morgen tauche ich allein.«

»'Ikai!« antwortete sie sofort.

»Und wenn du hundertmal nein sagst – du bleibst zu Hause. Bist du meine Frau . . .?«

»Bis zum Tod.«

»Und der kann schnell kommen. Eventuell in Gestalt eines Hals.«

»Für dich auch.«

»Keine eurer Frauen taucht nach Perlen. Also gehorche mir endlich!«

»Ich dich nicht lassen allein.«

»Das hier ist Männersache. Knochenarbeit. Viel zu schwer für dich.«

»Nix Knochen . . . Luft . . .«

»Du gehörst ins Haus, Tama'Olu, so wie alle Frauen deines Stammes. Von mir aus bestell deine Felder. Aber auch das ist Blödsinn, es ist alles zu schwer für dich. Warum flichst du keine Matten, Segel oder Netze wie die anderen?«

»Weil du willst haben schwarze Perlen.« Sie schüttelte den Kopf, um ihr Haar aus seinen Fingern zu befreien. »Laß mich los, Ovaku. Du sollst viele Perlen haben. Und ich habe mehr Luft als du.«

»Das bestreitet ja keiner. Du bist ein Taucher-Phänomen . . .«

»Was ist Phänomen?«

Ron schüttelte den Kopf. »Das zu erklären ist jetzt zu mühsam. Tama, komm zurück ins Boot. Bitte!«

»'Ikai«, sagte sie sofort. Dann hob sie die Hand, zeigte zum Himmel, was bedeuten sollte: Die Zeit steht nicht still. Der Abend kommt schnell. Dann versuchte sie sich energisch aus seinem Griff zu befreien. »Komm! Tauchen! Nix reden . . . Perlen suchen!«

»Du bist wie alle Frauen: Kaum hat man euch in den Arm genommen, da ist man schon mit Haut und Haar euer Eigentum. Man wird einfach gefressen.«

»Was wird gefressen, Ovaku?«

»Ich werde dich eines Tages fressen.«

Sie lachte, riß ihre Haare aus seinen Fingern und ließ sich abtreiben. »Heute nacht du kannst mich fressen!« rief sie und lachte laut. »Aber ich beiße zurück.« Sie zeigte ihre schönen weißen Zähne, tat, als schnappe sie nach ihm, und schwamm dann mit herrlichen, gleichmäßigen Bewegungen davon.

Ron ließ sich über Bord ins Meer fallen und schwamm ihr nach.

Nach einer Stunde Tauchen hatten sie ihre vier Körbe voll Muscheln und stießen sie vor sich her bis zum Boot.

Wie immer war Ron hinterher total erschöpft. In seinen Schläfen hämmerte das Blut, Stiche durchzuckten seine Brust, und er hatte Mühe, sich an dem wulstigen Gummirand des Bootes hochzuziehen, um sich dann auf den Boden fallenzulassen. Wie jeden Tag bestaunte er Tama'Olu, die keine Schwierigkeiten hatte und sich ins Boot schwang, als spüre sie keinerlei Müdigkeit. Zu allem Überfluß zog sie dann auch noch die vollen Muschelkörbe aus dem Wasser und stellte sie ins Boot. In der Sonne glänzte ihr nasser Körper, als sei er aus tausend durchsichtigen Perlen gemacht. Jeder Wassertropfen schillerte und leuchtete. Es war ein Anblick, der Rons Herz jedesmal schneller schlagen ließ. Wo gab es so viel Schönheit noch einmal auf der Welt?

Tama'Olu wartete, bis sich Ron etwas erholt hatte und seine Lungen wieder normal arbeiteten.

In diesen Minuten dachte er immer wieder an das Wunder der Natur, das unter ihm im Meer lag . . . die Muschelbänke, deren Anfang und Ende er noch nicht gesehen hatte, die sich aber über Hunderte von Metern hinziehen mußten. Ein riesiges Feld, das man abernten konnte. Ein Feld aus Muscheln, in denen Perlen wuchsen. Schwarze Perlen. Ein Vermögen. Es war kaum zu begreifen!

Wenn Rons Erschöpfung etwas nachgelassen hatte, begannen sie, die Muscheln mit den Messern aufzuknakken. Die »tauben« Muscheln warfen sie ins Meer zurück, aus den »Müttern« schälten sie die Perlen heraus und steckten sie in den Nylonbeutel. Die ausgeraubten »Mütter« warfen sie dann ebenfalls über Bord. Meist wimmelte es wenig später rings um das Boot von Fischen, die nach dem Muschelfleisch schnappten – eine gefährliche Mahlzeit, denn von der Insel schwirrten Vogelschwärme herbei, umkreisten schreiend das Schlauchboot und stießen im Sturzflug hinunter ins Meer. Die langen spitzen Schnäbel klappten auf, und wenn die Vögel wieder hinauf in den Himmel flogen, zappelte ein Fisch zwischen ihren Schnäbeln.

Von Tag zu Tag wurden die Vögel mehr.

»Es spricht sich herum, daß hier ein gedeckter Tisch ist«, sagte Ron einmal. »Mir kommt es so vor, als warteten die Tiere direkt auf unser Erscheinen.«

Die Ausbeute ihres Tauchens war mal mager, mal überwältigend, aber kein Tag verging, an dem sie ohne eine kostbare Perle wieder zu ihrer Hütte zurückkehrten. Und wenn bei den Hunderten von Muscheln, die sie von den Bänken pflückten, nur fünf oder sechs eine schwarze Perle enthielten – ein Reichtum lag dort auf dem Meeresgrund, der Ron manchmal den Atem nahm.

Ein wahres Wunder hielt Tama'Olu eines Tages zwischen Daumen und Zeigefinger und streckte es der Sonne entgegen: eine große, völlig runde, glatte Perle, deren Lüster dunkelsilbern glänzte.

»Weißt du, was du da in der Hand hältst?« fragte Ron. Seine Stimme klang etwas heiser vor Erregung. »Das gibt es nur einmal, Liebling, so etwas hat man noch nichtgesehen. Diese einzige Perle bedeutet schon ein Vermögen.«

»Was ist Vermögen, Ovaku?«

»Viel, viel Geld.«

»Was willst du mit Geld?«

»Mit Geld kann man sich alles kaufen. Alles, was man will.«

»Was willst du kaufen? Fehlt etwas?«

Er sah sie an, nahm ihr die Perle aus der Hand und legte sie vorsichtig in den Nylonbeutel.

Ja, was fehlt mir? dachte er. Es läßt sich nur schwer definieren. Ich lebe auf einer glücklichen Insel unter glücklichen Menschen, ich habe die schönste Frau, ich – habe zu essen und zu trinken, ich habe eine Hütte und lebe wie in einem Paradies ... Was fehlt mir im Grunde genommen?

Elektrisches Licht, ein Radio, ein Funkgerät, vernünftige Kleidung, ein richtiges Bett ... Ron, mußt du das alles wirklich haben? Einen Hauch von Zivilisation willst du heranschaffen und weißt genau, daß du damit den Frieden dieser Insel zerstörst und diese glücklichen Menschen veränderst. Wo die Zivilisation hinkommt, erzeugt sie ein Chaos, vernichtet sie die Unschuld der Menschen, läßt sie in Neid und Mißgunst, in Elend und Würdelosigkeit verkommen.

Was ist aus den Azteken und Tolteken, aus den Mayas und Inkas geworden, nachdem man ihnen ihr Land mit Kreuz und Schwert weggenommen hat? Was geschieht noch heute mit den Aboriginals in Australien? Man läßt sie sich zu Tode saufen. Wo sind die Maoris geblieben, was hat man mit den Indianern in Nordamerika gemacht? Was macht man noch heute mit den Indianern Südamerikas? Die grüne Lunge unserer Erde, die Urwälder, werden rücksichtslos gerodet oder niedergebrannt, um die Edelhölzer zu verkaufen oder um neue Felder zu gewinnen. Jagdtrupps ziehen den zerstörenden Kolonnen voraus und erschießen jeden Ureinwohner, der sich ihnen entgegenstellt. Die Großgrundbesitzer werden immer reicher, und die Armen immer rechtloser. Die Welt wird langsam, aber sicher zerstört, und das alles im Namen der Zivilisation und des Fortschritts.

Eines Tages wird man auch Tonu'Ata entdecken und der Insel zum »Fortschritt« verhelfen wollen. Dann wird es keine Erdöfen mehr geben, sondern Mikrogrills, keinen Tanz mehr um Götterbilder, sondern Fernsehen mit Krimileichen, keine fröhlichen Menschen, die in ihrer Nacktheit völlig natürlich sind, sondern die man die sogenannte Moral lehrt und damit die Heuchelei.

Und wenn man die Muschelbänke mit den schwarzen Perlen entdeckt . . ., es wäre das sichere Ende des Dorfes. Umsiedeln würde man das nennen. Und im übrigen – wer fragt denn nach den wenigen Bewohnern hier? Im letzten Krieg gab es rund fünfundfünfzig Millionen Tote . . . na also!

»Ja, was fehlt mir, Tama?« sagte Ron und blickte an der geliebten Frau vorbei über das Meer. »Das ist eine verfluchte Frage, die sich nur schwer beantworten läßt. Was weißt du denn schon, was da draußen in der Welt, von der du keine Ahnung hast, alles geschieht? Du bist wie ein Käfer, dessen Welt das Gras am Waldrand ist. Ein Käfer weiß nicht, daß es Atomraketen gibt und Laserstrahlen, Bakterienbomben und Giftgas-Granaten. Für ihn ist die größte Gefahr eine menschliche Schuhsohle – wie für euch ein Hurrikan.«

»Ich nix verstehen, Ovaku«, sagte Tama'Olu und sah ihn hilflos an.

»Ein Glück, daß du das alles nicht begreifst. Wenn ich dich sehe und wenn ich dich in die Arme nehme, dann fehlt mir nichts.«

»Nix fehlt?«

»Nein, ich habe alles, um unbeschreiblich glücklich zu sein.«

»Warum dann Geld für Perlen?«

»Mein Liebling, du stellst Fragen, die unter die Haut gehen.«

»Wo du willst Perlen verkaufen?«

»Siehst du, das ist wieder so eine Frage, die mich in Verlegenheit bringt. Ich werde dir das heute abend erklären. Ich will's wenigstens versuchen, Tama. Und glaub mir, ich will nur euer Bestes.«

Das haben sie alle gesagt, dachte er, über sich selbst betroffen. Die spanischen Eroberer und die amerikanischen Siedler, die Priester während der Inquisition und vor den Scheiterhaufen der brennenden Hexen und Ketzer – und die Konstrukteure der Atomwaffen. Sie alle wollten nur das Beste. Ron, was ist los mit dir? Haben dich die schwarzen Perlen bereits korrumpiert? Haben die Millionen, die dort im Meer liegen, dich ebenso kaltschnäuzig gemacht wie all jene, vor denen du geflohen bist?

Er hatte sich vorgebeugt, hatte Tama'Olu auf die Augen geküßt, und dann waren sie zurückgekehrt zu ihrer Hütte, im Nylonbeutel vielleicht die wertvollste Perle, die jemals gefunden wurde.

Sie aßen Süßkartoffeln und einen Brei aus grünen, kleingehackten Blättern, die wie Spinat schmeckten, tranken den Saft ausgepreßter Früchte und knabberten an einem Stück Fladenbrot.

Dann saßen sie draußen auf der Bank vor der Hütte, warteten auf das den Himmel in Flammen hüllende Untergehen der Sonne, hatten die Arme umeinander gelegt und waren glücklich.

Von Geld und Perlen sprachen sie nicht mehr, und Ron verzichtete darauf, Tama'Olu zu erklären, warum eines Tages alles anders auf der Insel werden würde. Er spürte, wie maßlos sie ihn liebte, und das war wertvoller als alle Gedanken an die Zukunft.

Der Tag kam zwangsläufig, an dem Ron Edwards sich damit beschäftigen mußte, einen Weg aus dem Paradies zurück in die laute Welt zu finden. Er hatte nun einhundertzweiundsiebzig schwarze Perlen aus dem Meer geholt, eine schöner als die andere. Hinzu kam noch diese einmalig große, ebenmäßige, schwarze, mit einem Silberhauch überzogene Perle, deren Wert Ron nicht abschätzen konnte.

»Was nützt ein Sack voll Perlen, Liebling«, sagte er an diesem Tag zu Tama'Olu, »wenn man damit nur Murmeln spielen kann? Ahnst du überhaupt, was das hier wert ist?« Er klopfte gegen den Nylonbeutel, der auf seinem Schoß lag. »Davon kann ich einen Generator kaufen, und wir bekommen elektrisches Licht. Ein Funkgerät wäre auch nicht schlecht, dann hätten wir Verbidung zur Außenwelt. Ebenso ein seetüchtiges Motorboot, dann sind wir nicht mehr die Einsiedler von Tonu'Ata. Dann kann ich dich mitnehmen nach Nuku'alofa . . . , wir können zu den Fidschi-Inseln fahren, zu den Cook-Inseln und noch weiter bis Papeete auf Tahiti oder nach Bora-Bora, der schönsten Insel der Welt. Du kannst dir Kleider kaufen, Schmuck, Parfüm, was du willst. Ich werde dir jeden Wunsch erfüllen können. Und ein richtiges festes Haus aus Steinen und Holzwänden werden wir bauen, ein Radio und einen Plattenspieler besitzen . . .«

»Was ist Generator? Was ist Plattenspieler? Warum, Ovaku?«

»Warum?« Ron starrte Tama'Olu nachdenklich an. »Ja, warum? Das ist ein Wort, auf das es keine oder Hunderte von Antworten gibt. Warum brauchen wir das alles hier im Paradies, wenn man es tausend Jahre lang nicht vermißt hat? Aber warum sollen wir es jetzt nicht haben, um unser Leben noch schöner zu machen? Verstehst du das?«

»'Ikai.« Sie sah ihn mit Ihren großen schwarzen Augen an, ein Blick, in dem Traurigkeit, Erschrecken und Ratlosigkeit sich vermischten. »Du willst weg?« fragte sie leise.

»Ja.«

»Warum?«

»Ich muß nach Tahiti.«

»Was ist Tahiti?«

»Eine ganz große Insel ... weit weg von hier. Ich glaube, fast zweitausend Kilometer. Aber sie ist der Hauptumschlagplatz für schwarze Perlen.«

»Was ist Kilometer?«

»Tama, wie soll ich dir das erklären?« Er legte den Nylonbeutel auf den Boden und ergriff ihre Hände. Erst da spürte er, daß Tama vor Erregung zitterte. Sie tat ihm unendlich leid. Trotzdem sagte er: »Ich muß nach Tahiti. Und wenn ich mit dem Schlauchboot fahre ... einfach nach Westen. Irgend jemand wird mich schon auffischen, zu einer großen Insel und in eine Stadt bringen. Von dort geht es dann ohne Schwierigkeiten weiter.«

»Du weg?« fragte sie wieder mit ganz kleiner Stimme.

»Ja.«

»Du nix wiederkommen?«

»Aber ja, Tama. Ganz bestimmt. Ich komme wieder, so schnell ich kann.«

»Du nicht mehr lieben mich?«

»Mehr als je zuvor.« Er zog sie an sich, aber Tama versteifte sich. Sie stemmte die Hände gegen seine Brust, und als er sie auf den Mund küssen wollte, bog sie plötzlich den Kopf weit zurück.

»Nur deshalb will ich die Perlen ja verkaufen. Du wirst ein Leben wie eine Königin haben!« Er umarmte sie leidenschaftlich, und diesmal ließ sie ihn gewähren. »Alle hier auf der Insel werden reich sein. Sie werden nach Perlen tauchen, und ich verkaufe sie in Papeete. aber ihr werdet das unbekannte Paradies bleiben ... nur ich allein werde hin und her pendeln und euch alles mitbringen, was ihr braucht. Die Bucht der schwarzen Perlen wird kein anderer sehen und betreten als wir. Tonu'Alta wird eine eigene kleine Welt sein, in die kein anderer eindringt.«

»Du nix gehen weg!« sagte Tama ernst und schob seinen Arme weg. »Ich Angst haben.«

»Ich auch, mein Liebling.« Ron ließ ihr langes Haar durch die Finger gleiten und blickte hinaus auf den Ozean. »Das Schlauchboot ist die einzige Möglichkeit – und vor dieser Fahrt habe ich eine höllische Angst.« Er griff nach dem Nylonbeutel und hob ihn von der Erde hoch. »Aber für Millionen Dollars lohnt es sich, mutig, nein, verrückt zu sein. Ich bin ein harter, zäher Bursche, Tama'Olu. Ich glaube, daß ich's schaffe ... Und dann sieht unsere Welt ganz anders aus.«

Schon am folgenden Tag begann er mit den Vorbereitungen seiner Wahnsinnsfahrt. Er ließ Tama'Olu große Stücke Schweinefleisch braten, sammelte Kokosnüsse und hing die am Vormittag gefangenen und ausgenommenen Fische an Palmenschnüren in die heiße Sonne, damit sie trockneten und zu Dörrfisch wurden.

Am Abend besuchte er Fatahefi Tapana, trank einen zu Alkohol vergorenen Fruchtsaft und versuchte mit dem Tongalesisch, das er bisher gelernt hatte, der versammelten Familie zu erklären, daß er mit dem Schlauchboot die Insel verlassen wolle.

Tapana, seine Frau, die drei Brüder und die ältere Schwester Tamas, die ihr zweites Kind erwartete, hörten ihm schweigend zu. Sie gaben auch keinen Kommentar ab, nachdem Ron mühsam seinen Plan vorgetragen hatte.

Er wartete auf eine Antwort, blickte von einen zum anderen und las in den Augen aller Ablehnung und aufkommende Feindschaft. Er verläßt Tama'Olu, nachdem er sie im Bett gehabt hat, denken sie jetzt, durchfuhr es ihn. Ich habe Schande über ihre Familie gebracht, und Schande muß man rächen.

»Ich komme doch wieder!« sagte er eindringlich. »Ich schwöre es: Ich komme wieder. Ich liebe Tama'Olu. Ich könnte nicht mehr leben ohne sie!«

Tapana nahm einen Schluck von dem Fruchtwein und

kniff die Augen zusammen. »Wann willst du mit dem Boot fahren?« fragte er barsch.

»So schnell wie möglich. Ich will für zwanzig Tage zu essen und trinken mitnehmen.«

Tapana nickte. Tamas Mutter erhob sich, und auch die schwangere Schwester verließ den Raum. Die drei Brüder starrten Ron noch immer finster an.

»Ich liebe Tama'Olu«, beteuerte Ron, als habe er das letzte Wort eines Angeklagten. »Glaubt es mir doch!«

Er bekam keine Antwort mehr. Nach einer Weile stand er auf, verbeugte sich vor Tapana und verließ das große Häuptlingshaus. Langsam ging er zurück zu seiner Hütte, immer von der Angst erfüllt, verfolgt zu werden. Er drehte sich nicht um, aber er zog den Kopf tiefer zwischen die Schultern.

Worauf wartet ihr noch? dachte er und fühlte sein Herz hoch im Hals klopfen. Stecht doch zu mit euren gezackten Speeren! Ich weiß, ich habe euer Vertrauen mißbraucht, ich bin der einzige seit Generationen, der die Insel verlassen will, und es ist ganz natürlich, daß niemand glaubt, ich würde jemals zurückkommen. Nie ist irgendeiner von euch auf die Idee gekommen, etwa mit Descartes, dem Händler, zu einer anderen Insel zu fahren. Und jetzt kommt da ein Weißer daher, nimmt eure Tochter und Schwester in seine Hütte, lebt mit ihr wie Mann und Frau ... und will jetzt weg von ihr

Warum stoßt ihr nicht zu?

Doch nichts geschah. Ungehindert kam er bis zu seiner Hütte und sah Tama'Olu vor dem Steinofen kauern. Ein Geruch von gekochten Süßkartoffeln wehte ihm entgegen. Jetzt erst drehte er sich um und sah, daß niemand ihm gefolgt war. Er beugte sich hinunter zu Tama'Olu und umfaßte ihren Kopf. Sie rührte sich nicht. Man hatte den Eindruck, als sei sie eine wundervolle, aus Holz geschnitzte Figur.

»So viel Kartoffeln?« sagte er mit belegter Stimme. Ihre

offenkundige Trauer rührte ihn zutiefst. »Wer soll das alles essen?«

»Du. Für lange Fahrt gut. Macht Magen voll.« Sie senkte den Kopf, legte neues Holz in die Flammen und verharrte dann wieder unbeweglich im Feuerschein.

»Dein Vater und deine Brüder glauben mir nicht«, sagte Ron.

»Ich auch nicht.«

Es war ein Satz, der Ron wie ein Fausthieb traf. Er kniete sich neben Tama'Olu auf die Erde und zwang sie, ihn anzusehen.

»Und trotzdem kochst du für die Reise einen ganzen Topf voll Kartoffeln?« fragte er.

»Du bist Ovaku, mein Mann.«

»Ja, das bin ich.«

»Und Frau muß sorgen für Mann, bis er nicht mehr da ist.«

Ron schluckte den Kloß hinunter, der ihm plötzlich im Hals saß und das Atmen schwer machte. Tama'Olus Logik beschämte ihn, ihren traurigen Blick konnte er einfach nicht ertragen.

»Willst du mitfahren?« fragte er.

»'Ikai.«

»Vielleicht schaffen wir es zu zweit besser, mein Liebling. Vielleicht wird es gar keine Höllenfahrt. Vielleicht kommen wir nach zwei oder drei Tagen auf eine Seefahrtstraße. Eines der großen Schiffe, deren Ausmaße du dir gar nicht vorstellen kannst, nimmt uns an Bord und bringt uns irgendwo an Land, wo wir mit einem Flugzeug sofort nach Tahiti fliegen können. Vielleicht haben wir dieses Glück. Tama, wir fahren zusammen. Verstehst du das?«

Sie schüttelte den Kopf, stach mit der Messerspitze in eine Kartoffel, um festzustellen, ob sie schon gar war, und spielte dann mit den Holzscheiten. Sie legte sie übereinander, verteilte sie dann nebeneinander, schichtete sie auf und warf sie mit einer Handbewegung sofort wieder zur Seite.

»Fleisch ist fertig«, sagte sie, als Ron ihr langes Haar durch seine Finger gleiten ließ. »Fisch muß noch zwei Tage trocknen, wenn du mitnehmen willst. Ist zwei Tage zu lang?«

»Tama, ob zwei, drei oder vier Tage – ich habe doch Zeit! Ich flüchte doch nicht von hier.« Er zog sie liebevoll an sich, umarmte sie und legte beide Hände um ihre Brüste. Wieder spürte er ihr innerliches Zittern, aber auch gleichzeitig eine stumme Abwehr, eine Starrheit, die ihn erschreckte. »Tama, ich liebe dich wie nichts auf dieser Welt.«

»Du hast schon einmal gesagt . . .«

»Ich sage es immer und immer wieder, jede Stunde, jede Minute, wenn du es willst.«

»Und gehst trotzdem weg . . .«

Sie begreift es nicht! Niemand begreift es! Wie soll man es auch verstehen? dachte er traurig und ließ Tama aufseufzend los. Wie kann man diesen Menschen hier erklären, daß sie auf Millionen sitzen, wo sie gar keine Millionen brauchen? Was bedeutet Geld für sie? Nichts! Die Natur und ihr eigener Fleiß geben ihnen alles, was sie benötigen. Sie leben – das ist ihnen genug. Sie werden geboren, schuften für ihr Weiterleben und sterben, und sie sind glücklich so, wie es ist. Geboren werden, für die täglichen Bedürfnisse arbeiten – und dann sterben . . ., ein ewiger Kreislauf, nicht anders als in der Natur um sie herum, wie Bäume, Pflanzen und Blumen.

Was kümmert es sie, daß Menschen zum Mond fliegen können, daß vielleicht einmal ein Atomblitz auch ihre unschuldige Insel verbrennt? Oder – greifen wir gar nicht so hoch – was haben sie verpaßt, daß sie weder die Uhr kennen noch die einfachsten Dinge, ohne die wir glauben, nicht auskommen zu können: eine Schachtel Zigaretten, Haarspray, einen Kugelschreiber, einen Fotoapparat, eine

Flasche Bier, die Zeitung, ein Fernsehgerät? Was brauchen sie das alles? Sie sind dennoch glücklich!

Ron erhob sich von der Erde und sah, wie Tama'Olu zu ihm aufsah. Jetzt lag Angst in ihrem Blick, ein stummer Aufschrei.

»Es ist alles so verrückt«, stieß er gepreßt hervor. »Was hat Gott sich bloß dabei gedacht, als er den Menschen schuf? Aber nun gibt es uns, und wir müssen uns ertragen.«

Er ging in die Hütte, warf sich auf das Bett und starrte in die Dunkelheit.

Draußen hörte er Tama wirtschaften. Sie goß die Kartoffeln ab, legte neue Scheite auf das Feuer, deckte es dann ab, damit die Glut bis zum nächsten Morgen hielt und wieder entfacht werden konnte.

Er hörte, wie sie in die Hütte kam, in der Dunkelheit herumtappte, sich dann neben ihn legte. Er fühlte ihren nackten, warmen, glatten Körper, der sich an ihn schmiegte, hörte ihre leise, zärtliche Stimme und spürte ihren Atem in seiner Halsbeuge.

»Du bist Ovaku, mein Mann«, sagte sie. »Ich dich werde nie vergessen . . .«

Warum fahre ich weg? dachte er. Wo kann ich noch mehr Glück finden? Warum jage ich Millionen nach?

Ja – warum?

Er gab sich keine Antwort. Er seufzte leise, als Tama auf ihn glitt und ihn leidenschaftlich umarmte.

Am nächsten Tag begann Ron, sein Schlauchboot umzurüsten. Mit Hilfe der drei getauften Alten zimmerte er einen festen Sitz aus Holz für das Boot und einen Holzmast, an dem er mit Palmschnüren ein geflochtenes Segel befestigte. Den Mast verklotzte er in einem dicken Holzblock auf dem Gummiboden – eine wacklige Konstruktion, die ein kräftiger Windstoß gewiß umblasen würde.

Drei Tage arbeiteten sie an dem Schlauchboot, umringt

von den Kindern, die kreischend lachten, wenn der Mast umfiel, sobald der Wind von dem Segel aufgefangen wurde.

Ein paarmal kamen auch Frauen und sahen der Arbeit zu. Nur Tama'Olu ging nicht hinunter zum Strand. Sie blieb im Haus oder hackte die Erde ihrer kleinen neuen Felder auf.

Am dritten Tag erschienen Tamas Brüder. Sie machten ernste Gesichter – wie immer in letzter Zeit – und schleppten zwischen sich in einem großen hölzernen Gefäß eine braungelbe Masse heran. Vorsichtig setzten sie das Gefäß vor Ron hin und zeigten auf das Schlauchboot.

Ron bückte sich und steckte einen Finger in den Brei. Er war klebrig und zäh, wie eingedickter Honig, und als er den Finger herauszog, erstarrte die Masse nach wenigen Minuten und wurde zu einer harten Schicht.

»Das ist ja toll!« rief Ron begeistert aus. »Was ist das?«

»Von Baum ...« Einer der Brüder zeigte wieder auf das Boot. »Damit einreiben. Boot bekommt keine Wunden.«

»Baumharz! Ihr habt recht! Das gibt eine elastische Schutzschicht. Jungs, da ist doch ein Trick bei! Was habt ihr denn daruntergemischt, damit es nicht sofort erstarrt?«

Tamas Brüder gaben keine Antwort. Sie drehten das Boot um und begannen den Boden und die Seiten mit dem Harz einzureiben. Sie benutzten dazu kleine, dünne Bretter, die nicht anders aussahen als die Spachteln der Maler oder Stukkateure. Sorgfältig trugen sie das Baumharz auf, glätteten es, und in der prallen Sonne härtete es sehr schnell und bildete eine Schicht, gegen die man mit einem Hammer schlagen konnte, ohne daß ein Riß oder ein Loch entstand. Er war wirklich der beste Schutz gegen die Spitzen und Zacken der Korallen.

»Phantastisch!« sagte Ron. Er wagte es, mit seinem Messer gegen den Bootsboden zu stechen ... die Spitze knirschte an der steinhart gewordenen Harzschicht, aber sie drang nicht ein. »Brüder, das kann mir das Leben retten.«

Er wollte den schweigsamen Männern die Hand drükken, aber sie wandten sich ab, nahmen den Holzkessel wieder zwischen sich und gingen zum Dorf zurück. Nicht einen Blick gönnten sie Ron, und seinen ausgestreckten Arm ignorierten sie. Irritiert starrte Ron ihnen nach. Wer wird diese Menschen je verstehen? dachte er. In ihren Blicken liegt Haß ... aber sie versiegeln mein Boot, damit ich sicherer fahren kann. Wer kann diese Mentalität begreifen?

Am Abend saßen Tama'Olu und Ron wieder auf der Bank vor ihrer Hütte und warteten – fast war es schon ein Ritual geworden – auf die Flammen des Sonnenuntergangs. Vor ihnen, hochgezogen in den feinen Sand, lag das Schlauchboot mit dem neuen Mast und dem zusammengerollten Segel.

»Wann?« fragte Tama und sah dabei starr hinaus aufs Meer.

»Übermorgen.« Ron legte den Arm um ihre Schulter, aber sie kam ihm nicht wie sonst entgegen. »Es ist alles fertig. Deine Brüder hassen mich, nicht wahr?«

»Sie wollten töten dich.«

»Genau das habe ich geahnt. Und warum helfen sie mir dann?«

»Ich habe gesagt, wenn du tot, ich auch tot. Brüder werden für mich sorgen, wenn du weg. Frau ohne Mann bleibt nicht allein ... Ob Mann tot oder weg, Brüder sind immer da.«

»Mein Gott, Tama, begreif es doch: Ich komme wieder!«

»'Ikai! Meer ist stärker ... Du nicht bist stärker als Meer. Keiner ist stärker als Meer. Du bist tot, wenn du fährst weg.«

»Ich schaffe es, Tama, ich schaffe es bestimmt! Ich glaube ganz fest daran, und du mußt auch daran glauben. Wenn ich wiederkomme, bringe ich alles mit, was uns fehlt.«

»Mir nix fehlt«, sagte sie mit einer so harten Stimme, wie sie Ron noch nicht von ihr gehört hatte. »Dir fehlt andere Welt. Geh in andere Welt. Geh!«

»Das kannst du so einfach sagen? Es klingt, als wolltest du einen Hund wegjagen.«

»Hund ist treu, Hund bleibt immer hier. Aber du willst weg.«

»Ich tue es doch nur für uns, Tama. Für unsere gemeinsame Zukunft. Für ein herrliches, glückliches Leben.«

»Du jetzt nicht bist glücklich, Ovaku?«

»Es kann keinen glücklicheren Menschen geben *als* mich.«

Sie hob den Arm und zeigte *auf* das Meer. »Dort, in anderer Welt . . .«

»Bei dir, Tama'Olu.«

»Warum lügst du?« Sie erhob sich von der Bank, sah Ron traurig an und ging in die Hütte. Es war der erste Abend, an dem sie nicht zusammen den Sonnenuntergang erlebten und den Himmel betrachteten, über den ein Feuer zog, als würde die ganze Erde brennen.

Aber als Ron dann auch in die Hütte kam und sich neben Tama auf das Bett legte, kroch sie wieder dicht an ihn heran, preßte ihren Körper an seinen und liebte ihn mit aller Glut, die in ihr war.

Aber sie weinte dabei . . .

Das Boot war vollgepackt mit Fleisch, getrockneten Fischen, Kartoffeln, Brotfladen, Obst, Fruchtsäften und Wasser in ausgehöhlten Kürbissen. Der Holzmast war stabil verklotzt, das Baumharz hatte die Gummihaut unverwundbar gemacht. Nun schaukelte das Boot in der schwachen Dünung der Lagune. Das große Abenteuer – oder sollte man es Wahnsinn nennen? – konnte beginnen.

Es war früher Morgen, als Ron hinunter zum Strand ging – allein. Tama'Olu lag zusammengerollt wie ein kleines Kind im Bett und rührte sich nicht, als Ron zu ihr sagte: »Ich fahre jetzt. Komm mit zum Boot, Liebling. Bitte.«

Er sagte es viermal, bettelte und küßte sie dabei, aber sie rührte sich nicht. Sie lag da wie tot, ohne eine Regung, ohne Tränen, ohne die Augen zu öffnen.

Es fiel ihm unendlich schwer, sich von ihr loszureißen, die Hütte zu verlassen und hinunter zum Strand zu laufen. Aber auch hier war niemand, nicht Tapana, nicht Tamas Mutter, nicht die drei Brüder oder die schwangere Schwester. Das Dorf lag still und einsam da, nicht ein Mensch zeigte sich vor den Häusern. Nur die hellbraunen Hunde mit ihrem kurzen, glatten Fell und den Peitschenschwänzen streunten herum und beäugten mißtrauisch den einsamen Mann.

Ron blickte sich noch einmal um. Nein, Tama'Olu stand nicht an der Hüttentür, sie blickte ihm nicht nach, sie winkte nicht ... es gab ihn nicht mehr. Ein Toter trieb hinaus auf das Meer.

Einen Augenblick war es Ron, als sei er am Boden festgewurzelt, als könne er keinen Schritt mehr tun. Hierbleiben, dachte er. Du solltest hierbleiben! Nein, du fährst nicht ins Ungewisse, du pfeifst auf die Millionen. Brauchst du sie denn wirklich? Tama'Olu, ich bleibe! Ich bleibe bei dir! Ich werde das Boot zerhacken, verbrennen, ins Meer werfen.

Und eine andere Stimme sagte: Du Feigling! Du kommst doch mit Sicherheit wieder. Und dann kannst du Tama'Olu den Himmel zu Füßen legen. Du wirst das Glück festhalten, du wirst Kinder mit ihr haben. Du bist dann wirklich der glücklichste Mensch auf dieser Welt. Fahr los, Junge, hol dir das Glück!

Ron zwang sich, weiterzugehen. Ohne sich umzublicken, watete er in das seichte Wasser der Lagune, kletterte in das Schlauchboot und zog das kleine Segel zum Holzmast empor. Der Wind verfing sich darin, und langsam glitt das Boot über das grünschillernde Wasser dem Durchlaß im Korallenriff entgegen.

Als er das offene Meer erreicht hatte, zucke Ron zusammen: Von der Insel ertönte das dumpfe Hämmern der Baumtrommeln. Zwischen den Palmen erschien der Medizinmann in vollem Federschmuck und hob beide Arme hoch in den Himmel.

Götter, beschützt ihn, seid gnädig mit Ovaku. Er weiß nicht, was er tut. Er ist ein armer Mensch . . . Gott der Winde, jage ihn nicht zu wild über das Meer.

Ron schloß die Augen, atmete tief durch und drehte dann sein Segel voll in den Wind. Das Boot hob sich vorn aus dem Wasser und schoß davon, über die Wellen hinweg, die ihr grausames Spiel mit ihm begannen.

Hinter der Tür der Hütte stand Tama'Olu und sah durch einen Spalt dem davontanzenden Boot nach. Sie weinte wieder und drückte die Bibel, die Pater Richards zurückgelassen hatte, an ihre Brust. Sie wußte nicht, was in dem Buch stand, sie konnte es nicht lesen, aber sie wußte, daß es etwas Besonderes war, daß die drei alten getauften Männer davor niederknieten, als sei es ein Gott. Der Gott von Ron, der Gott von Ovaku.

Als der dumpfe Klang der Trommeln über die Insel wehten nahm sie das Buch und küßte es. Doch dann schleuderte sie es gegen die Wand, riß die Tür auf und rannte hinunter zum Strand.

»Ovaku!« schrie sie gellend. »Ovaku! Nimm mich mit! Nimm mich mit! Ich liebe dich . . . Wie soll ich ohne dich leben? Ovaku, nimm mich doch mit!«

Aber Ron hörte und sah sie nicht mehr. Er ritt auf den Wellen dahin, nach Westen. Der Hoffnung entgegen, daß man ihn irgendwann finden würde.

6

Vier Tage und Nächte trieb er auf dem Ozean. Die Götter des Meeres und der Winde meinten es gut mit ihm, der Stille Ozean machte seinem Namen alle Ehre. Auf der fast glatten Wasseroberfläche trieb ein leichter Wind das Schlauchboot vor sich her, und nur der übliche kurze und warme Regen, der täglich niederging, unterbrach diese schläfrige Eintönigkeit.

Ron nahm das als ein gutes Zeichen. Er hoffte, bald auf die Route der großen Handelsschiffe zu treffen oder eine Insel zu finden, die schon von der Zivilisation erreicht worden war. Noch immer schien es ihm fast märchenhaft, daß eine Insel wie Tonu'Alta so unberührt von aller Entwicklung geblieben war. Denn gerade der dicke König von Tonga wies gerne mit Stolz darauf hin, sein Inselreich in die Neuzeit geführt zu haben. Und er hatte es auch geschafft, ohne daß sein Land darunter litt, zerfiel und alle die Krankheiten übernahm, die »Kulturnationen« exportierten: Parteienstreit und Streiks, Rauschgifthandel und Alkoholmißbrauch, Jugendkriminalität und politische Zänkereien.

König Taufa'ahau Tupou IV. war zwar Herr über ganz Tonga – darüber gab es keine Diskussion, zumal ihm alles Land des Archipels und auch die Insel Tonu'Alta gehörte – aber von ihr schien er nicht einmal zu wissen, daß es sie überhaupt gab.

Und wer das Eiland kannte, wie der Händler Gilbert Descartes, dem war es gleichgültig, ob es auf einer Karte verzeichnet war oder nicht. Auch hatte er Tonu'Alta nur durch Zufall entdeckt und sprach in Pangai, der Hauptstadt der Ha'apai-Inselgruppe, nicht darüber. Sicher vor allem deshalb, um nicht die Konkurrenz auf das kleine schöne Eiland aufmerksam zu machen.

Ob der in Pangai residierende königliche Gouverneur

die Insel kannte, interessierte Descartes nicht, und für die Flugzeuge der Air Pacific, Polynesian Airlines und South Pacific Island Airways war sie nur ein winziger grüner Fleck im weiten blauen Ozean, den sie übeflogen.

Vier Tage und Nächte allein auf dem Meer, nur Wasser und Himmel um sich und der in der Hitze flimmernde Horizont zerrten an den Nerven.

Ron vertrieb sich die Zeit damit, daß er sang. Alles, vom Volkslied bis zur Oper. Besonders witzig fand er es, wenn er beim Rundblick über die grenzenlose Wasserfläche sang: »Warum ist es am Rhein so schön?« Oder er deklamierte Gedichte und Monologe, Erinnerungen an seine Gymnasialzeit. Sein Repertoire reichte von Wilhelm Tell über Schillers Glocke, die Jungfrau von Orléans und Fausts Osterspaziergang.

Ab und zu sprach er auch mit Tama'Olu, sagte ihr, wie sehr er sie liebe, wie ihr Leben sich demnächst verändern würde, was er an Plänen gemacht hatte.

Und wenn nach dem feurigen Sonnenuntergang schnell die Dunkelheit kam und er sich in seinem Schlauchboot hinlegte, sagte er jedesmal: »Gute Nacht, mein Liebling Schlaf gut, mein dunkler Engel, und träum von mir. Ich liebe dich, ich küsse dich. Du bist bei mir, spürst du das? Du bist immer bei mir.«

In der dritten Nacht schreckte er plötzlich auf. Es war ihm, als habe er einen langgezogenen, dumpfen Ton gehört, so, als ob ein Nebelhorn bliese. Aber nichts war um ihn herum, als das im Licht einer dünnen Mondsichel silbern schimmernde Meer – kein Schiffsrumpf, kein neuer Ton, nicht mal der schwache Schein eines weit entfernt dahinfahrenden Dampfers. Ein Nebelhorn . . ., welch ein Blödsinn! Wozu sollte bei einem solch klaren Wetter, in einer so herrlichen warmen Nacht ein Nebelhorn blasen?

Er legte sich wieder hin, dachte an Tama'Olu, nahm einen Schluck Obstsaft und schloß die Augen. Auch das einsamste Meer hat seine Grenzen, sagte er sich aufmunternd. Das ist jetzt erst die dritte Nacht, die ich hier draußen verbringe, und für zwanzig Tage habe ich zu essen und zu trinken. Und selbst dann werde ich nicht vor die Hunde gehen. Ich habe einen Speer bei mir und kann mir Fische stechen, das habe ich nun gelernt von Tamas Brüdern. Ich kann das Regenwasser auffangen und werde nicht verdursten. Junge, du kommst durch! Es gibt kein »Unendlich« auf der Erde, auch der riesige Ozean wird von Küsten begrenzt.

Am fünften Tag entdeckte er einen dünnen Streifen am Horizont.

Ron stand am Mast und sah über das weite Meer. Seine Augen schmerzten und tränten, so angestrengt starrte er in die Weite. Das muß Land sein, durchfuhr es ihn. Das *ist* Land! Eine Insel, natürlich eine Insel, hier gibt es doch nur Inseln, und jede ist größer als Tonu'Ata und ein Sprungbrett in die zivilisierte Welt.

Nach einer Stunde, immer vor dem schwachen Wind hersegelnd, erkannte Ron einen abgeflachten, niedrigen Vulkankegel, der aus dem Wasser ragte.

Da griff er zu den neuen, geschnitzten Rudern und begann, das Boot vorwärtszutreiben. Er entwickelte ungeahnte Kräfte, gab auch dann nicht auf, als seine Muskeln sich verspannten.

Man täuscht sich auf dem Meer in den Entfernungen. Was so nahe scheint, so greifbar und mühelos erreichbar, erweist sich dann als eine Strecke, die nie enden will.

Erst nach vier Stunden war Ron nahe genug an die Insel herangekommen, daß er die zerklüftete Küste deutlich sehen konnte, die Brandung, die an der Korallenbarriere schäumte, und den dichten Wald aus windgebeugten Palmen.

Er segelte an dem Korallenriff entlang und suchte den Durchgang zur Lagune. Es gab keine Insel, die völlig von Korallen eingeschlossen war, selbst Bora-Bora, dieser schönste Traum der Südsee, hatte einen Durchgang, den sogar größere Schiffe befahren konnten.

Rons Herz schlug schneller, als er plötzlich ein weißes Motorboot vor sich auftauchen sah, das mit hoher Geschwindigkeit auf ihn zuraste. Er stellte sich an den Mast, schwenkte sein Hemd und schrie, schrie und hätte gleichzeitig heulen können vor Freude und Erlösung von aller inneren Anspannung.

Das Motorboot ließ kurz eine helle Sirene erklingen und hielt genau auf ihn zu. Es war ein schönes, schnelles Boot, nicht groß, aber immerhin mit einer Kabine auf dem Hinterdeck und einem verkleideten Fahrerstand in der Mitte. Am Fahnenmast flatterte die tongalesische Flagge.

Das Boot fuhr einen weiten Kreis um Rons Schlauchboot, als würde man genau prüfen, was da vom Meer angeschwemmt wurde. Dann drosselte man die Motoren, und das Schiff tuckerte auf Ron zu.

Die ganze Zeit hatte er mit dem Hemd gewinkt und stand jetzt an dem kleinen Mast, als das Boot längsseits kam und dann der Motor abgestellt wurde. Das Fenster des Fahrerstand wurde zurückgeschoben, und der Kopf eines Mannes erschien, ein weißer Mann mit angegrauten, struppigen Haaren, um die ein breites gesticktes Stirnband gebunden war.

So müssen früher die Seeräuber ausgesehen haben, dachte Ron sofort. Früher? Zum Teufel, das kann hier auch einer dieser Piraten sein. Im südchinesischen Meer, um die Philippinen herum, an den Küsten von Indonesien und sogar im thailändischen Golf gibt es heute wieder Piraten, die sogar kleine Handelsschiffe überfallen, entern und ausrauben. Warum soll es in der Inselwelt von Tonga nicht auch einen Seeräuber geben? Vertrauenerweckend sieht der Kerl jedenfalls nicht aus.

Er strich sich über das Gesicht und nahm erst jetzt wahr, daß er mit seinem Viertagebart nicht weniger verwegen aussehen mußte als der Mann in dem Motorboot.

Ron hob die Hand und winkte. Gleichzeitig rief er: »Sie schickt mir den Himmel! Ich habe schon gedacht, ich werde zum Fliegenden Holländer.«

Er rief es auf englisch, und der Mann auf dem Motorboot antwortete ebenfalls auf englisch: »Das kann schon sein. Wer sind Sie? Wo kommen Sie her? Schiffbrüchig?«

»Wie man's nimmt. Ich bin Ron Edwards, und ich komme von Tongatapu.« Einem plötzlichen Einfall folgend, rief er es auf tongalesisch.

Der Mann gegenüber öffnete eine kleine Tür, trat heraus an die niedrige Reling und beugte sich zu Ron hinüber.

»Wollen Sie mich verarschen? Sie kommen doch mit dieser Nußschale nicht von Nuku'alofa!«

»Sie werden's nicht glauben: doch!«

»Und wo wollen Sie hin?«

»Zum nächsten Flughafen«, erwiderte Ron lakonisch.

»Halten Sie mich für einen Idioten?« brüllte der Mann. »Nuku'alofa hat einen internationalen Airport!« Er blickte in das Schlauchboot, sah die Holzkisten und Palmfasersäkke, die Kalebassen mit Wasser und Fruchtsäften und zeigte mit ausgestrecktem Arm auf dieses Gepäck. »Was transportieren Sie da? Sind Sie vielleicht einer von den Saukerlen, die Alkohol und Rauschgift auf die Insel bringen?«

»Wenn ich das wäre, dann würde ich hier mit einer schnellen Yacht aufkreuzen, und Sie hätten längst ein Loch in der Stirn. Ich bin so harmlos wie eine leergeblasene Muschel!«

»Und wieso können Sie Tongalesisch sprechen?«

»Das ist eine lange, fast unglaubliche Geschichte, und ich glaube kaum, daß ich sie Ihnen erzählen werde.«

»Woher können Sie denn Tongalesisch?«

»Das ist mein Beruf.«

»Aha, Sprachforscher, was?« Ron grinste breit. »Nehmen Sie mich in Schlepp, oder kann ich an Bord? Wo bin ich hier überhaupt?«

»An der Insel Telekitonga.«

»Tele... ah, hier gibt's bereits Fernsehen«, spöttelte Ron.

»Sie scheinen ein selten blöder Hund zu sein. Aber ich kriege noch heraus, wer Sie sind, keine Bange.«

»Gott helfe Ihnen dabei.«

»Amen!« Der Mann schob das breite Stirnband höher auf seine struppigen grauen Haare. »Wenn ich nicht so viel von Nächstenliebe halten würde, ließe ich Sie jetzt allein, legte mich in die Durchfahrt und wartete ab, bis Sie schwarz geworden sind.«

»Ihre Nächstenliebe sollte aber so weit gehen, daß Sie mir sagen, wer Sie selbst sind – und daß Sie mich an Bord lassen. Die ungewöhnliche Reise hat mich ein wenig erschöpft. Wer so ein Boot fährt wie Sie, kann das vielleicht nicht verstehen, aber so eine Nußschale, wie Sie mein Boot nennen, kann einen schön schlauchen.« Ron grinste wieder. Er hatte keine Angst, daß dieser Mann ihn allein auf dem Meer zurückließ. »War das ein guter Satz?«

»Kommen Sie rüber.« Der Mann reichte Ron die rechte Hand, zog ihn mit dem Schlauchboot nahe an seine Bordwand heran und half ihm, über die Reling zu klettern.

Ron hatte einen Strick mitgenommen, der hinten an einer Lasche seines Bootes befestigt war, und verknotete ihn nun fachmännisch an einem Holm der Reling.

»Das lassen wir nicht wegtreiben«, sagte er dabei. »Das ist mein ganzes Vermögen.« Er dachte an die einhundertzweiundsiebzig schwarzen Perlen, die er in der Nylontasche um die Schulter trug, und preßte die linke Hand dagegen. »Danke.«

»Ungern geschehen.« Der Mann schien nicht mit Höflichkeit gesegnet zu sein. Er musterte Ron ungeniert und ziemlich skeptisch, dann kreuzte er die Arme vor der Brust. Er trug eine weiße, fleckige Hose, ein T-Shirt mit dem bunten Aufdruck »Welcome to Niué« und ehemals weiße, jetzt verdreckte Baseball-Schuhe. Und eben das bestickte breite Stirnband, das ihm den verwegenen Ausdruck verlieh. »Ich nehme an, Sie wollen nach Pangai?«

»So ist es. Weit von hier?«

»Im Stillen Ozean ist weit ein relativer Begriff. Was man in Europa als unendlich weit ansehen würde, ist hier eine Ausflugsstrecke. Was sind schon tausend Meilen? Starren Sie mich nicht so dämlich an . . . Pangai ist natürlich viel näher. Wir können mit dem Boot in ein paar Stunden dort sein. Es kommt auf die Freundlichkeit des Meeres an.«

»Sie werden mich also nach Pangai bringen?« rief Ron erfreut.

»Nein. Wie käme ich dazu? Erst muß ich wissen, was und wer Sie sind und was Sie vorhaben.«

»Meinen Namen kennen Sie schon – ich den Ihren noch nicht.«

»Ich bin Patrick Lanson von der Steyler Mission. Pater Patrick.«

»Auch das noch! In Ewigkeit – Amen!« Ron musterte den Pater eingehend von Kopf bis Fuß. »Wie ein Mann Gottes sehen Sie aber gar nicht aus.«

»Es kommt nicht darauf an, wie man aussieht, sondern was man tut und leistet. Ich predige nicht nur, ich packe überall mit an. Das Wort allein, auch wenn es Gottes Wort ist, ist hier nicht genug. Deshalb möchte ich auch wissen, was mit Ihnen los ist. Ehrlich gesagt, mißtraue ich Ihnen. Deshalb beantworten Sie mir folgende Frage: Was machen Sie allein mit einem Schlauchboot auf dem Ozean? Sie sind kein Schiffbrüchiger, nicht mit *der* Ausrüstung. Und Sie lügen, wenn Sie behaupten, Sie kämen aus Nuku'alofa, Warum?«

»Ihnen als Priester kann ich es beichten: Ich komme aus einem Paradies.«

»Und warum haben Sie es verlassen?«

»Weil ich zu einem Flughafen muß . . . aber das glauben Sie mir ja doch nicht. Ich muß nach Tahiti und kehre dann in mein Paradies zurück.«

»Nach Tahiti . . . na ja, das liegt ja auch in der Nähe!« sagte Patrick Lanson ironisch. »Ist ja nicht mehr als ein Katzensprung. Fällt Ihnen wirklich nichts Besseres ein, was glaubwürdiger klingt?«

»Es ist die Wahrheit, Pater. Ich will vom nächsten Flughafen nach Tahiti fliegen.«

Ron tippte Patrick Lanson auf das T-Shirt mit dem aufgedruckten Umriß einer Insel. »Ich könnte ja auch fragen: Was hatten Sie auf Niué zu suchen?«

»Sie waren auch auf Niué?«

»Ja. Eine kleine, einsam im Pazifik liegende, schöne und interessante Insel. Liebenswerte, freundliche Menschen. Zwei Hotels, ein Hospital, einige Schulen, und der Besitzer des Supermarktes ist auch der Boß der Insel, die zum Staatsgebiet von Neuseeland gehört. Eine Menge kirchlicher Sekten gibt es da. Stimmt's, Pater Patrick?«

»Sie sind ein Weltreisender in Sachen Abenteuer, nicht wahr?«

»So kann man es ausdrücken.« Ron blickte hinüber zu der Insel Telekitonga. »Bringen Sie mich jetzt zu Ihrer Gemeinde. Ich habe Sehnsucht nach einem Bad, einem Rasiermesser und einer Tasse Kaffee mit Kognak. Haben Sie Kaffee und Kognak, Pater?«

»Ja.« Patrick Lanson hielt auffordernd die Tür zur Fahrerkabine offen. »Kommen Sie rein, Ron. Die Fahrt geht gleich weiter.«

»Rasen Sie immer so schnell?«

»Nur, wenn's nötig ist. Wir haben Sie von der Bergstation aus schon früher gesehen als Sie uns. Sie müssen wissen, bei ungebetenen Besuchen sind wir immer vorsichtig.«

»Also auch hier kein Paradies mehr, trotz Pater Patrick . . .«

Ron betrat das Fahrerhaus und setzte sich auf den zweiten Sitz vor die Instrumententafel. Patrick Lanson ließ die beiden Motoren wieder an und gab Gas. Das schnittige

Boot hob sich aus dem Wasser und schoß an der Korallenbarriere entlang. Neben ihm tanzte das Schlauchboot auf den Wellen.

»Wo haben Sie das tolle Schiff her, Pater? So etwas bezahlt doch nicht die Kirche oder Ihre Mission. Das ist das reinste Playboy-Boot! Damit könnten Sie in Miami Furore machen. Wie kommt ein Gottesmann an so ein Ding?«

»Ich brauche es, um schnell zu den Gemeindemitgliedern der umliegenden Inseln zu kommen. Geburten, Taufen, Hochzeiten, Sterbesakramente, Beerdigungen . . ., ich bin immer unterwegs. Das Boot ist mein Privatvermögen.«

»Sie haben als Ordensmann Privatvermögen?«

»Geerbt. Ich habe dafür das Boot gekauft und es der Mission geschenkt. Zufrieden?«

»Ja – Pater, ich habe aber noch eine Frage.« Ron zögerte, doch dann sprach er entschlossen weiter: »Sie nehmen doch Trauungen vor?«

»Das ist eine meiner schönsten Priesterarbeiten.«

»Ich möchte Ihnen da ein Problem schildern.« Ron lehnte sich in dem Beifahrersessel zurück. Tama'Olu, dachte er, jetzt reden wir über dich und mich. Siehst du nun, daß du immer bei mir bist? »Zwei Menschen wollen heiraten.«

»Das ist kein Problem, das ist normal und gottgewollt.«

»Kein voreiliges Urteil, Pater. Der eine Mensch ist aus der Kirche ausgetreten, weil ihm die Kirchensteuer zu hoch war und er keine Gegenleistung der Kirche sah außer Versprechungen auf die ewige Seligkeit, die aber keiner garantieren kann . . .«

»Das sind bestimmt Sie«, unterbrach ihn Patrick Lanson. »Weiter.«

»Der andere Mensch ist ein Heide. Er glaubt an Regengötter, Meeresgötter, Feuergötter . . .«

»Das ist sie.« Patrick warf einen Seitenblick auf Ron. »Sie wollen eine Eingeborene heiraten, habe ich recht?«

»Ja.«

»Und ich soll euch trauen?«

»Das habe ich nicht gesagt.« Ron winkte ab. »So gut kenne ich Sie ja nicht. Ich weiß nur, daß Sie ein grober Klotz sind, aussehen wie ein Pirat und wahrscheinlich ungemein dickköpfig sind.«

»So ist es.«

»Ich fragte nur nach einem Rat.«

»Und ich rate Ihnen: Werden Sie wieder Christ, und Ihre Südsee-Schönheit auch.«

»Bei ihr wird es unmöglich sein, Pater.«

»Vor Gott gibt es kein Unmöglich. Um das zu beweisen, bin ich ja Missionar geworden. Ron, Sie glauben doch an Gott?«

»Ja. Aber ich habe eine andere Vorstellung von ihm als die, die man mir von der Kanzel predigt. Ich sehe Gott anders.«

»Das ist doch schon eine Menge! Hängen wir nicht so starr an Bildern! Und das Mädchen glaubt auch an Gott ...«

»An Götter, Pater«, korrigierte Ron.

»Die kann man vereinen zu *einem* Gott. Der Glaube ist immer ein Akt der Demut des Menschen, auf den Namen kommt es erst in zweiter Linie an. Wenn Sie wollen, traue ich Sie und Ihre Insel-Schönheit.«

»Danke, Pater. Ich werde Sie rufen, wenn es soweit ist.«

»Und deswegen wollen Sie auch nach Tahiti?«

»Ja. Es ist vorher noch einiges zu regeln.«

»Und da gehen Sie Idiot mit einem Schlauchboot auf Reisen?«

»Ich hatte keine andere Möglichkeit, aus meinem Paradies wegzukommen. Ich habe mir gedacht: Einmal mußt du an der Schiffahrtsroute vorbeikommen, irgendwann fischt dich jemand auf und bringt dich an Land. Von dort kommst du weiter bis zum nächsten Flughafen. Ich habe Proviant für zwanzig Tage bei mir. In zwanzig Tagen mußte mich jemand sehen! Und so war's denn ja auch: Sie haben mich aufgefischt. Nach vier Tagen bereits. Und jetzt sage ich Ihnen etwas: Das war nicht nur simples Glück. Daran erkenne ich Gott. Ich habe mit ihm in den einsamen Tagen und Nächten gesprochen. Mit ihm und mit Tama'Olu . . .«

»So heißt Ihr Mädchen.«

»Ja. Und ich habe nach diesen Gesprächen Kraft bekommen. Unheimliche Kraft und Hoffnung.«

»Ron, Sie sind ein Bombenchrist! Auch ohne Kirchensteuer. Übrigens Kirchensteuer . . ., Sie kommen aus Europa?«

»Aus Deutschland, Pater.«

»Da war ich auch. Im Mutterhaus der Steyler Mission, in Sankt Augustin bei Bonn. Zwei Jahre. Eine gute Zeit.«

Sie hatten jetzt die Durchfahrt erreicht, ließen die Korallenbarriere hinter sich und glitten in langsamer Fahrt durch die Lagune. Vor ihnen am Ufer tauchten Lichtungen auf, Häuser und eine Kirche, die sogar ein Glockentürmchen besaß. Ein paar andere Motorboote lagen an einer Art Mole, an den Strand gezogen leuchteten bunt bemalte Einbäume und hingen richtige Netze zum Trocknen an hohen Pfählen.

»Ich kann sogar noch etwas Deutsch«, sagte Patrick Lanson in deutscher Sprache. »Nicht viel mehr allerdings. Ich bin Neuseeländer. Als junger Priester war ich dann sieben Jahre bei den Papuas, bis ich mir eine böse Virusinfektion holte. An der habe ich über zwei Jahre herumgekaut. Nach dem Okay des Arztes bin ich nach Tonga gegangen, und seitdem bin ich hier. Ich habe diesen Schritt nie bereut.«

»Darf ein Priester eigentlich seine Aufgabe bereuen?«

»Er sollte es nie zeigen, denn Gottes Wort ist keine Last. Aber er ist und bleibt ein schwacher Mensch, der nach innen zweifelnd denken kann. Nur nach innen, zu der zweiten Seele in sich.«

»Ich denke, wir haben nur eine Seele?«

»So ist es. Beim Tod sterben auch alle Zweifel, und zu Gott zurück kommt *eine* Seele.«

Ron nickte. Langsam, mit gedrosseltem Motor, steuerten sie die gemauerte Mole an. »Genau das ist es, wo ich ausklinke, Pater. Ich glaube nicht an das versprochene Weiterleben nach dem Tod.«

»Wollen Sie Ihre Tama'Olu nicht in der Ewigkeit wiedertreffen?«

»Das ist doch Unsinn, Pater!«

»Denken Sie mal in aller Stille darüber nach. Die Unsterblichkeit der Seelen – ist das nicht etwas Wunderbares? Das höchste Geschenk, die schönste Gnade Gottes. Reden Sie jetzt kein dummes Zeug, Ron, denken Sie darüber nach.«

Geschickt legte Patrick Lanson an der Mole an, vertäute das Boot an einem hölzernen Poller, schob ein Gehbrett auf das Pflaster und machte eine einladende Handbewegung zu Ron hinüber.

»Darf ich Sie auf die Insel Telekitonga bitten? Ich heiße Sie herzlich willkommen.«

Ron betrat die Mole und wartete, bis Pater Patrick nachgekommen war. Voll Erstaunen sah er, daß Lanson ein Repetiergewehr mit an Land brachte. Er mußte es im Ruderhaus versteckt gehabt haben, aber immer griffbereit.

»Waffen bei einem geweihten Mann?« fragte er ironisch.

»Weiß ich, ob der andere weiß, daß ich geweiht bin?«

Ron lächelte. »Wissen Sie, was mir so ungemein an Ihnen gefällt?«

»Bitte keine dämlichen Komplimente.«

»Sie sind durch nichts zu erschüttern. Sie müßten Petrus heißen – der Fels.«

»Und gerade Petrus hat den Herrn dreimal verleugnet. Kein guter Vergleich, Ron. Aber da sehen Sie es deutlich: Auch Petrus war nur ein Mensch und unterwarf sich der Angst.«

Er blieb stehen und zeigte zum Strand hinüber. Dort hatten sich viele Eingeborene versammelt, eine Menge Kinder und Frauen vor allem. Es gab Häuser aus Stein, die sogar verputzt und in bunten Farben gestrichen waren. Die Skala reichte von Gelb über Blau bis zum leuchtenden Rot. Sie bildeten eine richtige Uferstraße, an deren Ende die Kirche stand. Auch vier Weiße sah Ron, die ihnen neugierig entgegenblickten.

Patrick Lanson verstand Rons Erstaunen sofort.

»Fangen wir an von links nach rechts«, sagte er. »Das ist der Apotheker, daneben der Arzt, von dem er lebt, der Dicke ist der Besitzer des Hotels ›Fred's Guest House‹, und Nummer vier heißt Billy Jones und besitzt ein Sägewerk. Auch einen Supermarkt haben wir, und wem gehört er? Natürlich einem Inder. Er ist in ständiger Aufregung denn drei Häuser neben ihm hat ein Drugstore aufgemacht, und dessen Besitzer ist ein Chinese. Jetzt bin ich dabei, den Chinesen vom Buddhismus abzubringen und zum Christentum zu bekehren.«

»Pater, Sie sind eine Wucht!« Ron griff nach Patricks Arm und drückte ihn. »Ich habe keinerlei Zweifel mehr daran, daß Sie mich nach Pangai zum Flughafen bringen.«

»Bleib fest im Glauben, mein Sohn.« Lanson lächelte breit. »Die irdischen Dinge haben immer eine Fehlentwicklung in sich.«

Sie hatten das Ende der Mole erreicht, und die vier Weißen stürmten auf sie zu und überfielen Ron mit Händeschütteln und Fragen.

Er antwortete ihnen, stillte ihre Neugier und ließ sich auf die Schulter klopfen. Aber als sie dann die Straße hinunter zur Kirche gingen, konnte er nur eines denken: Ich habe es geschafft! Tama'Olu, ich habe es geschafft. In zwei oder drei Wochen bin ich wieder bei dir!

Ron wohnte zwei Tage bei Pater Patrick im Pfarrhaus hinter der Kirche.

Die Insel Telekitonga hatte sogar elektrisches Licht. Zwei große Generatoren erzeugten den Strom, der durch abenteuerlich an Bäumen hängenden Kabeln über die Insel verteilt wurde. So wurden auch die zwei Nächte lang, denn die wenigen Weißen saßen an den Abenden wie festgenagelt auf den Stühlen bei Patrick Lanson und versuchten, Ron nach seiner Vergangenheit auszufragen. Sie hatten Whisky, Kognak und neuseeländischen Wein mitgebracht. Während des Tages wurde Ron überall herumgereicht: Er mußte das Sägewerk besichtigen, bei Fred essen, zwei Stunden lang dem Arzt zusehen, wie er die Menge der Kranken behandelte, und im Hinterzimmer der Apotheke ließ er sich vorführen, wie man Schnaps brannte und daraus einerseits Likör und andererseits Medizin herstellte. Am beeindruckendsten war ein Kräuterschnaps des Apothekers, der gegen alles helfen sollte, vom Ohrensausen bis zum Zehenjucken. Und das war auch wahr, denn wer drei Gläser getrunken hatte, vergaß alle Gebrechen.

In der zweiten Nacht, als die Herren endlich gegangen waren, reichte Patrick Lanson die letzte Zigarette des Tages zu Ron hinüber und lehnte sich in seinem Korbsessel zurück.

»Morgen früh um sieben Uhr brechen wir auf«, sagte er leichthin. »Halt! Bleiben Sie sitzen, Ron! Keine Überschwenglichkeit.«

»Ich möchte Sie umarmen, Pater.« Rons Stimme begann zu schwanken. »Wie kann ich Ihnen jemals danken?«

»Selbstverständlichkeiten brauchen keinen Dank. Ich habe mich überzeugt, daß Sie ein anstandiger Mensch sind, Ron, und kein verkappter Gauner. Also ist es meine Pflicht, Ihnen zu helfen. Nur eins betrübt mich.«

»Und das wäre?«

»Daß Sie sich so konstant weigern, mir zu sagen, wo Sie ein Paradies auf Erden gefunden haben. Es gibt nämlich keine Paradiese auf Erden. Was man so nennt, ist oft ein Höllenfleck.«

»Meine Insel nicht, Pater. Und damit es ein Paradies bleibt, werde ich auch nichts über ihre Lage verraten.«

»Ich frage vor allem aus beruflichem Interesse, Ron Bedenken Sie, es geht um Heiden! Vielleicht um die letzten im Königreich Tonga. Neunundneunzig Prozent sind Christen aller Couleur, darunter fünfzehn Prozent Katholiken. Es ist doch klar, daß mich das eine Prozent sehr interessiert!«

»Ihre Rechnung stimmt nicht ganz, Pater. Drei Getaufte gibt es auf der Insel.«

»Wieso das?« Patricks Kopf ruckte hoch. »Sagen Sie bloß, in Ihrem Paradies war auch schon einer von uns.«

»Ja, ein Pater Emanuel Richards vom ›Orden vom Leiden Christi‹. Er starb sehr bald an einem Herzinfarkt. Wäre er länger geblieben, hätte er bestimmt mehr Erfolg gehabt«

»Und Sie verraten mir noch immer nicht die Lage der Insel?«

»Nein. Das ist kein Mißtrauen Ihnen gegenüber, Pater, ich könnte Ihnen den Namen der Insel beichten, und das Beichtgeheimnis wäre ein Schutz für die Insel . . .«

»Ein Schutz vor Gott?«

»Lassen Sie uns bitte nicht darüber diskutieren und uns dann in die Haare geraten. Es sind so fröhliche, glückliche Menschen – Sie brauchen keine Bibel, und die zehn Gebote sind bei ihnen eine Selbstverständlichkeit. Und auch die Seligpreisungen und moralischen Lehren der Bergpredigt treffen auf sie zu. Du sollst Vater und Mutter ehren . . ., das praktizieren sie mehr als Millionen Christen. Dort gibt es keine Heime, in die man die Alten abschiebt. Und Ehebruch ist diesen sogenannten Heiden fremd. Glauben Sie mir, Pater, mein Paradies braucht diese christlichen Lehren nicht. Es sind reine, mit sich und ihrem Dasein zufriedene, glückliche Menschen. Warum soll ich sie verraten?«

»Aber trauen soll ich Sie!«

»Wenn es geht, Pater.«

»Dann werde ich doch Ihre Insel betreten.«

»Wir können auch zu Ihnen kommen nach Telekitonga.«

»Das würde mich zutiefst beleidigen, Ron.«

»Es wird sich alles auf Tahiti entscheiden, Pater. Ich verspreche Ihnen, Sie hören bald von mir. Das war nicht unsere einzige Begegnung. Ich schwöre es Ihnen.«

»Sie und schwören! Lassen Sie das sein.« Patrick Lanson erhob sich aus seinem Sessel. »Um sieben Uhr also. Jetzt haben wir schon drei. Es wird eine kurze Nacht für Sie. Was soll übrigens mit Ihrem Schlauchboot werden?«

»Das überlasse ich Ihnen zu treuen Händen. Ich hole es später wieder ab ... ich sagte ja: Ich komme wieder. Merkwürdig, keiner glaubt mir, daß ich wiederkomme. Auch Tama'Olu nicht.«

»Sie sind nicht der Typ, der umkehrt, Ron. Das ist es. Das pulsierende Leben auf Tahiti wird Sie wieder einfangen. Papeete mit seinen schönen Mädchen hat alles, um die kleine Tama'Olu vergessen zu lassen. Warten wir es ab.«

»Ich kenne Papeete. Ich war schon dreimal dort. Und natürlich kenne ich einige hübsche Mädchen, braune, entzückende Püppchen ...«

»Natürlich!«

Ron ließ sich durch diesen ironischen Einwurf nicht irritieren. Er fuhr fort: »Sie kennen Tama'Olu nicht, Pater. Durch sie ist alles anders geworden. Ich habe einen neuen Menschen in mir entdeckt. Das klingt kitschig, aber wie soll man es anders erklären? Ich kann auf den früheren Ron Edwards nur mit Staunen zurückblicken und den Kopf schütteln. Verstehen Sie mich? Pater?«

»Ich bin doch kein Schwachkopf! Trotzdem entzünde ich eine große Kerze, wenn Sie wieder vor mir stehen. Wir feiern dann die Heimkehr des verlorenen Sohnes.«

»Lassen Sie sich überraschen, Pater.«

»Das will ich. Und nun hauen Sie sich ins Bett! Übrigens, haben Sie einen gültigen Paß bei sich?«

»Aber ja!«

»Einen echten? In Pangai locht man Sie sofort ein, wenn Zweifel an Ihrer Person auftauchen. Da kann ich Ihnen auch nicht mehr helfen.«

»Ich bin ein sauberer Bursche, Pater.«

»O Gott, verzeih ihm!« Patrick Lanson warf einen dramatischen Blick an die Zimmerdecke. »Lügen gehört nun mal zur menschlichen Natur.« Er räusperte sich und zeigte auf die Tür. »Gute Nacht, Ron. Den Weg zu Ihrem Zimmer kennen Sie ja. Ich spreche noch ein Gebet, aber dabei will ich allein sein.«

Ron nickte und verließ das Zimmer.

Um sieben Uhr nach Pangai. Und dann das nächste Flugzeug nach Tahiti . . .

Er strecke sich auf dem Bett aus, zog den Nylonbeutel näher und legte ihn sich auf die Brust. Beide Hände faltete er darüber. Unter seinen Fingern spürte er die Päckchen, die Tama'Olu aus Palmblättern gefaltet hatte. Einhundertzweiundsiebzig schwarze Perlen, aus dem Meer geholt unter Einsatz ihres Lebens.

Es wäre fürchterlich, es gäbe Mord und Totschlag, wenn jemand wüßte, daß es die Insel Tonu'Alta gibt, dachte er, bevor er einschlief.

Sie erreichten den Hafen von Pangai am Nachmittag und bekamen vom Hafenmeister einen Platz an der Pier zugewiesen, dort, wo eine Menge anderer kleiner Boote im öligen Hafenwasser dümpelte.

Als sie festgemacht hatten, meldeten sie sich bei der Hafenbehörde, zeigten ihre Pässe und bekamen einen Stempel hineingedrückt. Pater Patrick kannte jeder, aber Ron mußte angeben, was er hier auf Pangai wollte. Als er erklärte, er wolle nach Tahiti fliegen, und mit einigen Dollarscheinen durch die Luft wedelte, war man zufrieden und ließ ihn die große Insel der Ha'apai-Gruppe betreten.

»Sie haben aber 'ne Menge Dollar mit«, sagte Patrick Lanson, als Ron das Geld wieder in die Nylontasche steckte. »Ich habe mir schon Gedanken darüber gemacht, wie Sie den Flug bezahlen wollen. Er wird mich schamlos anpumpen, habe ich gedacht.«

»Und? Hätten Sie mir den Flugschein gekauft?«

»Ja.«

»Ich wiederhole es, Pater: Sie sind eine Wucht. Wenn ich von Tahiti zurückkomme, stifte ich Ihrer Kirche, was Sie am nötigsten brauchen.«

»Wenn...« Patrick Lanson winkte einem klapprigen Wagen, der als Taxi diente und alles andere als vertrauenerweckend aussah. »Das soll ein Wort sein. Es wird aber teuer.«

»Wenn ich aus Tahiti zurückkomme, spielt das keine Rolle mehr.«

»Hoffen wir. An dem ›Wenn‹ liegt es nämlich.«

Die Halle des kleinen Flughafens von Pangai war überfüllt. Frauen, Kinder und Männer warteten geduldig auf ihr Flugzeug. Ihre Ruhe und ihr Gleichmut mußten einen Europäer zur Weißglut bringen. Es gab zwar Flugpläne, aber sie wurden nur selten eingehalten. Die Flugzeiten waren oft Wunschzeiten, aber es lag nicht an den Piloten der Polynesian Airlines oder der Tonga Air, sondern am Bodenpersonal. Das zelebrierte nämlich die Philosophie, daß nichts auf Erden so eilig ist, daß man in der Hitze auch noch schneller laufen müßte.

»Sie haben Glück, Ron«, sagte Pater Patrick und zeigte auf die Anzeigetafel. »In einer Stunde fliegt die königliche Linie nach Nuku'alofa. Aber wenn die Wartenden alle mitwollen, wird es schwierig – es sei denn, Sie erboxen sich einen Platz. Das würde ich Ihnen als Weißem jedoch nicht raten, auch wenn der König ein großer Freund der Deutschen ist. Übrigens, Ron Edwards ist bestimmt kein deutscher Name.«

»Nein.«

»Vergessen wir's.« Er winkte ab. »Jedenfalls ist Ihr Paß in Ordnung.«

»Er war ja auch teuer genug.«

Ein kleines Wunder geschah: Die Maschine der Tonga Air stand startbereit auf dem Rollfeld. Und noch ein weiteres Wunder durfte Ron erleben: Er konnte als weißer Gast des Landes zuerst durch die Sperre. Der Beamte in seiner Box grüßte freundlich. Ron winkte zurück zu Pater Patrick und lief dann zur Maschine.

Nach einem Flug von fünfzig Minuten landeten sie in Nuku'alofa. Die Auskunft an den Schaltern erklärte, daß am nächsten Morgen eine Maschine der Polynesian Airlines von Tongatapu über Niué und Rarotonga nach Tahiti fliegen würde.

Ron kaufte sich eine Flugkarte, nur für den Hinflug, zeigte an der Paßkontrolle das Ticket, das ihn als Transitpassagier auswies, und durfte die Hauptstadt betreten. Man hatte keine Fragen an ihn.

Er mietete sich ein Zimmer im »International Dateline Hotel«, dem besten von Nuku'alofa, und griff dabei tief in seine eiserne Reserve. Er brauchte diese letzte Rettung nicht mehr... Wenn er aus Tahiti zurückkam, würde er reich sein!

Nach einem wirklich guten Essen legte er sich ins Bett, schob den Nylonbeutel mit den Perlen unter sein Kopfkissen und hoffte, daß der Nachtportier ihn nicht vergaß und ihn auch wirklich um sechs Uhr weckte. Verpaßte er das Flugzeug, mußte er drei Tage in Nuku'alofa auf die nächste Maschine warten.

Aber Ron hatte wieder Glück. Er wurde geweckt, was den internationalen Standard des Hotels bewies. Als die Boeing startete und der Ozean wie ein unendliches blaues Feld unter ihm lag, als er eine halbe Flasche Champagner bekam und sich bemühte, nicht die lockenden Blicke der Stewardeß zu erwidern, wußte er, daß es nur noch ein Schritt in sein neues, glücklicheres Leben war.

Ein Leben in einem reichen, unbekannten Paradies.

Irgendwann nickte er ein, hörte zwar das Rauschen der Motoren, aber er schlief dennoch. Ein glücklicher Mensch – der so naiv war, zu glauben, man könne schwarze Perlen von dieser Vollkommenheit und Schönheit ungefragt und vor allem gefahrlos in den Handel bringen.

Auf Tahiti erwartete ihn die Hölle – aber das ahnte er ja nicht.

7

Wer zum erstenmal nach Tahiti kommt – sei es, daß er mit dem Schiff im Hafen von Papeete eintrifft oder auf dem modernen, großzügigen, klimatisierten Airport landet – immer wird der Besucher der Insel denken: So ähnlich sieht es auch in Südfrankreich aus!

Viele Menschen hier sind braunhäutig, Polynesier, von ungewöhnlicher Schönheit. Vor allem die jungen Frauen sind von einem Reiz, der unwiderstehlich ist. Man kann verstehen, daß der Maler Gauguin hier die Erfüllung seines Lebens zu finden glaubte.

Aber auch viele Europäer bevölkern die Straßen und Geschäfte, Franzosen meist, aus dem Mutterland eingewandert oder auf Tahiti geboren und stolz darauf, zu Frankreich zu gehören. Ganz zu schweigen von den Touristen, die jedes Jahr zu Tausenden über diese Insel der Glücklichen ausschwärmen.

Und trotz aller Schönheit kommt ein wenig Enttäuschung auf. Ist das die vielbesungene Südsee? Ist das der Zauber von blauem Meer und wiegenden Palmen, von süß duftenden Halskränzen aus Frangipaniblüten und lockenden Gesängen milchkaffeebrauner, zierlicher Mädchen mit Blumen in den schulterlangen schwarzen Haaren?

Wo sind die Palmenwälder, der geheimnisvolle Dschungel, die breiten weißen Sandstrände, die palmblätterbedeckten Hütten und die in großen Kriegskanus paddelnden federgeschmückten Männer? Wo ist diese ergreifende Schönheit, die man aus Hunderten von Filmen kennt?

Sie findet sich nicht auf Tahiti, und schon gar nicht mehr in Papeete. Diese Zeiten sind lange vorbei. Papeete ist heute eines der bedeutendsten Handelszentren des Südpazifik, ein gigantischer Umschlagplatz für alle Güter, wichtig für den Ex- und Import, eine Metropole des Geldes mit allen namhaften Banken der Welt, ein kleines Paris an Luxus und Lebensstil, erfüllt von einer atemberaubenden Menschenmenge und dem Qualm verbrannten Benzins.

Und dennoch: Wer einmal auf der Promenade gesessen hat, umgeben vom quirligen, pulsierenden Leben, wer abends auf der Terrasse eines Hotels oder Restaurants über die abendliche See und das Lichtermeer der Stadt geblickt hat, der wird Papeete nie mehr vergessen und sich immer danach zurücksehnen.

Vor allem aber ist Papeete der Umschlag- und Handelsplatz der Südsee-Perlen, die Stadt, in der man stundenlang von Juwelier zu Juwelier pilgern kann und sich die Nase plattdrückt an den Scheiben, hinter denen die einzigartigen silbergrauen und rosalüsteren Perlen schimmern. Und ab und zu auch eine geheimnisvoll glänzende schwarze Perle ... fast immer ohne Preisschild. Wer eine solche Kostbarkeit kauft, fragt nicht nach dem Preis.

Gleich nach seiner Ankunft in Papeete fuhr Ron Edwards mit einem Taxi zum »Tahiti Beach Hotel« und mietete ein Suite mit Blick zum Meer und über den Seepark des Hotels hinweg. Der Chefportier hinter der Rezeption musterte den neuen Gast kritisch, entschied, daß Mißtrauen hier wohl angebracht sei, holte den Schlüssel vom Haken und legte ihn vor Ron auf die Theke. Aber er bedeckte ihn mit der Hand.

»Wie lange bleiben Sie, Monsieur?« fragte er auf französisch. Ron antwortete auf englisch.

»Vielleicht zehn Tage.«

»Sehr gut, Sir.« Der Chefportier sprach auch ein hervorragendes Englisch. »Tahiti wird Ihnen gefallen. Ich rate Ihnen, Ausflüge nach Moorea und vor allem nach Bora-Bora zu machen. Ein Erlebenis, das versichere ich Ihnen.«

»Ich kenne beides.« Ron streckte die Hand aus. »Wenn ich den Schlüssel haben könnte . . .«

»Der Boy wird Ihr Gepäck gleich hinaufbringen.« Der Portier blickte suchend an Ron vorbei. »Sie haben Ihre Koffer noch im Taxi?«

»Nein.« Ron klopfte an den Nylonbeutel, der über seiner Schulter hing. »Das ist mein ganzes Gepäck.«

Also doch, dachte der Portier. Mein Riecher . . . Ich habe doch gleich gewußt, daß da etwas faul ist! Das ist kein Mann, der in unser Hotel paßt.

»Könnte ich eine Vorauszahlung für fünf Tage haben?« sagte er freundlich, aber wesentlich reservierter als zuvor.

»Seit wann ist das üblich?«

»Seit kurzem erst, Sir. Die Zahlungsmoral mancher Besucher hat sich geändert. Nicht zum besten – leider. Wir müssen deshalb bei uns unbekannten Gästen . . .«

»Sparen Sie sich diese unglaubwürdigen Erklärungen«, fiel ihm Ron ins Wort. »Ich weiß, daß ich nicht aussehe wie ein Graf.« Er griff in den unansehnlichen Nylonbeutel, holte ein Bündel Dollarscheine heraus, zählte fünfhundert Dollar ab und warf sie dem erstarrten und sichtlich betroffenen Portier auf die Theke. »Genügt das?«

»Sir . . . natürlich! Hier ist Ihr Schlüssel. Ich bitte um Verzeihung. Erste Etage . . . Page! Page!«

»Lassen Sie, ich finde das Zimmer schon allein. Bemühen Sie sich nicht mehr, als nötig ist.«

Er ging mit schnellen Schritten zum Lift, winkte dem Pagen zu, der zu ihm hinstürzte, und fuhr nach oben. Der

Chefportier starrte auf die fünfhundert Dollar, schob die Noten dann zusammen und trug sie hinüber zur Kasse.

»Typisch für diese Amerikaner«, sagte er dabei. »Laufen rum wie die Vogelscheuchen und sind in Wahrheit Millionäre. Die haben alle einen Spleen.«

Die Suite, mit riesigen Fenstertüren und einem herrlichen Blick über Park und Meer, war unübertrefflich in ihrem Luxus: Ein Schlafraum, ein Salon, eine Diele, ein Badezimmer aus rosa-grün geflammtem Marmor, eine Barecke, in der nichts fehlte, vom Mixbecher bis zum Strohhalm, vom Pastis bis zum Wodka. In einem Wandregal standen einige Flaschen besten französischen Rotweins, Château Margaux bis zur Spitzenlage Château Petrus. Premier Grand Cru.

Ron ging zu der Fensteranlage, öffnete eine Tür und setzte sich dann in einen der dickgepolsterten und mit Seidenstoff bezogenen Rattansessel. Aus der Nylontasche holte er wieder die Dollarscheine heraus und warf sie auf die gläserne Tischplatte.

Noch vierhundert Dollar. Die eiserne Reserve schrumpfte immer mehr zusammen. Heim nach Deutschland kam er damit nicht mehr. Aber mit drei oder vier von seinen Perlen konnte er rund um die Welt fliegen.

Er holte sich das Telefonbuch von Papeete vom Schreibtisch des Salons und schlug die Seite mit den Namen und Adressen der Perlengroßhändler auf. Zum Teil auf französisch – *commerce des perles* – zum Teil auf englisch – *pearls wholsesale trade* – waren es zwei ganze Spalten voll.

Wen nehme ich? dachte er. Wer kann mir meine 172 schwarzen Perlen bezahlen? Wer ist der größte Perlenhändler auf Tahiti? Der größte ist meistens aber auch der härteste, ein Typ der die Preise drückt. Beim Einkauf geht es ihnen um Cents, beim Verkauf gibt es keine Grenzen. Wer ist von diesen allen im Telefonbuch der richtige?

Ron griff wieder zu seiner alten Methode, mit der er bisher gut durch die Welt gekommen war. Er spielte vabanque. Er schloß die Augen und legte den Zeigefinger auf einen bestimmten Punkt. Als er die Augen öffnete, zeigte sein Fingernagel auf einen Charles Bouchet, Rue de Liberté, Nummer 11.

»Dann wollen wir mal!« sagte Ron laut zu sich selbst. »Monsieur Bouchet, Sie werden die schönsten schwarzen Perlen bekommen, die Sie je in Ihrem Leben gesehen haben.«

Er wählte die Nummer von Bouchet; wie meistens in Firmen meldete sich auch hier eine Frauenstimme.

»Ich möchte Mr. Bouchet sprechen«, sagte Ron auf englisch. Sein Französisch war nicht so gut, er verstand es zwar, aber zum Antworten fehlten ihm die Vokabeln. Außerdem war seine Aussprache erbärmlich schlecht.

»Votre nom, s'il vous plaît?«

»Roger Edwards, Mademoiselle.«

»Und in welcher Angelegenheit?«

»Es geht um Perlen, was sonst.«

»Un moment, Monsieur.« Ron hörte ein Knacken in der Leitung. Es dauerte ein paar Sekunden, die Sekretärin schien zu melden, daß ein Mann, der englisch sprach, Monsieur zu sprechen wünsche, denn als es wieder knackte, war Charles Bouchet am Apparat und sagte: »Bonsoir, Mister Edwards. Sie haben nach mir verlangt?«

Bouchet sprach ein perfektes Englisch, ohne einen französischen Akzent. Ron vermutete, daß er in Eton oder Cambridge studiert hatte.

»Es geht um ein Geschäft, Monsieur Bouchet.«

»Sie wollen kaufen?«

»Genau das Gegenteil: Ich will verkaufen.«

»Da hat man Sie falsch beraten, Mister Edwards. Ich bin Großhändler. Für ein gutes Einzelstück kann ich Ihnen zwei, drei sehr seriöse Juweliere empfehlen, mit denen ich auch zusammenarbeite.«

»Ich habe 172 Perlen anzubieten ... schwarze Perlen bester Qualität.«

Einen Augenblick war es ganz still am anderen Ende der Leitung, dann hörte Ron wieder Bouchets Stimme. Sie klang plötzlich etwas heller und kurzatmiger.

»Schwarze Perlen, sagen Sie? Aus welcher Zucht?«

»Aus keiner Zucht. Es sind echte Perlen, Naturperlen, nach denen ich selbst getaucht habe. Ich nehme an, auch Sie haben so etwas noch nicht gesehen.«

»Wer sind Sie?«

»Ich sagte es Ihnen doch schon: Ron Edwards.«

»Amerikaner?«

»So ist es. Hat das auf die Perlen eine Auswirkung?«

»Wie kommen Sie an die Perlen?«

»Aus dem Meer. Ich habe sie raufgeholt, wie ich schon sagte.«

»Und das soll ich Ihnen glauben?«

»Ja.«

»Wo?«

»Erlauben Sie, daß ich laut lache, Monsieur Bouchet. Verraten Sie mir auch Ihre Gewinnspanne?«

»Sie haben die Perlen bei sich?«

»Um den Hals.«

»Sie sind schon aufgezogen?« fragte der Großhändler schockiert.

»Das war bildlich gemeint, Monsieur. Es soll heißen, ich passe auf diesen Schatz auf wie auf mein Augenlicht. Außerdem wären diese Perlen viel zu schade für eine Kette, und ein solches Schmuckstück wäre fast unbezahlbar. Sie eignen sich mehr als Einzelstück in einem Ring, einer Brosche oder einem Solitäranhänger. Es sind Prachtstücke.«

»Wann können wir uns sehen, Mister Edwards?«

»Morgen zum Essen? Sagen wir gegen 12 Uhr 30.«

»Sehr gut. Ich kenne da ein vorzügliches Restaurant. Der Koch ist ein Schüler von Bocuse . . .«

»Ich erwarte Sie bei mir, Monsieur. Ich logiere im Tahiti Beach Hotel. Suite Nummer drei. Ich nehme an, diese Küche trifft auch Ihren Geschmack. Ich möchte mit den Perlen nur ungern das Haus verlassen, das verstehen Sie sicher.«

»Aber wo denken Sie hin, Mister Edwards. Sie sind hier nicht im Dschungel von New York.«

»Dennoch bin ich vorsichtig. Ach ja, da ist noch etwas.« Rons Stimme wurde härter, die sanfte Höflichkeit verlor sich. Von Anfang an soll dieser Bouchet wissen, mit wem er es zu tun hat, dachte er. »Sollten wir ins Geschäft kommen, dann verlange ich Barzahlung. Auf Dollarbasis.«

»Wie hoch schätzen Sie die Summe?«

»Darüber ist zu verhandeln. Ich habe 258 000 Dollar angesetzt.«

Schweigen. Entweder dachte Bouchet jetzt, er spräche mit einem Verrückten, oder es hatte ihm einfach die Rede verschlagen.

Ron klopfte an den Telefonhörer. »Hallo, sind Sie noch da, Monsieur?«

»Natürlich. Ich habe nur schnell einmal durchgerechnet. Bei 172 Perlen wären das pro Perle im Durchschnitt 1500 Dollar. Soviel ist keine schwarze Perle im Einkaufwert. Auch keine echte!«

»Sie haben die Ware noch nicht gesehen, Monsieur Bouchet. Es bleibt also beim Essen?«

»Ich komme.« Ron hörte, wie Bouchet tief durchatmete. Eine Viertelmillion Dollar bar auf den Tisch ist schon etwas Ungewöhnliches. »Bis morgen, Mister Edwards. Ich bin tatsächlich gespannt auf die Perlen – und auf Sie.«

In dieser Nacht schlief Ron seit langer Zeit wieder einmal tief und ungestört. Natürlich fehlte ihm Tama'Olu, die Leere neben ihm, wenn er zur Seite tastete, war ungewohnt geworden, aber es war auch eine wirkliche Entspannung, bis zum Morgen durchschlafen zu können.

Nach einem exzellenten Frühstück, wie er es seit drei Jahren nicht mehr genossen hatte, stieg er in ein Taxi und sagte:

»Ich möchte zu dem besten Herrenausstatter von Tahiti.«

»Das ist das Geschäft ›Pour vous, Monsieur‹«, antwortete der Taxifahrer. »Der Geschäftsführer ist ein gewisser Jacque Ramage.«

»Sehr gut. Fahren Sie mich dorthin.«

Monsieur Ramage bediente Ron eigenhändig, als er erfuhr, daß der Kunde Amerikaner war. Für 360 Dollar kaufte Ron einen weißen Anzug aus einem luftdurchlässigen dünnen Kammgarn, durchwirkt mit 30 Prozent Seide. Er paßte auf Anhieb, es war keine Änderung nötig, und Ron ließ ihn gleich an. Dann kaufte er ein seidenes Oberhemd, cognacfarben, und eine Krawatte mit gelben und roten Streifen. Seine alten Kleider ließ er sich einpacken und bummelte über die Hafenpromenade. Später betrat er noch ein Schuhgeschäft, das billiger war als »Pour vous, Monsieur«, und suchte sich dort ein Paar weiße, leichte, aus Lederriemchen geflochtene Schuhe aus. Dazu leistete er sich weiße Strümpfe und sagte draußen auf der Straße zu sich: »Ron, nun bist du pleite. Du hast noch genau 67 Dollar und vierundfünfzig Cents. Vabanque.«

Zurückgekehrt ins Hotel, bestellte er ein Mittagessen für zwei Personen, sechs Gänge, von denen ihn der in Chablis pochierte Seewolf und das Mango-Sorbet am meisten interessierten. Aus dem Regal neben der Hausbar suchte er für den Fisch einen trockenen Saumur 1982 aus, stellte ihn kühl und entschied sich für den Fleischgang für einen roten 1983er Château Trotanoy, einen Grand Vin Pomeral.

Pünktlich klopfte es an die Tür der Suite – Ron warf einen Blick auf die Uhr, genau 12 Uhr 30 –, und Monsieur Charles Bouchet betrat die Diele. Hinter ihm rollte ein Garçon den Wagen mit einer Auswahl an Apéritifs herein.

Bouchet war ein mittelgroßer, sehr gepflegt wirkender Mann um die Fünfzig, hatte einen deutlichen Bauchansatz und eine von winzigen roten Äderchen durchzogene Gesichtshaut, was ihn als einen guten Rotweinkenner auswies. Wenn er sprach, begleitete er seine Worte mit großen Gesten.

Einen kurzen Augenblick musterten sich Ron und Bouchet und beschlossen, jeder für sich, vorsichtig zu sein. Er ist ein ganz gewiefter Geschäftsmann, dachte Ron, und Bouchet dachte zur selben Sekunde: Er ist ganz der Typ eines Abenteurers. Daran ändert auch der Seidenanzug nichts.

»Ich begrüße Sie, Monsieur Bouchet!« sagte Ron höflich, trat einen Schritt vor und ergriff eine fleischige, aber kräftige Hand. »Haben Sie auch einen solchen Hunger wie ich? Den ganzen Vormittag bin ich durch Papeete gestrolcht und habe mir die Auslagen der Juweliere angesehen. Interessant. Man bietet schöne weiße oder rosa Perlen an, sehr gute graue, silbergraue und dunkelgraue, aber Perlen von einer richtigen tiefschwarzen Farbe sieht man kaum. Und wenn, dann sind sie saumäßig teuer, trotz einer viel minderen Qualität als meine Perlen. Was nehmen Sie als Apéritif, Monsieur Bouchet?«

»Sie werden sagen: Das ist Gift, aber ich mag ihn nun mal: Absinth.«

»Damit hat sich Toulouse-Lautrec zu Tode gesoffen.« Ron nahm die Absinthflasche aus dem Servierwagen, goß ein Glas voll und wählte für sich selbst einen harmlosen weißen Picon. Vorsicht, dachte er. Einen klaren Kopf behalten. Du bist keinen Alkohol mehr gewöhnt. Bouchet aber sieht ganz danach aus, als könne er dich stehend unter den Tisch trinken.

Bouchet schien das unbewußt zu bestätigen. Er goß den Absinth in sich hinein, als sei es Wasser mit Anisgeschmack. Danach stieß er verhalten auf, sagte »Pardon« und setzte sich in einen der Rattansessel.

»Ich bin neugierig«, begann er. »Um ganz ehrlich zu sein: Ich platze vor Neugier. Und eins sage ich Ihnen gleich: 258 000 Dollar für 172 schwarze Perlen – das ist eine Irrsinnssumme! Das vergessen Sie mal, Mister Edwards. Das ist allenfalls ein Endverkaufspreis. Oder wollen Sie sich an die Straßenecke stellen und rufen: ›Schwarze Perlen! Wer kauft schwarze Perlen, das Stück nur 1500 Dollar? Selbst aus dem Meer geholte Perlen mit Echtheitsgarantie!‹ Das wäre kein Job für Sie.«

»Ich stelle fest: Sie haben Humor.« Ron griff in die Tasche seines weißen Anzugs, holte eine seiner Perlen hervor und legte sie vor Bouchet auf den Tisch. »Jetzt zerplatzt Ihr Sarkasmus.«

Bouchet starrte erst die Perle, dann Ron an. Wortlos holte er aus seinem schweinsledernen Aktenkoffer ein Gerät heraus, das aussah wie ein kleiner Diamantbetrachter, griff nach der Perle, spannte sie in zwei Klammern ein und knipste dann die Beleuchtung an. Ein heller, konzentrierter Lichtstrahl durchschnitt die Perle und warf, einem Röntgenbild gleich, das Innere der Perle gegen eine kleine Mattscheibe. Bouchet betrachtete durch ein Mikroskop-Okular das Bild, das sich ihm bot. Es dauerte ein paar Sekunden, dann blickte er zu Ron auf.

»Es stimmt. Eine naturgewachsene Perle. Kein Zuchtkern. Sie ist wirklich echt.«

»Haben Sie daran gezweifelt, Monsieur Bouchet?«

»Ich will ehrlich sein: ja! Eine so ebenmäßige Perle mit einem solchen schwarzen Lüster ist selten.«

»Ich habe Ihnen zur Einstimmung die schlechteste von meinen Perlen vorgelegt.«

»Das ist nicht wahr!«

»Bitte.« Ron griff wieder in die Rocktasche und legte drei andere Perlen auf den Tisch. Größer, glänzender ... zwei vollkommen rund, eine birnenförmig.

Bouchet rührte sie nicht an. »Noch einen Absinth, bitte«, sagte er nun mit rauher Stimme. Und erst als er diesen getrunken hatte, schob er mit dem Fingernagel seines rechten Zeigefingers die Perlen über die Tischplatte hin und her. »Und davon haben sie 172 Stück?« fragte er.

»Zur Zeit. Ich könnte Ihnen im Laufe eines Jahres aber noch mehr liefern.«

»Sie haben eine Muschelbank an einer unserer Inseln hier entdeckt? Wissen Sie, daß die französischen Behörden Ihnen ungeheure Schwierigkeiten machen können? Wenn sie von Ihrem Perlengarten erfahren, haben Sie keine ruhige Minute mehr. Vor allem die Steuer wird hinter Ihnen her sein. Das Finanzamt ist eine Brutstätte für Henkersknechte. Deshalb werden wir ein Geschäft ohne Rechnung machen müssen – wenn wir überhaupt ins Geschäft kommen. Und Schwarzgeld drückt den Preis, das ist Ihnen doch klar, nicht wahr?«

»Ich ahnte, daß Sie ein harter Partner sein würden, Monsieur Bouchet.«

»Aber ein zuverlässiger, und das ist mehr wert als ein paar Dollar weniger im Einkauf.«

»Darüber reden wir noch.« Ron drückte auf den Klingelknopf. Der Zimmerservice konnte mit dem Mittagessen kommen. »Erst sollten wir unsere Mägen beruhigen. Ich habe einen fabelhaften Saumur kaltgestellt, bestens passend zum Hummercocktail mit Ananas und Pistazien.«

»Sie sind ein großer Gourmet – wie ich. Nicht wahr, Ron?«

»Ich pflege eine umgekehrte Reihenfolge der Genußphilosophie: Ein gutes Essen – ein guter Wein – eine schöne Frau. Die meisten drehen es um. Wissen Sie, Charles, daß ein gutes Essen seltener ist als eine schöne Frau?«

»Wem sagen Sie das? Aber man kann es auch anders machen: Ein gutes Essen, ein guter Wein zusammen mit einer schönen Frau. Das ist das Nonplusultra des Genusses.«

Das Mittagessen zog sich bis 15 Uhr 40 hin ... ein Franzose schlingt nicht wie ein Deutscher oder Engländer, er ißt nicht, um zu leben, sondern er lebt, um zu essen. Ein gutes Essen ist wie eine Andacht, man versinkt in sich selbst. Und wenn man dann auch noch einen Château Trotanoy 1983 trinkt, weiß man, warum Gott die Welt erschaffen hat.

Bouchet saß zufrieden und satt in seinem Sessel und trank zum abschließenden Mokka noch einen zwanzig Jahre alten Armagnac. Sein Gesicht war vor Zufriedenheit gerötet, und seine Augen blitzten,

»Und nun die Karten auf den Tisch, Ron!« forderte er schließlich. »Alle schwarze Schönheiten. Und dann duellieren wir uns um den Preis.«

»Voilá!« Ron ging zum Schreibtisch, holte seinen fürchterlichen Nylonbeutel heraus und schüttete die von Tama'Olu gerollten Palmblätter-Päckchen auf den Tisch. Bouchet betastete mit den Fingerspitzen diese ungewöhnliche Verpackung.

»Wo haben Sie das denn gelernt?« fragte er.

»Eine Erfindung meiner Frau.«

»Ach, Sie sind verheiratet?« Das klang ehrlich überrascht.

»Man kann es so nennen, Charles.«

»Verstehe.« Bouchet lächelte verschwörerisch. »Taucht sie auch?«

»Wir haben zusammen die Perlen aus dem Meer geholt ... aber nicht hier in Französisch-Polynesien. Unsere Muscheln wachsen weit weg von hier.«

»Das gibt es nicht.« Bouchet öffnete das erste Päckchen. »Sie brauchen nicht zu lügen, Ron, ich verrate Sie nicht. Ich will ja das Geschäft machen, heute und weiterhin. Außer in diesem Archipel gibt es nirgendwo schwarze Perlen. Vielleicht noch an der arabischen Küste bei den Emiraten. Aber da ersticken jetzt auch die Perlmuscheln im Erdöl. Sagen Sie bloß nicht, Sie kämen aus Oman oder Abu Dabi ...«

»Nein.«

»Dann haben Sie hier eine Muschelbank entdeckt! Etwas anderes ist einfach nicht möglich. Hätten Sie mir drei oder vier echte schwarze Perlen vorgelegt, die Ausbeute von einigen Jahren Taucherglück, dann könnte ich Ihnen – mit Vorbehalt – glauben ... aber Sie scheinen ja die Perlen wie Ananas zu ernten.«

Bouchet packte weiter aus, sein Gesicht rötete sich immer stärker, und als die 172 Perlen vor ihm lagen, lehnte er sich im Sessel zurück, faltete die Hände über dem Bauchansatz und goß sich einen zweiten Armagnac ein.

»Sie können jede Perle durchleuchten«, sagte Ron in die Stille hinein. »Sie sind alle echt. Da ist kein Lockvogel dabei. Außerdem bleibe ich zehn Tage in Papeete. Sie können mich also jederzeit zur Verantwortung ziehen. Und nun Butter bei die Fische, Charles. Kein Handeln um Größe, Farbnuancen und Gestalt. Global nur 1500 Dollar pro Stück.«

»Ron ...«

»Sie sind es wert, Charles. Das wissen Sie genau! Es tropft aus Ihrer Nase. Ihr Pokergesicht ist nicht undurchsichtig genug!«

»Ron, es ist Schwarzgeld! Unversteuert! Brutto für Netto. Was würde Ihnen übrigbleiben, wenn es ein versteuerbares Geschäft wäre? Na? Deshalb sage ich – und das ist ein heißer Preis – pro Stück gute 1000 Dollar.«

»1300 Dollar, Charles.«

»1100. Damit sind Sie der Verkäuferkönig.«

»Wir sind hier auf Tahiti und nicht auf dem arabischen Markt. Weder Sie noch ich haben Lust, jetzt stundenlang zu feilschen. Vor Ihnen liegt eine einmalige, eine seltene Ware – und sie ist einen außergewöhnlichen Preis wert. Ich möchte nicht wissen, zu welchen Phantasiepreisen Sie diese Perlen an die Juweliere weitereben. Charles, endgültig: 1200 Dollar pro Stück. Sagen Sie jetzt nein, ist unser Gespräch beendet. Es hat dann keinen Sinn mehr.«

Bouchet nickte, nahm eine der großen Perlen vom Tisch, hielt sie vor seine Augen und wölbte die Lippen nach außen. Jetzt sah er aus wie ein großer Fisch, der Plankton und Wasserflöhe in sich aufsaugt.

»Angenommen«, sagte er. Seine Stimme klang gar nicht mehr angestrengt. »1200 Dollar ... Sie haben Glück, daß ich Sie mag, Ron.«

»Und Sie haben Glück, Charles, daß Sie mich kennengelernt haben. Sie werden die schönsten und seltensten schwarzen Perlen auf den Markt werfen, die es je gegeben hat.«

»Das sind 206 400 Dollar, Ron. Das muß ich erst verkraften.«

»Sie haben, wenn das Geschäft abgeschlossen ist, für Millionen Dollar Perlen in Ihrem Tresor! Spielen Sie nicht den armen Mann, Charles. An diesen 172 Perlen werden Sie glatte 100 000 Dollar verdienen – wenn das reicht – und alles steuerfrei. Ich schlage Sie mit Ihren eigenen Worten, Charles.«

Ron beugte sich über den Tisch und schob die Perlen in den Nylonbeutel. Er achtete nicht auf den entsetzten Blick des Perlen-Großhändlers. »Wann kann ich mit dem Geld rechnen?« fragte er knapp.

»In bar?«

»Nur in bar! Ich will auch keinen Barscheck. Hier auf dem Tisch möchte ich das Geld sehen – Schein für Schein.«

»Morgen abend bei mir. Ich lade Sie ein, dann können wir unser Geschäft begießen.«

»Nein, wieder hier bei mir, Charles.«

»Noch immer mißtrauisch?«

»Für 206 400 Dollar lohnt es sich, mit einem Knüppel draufzuschlagen. Und wir wissen genau, daß wir nicht die Polizei rufen können. Gibt es etwas Verlockenderes? Das ist kein Mißtrauen, sondern Vorsorge und Selbstschutz.« Ron klopfte gegen die rechte Hosentasche. »Übrigens, ich habe immer einen Revolver bei mir. Smith & Wesson, 9 Millimeter. Das gibt einen Ausschuß, so groß wie eine Pizza. Und ich war auf dem College der zweitbeste Schütze.«

Natürlich stimmte das nicht. Ron besaß gar keinen Revolver, und ein College hatte er in Virginia nur mal besichtigt. Aber es war gut, wenn Bouchet an einen Revolver glaubte.

»Also gut ... morgen abend hier bei Ihnen. Aber anschließend machen wir einen Nachtbummel durch Papeete, nicht wahr? Ron, ich kenne da ein Etablissement mit den schönsten Mädchen von Tahiti. Püppchen – da werden Ihnen die Augen tränen. Ich lade Sie ein. Ihre Perlen sind vollendet, aber nichts gegen diese Figuren.«

»Wir werden sehen, Charles. Vielleicht bin ich nachher zu müde vom Geldzählen.«

Bouchet lachte amüsiert auf, griff nach seinem Aktenkoffer, reichte Ron seine schwammige Hand und verabschiedete sich. »Sie könnten ein Freund werden«, sagte er, als er schon an der Tür stand. »Verschworene sind wir ja schon. Ron, ist das wahr, können Sie noch mehr Perlen dieser Qualität liefern?«

»Ich komme nicht wieder, wenn ich nicht mindestens zweihundert Perlen dabeihabe.«

»Das ist ja phänomenal! Ron, wir werden den ganzen Perlenmarkt in Aufregung versetzen. Vor allem in Amerika. Sogar in Japan werden sie kopfstehen. Da gibt es auch keine wachsamen französischen Finanzbeamten. Da ist es wie mit den Smaragden ... die meisten sind aus Kolumbien geschmuggelt.« Er drückt noch einmal Rons Hand. »Ich bin glücklich, Sie kennengelernt zu haben, Ron. Bis morgen.«

»Bis morgen, Charles.«

Als Bouchet endlich gegangen war, schlug Ron die Hände zusammen und stieß einen hellen Freudenschrei aus. Es ist geschafft! Ron, jetzt bist du ein reicher Mann und wohnst auch noch in einem Paradies. Ist das Leben nicht voller Wunder?

Er ging zum Kühlschrank der Hausbar, holte eine Flasche Champagner – Roederer Cristal, Brut Vintage 1981 – heraus, ließ den Korken mit lautem Knall unvorschriftsmäßig an die Decke sausen, goß das Champagnerglas voll und hob es hoch in die Luft.

»Tama'Olu, auf dein Wohl. Ich liebe dich!« rief er laut. »Ich liebe dich und unser Leben im Paradies.«

Er trank die ganze Flasche leer. Diese Stunde war es wert, mit einem der besten und teuersten Champagner gefeiert zu werden.

Betrunken, aber fröhlich und zufrieden saß Ron dann in einem Sessel, betrachtete durch die breite Fensteranlage das Abendrot, griff zur Seite, als sitze Tama'Olu neben ihm, und sagte kaum verständlich und mit schwerer Zunge:

»Mein Liebling, hab keine Sorge, ich gehe nicht mit Charles zu den schönsten Mädchen von Tahiti. Du brauchst keine Angst zu haben, Tama'Olu . . . du bist doch bei mir! Immer bist du bei mir. Was bin ich denn ohne dich?«

Und so schlief er ein, im Sessel sitzend, die Beine weit von sich gestreckt. Und im Traum sah er sich und Tama'Olu im weißen Korallensand der Perlenbucht liegen. Sie liebten sich, und das Rauschen der Brandung übertönte ihr Liebesgeflüster . . .

Den ganzen nächsten Tag über war Ron damit beschäftigt, Adressen aus dem Telefonbuch zu suchen, zu telefonieren und Termine festzulegen.

Vor allem rief er sämtliche Werften und Bootsverkäufer an, hörte sich ihre Angebote an und die Preise, die man sicherlich noch drücken konnte. Wer in bar bezahlt, hat immer eine Trumpfkarte in der Hand.

Als er am Ende seiner Telefonate die Liste der Termine durchging, wurde ihm klar, daß er bereits sieben Tage verplant hatte. Mit zehn Tagen Papeete kam er demnach nicht aus.

Gut, dann werden es eben drei Wochen, bis ich zurück bin auf Tonu'Ata, dachte er. Im äußersten Fall vier Wochen.

Tama'Olu, was sind vier Wochen, wem wir noch ein ganzes Leben vor uns haben? Natürlich, ich bin schon fünfunddreißig ... aber wenn das Glück anhält, kann ich auch fünfundachtzig Jahre alt werden. Das sind fünfzig Jahre, Liebling, fünfzig gemeinsame Jahre ... Sag, daß das herrlich ist, eine Gnade meines Gottes und ein Geschenk deiner Götter. Und ich werde dich in fünfzig Jahren noch ebenso lieben wie heute. Das schwöre ich dir!

Am Abend brachte Charles Bouchet das Geld. Er trank zur Einleitung wieder einen Absinth, klappte dann seinen Aktenkoffer auf und zeigte Ron die gebündelten Dollarnoten.

»Das war eine Rennerei!« sagte er dabei. »Glauben Sie, eine Bank in Papeete hätte eine Viertelmillion Dollar in bar vorrätig? Der Direktor meiner Hausbank hat mich angesehen, als sei ich aus einer Gummizelle entsprungen. Dann hat er tief Luft geholt, die Hände in die Hosentaschen gesteckt und fast höhnisch gesagt: Monsieur Bouchet, wir sind hier auf Tahiti und nicht in der Bank of America! 206 000 Dollar muß ich mir erst zusammenkratzen. Das dauert zwei Tage! Und was habe ich getan? Ich bin selbst von Bank zu Bank gepilgert und habe die Dollars eingesammelt. Nur, um Ihnen zu zeigen, daß ich ein Versprechen halte.«

Er legte die Hände auf die Banknoten, streichelte das Geld und schob den kleinen Lederkoffer dann zu Ron hinüber. »Zählen Sie nach. Spätere Reklamationen sind ausgeschlossen.«

»Nicht nötig.« Ron kippte den Koffer um und verstreute die Dollarnoten auf dem Tisch. »Sie hatten Vertrauen, daß alle meine Perlen echt sind – ich vertraue Ihnen, daß kein Dollar fehlt.«

»Mit dem Unterschied, daß ich morgen natürlich alle Perlen durchleuchten werde. Und, das sei ganz klar gesagt, Ron: wenn auch nur eine Perle aus einer Zucht kommt, haben Sie die Polizei auf dem Hals! *Ich* winde mich da raus, ich kenne den Polizeipräsidenten gut. Aber Ihnen geht's an den Kragen.«

»Ich kann mit ruhigem Gewissen sagen: Röntgen Sie die schwarzen Prinzessinnen.«

»Ha!« Bouchet warf beide Arme hoch. »Das ist ein guter Gag. Den behalte ich für den Verkauf. Die schwarzen Prinzessinnen der Südsee ... unter diesem Slogan werde ich sie auf den Markt bringen. Für diese Werbezeile aber zahle ich Ihnen nichts.«

»Geschenkt, Charles.« Ron setzte sich hinter den kleinen Berg von Dollarscheinen und lächelte Bouchet an. Ein Lächeln, das der Händler richtig deutete: Der hat noch ein As im Ärmel. Der hat noch einen Trumpf in der Hinterhand.

Und da kam es auch schon!

»Machen Sie mal die Augen zu«, forderte Ron.

»Warum?«

»Eine kleine, nein, eine große Überraschung.«

»Hab' ich es doch geahnt! Aber warum soll ich die Augen schließen?«

»Haben Sie was am Herzen? Ist Ihr Kreislauf normal?«

»Sind Sie ein verhinderter Mediziner?«

»Ich möchte nicht, daß Sie vom Stuhl kippen, Charles, und einen Infarkt bekommen. Was jetzt kommt, wird Ihre Nerven strapazieren.« Ron schob den Dollarhaufen etwas zur Seite. »Also wie ist es ... Augen zu?«

»Wenn's sein muß ... Das erinnert mich an meine Kinderzeit, an Weihnachten.«

»Vielleicht ist es wie Weihnachten für Sie.«

Bouchet lehnte sich zurück, schloß die Augen, ja, er kniff sie fest zusammen, um Ron zu zeigen, daß er nicht mogelte und unter den Wimpern hindurch doch noch etwas sah. »Dauert's lange?« fragte er dabei.

»Nur ein paar Sekunden.«

Ron holte aus der Rocktasche seine große schwarze, von innen silbern glänzende Perle, diese erstarrte Schönheit der Natur, die es nur einmal geben konnte. Er legte das Wunder aus dem Meer vor Bouchet auf den Tisch, auf eine weiße Serviette, die er vom Servierwagen holte.

»Sie können die Augen wieder öffnen, Charles.«

Und dann war es still im Zimmer, ganz still, so als befände man sich in einem luftleeren Raum.

Ganz langsam nahm Bouchet dann die große Perle zwischen seine Finger, hielt sie gegen das Lampenlicht, und der schwarze Lüster schimmerte wie Seide. Ebenso langsam legte er die Perle wieder zurück auf den Tisch.

»Unglaublich«, sagte er dann mit vor Erregung heiserer Stimme.

»Haben Sie so etwas schon mal gesehen?« fragte Ron. »Das ist die Schwarze Königin der Meere. Was bieten Sie?«

»7000 Dollar.«

»Stellen Sie sich dort hinten vor den Spiegel und lachen Sie sich selbst aus. 10 000 Dollar, oder ich hänge sie mir selbst um den Hals. Als Talisman.«

»Abgemacht. Das ist sie wert.«

»Wenn Sie das so schnell sagen, Charles, ist sie 20 000 wert. Aber mein Wort gilt. Stecken Sie sie ein, ehe ich es bereue.«

Doch Bouchet rührte die Perle nicht an. Er starrte sie an wie ein Hypnotiseur. Nein, es war genau umgekehrt: die Perle hypnotisierte ihn.

»Ich kann Ihnen das Geld wieder erst morgen abend bringen«, sagte er, und es klang, als habe er plötzlich Schwierigkeiten mit dem Sprechen.

»Natürlich.« Ron erhob sich. »Was trinken wir jetzt? Einen Saumur, einen Bordeaux oder ein Glas Champagner? Oder unseren vorzüglichen Armagnac?«

»Das ist ein Glas Champagner wert, Ron.« Bouchet legte die gewölbte Hand über die Wunderperle. »Sie geben sie mir mit ohne Cash? Wenn ich nun morgen behaupten würde, ich habe gar keine Perle von Ihnen bekommen –

wie wollen Sie das Gegenteil beweisen? Und vor allem – bei wem wollen Sie klagen?«

»Ich habe nie daran gezweifelt, daß Sie kein Gauner sind, Charles. Sonst hätte ich Ihnen diese Perle nie gezeigt.«

»Danke, Ron.«

Aus dem Bummel durch Papeetes Nachtlokale mit den schönen braunen Mädchen wurde nichts. Bouchet und Ron trank zwei Flaschen Roederer leer, dann war Bouchet so weit, daß Ron ihn zum Lift und aus dem Hotel bringen mußte, wo er ein Taxi bestellte. Bouchets Wagen, ein großer Citroën, blieb auf dem Parkplatz stehen.

Ron winkte Bouchet nach, fuhr dann wieder hinauf zu seiner Suite und schob die Hände in den Berg von Dollarnoten. Er spielte mit dem Geld, warf die Scheine in die Luft und trat dann hinaus auf den großen Balkon. Über dem Meer hing ein strahlender Mond und versilberte es.

Von unten, aus der überdachten Terrasse, wehte Tanzmusik über den erleuchteten Park und den riesigen Swimmingpool, über die große, strohgedeckte Pool-Bar und die mit geschwungenen Brücken miteinander verbundenen künstlichen Teiche.

»Sieh dir das an, Tama'Olu!« sagte er und hielt einen Hundertdollarschein in das Mondlicht. »Sieh dir das an! Und das ist erst der Anfang. Wir werden Millionen aus der Bucht der schwarzen Perlen holen!«

Bouchet brachte die 10 000 Dollar schon am späten Nachmittag. Sein Gesicht glänzte, nicht von Schweiß, sondern vor Freude.

Sie saßen in der Hotelhalle in tiefen Ledersesseln. Bouchet schob Ron ein Kuvert zu, und der steckte es ein, wieder ohne nachzuzählen. Vertrauen gegen Vertrauen, nur so kann man Geschäfte machen mit einer ungewöhnlichen Ware.

»Die Perle ist schon unterwegs«, sagte Bouchet wie ein Schauspieler, der nach diesem Satz donnernden Applaus erwartet. »Ein hiesiger Juwelier hat sie gekauft. Erst wollte er nicht glauben, daß es so etwas gibt, aber nach eingehender Prüfung war auch er der Überzeugung, ein Jahrhundertereignis unter dem Mikroskop zu haben. Er wird die Perle allein, auf einem weißen Samtkissen, ins Fenster stellen, acht Tage lang. Und wenn sich kein Käufer findet – das müßte schon ein Amerikaner sein, der seinem Girl was Gutes tun will –, gibt er sie weiter an seine Filiale in New York. Dort wartet man auf solche Einzelstücke. Das heißt, Ron, wenn Sie noch mehr solche Kostbarkeiten fischen – ich bin immer für Sie da.«

»Und das heißt wiederum: Sie haben dafür einen Phantasiepreis genommen.«

»Wir leben nicht von der Luft allein.« Bouchet grinste selbstzufrieden. »Wie sind jetzt Ihre Pläne, Ron?«

»Ich kaufe erst mal alles ein, was ich brauche, und kehre dann nach Hause zurück.«

»Zu Ihrer Frau, zu Ihrer Muschelbank.«

»Genau.«

»Dann bleiben Sie also in der Nähe. Wir könnten ständig in Telefonkontakt bleiben. Sie rufen mich sofort an, wenn Sie wieder so ein seltenes Exemplar aus dem Meer holen.«

»Ich habe kein Telefon, Charles, und ich werde auch nie eins besitzen.«

»Dann kommen Sie schnell mal um die Ecke nach Papeete.«

»Charles, ich wohne nicht hier im Archipel. Ich sagte schon, daß mein Zuhause weit weg von hier ist.«

»Wer das glaubt . . . Aber gut, ich will mich zwingen, Ihre Worte zu akzeptieren. Mit einem Flugzeug können Sie Papeete in einigen Stunden erreichen, wo immer Sie auch wohnen. Und warten Sie nicht ab, bis Sie, wie versprochen, zweihundert Perlen gesammelt haben . . . Es lohnt sich wenn wir uns bei zehn dieser Glanzstücke wieder treffen.«

»Ich lasse es mir durch den Kopf gehen, Charles«, erwiderte Ron. »Und wenn Sie gar nichts mehr von mir hören, bin ich ersoffen.«

»Das wäre eine echte Tragödie.« Bouchet beugte sich zu Ron vor. »Deshalb wäre es sinnvoll, mir zu sagen, wo sich die Muschelbank befindet. Ich werde Ihre Witwe mit der gleichen Großzügigkeit . . .«

»Kein Kommentar, Charles.« Ron winkte ab. »Was auch geschieht: es wird ein Geheimnis bleiben.«

»Ein Jammer! Mögen Sie recht lange leben.«

Nach einer Stunde verließ Bouchet das Hotel. Beim Abschied umarmten sie sich sogar wie gute alte Freunde.

Am nächsten Tag schon lag die Wunderperle auf einem weißen Samtkissen im Fenster eines Juweliers. Ohne Preisangabe . . . das war auch nicht nötig. Wer eine solche Perle kaufte, den interessierten keine Zahlen.

Aber unter den Juwelieren und Perlenhändlern verbreitete sich die Kunde von der »Schwarzen Königin der Meere« – wie auf einem Schild hinter der Perle geschrieben stand – so schnell wie ein Buschfeuer. Die Konkurrenz schlenderte an der Auslage vorbei, warf einen Blick auf das Samtkissen und kniff die Lippen zusammen.

Das tat auch Alessandro Pandelli, ein viel bedeutenderer Perlengroßhändler als Bouchet, nachdem sein Einkäufer Piero de Luca von einem Spaziergang zurückgekommen war und aufgeregt mitteilte:

»Es stimmt! Bei Degrelle liegt eine Perle im Fenster, wie man sie noch nie gesehen hat! Unbeschreiblich, Alessandro! Tiefschwarz und doch von innen mit einem ungewöhnlichen Silberglanz.«

»Wo hat Degrelle sie her?« Pandelli erhob sich aus seinem Schreibtischsessel, ging an das große Fenster und sah hinaus. Ihm gegenüber leuchtete die Kathedrale von Papeete in der Sonne. »Wer hat hier eine solche Perle verkauft? Ein Privatmann, der dringend Geld brauchte? Dann wäre sie als Schmuckstück irgendwie gefaßt.«

»Aber sie liegt völlig jungfräulich auf dem Samtkissen.« De Luca grinste bei dem Ausdruck jungfräulich. »Sie ist noch von keinem Werkzeug berührt worden.«

»Also ist sie neu!« Pandelli wandte sich vom Fenster ab. »Wir werden Degrelle fragen.«

»Und er wird es dir sofort sagen, bildest du dir ein.«

De Luca schüttelte den Kopf. »Glaub mir, kein Wort wird über seine Lippen kommen.«

»Er wird reden, Piero.« Pandellis Stimme klang jetzt hart und kalt. »Wer sich mit mir über solche Dinge unterhält, wird alles sagen. Es gibt Methoden, die Gesprächigkeit zu aktivieren . . . und Alain Degrelle ist ein Mann, der viel auf sein gepflegtes Äußeres hält.«

Piero de Luca nickte. Die Kälte, die ihm plötzlich über den Rücken kroch, ließ ihn erschaudern. Aber das sah man nicht.

8

Pandelli war ein Mann, der nicht lange zögerte, sondern seine Entschlüsse rasch in die Tat umsetzte.

Er war vor zehn Jahren nach Tahiti gekommen, geboren wurde er in dem kleinen Ort Melito di Porte Salvo, ganz unten an der Stiefelspitze Italiens, der zur Region Reggio di Calabria gehörte. Melito di Porte Salvo war der südlichste Ort des italienischen Festlandes, und da es von dort nicht weit nach Messina auf Sizilien ist und auch Catania leicht und schnell erreicht werden kann, pflegte Pandelli schon in zarten Jünglingsjahren eine enge Verbindung zur Mafia.

Von dem Paten Messinas fast wie ein Sohn geliebt, kontrollierte er die Geschäftswelt bis hinauf nach Catanzaro. Nach dem Tode des Paten wurde er in die Streitigkeiten um dessen Nachfolge verwickelt, und man sagte ihm sechs

Morde nach, die ihm aber keiner beweisen konnte. Als dann jedoch nicht der Pandelli-Clan, sondern die Familie Razzanetto trotz Verlustes von drei Söhnen den neuen Paten stellte, erkannte Pandelli, daß es ratsam sei, auszuwandern.

Er tauchte zuerst in Boston auf, zog dann nach New Orleans, um als dritte und letzte Station San Francisco zu wählen. Hier, in der schönsten Großstadt Amerikas, in der viel Lebensfreude herrschte und in der Blumenkinder, Homosexuelle, exzentrische Künstler und Touristen aus aller Welt sich wie zu Hause fühlen, mietete er auf der legendenumwobenen Fishermans's Warft, dieser bizarren Barakkenstadt direkt an der weiten Bucht und mit Blick auf die Golden Gate Bridge, einen Laden. Er hing ein Schild über die Haustür, nannte sich Juwelier und wartete auf die unwissenden Touristen, die 333er Gold für 756er kauften, Brillanten mit Piqué als lupenrein ansahen und sich Perlen der schlechtesten Qualität, nur mit einem millimeterdünnen Lüster überzogen, während der Kern aus Perlmutt bestand, als hochwertige Ware andrehen ließen.

Pandelli verstand es, vor allem der Damenwelt überzeugend zu erklären, daß Perlen auf der nackten Haut getragen werden müßten – das Körperfett gebe ihnen den geheimnisvollen Glanz. »An Ihrem Hals werden die Perlen regelrecht erblühen«, war ein Satz, der immer zog. Welche Frau, vor allem ab einem gewissen mittleren Alter, mochte da widerstehen? Am leichtesten hereinzulegen waren die Deutschen, die Nordländer und die Amerikaner der Weststaaten. Bei den Franzosen mußte man sich mehr Mühe geben, und wenn Japaner seinen Laden betraten, ließ er die billigen Perlen in ihren gläsernen Schaukästen, griff zu den Schubladen unter der Theke und bot nur die Qualitätsware an.

Erstaunlicherweise kümmerten sich die Japaner erst gar nicht um die Perlenschnüre in den Glaskästen, sie schienen einen Blick dafür zu haben. Überhaupt staunte Pandelli immer wieder, daß Japaner bei ihm Perlen kauften, wo sie doch ihren Mikimoto, den König der Perlenzucht hatten – bis er viel später erfuhr, daß die Japaner oft bessere Perlen zu niedrigeren Preisen im Ausland kaufen konnten.

So kam Pandelli zwangsläufig mit den Großhändlern zusammen, die ihre Verkäufer in der Welt herumschickten, ihre Lederkoffer aufklappten und die neuesten Erwerbungen vorlegten. Da er kein dummer Mensch war und bestens mafiageschult, erkannte er bald seine Chancen. Er beobachtete eingehend den Großhandel, studierte einige Fachbücher über Perlen und entdeckte die erregende Vielfalt, damit Geld zu verdienen. Nur eins störte ihn: Um in den Großhandel einzusteigen, brauchte man ein ansehnliches Grundkapital.

Pandelli erinnerte sich an die schöne Zeit in Reggio di Calabria, suchte aus der Liste der Großhändler den kleinsten aus, zögerte nicht lange und beschloß, sich mit Randolph Sycomore zu unterhalten.

Es mußte eine einseitige Aussprache gewesen sein ... eines Morgens fand man Sycomore mit einem sauberen Herzschuß in einem Wäldchen in der Nähe des Golfplatzes, auf dem er dreimal die Woche spielte, und alle Untersuchungen der Mordkommission von San Francisco liefen ins Leere. Es gab kein Motiv, weder Raub – auf einem Golfplatz wird nicht geraubt, außerdem hatte Sycomore Brieftasche und Geldbörse unversehrt bei sich – noch ein Eifersuchtsdrama. Es gab auch keinen Gläubiger, dem Sycomore Geld hätte schulden können, und Feinde hatte er auch nicht, schon gar nicht solche, die ihm ins Herz schießen wollten. Der Mord blieb ein großes Rätsel. Man begrub Randolph Sycomore unter Anteilnahme von Hunderten Trauergästen, und auch Pandelli stand in der Kondolationsschlange und drückte der Witwe teilnehmend die Hand. Darin hatte er Übung – schon in Reggio di Calabria hatte Pandelli die Opfer der Mafia auf ihrem letzten Weg begleitet.

Zehn Tage nach dem rätselhaften Mord ließ sich Pandelli bei der Witwe melden. Zehn Tage zeugten von genug Pietät. Mrs. Joan Sycomore empfing den Gast in ihrem Salon und ließ Tee servieren. Pandelli bedankte sich artig, lobte das feine Aroma des Tees und kam dann schnell zur Sache.

»Der Tod Ihres Mannes hat uns alle zutiefst erschüttert«, sagte er und gab seiner Stimme einen mitfühlenden Klang. »Es muß ein Wahnsinniger gewesen sein! Ja, nur ein Wahnsinniger kann eine solch sinnlose Tat begehen. Ein Mann wie Randolph, bei allen beliebt, ein durch und durch sauberer Charakter – wo findet man so etwas noch?«

»Er war wirklich ein guter Mensch.« Joan unterdrückte ein Schluchzen. »Die Polizei ist jetzt der Überzeugung daß er mit einem anderen verwechselt wurde. Von hinten sah er so vielen ähnlich.«

»Er wurde von vorn erschossen, wenn ich erinnern darf.« Pandelli räusperte sich. »Aber sprechen wir nicht mehr darüber, liebe Mrs. Sycomore. Ich kannte Randolph gut, sehr gut sogar. Ich bin Juwelier und habe viel von ihm bezogen. Vor allem Perlen. Nie hatte ich Reklamationen. Was Randolph verkaufte, dahinter stand er. Die Ehrlichkeit in Person.« Er machte eine kleine Kunstpause, ließ Joan noch einmal aufschluchzen und beugte sich dann zu ihr vor. »Wie wird es weitergehen ohne Randolph?«

»Ich weiß es noch nicht.«

»Sie haben keine Kinder, keinen Erben?«

»Keine Kinder. Nur eine Cousine von Randolph lebt noch in Texas. Sie ist zweiundsiebzig Jahre alt.«

»Die scheidet aus. Dann sind Sie, liebe Mrs. Sycomore, die Alleinerbin.«

»Ja . . . und ich verstehe nicht das geringste vom Geschäft. Ich war früher Tänzerin . . . nicht im Tingeltangel, o nein, bei der Oper. Primaballerina. Jean Benda hieß ich damals, vielleicht haben Sie den Namen schon mal gehört.«

»Bedaure, Madam, da lebte ich noch auf dem elterlichen Gut in Süditalien. Aber Sie müssen wunderbar gewesen sein auf der Bühne ... als Sterbender Schwan oder als Giselle ...«

»Sie lieben Ballett, Mr. Pandelli?«

»Mein Herz stockt, wenn ich diese Leichtigkeit, dieses Schweben auf der Bühne sehe, diese Anmut, diese getanzte Seele ...«

»Sie sagen das wundervoll.« Joan Sycomore sah Pandelli mit strahlendem Blick an. Aber dann wurde sie plötzlich wieder ernst und traurig. »Ich habe keine Ahnung vom Schmuckgeschäft. Ich weiß wirklich nicht, wie es weitergehen soll. Ich habe mich nie in der Firma blicken lassen ... und jetzt ruht alles auf meinen Schulter.«

Und da sagte Pandelli einen Satz, den er als den besten in seinem bisherigen Leben betrachtete: »Joan, lassen Sie mich Ihnen die Last abnehmen ...«

»Wie wollen Sie das machen?« Mrs. Sycomore durchschaute noch nicht den gefährlichen Antrag. Sie sah Pandelli gerührt und geradezu liebevoll an und fand ihn immer sympathischer. »Erklären Sie mir das, bitte.«

»Die einfachste Lösung, Ihnen alle Probleme und Sorgen abzunehmen, wäre ein Verkauf des Unternehmens.«

»Ob das aber im Sinne von Randolph wäre ...« Sie zögerte. »Er hing an seiner Firma.«

»Ich weiß. Aber mit ihm ging die Seele des Geschäftes dahin. Und nun ist es nötig, eine neue Seele zu finden.«

»Wie poetisch Sie das sagen! Wo aber soll ich diese Seele hernehmen?«

»Sie sitzt vor Ihnen, Madam.«

»Sie, Mr. Pandelli? Nein!«

»Warum nicht?«

»O Gott, ich bin ganz überwältigt, ich kann es noch gar nicht glauben.«

»Sie haben nein gesagt.«

»Das war nur ein Ausruf des Erstaunens. Verzeihen

Sie.« Joan Sycomore wischte sich über die Augen. »Das Lebenswerk meines Mannes soll ich in andere Hände legen? Ein bedrückender Gedanke! Hinzu kommt, daß ich Sie erst seit einer Stunde kenne.« Sie seufzte auf. »Ach, es kommt alles so plötzlich.«

»Ich kannte Randolph seit vielen Jahren.« Pandelli faltete die Hände zusammen. Es sah aus, als bete er. »Und ich bin ein Mann spontaner Entschlüsse. Sie werden ein sorgenfreies Leben haben, Joan. Ich biete Ihnen 25 000 Dollar als Grundpreis und eine monatliche Rente von 3000 Dollar auf Lebenszeit.«

»25 000 Dollar ... mehr ist die Firma nicht wert?«

»Viel mehr.« Pandelli legte seine Rechte auf Joans Hand, als wolle er sie trösten. »Ich muß einmal ganz indiskret fragen, und es bleibt auch unter uns: Wie alt sind Sie?«

»Neunundvierzig.«

»Nehmen wir an, Sie leben noch dreißig Jahre ... dann sind Sie neunundsiebzig, kein Alter für eine Frau wie Sie. Sie werden bestimmt viel älter ... Also, bei neunundsiebzig Jahren kommen wir, bei 3000 Dollar monatlich, auf die stolze Summe von 1 080 000 Dollar. Zuzüglich des Grundbetrages von 25 000 Dollar sind das 1 105 000 Dollar. Damit ist Ihre Firma dreimal bezahlt!«

»Wenn man das so sieht, Mr. Pandelli, haben Sie recht«, sagte Joan gedehnt.

»So muß man das sehen. Sie wollen doch recht lange leben, nicht wahr?«

»Wer will das nicht?«

»Ihnen wird es gelingen, Madam. Sie werden sich jede Pflege leisten können.«

»Und wenn ich neunzig werde?«

»Mein Risiko, Joan.« Pandelli lächelte charmant »Ich möchte es Ihnen wünschen.«

Zwei Monate später verkaufte Joan Sycomore den Schmuck- und Perlengroßhandel an Alessandro Pandelli.

Sogar der Notar gratulierte zu diesem Geschäft und sagte begeistert, es sei für Mrs. Sycomore fast wie eine Goldgrube, die nie versiege. Für diesen Enthusiasmus hatte er 5000 Dollar Sonderhonorar von Pandelli bekommen, und so ein Nebenverdienst beflügelt natürlich jeden real denkenden Menschen.

Als erstes warf Pandelli alle alten Mitarbeiter Sycomores hinaus, stellte Bürger italienischer Abstammung ein, hielt eine interne Betriebsversammlung ab und legte dabei eine abgesägte Schrotflinte vor sich auf den Tisch. Die US-Italiener sahen ihn an, als vollziehe er eine heilige Handlung.

»Meine lieben Mitarbeiter«, erklärte Pandelli kurz, »jeder von euch weiß, was das bedeutet. Eure Väter haben euch sicherlich von Sizilien und Reggio di Calabria berichtet. Wenn jeder seine Pflicht tut, bleibt die Lupu im Schrank. Ihr bekommt einen guten Lohn, und ich verlange dafür gute Arbeit. Aber eins kann ich auf den Tod nicht leiden: Schwatzhaftigkeit. Wenn von hier aus heimlich Informationen nach draußen gelangen ...« Er führte den Satz nicht zu Ende, sondern legte beide Hände auf das Gewehr, und damit war alles gesagt.

Es war eine der imposantesten Betriebsversammlungen, die je abgehalten worden waren. Die neuen Mitarbeiter gingen an ihre Arbeit mit dem Vorsatz der drei heiligen Affen: Nichts sehen, nichts hören, nichts sprechen.

Pandelli war so pietätvoll oder auch so vorsichtig, der Witwe Joan ein ganzes Jahr lang ihre 3000 Dollar zu zahlen. Er sah das Opfer von 36 000 Dollar als notwendig an. Nach einem Jahr aber fuhr Mrs. Sycomore gegen eine Hauswand und verbrannte in ihrem Wagen. Der Brand war so umfassend, daß niemand mehr feststellen konnte, daß an den Hinterreifen manipuliert worden war. Bei einer gewissen Geschwindigkeit mußten sie platzen, das war wohlberechnet.

Wieder ging Pandelli im Trauerzug mit, warf einen Blumenstrauß auf Mrs. Sycomores Sarg, und da es niemanden zum Kondolieren gab, schüttelte Pandelli seine eigenen Hände.

Ausgerechnet der Notar war es, der wenig später einige böse Äußerungen machte – zu spät allerdings, der ausgebrannte Wagen war längst auf dem Schrottplatz und dort zu einem viereckigen Klumpen zusammengedrückt worden.

Aber Pandelli spürte, daß sich die Stimmung unter seinen Kunden rapide verschlechterte. Seine Verkäufer sangen Klagelieder, und einer berichtete sogar von einem Juwelier, der gesagt hatte: »Habt ihr keine roten Perlen? Früher hat man mit Stierblut sogar Häuser gestrichen. Vielleicht kann Pandelli mit Blut Perlen färben?«

Der clevere Italiener dachte an diesem Tag lange nach, bis in den frühen Morgen hinein, die ganze Nacht durch. Den ersten Gedanken, den Notar ebenso auf rätselhafte Art sterben zu lassen, verwarf er schnell. Es wäre zu auffällig gewesen. Drei Tote innerhalb kurzer Zeit aus der Umgebung von Pandelli – das konnte Schwierigkeiten geben.

Nach langem Nachdenken erinnerte er sich an Neapel, an Reggio di Calabria und Messina und kam zu dem Entschluß, wiederum auszuwandern. Das war unter den gegebenen Umständen das sicherste. Wohin, wurde ihm schnell klar. Im vergangenen Jahr hatte er durch seinen Großhandel gute Beziehungen zu den Perlenhändlern auf Tahiti angeknüpft und seither mit dem Gedanken gespielt, eine Niederlassung in Papeete zu gründen. Nun ging das alles rascher vonstatten als geplant.

Pandelli verkaufte den Großhandel an einen Interessenten, der sich recht geheimnisvoll gab, als Fachmann vorstellte und aus Los Angeles kam. Schon beim ersten informativen Gespräch war Pandelli überzeugt, daß eine Organisation dahintersteckte und der Käufer nur ein Strohmann war. Mit einer »Organisation« aber wollte sich Pandelli auf keinen Fall mehr anlegen. Er akzeptierte ohne lange Verhandlungen den Preis von einer halben Million

Dollar und gab für 30 000 Dollar das Geschäft auf der Fisherman's Warft, in das er einen Verwalter gesetzt hatte, als Zugabe dazu.

Über Nacht verschwand Pandelli aus San Francisco, seine neue Adresse war unbekannt. Er nahm einen Mann mit, der sein Vertrauen hatte und der ihm ergeben war wie ein aus dem Tierheim geholter Hund: Piero de Luca.

Irgendwann tauchten Pandelli und de Luca in Papeete auf und erwarben von den Franzosen die Konzession für einen Perlengroßhandel.

Mit 550 000 Dollar Startkapital kann man etwas anfangen, mit rauhen Manieren noch mehr, und so gehörte Pandelli bald zu den bedeutendsten Großhändlern. Er lieferte von Auckland bis London, von Sydney bis Oslo, von Rio de Janeiro bis Amsterdam. Natürlich machte er in Papeete auch Geschäfte. Und – das muß ebenfalls gesagt werden – er hatte stets gute, ja oft sogar vorzügliche Ware. In Papeete hatte sein Name sogar einen seriösen Klang. Wenn es um Edelsteine und vor allem um Perlen ging, war er die erste Adresse am Platz.

Man muß dies alles wissen, um zu verstehen, wie überrascht und erstaunt Monsieur Alain Degrelle war, als der große Pandelli ohne Voranmeldung in sein Geschäft kam, begleitet von de Luca, der diesmal keinen Musterkoffer mit sich trug.

Höflich wie immer begrüßte Pandelli den Juwelier mit einem Handschlag, aber schon der harte Druck seiner Hand verhieß diesem nichts Gutes. Degrelle ging vorsichtshalber um die gläserne Theke herum und schuf somit zwischen sich und dem Besucher eine Barriere. Gab es da nicht ein paar häßliche Gerüchte über den Charakter und die unrühmliche Vergangenheit des Italieners?

»Ich habe genug Perlen auf Lager«, sagte Degrelle, und man konnte ihm ansehen, wie unwohl er sich in seiner Haut fühlte. »Bei Bedarf hätte ich Sie längst angerufen.«

»Das weiß ich, mein lieber.« Pandelli und de Luca setzten sich auf die samtbezogenen Stühle, auf denen sonst nur die Kunden Platz nahmen. »Habe ich Sie jemals schlecht bedient? Hatten Sie irgendwann mal Grund zur Beschwerde?«

»Nie, Monsieur Pandelli.«

»Und trotzdem kaufen Sie bei der Konkurrenz.«

»Nicht ein Stück!«

»Gerade ein Stück. Diese ›Schwarze Königin der Meere‹, wie Sie es poetisch nennen.«

»Ach die . . .«, sagte Degrelle langgezogen.

»Ja, die! Ich gebe zu: ein einmaliges Stück. Ich habe selten so etwas Schönes und Vollkommenes gesehen.«

»Ich noch nie!«

»Wieviel kostet die Perle?«

»Monsieur.« Degrelle lächelte mokant. »Sie wollen doch wohl nicht die, Königin, kaufen. Oder bauen Sie ein Perlen-Museum auf«

»Die Idee ist nicht schlecht.« Pandellis Kopf stieß vor wie ein Raubvogel. »Wo haben Sie die Perle her, Monsieur Degrelle?«

Der Juwelier lächelte noch immer. »Das ist doch wohl eine unnötige Frage, Monsieur.«

»Privat oder Handel?«

»Kein Kommentar.«

»Monsieur Degrelle, wir sind doch Freunde . . .«

»Geschäftspartner«, grenzte Degrelle deutlich ab.

»Warum wollen Sie wissen, woher die Perle stammt?«

»Berufsinteresse.« Jetzt lächelte Pandelli ebenfalls. Es sah gefährlich aus, wie bei einem Raubtier. Nur die Lefzen konnte er nicht hochziehen. »Monsieur Degrelle, seien Sie doch nicht so verschlossen!«

»Ich sehe keinen Anlaß, Ihnen . . .«

»Es ist doch nur ein Name!«

»Den ich für mich behalte«, erwiderte Degrelle unvorsichtigerweise.

Pandelli warf de Luca einen kurzen Blick zu. Der erhob

sich und stellte sich hinter seinen Boß. Dabei wippte er auf Schuhspitze und Absatz hin und her.

»Es ist schade«, sagte Pandelli langsam und mit aufrichtigem Bedauern in der Stimme, »daß manche Menschen aber auch gar nicht die rauhe Wirklichkeit begreifen wollen und die Tatsachen zu ignorieren versuchen. Monsieur Degrelle, ich habe Sie bisher immer für einen klugen Mann gehalten. Sollte ich mich so geirrt haben?«

Er nickte kurz, und dann ging alles sehr schnell.

Piero de Luca sprang mit zwei weiten Sätzen um die gläserne Theke herum, und ehe Degrelle überhaupt reagieren konnte, traf ihn ein Fausthieb am Kinn, aber so wohldosiert, daß er nicht besinnungslos wurde, sondern nur ins Taumeln geriet. An Gegenwehr war gar nicht zu denken. De Luca griff Degrelle rasch unter die Achseln und schleppte ihn in die hinteren Räume. Mit dem Fuß stieß er die Tür zu.

Pandelli wartete ungefähr zehn Minuten. Ein Kunde, der in der Zwischenzeit den Laden betrat, wurde von ihm freundlich empfangen und wieder weggeschickt.

»Monsieur Degrelle ist mal eben zur Bank gegangen«, sagte er. »Was das bedeutet . . . na, Sie wissen ja, wie es in den Banken um diese Tageszeit aussieht. Könnten Sie in einer halben Stunde wiederkommen, Monsieur?«

Um weitere Kunden fernzuhalten, hängte Pandelli ein Schild an die Glastür: *Vorübergehen geschlossen.* Er fand das Schild in der Kassenschublade. Aus den hinteren Räumen drang kein Laut nach vorn, was ihn mit Zufriedenheit erfüllte, denn er haßte lärmende Gewalt. Er hatte sich niemals so erniedrigt, die Schreie mit anzuhören. Auch ein Schuß war nur ein kurzer Knall und dann vergessen.

Nach zehn Minuten kam de Luca aus den hinteren Räumen zurück und zog die Tür hinter sich zu.

»Es ist Bouchet«, sagte er, und seine Stimme klang so unbeteiligt, als habe er gerade ein nichtssagendes Telefongespräch geführt. »Die Perle ist von Bouchet.«

»Und Degrelle?«

»Er schläft ein wenig. Wenn er wieder aufwacht, wird er glücklich sein, daß er noch am Leben ist. Was nun?«

»Charles Bouchet ...« Pandelli starrte gegen die mit Seide bespannte Wand, eine chinesische Landschaft mit den bizarren Bergen von Guilin im Hintergrund. »Wo hat Bouchet eine solche Perle her?«

»Fragen wir ihn, Alessandro.«

»Bouchet ist nicht allein. Er hat vierzehn Angestellte und einen Portier. Einen ehemaligen Boxer. Das weißt du doch.«

»Ich dachte nicht an die Firma, ich dachte an einen Privatbesuch.«

»Dort sind ein Chauffeur, ein Butler und ein Gärtner. Eigentlich ist Bouchet nie allein.«

»Dich wird er bestimmt empfangen. Um den Butler kümmere ich mich.«

»Nichts übereilen, Piero. Nachdenken. Jeder Mensch ist verwundbar ... man muß nur den richtigen Punkt treffen. Bouchet kann man nicht drohen, an ihn muß man sich heranschleichen. Er ist Franzose, wir sind Italiener. Er wird immer die bessere Position haben, gerade hier in Papeete. Gehen wir erst einmal fort von hier.«

Sie verließen Degrelles Geschäft, das Schild *Vorübergehend geschlossen* blieb an der Tür.

Und dann geschah nichts, drei Tage lang ... Es schien, als habe Pandelli mehr Respekt vor Bouchet, als er zugeben wollte. Aber am vierten Tag hielt er es nicht mehr aus: De Luca meldete ihm, daß nunmehr in neun Juweliergeschäften von Papeete unwahrscheinlich schöne schwarze Perlen ungefaßt in den Schaufenstern lägen. Nicht so einmalig wie die »Schwarze Königin der Meere«, aber – drei Juweliere nannten sie auf kleinen Schildchen »Schwarze Prinzessinnen der Meere« – Perlen von seltenem Lüster.

Ein Angestellter Pandellis, der als Käufer auftrat, berichtete – und das belastete Pandellis Herz ungemein –, daß es sich nicht um besonders seltene Zuchtperlen handelte, sondern um echte, naturgewachsene Perlen. Auch die Verkaufspreise drehten Pandelli den Magen um: Sie lagen zwischen 3000 Dollar für die kleinste und 6000 Dollar für eine mittlere Größe. Der Preis ging dann hinauf bis auf 10 000 Dollar.

»Schwarze Königin der Meere und Schwarze Prinzessinnen der Meere . . . das kommt aus dem gleichen Stall!« sagte Pandelli. Verbitterung schwang in seiner Stimme mit.

»Von Bouchet«, sprach de Luca die traurige Wahrheit aus.

»So ist es. Bouchet hat eine Quelle erschlossen, aus der echte Perlen sprudeln! In einer bisher unbekannten Menge. Und alles schwarze Perlen! So etwas hat es noch nicht gegeben, so etwas *kann* es nach menschlichem Ermessen gar nicht geben. Das widerspricht allen Erfahrungen. Echte schwarze Perlen sind so selten wie zwanzigkarätige Diamanten!«

»Aber Bouchet hat sie. Und anscheinend nicht nur zehn Stück. Carchet, zum Beispiel, hat allein vier im Fenster liegen!« Piero de Luca rieb sich das Kinn. »Wir werden nicht umhinkommen, Bouchet zu fragen. Meiner Meinung nach können die Perlen nur aus drei Gebieten kommen: Persischer Golf, Golf von Oman und Arabisches Meer. In ganz Polynesien gibt es keine solchen vollendeten schwarzen Perlen. Wer aber ist der Lieferant?«

»Das werden wir erfahren, Piero, das werden wir herausfinden.« Pandelli schlug mit der Faust auf den Schreibtisch. »Sorg dafür, daß Bouchet von heute an Tag und Nacht überwacht wird. Alles ist wichtig: Wohin er geht, mit wem er sich trifft, mit wem er ißt, mit wem er sich in den Freudenhäusern herumtreibt, wohin er verreist, was er am Sonntag macht . . . Über jeden seiner Schritte will ich unterrichtet werden! Nur auf dem Lokus darf er noch allein sein! Du bist mir dafür verantwortlich, daß die Überwachung lückenlos ist. Stell die Burschen zusammen, die Bouchet nicht aus den Augen lassen.«

»Glaubst du, der Lieferant halt sich noch in Papeete auf?«

»Er hat eine Riesensumme für seine Perlen bekommen, da gönnt man sich gern einen Urlaub auf dem schönen Tahiti oder auf Bora-Bora. Wer aus einem arabischen Wüstenstaat kommt, der fühlt sich hier wie im Paradies.«

»Du denkst an einen Araber?«

»Möglich. Ich bin sicher, daß Bouchet uns auf die richtige Spur bringen wird. Nach so einem lukrativen Geschäft geht man nicht wie Fremde auseinander, da pflegt man die Beziehung bis an die Grenze des Erträglichen. Ich täte das ja auch . . .«

Zwei Stunden später schon hatte de Luca eine Mannschaft von sechs Männern zusammengestellt, die Bouchet rund um die Uhr beschatteten. Um genau 16 Uhr 30 bezog einer von ihnen seinen Posten gegenüber von Bouchets Großhandel. Er brauchte keine große Tarnung. Er setzte sich in ein Café, das dem Bürohaus genau gegenüberlag, legte einen Stapel Zeitungen auf das Tischchen und tat damit dem Garçon kund, daß er länger bleiben würde.

Bouchet war in seiner Firma. Man hatte sich vorher beim Portier erkündigt.

Von nun an tat der Perlen-Großhändler keinen Schritt mehr, von dem Pandelli nicht unterrichtet wurde. Wo Bouchet auch hinging oder von seinem Chauffeur hingefahren wurde – er hatte immer einen Schatten hinter sich.

Einen Schatten mit Funktelefon, damit de Luca auf dem laufenden blieb . . .

In diesen Tagen kaufte Ron alles ein, was er auf seiner langen Liste aufgeschrieben hatte. Es waren vor allem Dinge, die Tonu'Ata, die vergessene Insel, um ein Jahrhundert nach vorn katapultieren würden: Zwei Benzin-Generatoren und fünfzig Fässer Benzin, ein Kurzwellen-Funkapparat mit montierbarer Mastantenne, ein Radiowellenempfänger, Kabel und alle Installationen für einen elektrischen Betrieb, vom Kondensator bis zur Steckdose, von Hochleitungen bis zum Verteiler, von Sicherungen bis zu Glühbirnen.

Er kaufte Lampen für innen und außen, zwei Kühlschränke und zwei Küchenmaschinen, mit denen man mahlen, hacken, kneten und mixen konnte.

Zu den Geschäftsleuten sagte er: »Ich komme in ein paar Tagen und hole alles ab. Verpacken Sie es sehr sorgfältig.« Und da er mit amerikanischen Dollars zahlte und nicht per Kreditkarte oder in Francs, fragte niemand, warum er schon ein paar Tage voraus seine Bestellung aufgab und nichts mitnahm, wo doch alles lieferbar war. Ron geriet in einen wahren Kaufrausch. In einem Geschäft, das in einer Seitenstraße lag, gleich gegenüber einem riesigen Einkaufszentrum, ließ er sich Ballen um Ballen herrlicher Baumwollstoffe zeigen, einer schöner und leuchtender in den Farben als der andere. Er stellte sich Tama'Olu in diesen Kleidern vor, die sie entweder wie eine zweite Haut umspannten oder mit weiten, schwingenden Röcken gearbeitet wurden. Vierzig Stoffe kaufte er. Die zierliche dunkelhäutige Verkäuferin konnte es kaum fassen, fragte viermal, ob das auch stimme. Vierzig Ballen waren ein Riesengeschäft! Dann verrechnete sie sich vor Aufregung dreimal, tippte in einem Taschenrechner die Summe in Dollar um und wagte kaum, den Endbetrag zu nennen.

Ron zahlte sofort, fand den Preis seiner Meinung nach verblüffend niedrig, sagte seinen Spruch von »in einigen Tagen« auf und verließ das Geschäft. Die junge Verkäuferin war ein paar Minuten unfähig, andere Kunden zu bedienen. Da kommt ein Mann in den Laden und kauft für einen ganzen Monatsumsatz. So etwas gibt es nur einmal im Leben ...

Hat man Stoffe, muß man sie auch nähen können. Aus dem Telefonbuch suchte Ron wieder ein Fachgeschäft aus.

Dort kaufte er eine Nähmaschine mit allen Raffinessen, zwei große Holzkästen mit Nähgarn und Nähseide in allen Farbschattierungen, einen Packen Ersatznadeln, Nähmaschinenöl, ein Bügeleisen, ein Bügelbrett ... Wahrhaftig er war verrückt in seinem Kaufrausch!

Ein paarmal saß er auf einer Bank der Hafenpromenade und dachte darüber nach, was er vergessen haben könnte. Konserven würde er erst am letzten Tag einkaufen, ebenso Uhren, Kochtöpfe und Pfannen, Wannen und Eimer, Bestecke und andere Küchengeräte. Einen Elektroherd hatte er schon bestellt, ebenso einen Propangasherd und dreißig große Flaschen Gas – für die Zeit, in der er die Elektroinstallation baute.

Übermorgen wollte er sich selbst einkleiden – mindestens sechs Anzüge würde er kaufen! Schreibmaschine, Papier und Kassettenrecorder waren schon gekauft, dazu vierzig Kassetten von Wagner und Beethoven bis zum Boogie und Walzer. Einmal hatte er sogar mit dem verrückten Gedanken gespielt, Papptonnen mit Waschpulver mitzunehmen. Aber dann sagte er sich selbst, daß das totaler Wahnsinn sei.

Am nächsten Tag kaufte er drei große Holzkisten, die Werkzeug enthielten. Vom kleinen Schraubenzieher bis zum Schlagbohrer war alles vorhanden, was man sich nur vorstellen konnte. Das wichtigste waren eine Motorkettensäge und einige Äxte, Macheten und ein Flaschenzug.

Ja, und dann kaufte Ron zehn große Angeln mit Schnüren, die selbst einen mittelgroßen Hai aushalten konnten, die dazugehörenden Haken, Blinker und Fliegen. Jeder der drei Brüder von Tama'Olu sollte zwei Angeln bekommen. Das mühsame Fischstechen gehörte bald der Vergangenheit an.

Am Nachmittag begann Ron seine Rundfahrt zu den Werften und Bootshändlern. Was man ihm anbot, waren Kähne, bei denen er sofort abwinkte. Die neuen seetüchtigen Schiffe waren zu teuer, angebotene Ratenzahlungen lehnte er ab. Erst am Morgen des dritten Tages seines Kaufmarathons sagte der Direktor einer Werft, ein gewisser Monsieur Latour, zu ihm:

»Wir haben hier eine gute Occasion, Mr. Edwards. Eine schnelle, seegängige Yacht, Autopilot, Satellitenpeilung und und und . . . Also komplett! Sie gehört einem Landsmann von Ihnen, einem Großindustriellen, der sich bei uns ein größeres Schiff bauen läßt. James Myers heißt er. Das könnte etwas für Sie sein.«

Ron besichtigte die Yacht, die an der betriebseigenen Pier lag, und unterdrückte seine Begeisterung. Großes Interesse treibt die Preise in die Höhe – man muß den Kopf wiegen und sich unschlüssig geben.

»Na ja«, sagte er denn auch nur. »Sieht nicht übel aus. Wir sollten eine Probefahrt machen, vielleicht hinüber nach Moorea. Neuer Lack hält vieles zusammen, das kennt man. Und nachher spuckt der Motor wie ein Lama.«

»Wir geben auf das Boot ein halbes Jahr Garantie, Mr. Edwards.«

»Wenn ich abgesoffen bin, nutzt mir die gar nichts. Die Haie werden nicht reklamieren. Was soll denn das Schätzchen kosten?«

»175 000 Dollar will Mr. Myers dafür haben.«

»Den Betrag haben Sie festgesetzt!«

»Nein. Wir verdienen am Neubau. Der Verkauf ist Kundendienst. Für einen solchen Preis werden Sie nie mehr ein solches Boot bekommen.«

»Abwarten, Monsieur. Machen wir erst eine Probefahrt. Morgen früh um neun, ist das möglich?«

»Aber natürlich, Mr. Edwards.«

»Und dann möchte ich gern mit Mr. Myers selbst sprechen. Übermitteln Sie bitte meinen Wunsch.«

Ron warf noch einen Blick auf die schöne weiße Yacht, sagte sich, er sei wirklich ein Glückskind, verabschiedete sich von dem Werftmanager und fuhr zurück zum Hotel. Von dort rief er Bouchet an.

»Charles«, sagte er, »ich habe etwas auf dem Herzen. Können wir uns heute abend sehen? Ich bestelle einen Tisch auf der Terrasse.«

»Muß das sein, Ron? Ich habe für heute abend Theaterkarten. Eine französische Komödie mit viel Sex. Wenn Sie wollen, lade ich Sie ein. Und hinterher...« Bouchet schnalzte mit der Zunge, was deutlicher war als alle Worte. »Oder mögen Sie kein Theater?«

»Sie wissen, ich muß vieles besorgen und will nicht länger auf Tahiti bleiben als nötig. Und heute brauche ich nun mal Sie, Charles. Ins Theater können Sie immer noch gehen, wenn ich weg bin.«

»Also dann im Hotel.« Bouchet seufzte. »Ich hatte mich so auf Lisette gefreut! Ein Mischling... hellbraune Haut, und weich wie Samt, Ron, ich sage Ihnen, so etwas von Haut haben Sie noch nicht gesehen. Glatt wie Porzellan.«

»Das kann ich Ihnen allerdings nicht bieten, Charles.« Ron lachte laut. »Aber auch Lisette läuft Ihnen nicht davon – im Gegensatz zu mir. Ich will in fünf Tagen Papeete verlassen.«

»Ich komme. Zeit wie immer. Bonjour, Ron...«

Um 20 Uhr 19 erhielt Pandelli folgenden Anruf: »Bouchet trifft sich im Tahiti Beach Hotel mit einem Mann. Sie essen zusammen. Der Mann ist hochgewachsen, muskulös und mittelblond. Gebräunte Haut. Trägt einen weißen Seidenanzug. Sieht aus wie ein reicher Tourist.«

»Ich komme«, antwortete Pandelli sofort. »Piero, laß die beiden nicht aus den Augen.«

Keine zwanzig Minuten später betrat Pandelli die Hotelterrasse und fragte dienstbeflissen den herbeieilenden Restaurantchef nach de Luca. Sofort wurde er an einen Tisch geleitet, der vor einer Hibiskushecke stand und einen guten Überblick über die Tische vom am Parkrand gewährte. Piero begrüßte seinen Boß mit einem kurzen Kopfnicken.

»Der vierte von rechts. Bouchet sitzt mit dem Rücken zu uns.«

»Ich sehe ihn.« Pandelli musterte Bouchets Gast, denn er nahm es als Selbstverständlichkeit an, daß Bouchet der Einladende war. »Das ist keiner, der mit einem Sack schwarzer Perlen herumläuft. Wohnt er im Hotel?«

»Ich weiß es nicht.«

»Erkundige dich gefälligst.«

De Luca erhob sich, ging hinüber zu dem Restaurantchef, zeigte auf Ron und sprach auf den Maître ein. Die Auskunft schien ihn zu befriedigen.

»Er heißt Ron Edwards«, berichtete er, als er sich wieder neben Pandelli setzte. »Amerikaner. Wohnt seit über einer Woche hier. Soll aus allen Knopflöchern nach Geld stinken.«

»Was habe ich gesagt – ein Kunde.« Pandelli bestellte sich einen Whisky und schob die überreichte Speisekarte weg. Kein Essen. Es lohnte nicht, hier sitzen zu bleiben. »Dem Ami dreht er jetzt schwarze Perlen an. Mit 300 Prozent Gewinn. Mindestens ...«

»Aber sie reden miteinander, als würden sie sich schon länger kennen.«

»Amerikaner, Piero. Du lieber Himmel, ich kenne sie in- und auswendig! Du doch auch: Bei der Begrüßung sagen sie Hello!, nach zehn Minuten klopfen sie dir auf die Schulter, nach einer Viertelstunde sagen sie Johnny zu dir, und nach einer Stunde bist du ihr Bruder. Auf jeden Fall ist Bouchet dabei, den netten Kerl zu knacken und zu bescheißen. Fehlalarm, Piero.«

»Lieber zehnmal falsch als einmal die Wahrheit verpaßt«, stellte de Luca etwas säuerlich fest.

Sie tranken ihren Whisky aus, bezahlten und verließen die Terrasse. Aber an der Tür erwartete sie eine Überraschung. Der Restaurantchef – natürlich kannte er den Italiener – hielt Pandelli durch einen schnellen Wink auf.

»Monsieur«, sagte er leise. »Es scheint um Geschäfte zu gehen. Mich geht's ja nichts an, aber ...«

»Na und?« Pandelli sah den Maître scharf an. Urplötzlich hatte er ein Kribbeln unter der Kopfhaut – ein Zeichen, das er noch nie im Leben mißachtet hatte. »Was wissen Sie? Was haben Sie beobachtet?«

Er griff in die Rocktasche, holte fünf Hundertfrancscheine heraus und drückte sie ihm diskret in die Hand. Der Restaurantchef verfügte über sehr sensibles Fingerkuppengefühl. Er wußte sofort, wieviel ihm gegeben worden war.

»Monsieur Bouchet und Mr. Edwards haben sich bisher dreimal hier im Hotel getroffen. Einmal bestellte Mr. Edwards ein großes Abendessen auf seine Suite. Ich weiß das, weil ich die Bestellung persönlich entgegengenommen habe.«

»Wann war das?« Pandelli spürte das Kribbeln jetzt an seinem ganzen Körper.

»Vor sechs Tagen. Mr. Edwards hatte am Abend zuvor die Suite bezogen. Ich weiß das wiederum von unserem Chefportier. Er sagte zu mir: Du, da ist heute abend ein Amerikaner auf Nummer 4 eingezogen, der kam herein wie ein Strolch, hat aber die Taschen voller Dollar. Das muß eine irre Type sein. Und am nächsten Abend traf er sich, wie ich schon sagte, zu einem großen Abendessen mit Monsieur Bouchet in seiner Suite.«

»Danke, Maître«, sagte Pandelli steif. »Wir haben jetzt doch Appetit bekommen. Wir gehen zum Tisch zurück. Stellen Sie uns ein Diner nach Ihrem Geschmack zusammen. Sie sind ein guter Beobachter ...«

»Da ist doch etwas faul«, kommentierte de Luca, als sie wieder an ihrem Tisch saßen. Etwa sieben Schritt entfernt redeten Ron und Bouchet angeregt miteinander. »An was denkst du?«

»Der Amerikaner kommt ins Hotel wie ein Penner ... und jetzt sitzt er in einem Seidenanzug am Tisch. Da stimmt etwas nicht. Woher hat er das Geld, sich ganz neu einzukleiden, für die Suite, für das ganze Auftreten?«

»Der Portier sagte doch, er hätte schon bei der Ankunft die Tasche voller Dollars gehabt.«

»Hat er sie gezählt? Man kann mit fünfhundert Dollar in kleinen Scheinen herumwedeln, und es ist das ganze Kapital, das man besitzt. Zunächst macht das Eindruck. Und dann trifft dieser Typ Bouchet in seiner Suite und ist plötzlich wirklich der reiche Amerikaner, für den ihn schon zuvor alle gehalten haben.«

»Du glaubst ...«

»Ich glaube noch gar nichts. Ich frage mich nur: Wenn er wirklich der Verkäufer der schwarzen Perlen ist – wo hat er sie her?«

»Gibt es an der mittelamerikanischen oder südamerikanischen Küste Muschelbänke?«

»Bestimmt!« Pandelli verzog die Mundwinkel. »Eßmuscheln. Austern. Und wenn man da eine krüppelige Perle findet, lohnt sich eine Blechfassung nicht. Er wird, wie du schon gesagt hast, aus dem arabischen Raum kommen und die Perlen dort gekauft haben. Aber warum wirft er sie ausgerechnet in Papeete auf den Markt? In New York oder San Francisco würde man jede seiner Perlen erst küssen, ehe man sie bezahlt. Man fliegt doch nicht von Oman nach Tahiti, wenn man woanders das Doppelte bekommen kann. Das paßt nicht zueinander.«

»Und dabei sieht er so harmlos aus.«

»Ich sehe auch harmlos aus ...« Pandelli verzichtete auf einen Nachsatz, de Luca verstand ihn auch so. »Du hast nun eine doppelte Aufgabe, Piero: du mußt auch Edwards überwachen. Ich habe das komische Gefühl, daß nicht Edwards der Kunde von Bouchet, sondern Bouchet der Kunde von Edwards ist. Diese Theorie würde alles vereinfachen. Mit einem Amerikaner kann man reden, wenn man die richtigen Argumente hat. Es ist nur eine Dollarfrage.«

Während des Essens – Bouchet hatte wieder einen Absinth zur Appetitanregung getrunken – legte Ron plötzlich sein Besteck auf den Teller und beugte sich zu Bouchet vor. Jetzt kommt was, dachte der Perlen-Großhändler. Ich ahnte es doch! Ohne Grund lädt er mich nicht zum Essen ein und lockt mich von Lisette weg! Er hörte zu kauen auf und spülte den Bissen mit einem Schluck Mersault hinunter.

»Ich brauche eine gute Adresse«, sagte Ron.

»Perlengroßhandel Charles Bouchet«, erwiderte Bouchet fröhlich.

»Nein, eine heiße Adresse, Sie kennen doch Gott und die Welt.«

»Die Welt besser als Gott. Am besten die Unterwelt.«

»Genau da will ich hin.«

»Na also ... ich wollte Sie schon vor einer Woche in den besten Puff von Papeete einladen. Aber da haben Sie ja gekniffen! Nun jedoch steigt der Hormonspiegel, was?«

»Nein, Charles, keine Weiber. Ich brauche mindestens vier Gewehre, eine Maschinenpistole und einige tausend Patronen. Ich muß die Sachen in drei Tagen haben ...«

9

Bouchet war nicht leicht aus der Fassung zu bringen, aber jetzt verschlug es ihm doch die Sprache.

»Sind Sie verrückt?« stieß er nach einer Weile hervor.

»Nein.« Ron aß weiter, so als sei gar nichts Besonderes passiert. Wie zuvor Ron, legte nun Bouchet sein Besteck weg.

»Waffen? Sie wollen auf dem Schwarzmarkt Waffen kaufen? Gewehre, eine Maschinenpistole? Wissen Sie, was mit Ihnen passiert, wenn die Kontrollen das entdecken?«

»Man wird nichts entdecken, Charles, da können Sie unbesorgt sein.«

»Mein Gott, wozu brauchen Sie Waffen?«

»Vielleicht muß ich eines Tages mein Paradies verteidigen. Einmal wird man es auch entdecken.«

»Gut. Dann wehren Sie den ersten Angriff ab. Aber dann wird ein französisches Kanonenboot kommen... Ron, seien Sie doch kein Narr!«

»Wo ich lebe, gibt es keine Franzosen.«

»Dann sind es andere: Engländer, Amerikaner, Neuseeländer, Australier. Was weiß ich? Aber Sie können mich nicht täuschen, Ron. Ihre geheimnisvolle Muschelbank liegt ganz hier in der Nähe, wobei ich meine: in einem Unkreis von 500 Kilometern. Nur in dieser Region wachsen schwarze Perlen. Das können Sie nicht leugnen.«

»Ich habe keinen Anlaß, Ihrem Glauben zu widersprechen«, antwortete Ron diplomatisch.

»Na also.« Der Großhändler hatte sich wieder gefangen und aß weiter. »Haben Sie mir einen Schrecken eingejagt!«

»Aber es bleibt dabei: Besorgen Sie mir ein paar Adressen, wo ich die Waffen bekommen kann.«

»Ich warne Sie zum letztenmal, Ron: Lassen Sie den Plan fallen! Das geht nicht gut!«

»Das stimmt. Es wird schwieriger, wenn ich mir die Adressen selbst besorgen muß.«

»Ihr Dickkopf ist wie ein Rammbalken.« Bouchet seufzte und legte sein Besteck weg. Der Appetit war ihm endgültig vergangen. »Ich kenne da einen illegalen Waffenhändler; er ist einer meiner Kunden, verdient Geld, wie andere Kuchen backen, kauft bei mir immer die besten Edelsteine . . .«

»Das ist der richtige Mann, Charles.«

»Aber ich glaube kaum, daß er Sie an sich heranläßt.«

»Dann soll er ins Hotel kommen.«

»Ob er dazu bereit ist, wage ich zu bezweifeln.«

»Irgendwie muß er ja seine Ware an den Mann bringen. Charles, verbürgen Sie sich für mich. Er tappt in keine Falle, versichern Sie ihm das. Ich bin kein verkappter Fahnder. Zeigen Sie ihm einige Perlen von mir als Beweis.«

»Und wenn er nicht will?«

»Dann – sagen Sie ihm das – suche ich mir einen anderen. In einer Stadt wie Papeete wird er nicht der einzige sein, der Waffen verschiebt.«

Nach drei Stunden begleitete Ron seinen Gast bis zum Hotelausgang und wartete, bis dieser in den mit einem Chauffeur bereitstehenden großen Citroën eingestiegen war. Er winkte Bouchet nach und achtete nicht auf den wie ein Italiener aussehenden Mann, der in seinen Wagen sprang und kurz darauf hinter Bouchet herfuhr. Es war ein reges Kommen und Gehen vor dem Hotel. Wie sollte de Luca da auch auffallen?

Pandelli blieb in der Hotelhalle, betrachtete den Schaukasten eines Juweliers und wartete, bis Ron sich den Schlüssel geben ließ und in den Lift stieg. Erst dann fuhr auch er weg, nachdem er sicher war, daß Edwards in seiner Suite blieb und nicht ein Taxi bestellte, um sich in das Nachtleben von Papeete zu stürzen. Außerdem war es einfacher, sich per Telefon eine Gespielin ins Hotel zu bestellen. Die schönsten Mädchen arbeiteten sowieso privat.

Schon eine Stunde später bezog ein Beobachter seinen Posten vor dem Hotel. Er saß in einem unauffälligen Wagen und wurde am frühen Morgen abgelöst. »Keine Vorkommnisse«, meldete er de Luca. Und auch von dem Posten bei Bouchet kam die Nachricht: »Nichts.«

Vielleicht, dachte Pandelli, bringt der neue Tag mehr.

Was in Rons Suite geschah, das konnte natürlich niemand überwachen.

So entging es dem Beobachtungsposten, daß Mr. James Myers an der Rezeption nach Ron Edwards fragte, vom Portier angemeldet wurde und dann mit dem Lift in die erste Etage fuhr.

Ron erwartete seinen Gast an der offenen Tür und lächelte ihm höflich entgegen. Mr. Myers war ungefähr siebzig Jahre alt, klein und dick, rollte auf kurzen Beinen über den teppichbelegten Gang und strich dabei über seine glänzende Glatze. Ein Kojak im Kleinformat.

»Ach, Sie sind Ron ...«, sagte er und ergriff die ausgestreckte Rechte des Verhandlungspartners. »Gut, Sie kennenzulernen und zu wissen, wer meine schöne ›Betty‹ übernimmt.«

Er trat ins Zimmer, Ron schloß die Tür, und Myers warf sich in einen der Rattansessel. »›Betty‹ ist meine Yacht, kein Mädchen«, versuchte er einen Witz. »Obgleich sie nach einem Mädchen benannt wurde – nach meiner Tochter ...« Myers lachte meckernd. »Und die wollen Sie ja nicht kaufen, oder?«

»Ich nehme an, Miß Betty ist unverkäuflich. Außerdem würde ich nie eine Frau kaufen, sondern warten, bis sie von selbst in meine ausgebreiteten Arme stürzt.«

»Sie gefallen mir, Ron.«

»Einen Drink, Mr. Myers? Leider habe ich nur schottischen Whisky hier und keinen Bourbon Whiskey.«

»Ich nehme ein Glas Tonic-Wasser, Ron.«

»Ein Antialkoholiker?«

»Ja, seitdem ich meine Leberwerte kenne. Himmel, was habe ich früher gesoffen! Beim Wetttrinken, so ein Gesellschaftsspiel unter Männern, war ich immer der Sieger. Aber das kennen Sie ja alles selbst, Ron. Wissen Sie, was mein Arzt gesagt hat? ›Entweder werden Sie ruck-zuck trocken, oder ich bestelle einen Sargschreiner, der bei Ihnen Maß nimmt. In einen normalen Sarg passen Sie nicht hinein.‹ Das war vor sieben Jahren. Seitdem trinke ich nur noch Wasser. Scheußlich, sage ich Ihnen, aber gesund.«

Ron servierte das Tonic-Wasser und nahm sich selbst einen Wodka mit Orangensaft. Dann setze er sich Myers gegenüber.

»125 000 Dollar«, sagte er ohne Einleitung.

»Wofür?«

»Für Betty ... die Yacht ...«

»Ron, sehe ich aus wie ein Bazarhändler?« Myers lehnte sich zurück. Seine kürzen Beine hoben sich fast vom Teppich ab. »Aber weil Sie mir auf Anhieb sympathisch sind, nur darum ... 155 000 Dollar.«

Sie protesteten sich zu, tranken und stellten die Gläser ab.

»Wer sagt's denn, schon sind wir mittendrin! Betty ist ein hübsches Mädchen, sehr gepflegt ... sie ist mir jetzt doch 135 000 Dollar wert«, meinte Ron.

»Betty war immer meine zweite große Liebe. Die anderen Lieben wechselten – Betty blieb treu. Das muß belohnt werden. Auch Ihnen wird sie immer treu bleiben. Deshalb mein letztes Wort: 145 000 Dollar!«

»James ...«

Myers erhob sich und massierte wieder seine Glatze. »Ihr Wasser war miserabel wie alle Wasser. Good-bye, Ron.«

»Nun seien Sie doch nicht gleich so ruppig, James.« Ron blieb in seinem Sessel sitzen. »145 000 – auch bei Barzahlung?«

»Ich habe nur mit Cash gerechnet.« Myers kam von der Tür zurück und setzte sich wieder. »Sehen Sie, ich bin siebzig. Luisa ist einunddreißig. Das sind neununddreißig Jahre Unterschied. Da muß man etwas tun. Da bekommt man nichts mehr umsonst. Liebe ist ein Wort, das bei zunehmendem Alter immer leiser wird. Also ist man verpflichtet, nachzuhelfen. Ich habe da bei einem Juwelier eine sagenhafte schwarze Perle im Schaufenster gesehen. Das wäre was für Luisa. Ohne mein Konto zu belasten, wären Ihre Dollars gerade richtig, Ron.«

Ron lächelte verhalten. »Gratuliere«, sagte er.

»Wozu?«

»Zu der Perle. Daß gerade Sie sie kaufen ... Ich hatte auch Interesse daran.«

»Finger weg, Ron! Die Perle gehört mir!«

»Sie sollen sie haben, James. Und ich nehme ›Betty‹ für 145 000! Okay?«

»Okay.« Myers machte ein trauriges Gesicht und zuckte die Schultern. »Schade, daß wir jetzt nicht auf ›Betty‹ mit Champagner anstoßen können. Sie hätte es verdient. Sie werden große Freude an ihr haben.«

»Das wird die Probefahrt beweisen, James. Ich brauche keine dahinzockelnde Luxusyacht, sondern ein schnelles, stabiles Schiff.«

»Sind Ihnen 22 Knoten genug?«

»Sagen wir mal, es reicht.«

»Ein Rumpf aus Stahl, polyesterbelegt, sechsfach abgeschottet, daher fast unsinkbar.«

»Das hat man von der Titanic auch gesagt«, warf Ron ein.

»Hier gibt es keine Eisberge, die Sie rammen können.«

»Aber Korallenriffe.«

»Dann ist's Ihre eigene Dämlichkeit, Ron. Wozu haben Sie ein Echolot an Bord? Radar ist natürlich selbstverständlich. Mit Farbbild.« Myers kniff die Augen zusammen und musterte Ron abschätzend. »Ihr Englisch ist zwar komplett amerikanisch, aber da ist ein Unterton. Sie sind nicht in den Staaten geboren was?«

»Nein. In Deutschland.«

»Dachte ich's mir doch. Wo?«

»Bei Göttingen.«

»Und ich lag in Stuttgart in der Wiege!«

»Welch ein Zusammentreffen! Unter Landsleuten sollte man den Preis . . .«

» . . . erhöhen!« unterbrach ihn Myers. »Ron, Sie lassen wohl nie locker?«

»Nie. Ich bin da wie eine Bulldogge, ich verbeiße mich in meinen Gegner. Aber Sie, James, sind ja kein Gegner. Es bleibt bei der Summe.«

Eine Stunde später waren sie auf der Werft, stiegen auf das Schiff, wo ein richtiger Kapitän in Uniform wartete und sie begrüßte. Ron hielt Myers zurück, als der Kapitän zur Brücke ging und ein Matrose an der Pier die Leinen loszurrte.

»Sie haben eine Mannschaft?« fragte er. »Sogar einen Kapitän?«

»Sehe ich so aus, als ob ich die ›Betty‹ selbst steuerte? Ans Ruder stelle ich mir nur draußen auf dem Meer, wo nichts passieren kann.«

»James, ich kann die Mannschaft aber nicht übernehmen.«

»Das wissen die Leute. Alle haben schon eine neue Stelle.« Myers polierte mit seinen Händen wieder die Glatze. »Aber die ›Betty‹ können Sie unmöglich allein fahren. Sie brauchen mindestens einen Schiffsjungen und einen Koch. Verstehen Sie was von Motoren?«

»Ja.«

»Sie Glücklicher! Ich habe keine Ahnung. Sie steuern selbst?«

»Ja.«

»Dann sollten Sie wenigstens bis zu Ihrem Liegeplatz den Matrosen mitnehmen und ihn dann zurückfliegen lassen.«

»Ich schippere allein, James.«

»Das ist unmöglich, Ron! Ohne Hilfe läßt sich ein solches Schiff nicht beherrschen. Glauben Sie mir!«

»Bis nach Hause komme ich schon. Und dort stelle ich mir dann eine neue Mannschaft zusammen.«

Wenig später erhielt Pandelli einen Anruf über Funktelefon. Piero de Luca nahm einen zweiten Hörer und drückte auf den Knopf zum Mithören.

»Edwards hat Besuch in seinem Zimmer gehabt«, meldete der Mann, der Ron überwachte. »Ein kleiner Dicker. Auch ein Ausländer. Zusammen sind sie in einem Cadillac zur Werft von ›Henri Latour et fils‹ gefahren und haben ein Schiff bestiegen. So eine tolle weiße Millionärsyacht. Gerade jetzt, in diesem Moment, laufen sie aus.«

»Hinterher!« rief Pandelli erregt. »Habe ich nicht gesagt: keinen Moment aus den Augen lassen? Nimm ein

Motorboot und folge ihnen, aber in einem Abstand, daß es unauffällig wirkt. Zum Teufel, muß man euch denn jeden Schritt sagen?«

Er warf den Hörer zurück und sah seinen Adlatus böse an.

»Da braut sich was zusammen, Alessandro«, sagte dieser schnell.

»Und du hast Idioten engagiert!«

»Die guten Leute liegen nicht auf der Straße herum. Ich mußte in der Eile nehmen, was ich bekommen konnte.« De Luca hob die Schultern. »Bis jetzt hat ja auch alles geklappt.«

»Wer ist der Dicke?« Pandelli klopfte mit einem Kugelschreiber rhythmisch auf den Schreibtisch. »Gehört ihm die Yacht? Wenn ja . . . wo hat er das Geld her? Ist er der Lieferant der schwarzen Perlen? Woher kennt Edwards den Dicken? Warum fahren sie weg? Wohin fahren sie?«

»Das werden wir bald herausfinden. Wenn es nun genau umgekehrt ist, als wir bisher gelaubt haben: Der Dicke ist der Perlenhändler, und Edwards will bei ihm kaufen. Der Portier hat ja die Bündel Dollarscheine gesehen.«

»Und damit läuft er wie ein Strolch herum?«

»Den spleenigen Amerikanern ist doch alles zuzutrauen! Jetzt jedenfalls läuft er in einem Seidenanzug herum. Warten wir doch einfach ab.«

Zwei Stunden später meldete sich Rons ›Schatten‹ aus einem Motorboot. In der Stimme des Mannes schwang Enttäuschung mit.

»Sie haben nur eine Rundfahrt gemacht«, berichtete er. »Die halbe Strecke nach Moorea und dann zurück. Jetzt legen sie wieder an der Werftpapier an. Sonst keine Vorkommnisse. Ich melde mich wieder.«

»Verstehst du das, Piero?« fragte Pandelli mißgelaunt. Auch von Bouchet war nichts zu melden. Er war pünktlich, wie jeden Morgen, zu seinem Büro gefahren und hatte es bis zu diesem Moment nicht verlassen.

»Nein.«

»Wenn's ein Geschäft war, müssen sie sich schnell einig geworden sein.«

»Aber über was?«

Das erfuhr Alessandro Pandelli eine halbe Stunde später. Der Beobachter rief wieder an. »Edwards hat von dem Dicken – er heißt Myers und besitzt in Amerika mehrere Papierfabriken und Betriebe für Verpackungsmaterial aller Art – die Yacht gekauft. Vorhin, das war so eine Art Probefahrt. Ich habe mit dem technischen Werftleiter gesprochen. 145 000 Dollar hat dieser Edwards bezahlt. Myers läßt sich bei ›Latour et fils‹ eine viel größere Yacht bauen, deshalb hat er verkauft.«

»Danke. Das war eine gute Arbeit.« Pandelli legte auf und sah zu de Luca hoch, der vor dem Schreibtisch stand. »Myers ist damit von der Liste. Aber Edwards wird mir immer unheimlicher: Kommt als Landstreicher nach Papeete, trifft sich mit Bouchet in einer Suite, und plötzlich mimt er den feinen Mann und kauft sich sogar eine Luxusyacht! 145 000 Dollar . . . und ich wette, er legt sie bar auf den Tisch. Da ist doch, fast über Nacht, ein Wunder geschehen? Und wie heißt das Wunder?«

»Schwarze Prinzessinnen und Schwarze Königin der Meere.«

»Das ist für mich fast so sicher, wie zwei mal zwei vier ist. Von Edwards kommen die Perlen. Aber wo hat er sie her?«

»Er könnte sie selbst aus dem Meer geholt haben, so wie er aussah, als er hier ankam.«

»Dann muß er eine unwahrscheinlich ergiebige Muschelbank entdeckt haben. Und das hier im Archipel!« Pandelli wurde unruhig, dieser Gedanke war zu ungeheuerlich. »Wenn das wahr ist . . .« Er atmete heftiger. »Jetzt nehmen wir Edwards in die Zange. Unbemerkt. Er muß ja wieder dahin zurück, woher er gekommen ist. Und so führt er uns zu seinem Millionengeheimnis. Und dann . . .« Pandelli lächelte mokant und grausam zugleich. »Mit einem einzelnen Mann werden wir doch fertig, nicht wahr, Piero?«

»Und wenn es mehrere sind?«

»*Wir* werden immer in der Überzahl sein.«

»Du willst einen kleinen Privatkrieg?«

»Ich will nur den Markt bereinigen, das ist alles. Und auf diesem Markt werden wir dann die Größten sein.« Pandelli warf de Luca einen kalten Blick zu, aus dem all seine Grausamkeit sprach. »Wenn uns Edwards entwischt, trägst du die Folgen.«

»Er kann uns gar nicht aus den Augen kommen, Alessandro. Eine so große und schnittige Yacht kann sich nicht unsichtbar machen.«

Am nächsten Morgen war die Perle aus dem Schaufenster von Alain Degrelle verschwunden. Piero de Luca sah es durch Zufall, weil er gerade an dem Juweliergeschäft vorbeiging. Sofort betrat er den Laden und traf Degrelle allein an. Der Juwelier machte ein paar Schritte bis zur Wand zurück. Alles Blut wich aus seinem Gesicht.

»Was wollen Sie denn noch von mir?« stammelte er ängstlich. »Alles, was ich wußte, habe ich Ihnen doch gesagt!«

»Wer hat die Perle, diese ›Schwarze Königin der Meere‹ gekauft?«

»Ein Amerikaner.«

»Wann?«

»Gestern abend. Ich wollte schon das Geschäft schließen, da kam er herein. So ein kleiner Dicker mit Glatze war es.«

»James Myers ...«

»Ja, so hieß er. Wollen Sie im Garantiebuch nachsehen?«

»Nicht nötig, Alain. Und schön brav bleiben. Wenn neue schwarze Perlen eintreffen, ruf uns sofort an. Oder soll in deinem Laden eine Bombe explodieren? Das ist doch so eine kleine Nachricht nicht wert.«

Als de Luca das Geschäft wieder verließ, war Degrelle versucht, ein Kreuz hinter ihm zu schlagen, als habe ihn der Teufel persönlich besucht. Er hatte Angst, ganz erbärmliche Angst. Gegen Pandelli half ihm keiner, auch die Polizei nicht. Sie kam immer erst dann, wenn es zu spät war. Wer hatte dann Beweise gegen Padelli? Es war sicherer, die Wünsche dieses Italieners zu respektieren.

»Damit ist Myers endgültig raus!« sagte Pandelli zufrieden, als de Luca ihm vom Verkauf der Perle erzählte. »Ein Lieferant kauft ja nicht seine eigene Ware zurück. Piero, ab heute bleiben wir Edwards dicht auf den Fersen. Er macht nicht einen unbeobachteten Schritt mehr!«

Am elften Tag seines Aufenthaltes in Papeete erhielt Ron im Hotel einen Anruf von Charles Bouchet.

»Das hat Mühe gekostet«, sagte Bouchet ohne Einleitung am Telefon. »Aber nun macht er mit.«

»Wer?«

»Keine Namen, Ron! Sie bekommen sechs Schnellfeuergewehre mit 1200 Schuß Munition, Stahlmantelgeschossen, und eine Maschinenpistole, Marke Kalaschnikow, mit 2 000 Schuß Munition. Na, was sagen Sie nun?«

»Gratuliere, Charles. Das haben Sie fabelhaft gemacht. Aber warum eine Kalaschnikow?«

»Die ist am häufigsten im Handel und soll zudem noch die Beste sein. Ich habe von diesen Dingen überhaupt keine Ahnung. Aber unser Mann sagte, daß man sie in den Dreck werfen könnte und sie schösse noch immer, wo andere Maschinenpistolen kläglich verreckten.«

»Preis?«

»Na ja, unser Mann ist nicht bescheiden. Er weiß, was seine Ware wert ist. Aber das war uns ja von vornherein klar. Und noch eins: Er kommt nicht zu Ihnen ins Hotel. Auch wenn es für ihn gefahrlos ist. Er will sein Gesicht nicht zeigen. Die Waffen werden an mich geliefert, und ich bringe sie Ihnen dann. Morgen. In einer schönen, festen Kiste.«

»Er soll sie deklarieren als ›Trafo-Einzelteile‹. Groß und deutlich auf dem Deckel und an den Seiten. Und bringen Sie die Kiste nicht zu mir, sondern zur Werft ›Henri Latour et fils‹. Dort lagern noch mehr Kisten, die mir gehören. Unter anderem mit zwei Generatoren und ein Trafo.«

»Sie haben ein Schiff gekauft?« fragte Bouchet überrascht.

»So ist es.« Ron lachte vergnügt. »Wem es voll schwarzer Perlen ist, melde ich mich wieder bei Ihnen, Charles.«

»Sie sind ein Hasardeur, Ron.«

»Vielleicht.«

»Sehen wir uns noch mal vor Ihrer Abfahrt?«

»Ich glaube kaum.«

»Dann viel Glück, Ron. Und ein erfolgreiches Tauchen.«

»Danke, Charles. Das Geld für die ›Trafo-Einzelteile‹ hinterlege ich im Büro der Werft. Auf Wiedersehen.«

Er legte auf, ging hinaus auf den Balkon und blickte über den gepflegten Park des Hotels hinaus aufs Meer. Boote mit bunten Segeln kreuzten vor der Küste, etwas näher zum Land hin schossen die Surfer durch die leichten Wellen, der warme Wind fing sich in ihren dreieckigen Segeln. Ein großes polynesisches Kriegskanu mit vierzig singenden und paddelnden braunen Kriegern – eine Sensation für die wie wild fotografierenden Touristen und eine der Attraktionen des Fremdenverkehrsvereins – glitt am Strand entlang. Tahiti von der Schokoladenseite. Werbeprospekte en nature.

Wie lange wird es noch dauern, bis ich wieder bei Ta-ma'Olu bin? dachte er. Ich werde Zwischenstopps einlegen müssen, um neuen Treibstoff zu bunkern. Tahiti – Rarontonga – Niué – Tonga – Tonu'Ata ... das war der Weg. 1800 Seemeilen werden das sein.

Mein Liebling, wie weit bist du von mir entfernt! Aber es wird das erste und letzte Mal sein, daß ich dich allein gelassen habe. Jetzt besitzen wir ein schönes Schiff, und du wirst in Zukunft immer mit mir kommen – wohin ich auch fahre. Und alle werden mich um meine wunderschöne Frau beneiden. Tama'Olu, du weißt gar nicht, wie sehr ich dich liebe!

Er zog sich einen der neuen Anzüge an, die er gekauft hatte, verließ das Hotel und ließ sich von einem Taxi hinaus zur Werft fahren. Unauffällig folgte ihm ein kleiner Renault, dessen Fahrer in ein Funktelefon sprach.

»Es ist alles klar, Monsieur Edwards«, versicherte der technische Betriebsleiter der Werft, als Ron und er vor der Yacht standen. »Wir haben alles noch einmal durchgescheckt. Alles in bestem Zustand. Auch der Zoll war schon da und hat Ihre Ladung freigegeben. Wann fahren Sie ab?«

»Übermorgen. Morgen kommt noch eine kleine Kiste mit Ersatzteilen für den Trafo. Muß der Zoll deswegen noch mal kommen?«

»Diese kleine Kiste bringen wir so an Bord, Monsieur.« Der Betriebsleiter winkte grinsend ab. »Die Beamten wollen auch nicht mehr belästigt werden als notwendig. Und für eine Kistchen mit Ersatzteilen wollen wir keinen Aufwand treiben.«

»Wenn Sie es sagen, Monsieur . . .«

»Kein Problem. Wir können also morgen laden?« Das Wort »bunkern« erschien ihm für diese prachtvolle Yacht zu ordinär.

»Das können Sie, Monsieur. Hoffentlich ist nichts vergessen worden.«

»Von unserer Seite aus kommt bestimmt alles an Bord, was hier lagert.«

Ron ging noch einmal in die Lagerhalle und kontrollierte die Kisten, Kartons, Ballen, Rollen und Pakete. Auf allem prangte ein Zollstempel, sogar auf den Eimern, Körben und Wannen aus Kunststoff. Die Fässer mit Benzin für die Generatoren standen gestapelt in einer Ecke, ebenso die Propangasflaschen für den Gasherd.

»Es scheint alles komplett zu sein«, sagte Ron und trat wieder ins Freie. »Sie können, bis auf mein Schlafzimmer, alle Räume vollstellen. Ich brauche nur ein Bett.«

»Sie wollen ganz allein fahren, Monsieur?« fragte der Betriebsleiter zweifelnd.

»Ja.«

»Ohne einen einzigen Mann Besatzung?«

»Ist das so ungewöhnlich?«

»Bei einer solchen Yacht schon. Sie können ja nicht alles allein machen.«

»Bis zu mir nach Hause geht es schon.«

»Dann haben Sie es nicht weit, Monsieur?« erkundigte sich der Betriebsleiter interessiert.

»Nicht sehr weit. Ein paar Seemeilen.« 1800, genau gesagt, dachte er. Wenn ich ihm das aber sage, bekommt er keine Luft mehr. »Ich gehe noch mal aufs Schiff«, erklärte er laut.

Ron betrat die Yacht, stieg den Niedergang hinab bis zu Salon, Pantry, Kabinen und Duschräumen und setzte sich auf den Fahrerstand vor das mit Instrumenten und Kontrollanzeigern übersäte Armaturenbrett. Er betrachtete das Farbradar, das Echolot, den Autopiloten und den Satellitenpeiler, das Funkgerät und den Kreiselkompaß. Bei alledem kam er sich vor wie in einer Flugzeugkanzel, vor deren Gewirr von Instrumenten er immer sprachlos gestanden hatte, bis einmal ein Flugkapitän ganz trocken zu ihm gesagt hatte: »Das ist gar nicht so schlimm. Man muß nur im richtigen Augenblick auf das richtige Instrument gucken!«

Es wird schon gutgehen, dachte sich Ron. Junge, du bist doch ein helles Bürschchen. Irgendwo in einer Schublade werden ja die Gebrauchsanweisungen liegen, und Zeit zum Üben hast du auch genug. 1800 Seemeilen lang. Andere müssen Lehrgänge machen, du wirst es eben schneller begreifen. Du wirst auf dem Stillen Ozean schaukeln, die Seekarte vor dir, und wirst versuchen, den Autopiloten richtig einzustellen. Eine Seekarte zu lesen, das hast du gelernt, bei deinem Führerschein Küste, den du im Hamburger Yachtclub gemacht hast. Alles ist nur Übung. Und das Meer ist groß genug, du stößt nirgendwo an.

Als letztes betrat er das Eigner-Schlafzimmer. Ein verhaltnismäßig großer Raum mit einem Rundbett, vielen eingebauten Schränken von Weiß mit goldenen Verzierungen und einem riesigen Spiegel neben dem Bett. Zwei tiefe, weiche, mit Chinchillafellen bezogene Sesselchen standen an einem Glastisch, und alles war erhellt von venezianischen Wand- und Deckenlampen. Myers Liebesinsel. Wie hatte er gesagt: Wenn man siebzig ist, muß man was tun.

Ron öffnete die Schränke, alles war sauber und wie neu. Bei seiner kleinen Inspektion entdeckte er, direkt dem Rundbett gegenüber, einen Schrank, der beim Öffnen einen Fernsehapparat mit Videogerät herausfahren ließ. Eine Kassette steckte noch. Ron stellte den Fernseher und Video an, und ein saftiger Pornofilm flimmerte über die Mattscheibe. Ron sah sich nur wenige Szenen an, dann stellte er die Apparate wieder ab.

»Das hilft auch nicht mehr, lieber James Myers!« sagte er. »Für alles mußt du inzwischen bezahlen.«

Er ließ die Apparatur in den Schrank zurückfahren und setzte sich in einen der Chinchilla-Sessel.

Hier wird Tama'Olu schlafen, dachte er. *Wir* werden hier schlafen. Ob sie der ungewohnte Luxus erschrecken wird? Oder wird sie sich schnell an all das Fremde gewöhnen? Wie wird sie reagieren, wenn sie zum erstenmal Fernsehen erlebt? Nicht diesen Pornofilm – einen Film über die Südsee mit Menschen wie sie, ihre Familie, ihr Dorf, ihre Umgebung.

Wird sie weglaufen vor diesen kleinen Menschen auf der Mattscheibe, weil sie meint, man habe diese verzaubert und zu winzigen Wesen gemacht? An ein Wunder wird sie glauben, wenn sie später, wenn alles in Betrieb ist, an einem Schalter dreht, und überall ist Licht. Licht aus einer kleinen Glaskugel. Und da wird ein Gerät stehen mit vier runden Platten aus Eisen, und wieder dreht man nur an einem Knopf, und man kann auf den Platten kochen. Sie werden glühend heiß, doch keiner weiß, wo die Hitze herkommt.

Rätsel über Rätsel.

Und sie wird den Zauberer rufen, den Medizinmann, und ihn anflehen, die fremden bösen Götter zu vertreiben, die unsichtbare Flammen in Eisen hexen und Blitze in einer Glaskugel sammeln können. Ihre drei Brüder und alle Männer des Dorfes werden mit dem Gesicht zu Boden sinken, wenn sie den ersten Gewehrknall hören und ein Schwein gleich darauf tot umfallt.

Oder täusche ich mich? Werden die Bewohner von Tonu'Ata hundert Jahre überspringen wie einen schmalen Graben? Gilbert Descartes besucht sie ja, der Händler, der von Insel zu Insel fährt. Bei ihm müssen sie gelernt haben, sich über nichts mehr zu wundern, was es in der fernen, fremden Welt alles gibt.

Tama'Olu, du wirst die neue Welt schnell liebenlernen – oder hassen. Doch eins verspreche ich dir: Unser Paradies soll ein Paradies bleiben.

Er erhob sich aus dem Sessel, ging hinauf an Deck und verließ die Yacht über die schmale Gangway. Auf der kleinen Pier der Werft stand der Betriebsleiter mit einem Mann und unterhielt sich.

»Ein tolles Schiff!« sagte der Fremde, als Ron zu ihnen trat. »Es gehört Ihnen?«

»Ja. Ein wirklich schönes Schiff.«

»Es muß ein Erlebnis sein, mit ihm über den Ozean zu fahren. Ich möchte gern dabeisein, wenn Sie ablegen. Ich bin ein Bootsnarr und möchte miterleben, wie diese Yacht auf den Wellen dahinfliegt. Wann fahren Sie, Monsieur?«

»Übermorgen«, erwiderte Ron ahnungslos.

»Darf ich zusehen?«

»Wenn es Ihnen Spaß macht, gern. Aber ich fahre früh los.«

»Danke, Monsieur.«

Der Mann nickte Ron und dem Betriebsleiter zu und verließ die Pier. Ron blickte ihm nach und schüttelte den Kopf. »Wer war denn das?« fragte er.

»Weiß ich nicht.« Der Werftangestellte hob die Schultern. »Er stand plötzlich neben mir, wischte sich den Schweiß von der Stirn und rief: ›Ist das ein herrliches Schiff! Mein Gott, wenn man sich so etwas leisten könnte!‹ Und gleich darauf kamen Sie von Bord.«

»Ein Boots-Fan also. Ich kann ihn verstehen. Ich habe mich auch immer für gutgebaute Schiffe begeistert, habe mir jede Fachzeitschrift gekauft und kam beim Anblick der Yachten ins Träumen. Und jetzt habe ich mir meinen Traum erfüllt.«

Ron hatte den fremden Mann bereits vergessen, als er die Werft verließ und in ein Taxi stieg. Er nahm auch nicht den kleinen Renault wahr, der ihm wieder folgte. Er dachte an Tama'Olu . . .

Er dachte eigentlich immer nur an Tama'Olu und an die Bucht der Schwarzen Perlen, in der er Millionen Dollar aus dem Meer holen würde.

»Also übermorgen«, sagte Pandelli zu de Luca. Der Bewacher im Renault hatte gerade angerufen und seinen Boß über den neuen Stand der Dinge informiert. »Zeit genug, um alles vorzubereiten. Er hat sich eine schöne Yacht gekauft, aber meine ›Colombe‹ ist auch kein Tretboot. Wir werden in seinem Kielwasser fahren.«

»Ist das nicht zu auffällig, Alessandro?« wagte de Luca einen berechtigten Einwurf.

»Edwards besitzt doch nicht die einzige Yacht, die hier herumkreuzt.«

»Natürlich nicht. Hunderte von Booten liegen um Tahiti.«

»Na also. Und wenn wir zufällig den gleichen Kurs haben wie Edwards . . . was soll daran auffällig sein? Er wird uns zu seinem Liegeplatz führen, und wir rauschen an ihm vorbei, als sei er uns völlig gleichgültig. Beim zweitenmal wird das anders aussehen.

Warum sollte Edwards aufmerksam werden? Er fühlt sich sicher. Keiner, so glaubt er, weiß, wer er ist. Wozu also Versteck spielen? Piero, die meisten Menschen sind viel zu naiv. Wenn sie merken, was in Wirklichkeit läuft, haben sie schon verloren. Auch Edwards wird da keine Ausnahme bilden.«

Am nächsten Morgen lieferte Bouchet bei der Werft eine Kiste mit Trafo-Ersatzteilen ab. Der Lagermeister wußte schon Bescheid, lud die Kiste auf einen Elektrokarren und fuhr sie zu Rons Yacht. Dort brachte man sie an Bord und stellte sie in der Pantry ab.

»Jetzt geht aber auch nicht mal mehr 'ne Rolle Lokuspapier hinein«, sagte der Lagermeister auf dem Rückweg zur Halle. »So'n Schiff als Lastkahn – wenn das der alte Myers sähe. Dem blutete das Herz. Aber verkauft ist verkauft. Ein Schiff kann sich seinen Eigner nicht aussuchen, es kann nur aus Protest untergehen . . .«

Schon seit dem frühen Morgen schaukelte die »Colombe« in der Nähe der Werft auf See. Piero de Luca und Alessandro Pandelli wechselten sich mit der Wache ab und beobachteten durch ein starkes Fernglas die Bewegungen bei »Laroche et fils«.

In der Frühe, hatte Edwards gesagt, wolle er abfahren. Aber das war ein dehnbarer Begriff. Es konnte sechs Uhr heißen, oder – wenn Edwards ein Langschläfer war – zehn Uhr. Auf der Pier sahen sie den angeblichen Boots-Fan hin und her gehen und eine Zigarette nach der anderen rauchen.

Endlich, gegen neun Uhr, atmete Pandelli erleichtert auf: Edwards erschien! Er trug weiße Hosen, eine blaue Jacke mit Goldknöpfen und eine Mütze mit einem breiten

Schirm. Er sprach kurz ein paar freundliche Worte mit dem Bootsbegeisterten, bis aus der Lagerhalle der Lagermeister und drei Männer herauskamen. Edwards betrat die Yacht, einer der Männer schob die Gangway an Bord, zwei Männer banden die Leinen los, die Schiffsschraube begann sich zu drehen und wirbelte schaumiges Wasser auf. Der angebliche Schiffsnarr winkte mit beiden Armen und klatschte in die Hände.

Langsam legte die Yacht ab, fuhr einen sanften Bogen und verließ dann vorsichtig die Werftbucht.

»Unser guter Edwards hat sein neues Spielzeug noch nicht im Griff«, meinte Pandelli spöttisch. »Er schleicht dahin, als stehle er sich aus dem Schlafzimmer einer Frau, die noch schläft.«

Er ließ den Motor der »Colombe« an und folgte ebenso langsam der eleganten, schlanken weißen Yacht, die jetzt aufs offene Meer hinausglitt, vorbei an ankernden Segelschiffen und anderen größeren Motorbooten. »Der schläft noch am Ruder ein!« lachte Pandelli. »Ich bin gespannt welchen Kurs er nimmt!«

Plötzlich jedoch, als Edwards die auf Reede liegenden Schiffe hinter sich hatte, war es, als habe die Yacht Flügel bekommen. Ihr Bug richtete sich auf, und dann durchschnitt sie die Wellen und ließ eine weiße, schaumige Gischt hinter sich.

»Jetzt dreht er auf!« rief de Luca erregt. »Und ich hänge mich als Flagge an die Fahnenstange, wenn er nicht Kurs auf Bora-Bora nimmt!«

»Halt's Maul!« sagte Pandelli grob. »Was soll er auf Bora-Bora? Da kann nicht sein ständiger Liegeplatz sein!«

Sie fuhren sechs Stunden hintereinander her, die »Colombe« hielt tapfer das Tempo mit, aber sie war kein Boot für große Fahrt, die Treibstofftanks waren nicht ausgelegt für weite Strecken. Und außerdem soff der Motor mit einem Durst, der jeden Alkoholiker neidisch machte.

»Wo will er denn hin?« brüllte Pandelli und schlug nervös auf das Steuerrad. Bora-Bora hatten sie bereits passiert, und Edwards fuhr immer noch geradeaus, stur geradeaus! Aber hinter Bora-Bora kam nichts mehr. Nur der weite Ozean. »Ist er denn verrückt geworden? Da gibt es doch kein Land, keine Insel weit und breit!«

»Wir haben nur noch so viel Treibstoff, daß wir mit viel Glück zurück nach Papeete kommen, wenn wir jetzt umkehren«, wagte de Luca vorsichtig einzuwerfen.

»Das sehe ich auch, du Idiot! Aber ich kann doch Edwards nicht ziehen lassen!«

»Willst du in ein paar Stunden hilflos und ohne Sprit auf dem Meer herumtreiben?«

»Ich ... ich ... o Scheiße! Scheiße!« Pandelli war rot vor Wut. Er trieb de Luca mit Faustschlägen aus dem Salon mit dem Fahrerstand, stürzte dann zum Ruder zurück und kontrollierte die Instrumente. Der Treibstoffanzeiger sagte die Wahrheit, und ihn konnte Pandelli nicht mit Ohrfeigen wegjagen. Umkehren, das war die einzige Konsequenz.

Mit starrem Blick sah Pandelli, wie die weiße Yacht die Wellen durchschnitt, als wäre sie schwerelos.

Er drosselte den Motor, stellte ihn dann ganz ab, trommelte mit den Fäusten auf das Armaturenbrett und stieß Laute aus, die wie das Heulen eines Wolfes klangen. Piero de Luca verdrückte sich nach hinten auf das Sonnendeck. In diesen Minuten war Pandelli zu einem Mord fähig – das erkannte sein Handlanger ganz genau.

Schnell verbreiterte sich der Abstand zwischen Edwards und der »Colombe«. Pandelli verließ den Salon, stürzte an Deck und stellte sich an den Bugkorb. Die Hände zu Fäusten geballt, starrte er der Yacht nach, die immer kleiner wurde.

Es war ein herrlicher Tag, und im Sonnenglanz, der das Meer schimmern ließ, als trieben unzählige goldene Plättchen auf den Wellen, verschwand das weiße Schiff am Horizont.

10

Nachdem er Bora-Bora passiert hatte verlor Ron die Yacht, die eine ganze Weile hinter ihm hergefahren war, aus den Augen. Sie blieb zurück und verschwand dann am glitzernden Horizont.

Ahnungslos, wie er war, hatte er sich nichts dabei gedacht, daß ihm ein anderes Schiff folgte. Das Meer gehörte ja nicht ihm allein, und um Bora-Bora herum lagen viele Privatyachten, deren Besitzer mal einen Abstecher hinüber nach Papeete machten oder einfach so, aus Vergnügen, hinausfuhren auf den Ozean, wo man dann mit riesigen Angeln nach Haien jagte oder Bordparties feierte. So war es für Ron ganz selbstverständlich, daß das Schiff zurückblieb. Wahrscheinlich hatte es abgedreht, um nach Bora-Bora zurückzukehren.

Drei Tage lang ließ Ron sich Zeit, trieb auf der schwach bewegten See dahin und lernte all die ihm unbekannten Instrumente an Bord kennen. Die Gebrauchsanweisungen hatte er in einer Schublade neben dem Seekartenschrank gefunden, er hatte sie durchstudiert und an den Instrumenten geübt

Radar und Autopilot waren am wichtigsten. Er gab verschiedene Kurse ein und freute sich, wenn der Autopilot sofort reagierte und die Yacht in die gewünschte Richtung brachte. Auch das Farbradar hatte er bald im Griff.

Am zweiten Tag tauchte auf dem Bildschirm ein Punkt auf, der sich seiner Position näherte, dann aber zur Seite abschwenkte. Mit seinem starken Fernglas erkannte Ron wenig später in der Ferne einen Frachter, der an ihm vorbeizog, Richtung Tahiti.

Mühe machte ihm nur der Satellitenpeiler. Trotz Automatik mußte er doch auf der Seekarte den Kurs nach Rarotonga auf den Cook-Inseln nachrechnen und geriet mehrmals in Bedrängnis. Mathematik war noch nie Rons starke Seite gewesen. Er hatte auf dem Gymnasium während des Mathematikunterrichts mit Vorliebe Karl May gelesen und hatte von seinem Mathematiklehrer bestätigt bekommen: »Ich bin jetzt seit über dreißig Jahren Studienrat – so eine Niete wie dich habe ich noch nicht erlebt!«

Drei Tage dauerte es, dann hatte Ron sich so weit eingearbeitet, daß er die Funktion der Instrumente verstand und sie bedienen konnte. Am wunderbarsten erschien ihm der Autopilot, der die Yacht, wie von Zauberhand gesteuert, auf das eingegebene Ziel zufahren ließ.

Als er dann zunächst im Radar und später durch das Glas die Küste von Rarotonga sah, vollführte er im Salon einen kleinen Freudentanz und sagte zu sich selbst voller Stolz: »Ron, jetzt bist du ein richtiger Skipper! Du hast das erste Ziel ohne Schwierigkeiten erreicht. Auf den Punkt. Und das in diesem riesigen Stillen Ozean.«

Auch die weitere Fahrt gelang ihm. In Rarotonga tankte er auf und kam mit dem Treibstoff gerade noch bis zu einer der einsamen Inseln im Pazifik, dem Eiland Niue', wo er vor dem winzigen Hafen auf Reede gehen und mit dem Beiboot das Benzin in Kanistern zu seinem Schiff bringen mußte. Niué stand unter neuseeländischer Verwaltung, besaß sogar einen Flugplatz und war berühmt für seine schönen Briefmarken. Auch gab es mehrere Schulen dort, ein Hospital, zwei Hotels, in denen hauptsächlich Amerikaner einen ruhigen Urlaub verbrachten – und einen Supermarkt.

Die Eingeborenen halfen Ron und brachten mit ihren breiten Booten frisches Wasser, Obst und Fleisch zu ihm an Bord. Der, Gouverneur, der Insel, der Besitzer des Supermarktes, stattete Ron einen Gegenbesuch ab, bewunderte die schnittige Yacht und trank im Salon zwei eisgekühlte Whiskys, denn draußen war es heiß und feucht.

»Ziehen Sie um?« fragte er, nachdem er gesehen hatte, wie vollgepackt das Schiff war. »Oder wandern Sie aus nach Australien oder Neuseeland?«

»Ich suche eine Insel, auf der ich allein bin«, antwortete Ron.

»Und wovon wollen Sie leben? Auf einer einsamen, unbekannten Insel werden Sie weder Trinkwasser noch Tiere zum Jagen finden. Sicherlich gibt es dort einen schönen Strand, aber dahinter beginnt mit Wahrscheinlichkeit die Wildnis. Alles, aber auch wirklich alles müssen Sie heranschaffen, bis Sie in ein paar Jahren soweit sind, daß Sie einige Felder angelegt haben, ein paar Ziegen und Schweine auf Ihrer Insel herumlaufen, Hühner und ein Hund. Einen Hund müssen Sie nämlich haben, sonst werden Sie verrückt in der Stille. Mit einem Hund kann man sprechen, kann man sich unterhalten . . . und das alles wollen Sie auf sich nehmen? Warum?«

»Es war schon immer mein Traum – von Kindheit an«, log Ron.

»Und Ihr Job? Sie müssen doch einen guten Job gehabt haben, sonst könnten Sie sich so ein Schiff nicht leisten. Wollen Sie das alles hinwerfen?«

»Mein Betrieb läuft auch ohne mich weiter.«

»Also scheffeln Sie Geld, von dem Sie nichts mehr haben. Auf Ihrer Trauminsel brauchen Sie kein Geld.« Er zögerte einen Moment, dann sagte er: »Ich mache Ihnen einen Vorschlag.«

»Ich höre.«

»Bleiben Sie einfach hier. Hier auf Niué. Als Gouverneur erteile ich Ihnen eine Daueraufenthaltsgenehmigung. Sie können sich ein schönes Haus bauen, Land genug ist vorhanden, und einen Teil Ihres Geldes, das ja für Sie wertlos zu sein scheint, legen Sie auf Niué an. Ich denke an den Ausbau der Straßen, eine moderne Ausstattung des Hospitals. Unter anderem brauchen wir vier Schulbusse, eine Erweiterung der elektrischen Anlagen wäre nicht schlecht . . . Sie würden ein gutes Werk tun und bei uns wirklich wie im Paradies leben können.«

»Das glaube ich nicht.« Ron schüttelte den Kopf. »Hier

gibt es einen Flugplatz, also landen Touristen auf Niué. Die beiden Hotels sollen auch nicht leerstehen, also kommen viele Fremde hierher. Ab und zu wird ein Kreuzfahrtschiff vor der Insel ankern, und dann stürmen fünfhundert oder sechshundert Passagiere das ›Paradies‹, und in gar nicht langer Zeit wird Niué in den Reiseprospekten der großen Reiseveranstalter stehen: *14 Tage inklusive Flug nur 2500 Dollar.* Und das nennen Sie noch eine ›Trauminsel‹?«

»Das, was Sie suchen, gibt es nicht mehr, Mr. Edwards.« Der »Gouverneur« trank noch einen Whisky und hob wie bedauernd, so als sei es seine Schuld, die Schultern. »Tourismus wird es bald überall geben. Die Menschen suchen sich immer neue Ziele, die alten kennt man ja bereits zur Genüge. Man will Abwechslung haben. Und dann wird eines Tages ein Hubschrauber über Ihre Insel fliegen, wird sie umkreisen, runtergehen und an Ihrem schönen Strand landen. Man wird Fotos machen, einen Videofilm drehen, und irgendwo in New York oder Auckland oder Sidney werden die Touristikmanager sagen: ›Das ist Sie! So was haben wir gesucht! Das gibt ein neues Feriendorf.‹ Und aus ist es mit Ihrem Privatparadies . . .«

»Ich werde nicht zulassen, daß ein Hubschrauber landet«, stieß Ron hervor.

»Wie wollen Sie das verhindern?«

»Ich schieße!«

»O Gott! Dann haben Sie in kürzester Zeit das Militär am Hals. Ganz gleich, zu wem Ihre Insel gehören wird – ob zu Frankreich oder den USA, Neuseeland oder Australien – das Militär ist sofort zur Stelle, wenn irgendwo geschossen wird. Sie haben keine Chance, Mr. Edwards. Bleiben Sie hier, unter meinem Schutz.« Der »Gouverneur« grinste freundlich. »Sie werden eine Ecke auf Niué bekommen, wo Sie glauben, wirklich allein auf der Welt zu sein. Und wenn Sie die Einsamkeit satt haben . . . nun denn: eine Meile weiter begegnen Sie wieder dem Leben.«

»Es gibt noch andere Gründe, warum ich weitermuß.« Ron gab keine weitere Erklärung ab, sondern brachte später den Supermarkt-Besitzer bis zur heruntergelassenen Gangway und winkte ihm nach, als er in seinem breiten Boot mit dem Außenbordmotor wieder zurück zur Insel fuhr.

Vor einem halben Jahr hätte ich sein Angebot vielleicht angenommen, dachte Ron. Und sicherlich wäre es eine gute Sache geworden. Niué ist eine schöne Insel, die Menschen hier sind freundlich und unverdorben, trotz der vielen amerikanischen Touristen. Sie sind fröhlich, singen und tanzen gern. Aber so einsam Niué auch liegt: Viele von den jungen Leuten, die hier geboren werden, fahren nach Neuseeland oder Australien und studieren dort. In zwanzig Jahren schließlich wird auch Niué ganz anders aussehen als heute. So, wie die Fidschi- und Cook-Inseln, Tonga und Samoa bereits voll zivilisiert sind.

Himmel, erhalte die Unschuld von Tonu'Ata!

Um nicht seine Benzinfässer für die Generatoren brauchen zu müssen, machte er in Nuku'alofa die letzte Station, erneut von der Freude überwältigt, daß er dank Autopilot und Satellitenpeilung die Insel Tongatapu ohne Schwierigkeiten erreicht hatte. Er ließ wieder volltanken, kaufte bei einem Schiffsausstatter auf der Vuna Road eine Seekarte und zehn Spezial- und Detailkarten von Tonga und den Inselgruppen Ha'apai und Vava'U und stellte fest, daß nirgendwo die Insel Tonu'Ata verzeichnet war. Ein paar Inseln in der Ha'apai-Gruppe hatten zwar keine Namen, aber sie waren in den Seekarten immerhin eingetragen. Gehörte Tama'Olus Insel zu diesen namenlosen Flekken? Wo sollte er suchen?

Als er die Insel damals entdeckte, war er tagelang auf dem Meer herumgetrieben. Als er sie verließ mit seinem präparierten Schlauchboot, hatte er sich ebenfalls nur der Strömung und dem Wind anvertraut, bis er von Pater Patrick Lanson aufgelesen und nach Pangai gebracht worden war.

Die Insel von Pater Patrick . . . Telekitonga hieß sie, und

hier, in einem Umkreis von einigen hundert Seemeilen, mußte auch Tonu'Ata liegen. Allein im weiten Pazifik, vom Fortschritt vergessen.

Ron zog mit dem Bleistift einen weiten Kreis um Telekitonga und beschloß, von Pater Patricks Insel aus Tonu'Ata zu suchen. Es würde ein hilfloses Umherirren sein, dessen war er sich klar. In immer größeren Kreisen würde er Telekitonga umfahren, bis das Radar Land erfaßte. Aber ob es denn wirklich Tamas Insel war oder nur wieder eines der namenlosen Eilande, das würde man erst sehen, wenn man näher gekommen war

Am Abend bekam Ron Besuch auf seiner Yacht. Der Offizier des Immigration Office, der Ron damals im Garten von Kimikos Guest House verhört hatte, stieg an Bord und grüßte, wie immer, sehr höflich.

Ron erkannte ihn sofort wieder und streckte dem Mann beide Hände zur Begrüßung entgegen.

»Ist das eine Freude, Sie wiederzusehen, Officer«, rief er und drückte die Hand des Beamten. »Hat es sich herumgesprochen, daß ich wieder da bin?«

»Der Hafenmeister hat Sie natürlich sofort meiner Behörde gemeldet.«

»Natürlich.«

»Und da dachte ich mir . . .«

»Begrüße mal einen alten Bekannten.«

»So ist es.«

»Amtlich?«

»Wie man's nimmt«, gab der Beamte zu.

»Wenn es wieder Fragen und Probleme gibt . . . ich kann auch außerhalb der Dreimeilenzone ankern, Officer.«

»Aber Sie liegen nun mal an der Pier.«

Darauf gab Ron keine Antwort, sondern führte seinen Gast hinunter in den Salon. Sie setzten sich an den ovalen Tisch, und der Officer war bereit, eine gutgekühlte Flasche französischen Weißwein mitzutrinken. Einen köstlichen trockenen Meursault Genevrières Premier Cru 1983 der Domaine Michelot. Nach dem ersten Schluck atmete der Officer tief auf.

»Da kann man auch nur seufzen«, sagte Ron und nahm noch einen Schluck. »Den sollte man nur an Feiertagen trinken.«

»Mr. Edwards, wo waren Sie die ganze Zeit?«

»Ein neues Verhör, Officer?«

»Halb Verhör, halb persönliche Neugier. Wissen Sie, daß wir Sie für tot gehalten haben? Ich glaubte, Sie wären mit Ihrem Motorboot – da hat man Sie übrigens betrogen – im Sturm untergegangen.«

»Das Boot war wirklich ein Betrug. Aber ich habe es doch noch bis Pangai geschafft. Da allerdings lief es auf ein Riff und sank.«

»Wir haben damals auch in Pangai nachgefragt – Sie waren dort unbekannt.«

»Ich bin zwei Tage später nach Auckland geflogen.«

»Und dort haben Sie Ihre schöne Yacht abgeholt.«

»Nein, die habe ich auf Tahiti gekauft. In Papeete.«

»Stimmt.« Der Officer lächelte schwach. »Das entspricht jetzt immerhin der Wahrheit. Ich habe die Eintragungen im Hafenbuch gelesen. Sie kommen von Tahiti wieder zurück nach Tonga. Warum?«

»Nur um Treibstoff aufzunehmen. Ich bin morgen früh schon wieder weg.«

»Darf ich das Ziel der Reise erfahren?«

»Wieder Auckland, Officer. Es wird langweilig, nicht wahr? Nichts, was verdächtig macht.«

»Woher hatten Sie das Geld, diese Yacht zu kaufen?«

»Aber, aber . . . haben Sie damals in meine Taschen geguckt? Haben Sie nach einem Bankkonto gefragt? Sie wollten nur ein Abreiseticket sehen.«

»Sie sahen damals nicht aus wie ein Millionär.«

»Wie muß ein Millionär aussehen? Gibt es da eine Norm?«

»Jetzt sehen Sie anders aus.«

»Was doch ein guter Anzug und ein flottes Schiff ausmachen! Darf ein Millionär keine fleckigen Jeans und keinen dreckigen Pullover oder ein schmutziges Hemd tragen?«

»Sie kamen damals mit einem Frachter nach Nuku'alofa. Mit einem Seesack, Sie wirkten wie ein abgemusteter Seemann.« »Richtig.« Ron lehnte sich lächelnd zurück. »Millionäre haben manchmal Marotten ... Ja, gerade die Millionäre. Ich kannte einen, der nahm auf seinen Schiffsreisen einen Gepard mit und mietete für ihn eine Doppelkabine. Der Kabinen-Steward mußte dem Geparden das Essen servieren wie einem ganz normalen Gast. Und ein anderer Millionär, der in London lebte, ließ sich im Winter jeden Tag frische Erdbeeren aus Mexiko einfliegen. Nun ja ... ich hatte mal Lust, Matrose zu spielen, Nuku'alofa gefiel mir, und so bin ich eben an Land gegangen.«

»Und Ihr langer Vortrag, daß Sie ein Paradies suchen?«

»Ach, das ... Ehrlich gesagt, der Traum ist geblieben. Ich suche mein Paradies noch immer. Jetzt mit dem eigenen Schiff.«

»Hier, im Königreich Tonga?«

»Kaum. Ich bin nur auf der Durchreise. Gibt es hier einsame Inseln?«

»Nein. Wir haben jeden festen Punkt im Ozean registriert.«

»Schade.« Ron wischte sich über die Augen. »Mir hätte es vielleicht auf Tonga gefallen. Überall freundliche Menschen ... wie Sie, Officer.«

»Ich könnte mit dem für die Einwanderung zuständigen Prinzen sprechen. Wenn Sie hier investieren, wird Sie bestimmt auch Seine Majestät, unser König Taufa'ahau Tupou IV., empfangen.«

»Zu spät.« Ron lachte wieder. »Eigentlich seltsam, Officer: wohin ich komme, will man mich behalten, wenn ich Geld lockermache. Zuletzt war es auf Niué so. Um die

Wahrheit zu sagen: Ich habe ein Mädchen kennengelernt. Das schönste Mädchen, das mir je begegnet ist. Mit ihr will ich zusammenleben.«

»Dann ist sie das Paradies . . .«

»So ist es. Also, Officer, keine Chance für Tongatapu oder eine andere Insel Ihres Königreiches. Morgen, ganz früh, sind Sie mich los.«

Sie tranken zu zweit die Flasche leer. Ron brachte den Officer, der in fröhliche Stimmung geraten war, auf die Pier und wartete, bis er mit dem Jeep weggefahren war.

Vielleicht komme ich auf Ihr Angebot zurück, Officer, dachte er. Wenn man Tonu'Ata eines Tages entdeckt, werde ich um einen Daueraufenthalt im Königreich Tonga bitten und eine Stiftung machen, die König Taufa'ahau Tupou IV., selbst bestimmen soll – vorausgesetzt, die Bucht der Schwarzen Perlen ist weiterhin so ergiebig und läßt uns die Millionen aus dem Meer fischen.

Am nächsten Morgen, schon bei Sonnenaufgang, verließ Ron das noch schlafende Nuku'alofa. In den Autopiloten hatte er die Daten für Telekitonga eingegeben. Sobald er die freie See erreicht hatte und in Richtung der Ha'apai-Gruppe fuhr, ließ er das Schiff mit der Automatik laufen. Er legte sich an Deck in einen Liegestuhl unter das Sonnensegel und vertiefte sich in ein Wörterbuch der tongalesischen Sprache, das er auch bei einem Schiffsausstatter gekauft hatte. Gleich zwei Exemplare hatte er erworben, und erst als er die beiden Bücher schon bezahlt hatte, fiel ihm ein, daß Tama ja weder lesen noch schreiben konnte und mit den Buchstaben und Wörtern nichts würde anfangen können.

Stundenlang, während die Yacht, gesteuert vom Autopiloten, ruhig ihren Weg zog, lernte Ron die Sätze auswendig, die im Sprachführer als notwendige Redewendungen aufgeführt waren. Chinesisch muß einfacher sein, dachte er manchmal verzweifelt. So eine Sprache wie Tongalesisch gibt's nicht noch einmal.

Er warf das Wörterbuch neben den Klapptisch, stieg

hinunter zum Steuerstand und schaltete das Radar ein. Am äußersten oberen Rand entdeckte er das Radarbild einer Insel. Das Schiff fuhr genau auf sie zu. Es mußte also Telekitonga sein!

Ron schaltete die Programmierung des Autopiloten aus, drehte nach Westen ab und umfuhr die Insel in einem weiten Bogen. Nun kam es auf jede Meile an.

Wo ist Tonu'Ata? Wann erscheint auf dem Radarschirm wieder Land? Land in der schier unendlichen Weite des Stillen Ozeans . . . die Insel,die nur wenige kennen. Unter anderem der Händler Gilbert Descartes – und der spricht offenbar nicht darüber, um nicht die Konkurrenz aufmerksam zu machen.

Er fuhr bis zum Einbruch der Dunkelheit einen weiten Kreis um Telekitonga. Zweimal hatte er in dieser Zeit Land auf dem Radar, aber nach der Seekarte waren das die Inseln Lalona und Telekivava'u. Und noch weiter westlich lagen Kelefesia Island und Tonumea Island.

Also nach Osten! Im Westen kommst du in die ganze Inselgruppe hinein, und da kann Tonu'Ata nicht liegen. Im Osten aber ist unberührtes Meer, ist laut Karte nichts als Wasser, die atemberaubende Weite des Pazifik. Dort muß Tama'Olus Insel zu finden sein!

Die Nacht über lag die Yacht still, wie in all den vergangenen Nächten auch. Er hatte den Treibanker geworfen, die Positionslichter brannten, Backbord rot, Steuerbord grün, und am Radarmast leuchtete eine Halogenlampe.

Ron machte eine Konservendose auf, aß Hühnerbrust mit Reis, trank eine Dose des Tahiti-Bieres, das sehr gut schmeckte, denn der Braumeister kam aus Weihenstephan, der deutschen Hochburg des Bierbrauens, und suchte dann auf der Kurzwelle seines Weltempfängers einen europäischen Sender.

Plötzlich hörte er eine deutsche Stimme, sehr deutlich, wenn auch ab und zu von Knacken und Rauschen unterbrochen:

»Bonn . . .«, sagte der Sprecher: »Wie aus gutunterrichteten Kreisen verlautet, wird der Bundeskanzler in etwa drei Wochen . . .« Ron schaltete das Radio ab. Die alte Heimat – wie weit hatte er sich von ihr entfernt! Dort waren Handelsbeziehungen wichtig, Verträge und Kontrakte. Nun, ihn interessierte das alles nicht mehr – er war auf der Suche nach seinem Paradies.

Er löschte das Licht im Salon, ging ins Schlafzimmer, zog sich aus, duschte und legte sich dann nackt in das große Rundbett. Auf der linken Seite sah er sich im Spiegel und nickte sich zu.

Wenn du jetzt hier wärest, Tama'Olu, könnte ich dich und deine Zärtlichkeiten nicht nur spüren, sondern auch sehen, deinen braunen, glänzenden, geschmeidigen Körper, das Spiel deiner Muskeln und wie du auf mich gleitest.

Ich bin in deiner Nähe, mein Liebes. Vielleicht sogar ganz nah. Morgen werden wir es feststellen. Morgen suche ich dich weiter. Und du weißt ja: Wo ich bin, bist auch du. In Gedanken küsse ich dich jeden Tag, jede Nacht, umarme dich und bin glücklich, daß es dich gibt. Mein Engel, morgen oder übermorgen werden wir uns sehen, werden wir uns entgegenlaufen und umarmen. Und ich werde dich auf meine Arme nehmen und dich hinübertragen zu unserer Hütte.

Gute Nacht, Tama'Olu.

Ich bin ganz nahe bei dir . . .

Zwei lange Tage durchquerte Ron die Südsee, ohne die Insel Tonu'Ata zu finden. Einerseits war das beruhigend, denn wenn schon er, trotz Einsatzes aller technischen Möglichkeiten, die Insel nicht entdeckte, war sie auch sicher vor anderen überraschenden Besuchern. Anscheinend lag sie weit ab von den internationalen Schiffahrtswegen, und offensichtlich kam auch niemand auf die Idee, ohne festes Ziel in die blaue Weite des Pazifik hineinzufahren.

Dort, wo Tonu'Ata liegen mußte, gab es nur Wasser, und

kein Schiff geriet so weit ab vom Kurs. Es sei denn, es verirrte sich, weil alle Instrumente versagten. Das aber war sehr unwahrscheinlich.

Andererseits wurde Ron allmählich nervös und unsicher. So weit entfernt von Telekitonga kann mein Paradies nicht liegen, sagte er sich. Damals war er fünf Tage lang auf dem Ozean umhergetrieben, ehe ihn Pater Patrick mit seinem schnellen Boot gesichtet und aufgefischt hatte. Fünf Tage und vier Nächte – da kann man schon weit abtreiben, getragen von einer Strömung, die man unter sich nicht merkt.

Das Schlauchboot war damals ein Spielball der sanften Wellen gewesen, es hatte stundenlang in Strömen geregnet, und dann brannte wieder die Sonne vom Himmel und ließ das Regenwasser regelrecht verdampfen. Gemessen am Stand der Sonne, war er wohl nach Westen getrieben worden. Das war das einzige, was er damals an Richtung hatte erkennen können.

Die Strömung ... Ron studierte wieder die Detailkarte der Ha'apai-Gruppe, stach die Spitze des Navigationszirkels in die Insel Telekitonga und zog dann einen Kreis von zunächst 100 Meilen, dann 200 Meilen und 300 Meilen. Weiter konnte er nicht abgetrieben worden sein, auch bei einer starken Strömung nicht.

In den Seekarten waren zwar alle Tiefen und Untiefen eingetragen, alle Riffs und Sandbänke, aber es waren keine Strömungen eingezeichnet. Sie schienen zu gering zu sein. Und dennoch war er von Tonu'Ata so weit weggetrieben worden, daß er die Insel nun nicht mehr wiederfand.

Den ganzen nächsten Tag, ebenso den folgenden, irrte Ron kreuz und quer in dem östlichen Teil des Kreises herum, den er um Telekitonga gezogen hatte. Er steuerte jetzt von Hand, das Radar auf dem Dach kreiste unentwegt und zeigte nichts als Meer, eine leere Fläche auf dem Bildschirm. Die Digitalzahlen des Satellitenpeilers veränderten sich ständig, und immer wieder strich Ron auf der Seekarte ein Gebiet durch, daß er ergebnislos abgefahren hatte.

Am Nachmittag des dritten Tages starrte Ron wie gebannt auf den Radarschirm. Am obersten Rand der Scheibe erschien ein dünner Strich, zunächst kaum erkennbar, dann endlich als eine deutliche feste Linie zu erkennen.

Land! Land! Das war Land! Land, das auf keiner Karte eingezeichnet war! Das mußte Tonu'Ata sein ... das konnte gar nichts anderes als seine Insel sein!

Ron streichelte mit beiden Händen das Radarbild, stürzte gleich darauf hinauf an Deck, rannte nach vorn zum Bugkorb und riß die Arme hoch. Er winkte und schrie, benahm sich wie ein Schiffbrüchiger, der einen Dampfer in der Ferne erkennt. Dann legte er die Hände wie einen Trichter vor den Mund und rief: »Tama'Olu! Ich komme ... ich komme!«

Wieder zurück am Steuerstand, drosselte er die Motoren, beugte sich über die Seekarte, las vom Satellitenpeiler seine Position ab und trug sie auf der Karte ein. So markierte er die Stelle, wo Tonu'Ata liegen mußte und gab die Daten in den Autopiloten ein.

Als er die Motoren wieder auf volle Kraft gestellt hatte, machte das Schiff eine leichte Drehung nach backbord und folgte dem Befehl der Automatik. Ron rannte erneut nach oben, lehnte sich an die Wand des Deckaufbaus und suchte mit seinem starken Fernglas den Horizont ab. Was das Radar gesehen hatte, mußte jetzt auch bald für ihn sichtbar sein.

Und da war sie ... im Abenddunst wie schwebend ... die Küste, die kleine Insel im unendlichen Ozean! Grau hoben sich die Vulkanfelsen gegen den fahlen Himmel ab.

In einer halben Stunde würde der Horizont wieder aufglühen von der sinkenden Sonne, würde das Meer zuerst golden schimmern, dann rot und langsam übergehen in ein tiefes Violett. Und die großen Wolken würden brennen. Das ganze Firmament schien dann zu zerbersten in lodernden Flammen. Ein Tag starb, und es schien, als gehe die Welt unter.

Morgen sitzen wir wieder auf der Bank vor unserer Hütte

und sehen dem Sonnenuntergang zu, wie so oft, Tama'Olu. Alles wird so sein wie früher – und doch anders. Mein Schiff ist voll von den Errungenschaften der Neuzeit. Laß dich überraschen, mein Engel.

Wie immer brach die Dunkelheit nach einer kurzen Dämmerung schnell herein. Die Insel versank wieder im Meer, nur ein undeutliches Schattenbild blieb übrig.

Ron stellte die Motoren ab, warf den Treibanker aus und bereitete sich in der Pantry sein Abendessen zu. Zur Feier des Tages, denn das Auffinden von Tonu'Ata war ein Fest wert, leistete er sich eine Büchse Kalbsbrust in Gelee, erwärmte eine Dose Artischockenböden und Kartoffelpüree, machte ein Glas mit Ananasscheiben auf und holte aus einer Weinkiste einen roten Château Lascombes, Grund Cru Classé 1977.

Er wagte es nicht, jetzt in der Dunkelheit, durch die enge Einfahrt des Korallenriffs zu fahren. Trotz Scheinwerfer und elektronischem Echolot war ihm das zu riskant. Es war überhaupt zweifelhaft ob er die Yacht in der Lagune ankern konnte. Nur in der Mittc war das Wasser vier Meter tief. Zum Strand und zur Korallenbarriere hin hatte man höchstens noch zwei Meter unter dem Kiel. Bei einem Tiefgang von 1,70 Meter blieben nur noch 30 Zentimeter Wasser. Es würde eine Kunst sein, dort durchzukommen. In der Nacht war das völlig unmöglich. Ron traute sich das nicht zu.

So feierte er allein seine Rückkehr zu Tama'Olu, stieg, vom Wein schon etwas benebelt, an Deck und hob sein Glas in die Richtung, in der die Insel hinter dem Schleier der Nacht lag.

»Tama, mein Engel!« schrie er in die Dunkelheit hinein. »Wenn die Sonne in den Himmel steigt, bin ich wieder bei dir!« Dann trank er das Glas leer und schleuderte es weit ins Meer hinaus.

Natürlich verschlief er den Sonnenaufgang. Als er endlich erwachte, war es heller Tag. Gleißendes Licht lag über der See, und sein Kopf brummte gewaltig. Wenn er sich über die

Haare strich, war es, als sei jede Haarspitze elektrisch geladen.

Versoffener Hund, sagte er zu sich, stellte sich unter die kalte Dusche und blieb darunter, bis er fror. Aber dann fühlte er sich freier und wie erlöst, frottierte sich ab und ging hinauf an Deck, um sich nackt in die Sonne zu stellen. Vor ihm erhob sich Tonu'Ata aus dem Meer. Die Vulkanfelsen glänzten, am Ufer meinte er, schon die windgebogenen Palmen zu sehen und das Schimmern des weißen Strandes.

Ron holte den Schleppanker ein, zog eine seiner neuen weißen Hosen an, ein buntes Hemd mit kurzen Ärmeln, die weißen Schuhe mit der dicken, rutschfesten Sohle und stülpte sich schließlich auch noch die Mütze mit dem langen Schirm auf den Kopf.

Langsam steuerte er dann die Yacht auf die Insel zu, immer das Echolot im Blick, dessen Tiefenanzeige von Meter zu Meter niedriger wurde.

Jetzt müssen sie mich sehen, dachte er, als er endlich den weißen Strand hinter der Lagune deutlich erkennen konnte.

Ganz vorsichtig steuerte er auf die Einfahrt zu . . . noch einen Meter unter dem Kiel . . . noch fünfzig Zentimeter . . . jetzt nur noch vierzig . . . Er hielt den Atem an, als er die schmale Straße durch das Korallenriff erreichte. Nur noch dreißig Zentimeter Wasser waren jetzt unter ihm. Verdammt, dachte er, verdammt, ich schaffe es nicht! Ich muß rückwärts wieder hinaus und das Schiff vor der Barriere ankern. Das ist schlecht, wenn Wind aufkommen sollte. Himmel, was mach' ich nur?

Ron sah hinüber zum Strand und wunderte sich, daß alles wie ausgestorben wirkte. Die Auslegerboote waren hinaufgezogen, kein Mensch war am Ufer zu sehen. Wie von seinen Bewohnern verlassen lag das Dorf unter den Palmen. Nur ein paar Hunde strolchten, wie immer, zwischen den Hütten herum, spielten miteinander oder lagen im Schatten der Palmen im Sand.

Am meisten wunderte Ron sich, daß die Fischer noch

nicht auf See waren und Tama'Olus Brüder nicht mit ihren Speeren in der Lagune auf große Fische lauerten. Wären die Häuser nicht gewesen, hätte man Tonu'Ata für eine unbewohnte Insel halten können.

Irgend etwas stimmt da nicht, durchfuhr es Ron.

Er blickte hinüber zu seiner Hütte, nahm das Fernglas an die Augen und suchte das Ufer ab. Auf dem gerodeten Teil hinter seiner Hütte sah er, daß Tama'Olu die kleinen Felder mit Stecklingen bepflanzt hatte. Auch einen Hühnerstall hatte sie gebaut, ein kleines Quadrat, abgesteckt mit Pfählen aus Palmenholz und umgürtet mit Maschendraht. Deutlich sah er, daß ein paar Hühner herumliefen und Körner pickten.

Ron ließ das Fernglas sinken. Das Gefühl einer drohenden Gefahr durchrann ihn plötzlich.

Wo hatte Tama'Olu den Maschendraht her? Wer hatte die Hühner auf die Insel gebracht? Auf einer Leine trocknete Wäsche. Ein Bettuch, ein Kissenbezug, ein großer Bezug, eine weiße Tischdecke ... Ron ließ das Fernglas sinken und umklammerte das Ruder so fest, daß seine Knöchel weiß hervortraten.

Noch dreißig Zentimeter unterm Kiel! Jetzt waren es wieder vierzig ... fünfzig ... Hatte er die flachste Stelle hinter sich, ohne daß die spitzen Korallen sein Schiff aufgeschlitzt hatten?

Bettwäsche und ein Tischtuch auf Tonu'Ata ... es war nicht zu fassen! Maschendraht und Hühner. Wer war hier gewesen während seiner Abwesenheit? Gilbert Descartes, der Händler, dieser Gauner? Oder jemand anderes? War Tonu'Ata jetzt auch für die übrige Welt entdeckt? Wurde das Paradies bereits vermessen, in Karten eingetragen und verdiente damit die Bezeichnung Paradies nicht mehr? Eine weiße Tischdecke! Wer hatte Tama'Olu eingeredet, daß sie so etwas brauchte?

Ron griff nach dem Hebel, der das Nebelhorn auslöste, und drückte ihn hinunter. Dreimal ließ er den durchdringenden Sirenenton ertönen. Überall mußte man ihn hören: in den Häusern, auf den Feldern, in den Bergen. Eigentlich hätten sie jetzt zusammenlaufen müssen – die neugierigen Frauen, die Kinder. Normalerweise versammelte sich bei etwas Ungewöhnlichem das ganze Dorf am Strand. Aber nichts rührte sich.

Das Echolot warnte ihn. Ein Meter Wasser unter dem Kiel, jetzt nur noch fünfzig Zentimeter. Er war so nahe am Strand, daß er die in der Sonne glitzernden Augen der Hunde erkennen konnte. Aber kein Mensch ließ sich blicken. Alles wirkte beängstigend verlassen.

Ron drosselte den Motor, ließ die Yacht ganz langsam wieder rückwärtsgleiten und stellte die Maschinen ab, sobald er einen Meter Wasser unter dem Kiel hatte. Nun warf er den Anker, der sich dumpf in den Korallenboden bohrte, ein Laut, der ihm in den Ohren weh tat.

Eine unheimliche Angst ergriff ihn. Er nahm sich gar nicht erst die Zeit, das Beiboot klarzumachen, sondern stieg über Bord und ließ sich ins Wasser hinab. Es reichte ihm bis zur Brust. Die neue Hose, das neue Hemd, die schönen Schuhe waren verdorben.

Der große Auftritt, wie ihn Ron geplant hatte, fiel buchstäblich ins Wasser, und statt des eleganten Mannes, zu dem die Yacht gepaßt hätte, watete Ron ans Ufer, bis zur Brust durchnäßt und mit einem verzweifelten Gesichtsausdruck.

Die Hunde, die ihn am Strand empfingen, bellten nicht. Es schien, als würden sie ihn wiedererkennen. Sie beschnüffelten ihn, wedelten mit ihren Peitschenschwänzen und rieben ihr fahlbraunes Fell an seinen nassen Hosenbeinen.

Und wieder war es wie vor Monaten, als Fata'hefi Tapana dem Dorf verkündet hatte, daß seine Tochter Tama'Olu bei dem weißen Mann einziehen würde, weil sie ihn liebte: Plötzlich erklang der eintönige, rhythmische Gesang, begleitet vom hohlen Gedröhn zweier Baumtrommeln. Nur kam die Musik nicht von der Lichtung im Wald, wo die Götterbilder standen und der Medizinmann um die Götzen tanzte, sondern aus dem Dorf, gedämpfter und so, als finde das Fest in einem der Häuser statt

Ron hob die Schultern und schloß für einen Moment die Augen. Er hatte eine entsetzliche Vision: Im großen Haus von Tapana saß das ganze Dorf auf dem Boden und sang, und in der Mitte stand Tama'Olu in ihrem roten Wickelkleid, über und über mit Blüten geschmückt, hielt die Hand eines Mannes umfaßt und lächelte und war offenbar sehr glücklich. Um sie herum lagen die Geschenke – Körbe voll Obst, eine kleine Ziege mit zusammengebundenen Beinen, ein Ferkelchen in einem Käfig aus Holzstäben, Speere und Netze und eine lange Reuse. Tama'Olus Eltern, die drei Brüder und die Schwester, den vor vier Wochen geborenen Säugling an der Brust, klatschten vor Begeisterung in die Hände.

Ein Festtag für das ganze Dorf! Freude auf Tonu'Ata!

Tama'Olu ist die Frau von Vaimalo geworden!

Hochzeit wird gefeiert. In den Erdöfen gart schon das Gemüse, bruzzelt das Fleisch, dampfen die Früchte.

Ron riß die Augen wieder auf, als käme er aus einer Art Trance wieder in die Wirklichkeit zurück.

Mit weit ausgreifenden Schritten rannte er ins Dorf, und ihm wurde klar, daß der Gesang und das Trommeldröhnen tatsächlich aus Tapanas' großem Haus kamen.

Sein Herz zog sich schmerzhaft zusammen. Nein, begehrte er auf, nein, Tama'Olu, das kannst du doch nicht tun! Ich bin ja zurückgekommen! Ich bin hier, du gehörst mir, mir ganz allein . . . Mein Engel, du kannst doch gar keinen anderen Mann lieben als mich! Wir gehören zusammen, wie noch nie zwei Menschen zusammengehört haben! Tama'Olu, du kannst doch keinen anderen Mann heiraten! Tama . . .

Er stürzte auf Tapanas Haus zu, riß die Tür auf und fiel fast, vom eigenen Schwung mitgerissen, in den großen, halbdunklen Raum Dumpfer Trommelwirbel schlug ihm entgegen, der Gesang war wie eine Wand, die er erst einmal durchbrechen mußte.

Und dann sah er es: Nicht Tama'Olu stand in der Mitte

des großen Menschenkreises, sondern Tapana lag langgestreckt auf einer bemalten Matte, mit bloßem Oberkörper, die Augen geschlossen. Der Medizinmann rieb den Leib des Stammesfürsten mit einem öligen und stinkenden Brei ein.

Niemand blickte auf, als Ron den halbdunklen Raum betrat, niemand schien ihn überhaupt wahrzunehmen. Wie hypnotisiert wiegten sich alle im Rhythmus der Baumtrommeln, die meisten mit geschlossenen Augen.

Nur Tama'Olu starrte mit großen dunklen Augen auf Ron, als sähe sie einen Geist. Sie legte die Hände flach auf ihre Brust und neigte den Kopf. Ihr langes schwarzes Haar fiel über ihr Gesicht und verdeckte es.

Willkommen, Ovaku. Du bist wirklich zurückgekehrt. Wir alle haben nicht daran geglaubt, auch ich nicht. Ja, ich weine, weine vor Glück und weine vor Kummer und Angst. Der Tod wartet mitten unter uns . . .

Ron bahnte sich einen Weg durch den Menschenkreis. Da sie eng nebeneinandersaßen und in ihrem Trancezustand nicht Platz machten, stieg er einfach über die Eingeborenen hinweg, ging zu dem regungslos daliegenden Tapana und kniete sich neben ihn.

Der Medizinmann unterbrach die Einreibung mit dem stinkenden Brei und starrte Ron böse an. Sein Kopfputz aus bunten Vogelfedern war verrutscht, Schweiß lief über sein zerfurchtes, asketisches Gesicht.

»Ovaku«, stammelte Tama'Olu mit einer ganz fremden, kindlichen Stimme. »Endlich bist du wieder da. Sieh nur, unser Vater stirbt.«

»Mein Engel, ich bin so glücklich, daß du auf mich gewartet hast! Als ich die Trommeln hörte und den Gesang . . . es war fürchterlich, woran was ich da gedacht habe!«

»Er stirbt . . .«, schluchzte Tama. Sie schien Rons Worte gar nicht gehört zu haben.

Ron schüttelte den Kopf und beugte sich über Tapana. Er legte die Hand auf die Stirn des Kranken – und erschrak. Das Fieber war hoch, Tapanas Stirn fühlte sich an, als lodere dahinter ein Feuer. Ron schob die Lider hoch und sah, daß Tapanas Augen in Fieber glänzten. Aber sie waren noch nicht nach oben gedreht.

Der Medizinmann stieß einen zornigen Laut aus und setzte die Einreibung des Leibes fort.

Ron hielt seine Hand fest, und wieder stieß der Medizinman einen wütenden Schrei aus. Er versuchte Rons Hand abzuschütteln – vergebens. Erst als der Medizinmann drei Schritte zurückwich, ließ Ron ihn los. Vorsichtig tastete er dann den Bauch des Stammesfürsten ab. Der Leib war leicht aufgetrieben, aber steinhart. Als Ron vorsichtig drückte, verzog sich schmerzhaft das Gesicht des Kranken. Der Schmerz war so groß, daß er den Mund aufriß und laut aufstöhnte.

Das muß der Blinddarm sein, dachte Ron erschrocken. Ein durchgebrochener Blinddarm! Daher der harte, aufgetriebene Leib. Tapana muß sofort operiert werden! Sofort . . .

Operieren? Wo und durch wen? Plötzlich erkannte Ron mit schmerzhafter Deutlichkeit, daß es Paradiese nur für Gesunde gibt. Eine Lungenentzündung, ein Gallenstein, ein Herzinfarkt oder eben ein Blinddarm . . . das war im Paradies ein Todesurteil. Sobald der Körper sich nicht mehr selbst helfen konnte, war der Mensch verloren. Da halfen auch nicht die Salben eines Medizinmannes. Einen durchgebrochenen Blinddarm kann man nicht mit zerstampften Kräutern heilen.

»Wie lange hat er das schon?« fragte Ron und stieß den Medizinmann, der sich wieder über Tapana beugen wollte, zur Seite.

»Drei Tage, Ovaku«, sagte Tama'Olu leise.

Die Trommeln schwiegen jetzt, der eintönige Gesang, der wie eine Hypnose wirkte, war verstummt.

Ron blickte Tapana in das verzerrte Gesicht.

Drei Tage schon? Wie mußte es in Tapanas Bauchhöhle aussehen, in die der Eiter geflossen war und eine Bauchfellentzündung ausgelöst hatte! Welche Schmerzen ertrug Tapana ohne einen Klagelaut, ohne Stöhnen oder Wimmern!

Das Paradies ... Ein Mensch stirbt an einem geplatzen Blinddarm, weil niemand die Insel kennt. Weil der nächste Arzt Hunderte von Meilen entfernt ist, weil es keine Möglichkeit gibt, ihn zu rufen.

Keine Möglichkeit? Natürlich gab es eine Möglichkeit und die Hoffnung, gehört zu werden!

Das Schiff ... der Sender an Bord ... der Sprechfunk über Kurzwelle oder Satellit. Das konnte die Rettung sein! Das war die Rettung, wenn Tapana so lange durchhielt!

Ron sprang auf, sprang wieder über die Köpfe der Sitzenden hinweg und rannte zur Tür. Tama'Olu sah ihm schweigend nach und zuckte zusammen, als sie von der Tür seine Stimme hörte.

»Er soll ihn nicht mehr einreiben, Tama, sag das deinem Zauberer. Er darf den Bauch nicht mehr berühren – und schon gar nicht darauf drücken. Wenn er das tut, stirbt dein Vater bestimmt. Ich versuche, Hilfe zu holen!«

»Woher Hilfe?« schrie sie zu ihm zurück.

»Über das Funkgerät.«

»Was ist Funkgerät?«

Ron verzichtete in dieser Situation auf eine Erklärung, hetzte durch das Dorf zum Strand, watete zur Yacht zurück und kletterte über die Strickleiter an Bord.

Mit zitternden Händen stellte er das Funkgerät an, suchte in der Tabelle »Süd-Pazifik« einen gemeldeten Teilnehmer und atmete auf, als er unter »Pangai« drei Frequenzen fand: die Polizei, den Airport und das Krankenhaus. Bei allen stand auch eine Telefonnummer dahinter.

Er schaltete den Kurzwellensender wieder aus und riß das Funktelefon an sich. Das war einfacher. Dank der modernen Technik konnte man heutzutage drahtlos telefonieren. In diesem Augenblick verzieh Ron vieles, was der menschliche Fortschritt bereits zerstört hatte. Auch die überkonstruierte Technik kann ein Segen sein.

Er tippte die Rufnummer ein und wartete ungeduldig.

Warum meldet sich denn niemand? Wozu haben sie Telefon, wenn kein Mensch drangeht? Eine Schlamperei ist das! Sitzen sicher beim Frühstück und quatschen herum, das kennt man ja! Aber er erschrak dann doch, als eine tiefe Stimme plötzlich sagte:

»Hier Hospital König Taufa'ahau Tupou.«

Ron atmete zweimal tief durch, umklammerte den Hörer und schrie dann, als müsse er die Hunderte von Meilen bis Pangai mit seinem Ruf überbrücken:

»Ich brauche einen Arzt! Ich brauche sofort einen Arzt . . .«

11

Der Mann in der Telefonzentrale des Krankenhauses schien solche Anrufe gewöhnt zu sein, er war nicht aus der Ruhe zu bringen. Höflich, aber bestimmt erwiderte er:

»Wenn Sie einen Arzt brauchen, sehen Sie im Telefonverzeichnis nach. Wir nehmen nur stationäre Fälle auf, und das auch nur nach Einweisung durch einen Arzt.«

»So klug bin ich auch!« schrie Ron. »Ich brauche einen Chirurgen! Es handelt sich wahrscheinlich um einen durchgebrochenen Blinddarm.«

»Was heißt wahrscheinlich? Das muß erst ein Arzt feststellen. Und dann muß der Patient sofort zu uns.«

»Eben das geht nicht. Ein Arzt muß zu uns kommen.«

»Von wo rufen Sie an?«

»Von einer Insel. Einige hundert Meilen weit entfernt. Östlich von Telekitonga.«

»Du meine Güte!« Die tiefe Stimme wurde etwas hektischer. Ron hörte das Umblättern von Seiten, anscheinend suchte der Mann die Gebietskarte des kleinen Archipels, genau südlich von Pangai. Endlich schien er es gefunden zu haben. »Östlich von Telekitonga gibt es keine Insel mehr«, sagte er dann gedehnt.

»Das weiß ich!«

»Wo sind Sie also?«

»Auf Tonu'Ata.«

»Gibt es nicht.« Wieder hörte Ron, daß der Mann in den Karten blätterte. »Hat die Insel noch einen anderen Namen? Etwa Telekivava'u?«

»Nein. Tonu'Ata.« Ron blickte auf die Position, die er über die Satellitenpeilung abgerufen hatte, und gab die Daten durch. Der Mann am Telefon konnte damit nichts anfangen, er saß in der Aufnahme des Hospitals und war kein Seemann, aber er notierte die Angaben.

»Und was nun?« fragte er, etwas verwirrt durch die nicht alltägliche Situation.

»Das frage ich Sie! Es geht um Stunden! Ein Chirurg muß zu uns rauskommen. Der Kranke muß sofort operiert werden.«

»Das ist ein Problem, Sir.«

»Ich weiß! Deshalb rufe ich Sie ja an.«

»Das muß die Hospitalleitung entscheiden. Ich verständige sie sofort. Kann ich Sie erreichen?«

»Ja.« Ron nannte die Nummer seines Funktelefons. Der Mann in Pangai wanderte sich.

»Sie haben Telefon auf der Insel, Sir? Gibt es denn da elektrischen Strom?«

»Ich rufe von meiner Yacht aus an. Ich liege vor Tonu'Ata.«

»Aha!« Die dunkle Stimme klang jetzt ziemlich ungläubig. »Ich rufe in spätestens zehn Minuten zurück, Sir«, sagte der Mann dennoch.

»Ich warte.«

Es dauerte keine sieben Minuten, da surrte Rons Telefon. Er riß den Hörer ans Ohr und merkte dabei, wie sehr seine Hand zitterte. In Pangai war nicht mehr der Telefonist am Apparat, sondern eine hellere, sehr forsche Stimme.

»Hier Dr. Rudeck. Was für ein Problem haben Sie?«

»Mein Gott, das habe ich doch schon alles gesagt! Es geht um einen durchgebrochenen Blinddarm ...«

»Bei Ihnen?«

»Könnte ich dann noch so sachlich mit Ihnen sprechen?«

»Es gibt Sterbenskranke, die sehen sich im Fernsehen noch eine Hollywood-Show an!« Dr. Rudeck schien auf eine Notiz zu blicken. »Sie liegen also vor einer Insel, die es offiziell nicht gibt. Sind die Positionsangaben genau?«

»Das müssen Sie meinen Satellitenpeiler fragen. Himmel noch mal, wir reden und reden, und der Kranke liegt im Sterben und wird von einem Medizinmann mit einem stinkenden Brei eingerieben.«

Nicht der Blinddarm, wohl aber die Tätigkeit des Medizinmannes schien Dr. Rudeck zu alarmieren.

»Was sagen Sie da?« rief er. »So ein Dreckskerl fummelt da herum? Vielleicht war's sogar er, der den Blinddarm durchmassiert hat! Und jetzt haben wir die Sauerei mit allen Ergüssen und Verklebungen. Wir haben hier einen Hubschrauber zur Verfügung. Ich könnte in drei oder vier Stunden bei Ihnen sein, wenn Ihre Angaben exakt stimmen.

»Sie sind exakt, Doktor, glauben Sie mir. Fliegen Sie allein?«

»Nein, der Pilot ist noch dabei. Er ist ausgebildeter Krankenpfleger und hat schon viele Noteinsätze hinter sich. Wir können in einer halben Stunde starten.«

»Bitte, beeilen Sie sich, Doktor.«

»Und wer bezahlt das alles, Operation, Flug, Medikamente ...«

»Ich!« brüllte Ron ins Telefon. Er zitterte vor Aufregung und Zorn. »Ist das jetzt so wichtig?«

»Immer! Die Kostenfrage steht am Anfang. Allein der Flug ...«

»Haben Sie schon mal was von Humanität gehört!« brüllte Ron.

»Genug. Aber auch Humanität kostet Geld und ist nicht umsonst. Bis in gut drei Stunden.«

Dr. Rudeck legte auf, bevor Ron ihn noch einmal anschreien konnte.

»Das habe ich gern«, sagte der Arzt zu dem neben ihm stehenden Mann mit der tiefen Stimme. Es war ein Mischling mit einem weißen Vater und einer polynesischen Mutter. »Ein reicher, kapitalistischer Stinksack! Sitzt da fett und selbstbewußt auf seiner Yacht und glaubt, seine Millionen imponierten der ganzen Welt. Nun, ich werde den Kerl ja kennenlernen und in die richtige Ecke stoßen!«

Schon zwanzig Minuten später erhob sich der Hubschrauber in den wolkenlosen blauen Himmel. Der Pilot starrte angestrengt auf seine Flugkarte, die in einem Lederrahmen vor ihm lag.

»Doktor, da ist doch nichts«, sagte er kopfschüttelnd. »Die Angaben müssen falsch sein. Wir fliegen in den Pazifik hinein. Da gibt es nichts als Wasser.«

»Warten wir es ab. Ich bin jedenfalls auf Überraschungen eingestellt.« Dr. Rudeck lehnte sich in den Gurten zurück und blickte auf die Inselgruppen, die sie jetzt überflogen. Kleine, unbewohnte Eilande. Grüne Punkte mit weißem Rand inmitten des blauen Ozeans. Traumstrände . . . aber wer will in dieser Einsamkeit träumen? Ohne Trinkwasser, ohne Licht, als einziger Mensch unter windgebeugten Palmen. Nur ein Spinner.

Wir werden auf jeden Fall zu spät kommen, dachte Dr. Rudeck. Ein geplatzter Blinddarm, der so lange unbehandelt herumliegt und auch noch von einem Medizinmann versaut wird – da kommt mit Sicherheit jede ärztliche Hilfe zu spät. Aber die Insel interessiert mich. Diese Insel, die es gar nicht gibt auf der Karte . . .

Tapana lag noch immer auf der Erde, als Ron in das Haus des Stammesfürsten zurückkehrte. Der Kranke hatte seine Haltung nicht verändert, nur sein Atem ging hastiger und stoßweise. Die schrecklichen Schmerzen, die er haben mußte, zeigte er nicht, nur die wellenartigen Erschütterungen seines Körpers ließen ahnen, was er an Qualen erlitt.

Jetzt wandten sich alle Dorfbewohner Ron zu. Man rückte zusammen, machte ihm eine Gasse in den Kreis frei und schwieg. Kein Trommeln, kein Gesang mehr, der alle in eine Art Trance versetzte. Selbst der Medizinmann hockte tatenlos neben Tapana und starrte Ron mit bösen Blicken an. Tama'Olu hatte ihm verboten, ihren Vater weiter einzureiben, so wie es Ron ihr zugerufen hatte.

Triefend von Meerwasser kniete sich Ron wieder neben Tapana und hob erneut seine Lider. Der vor Fieber glänzende, starre Blick erschütterte ihn. Noch drei Stunden, dachte er. Oder auch vier ... welch unendlich lange Zeit! In vier Stunden kann alles vorbei sein, wird dieser arrogante Dr. Rudeck zu spät kommen.

»Ein Arzt kommt«, wandte er sich mit leiser, gepreßt klingender Stimme an Tama'Olu, die ihn stumm und flehend ansah. »Mit einem Hubschrauber. Er ist schon unterwegs.«

»Was ist ein Hubschrauber, Ovaku?«

»Das wirst du nachher sehen. Ein kleines Flugzeug, das aussieht wie ein riesiges Insekt.«

»Und was wird der weiße Medizinmann tun?«

»Er wird deinen Vater operieren. Ja, was ist operieren? Er wird Fatahefi den Bauch aufschneiden und die Krankheit herausholen.«

Tama'Olu starrte ihn mit Entsetzen an, schlug dann beide Hände vors Gesicht und weinte wieder.

Drei Stunden sind wirklich eine Ewigkeit, wenn man wartet und einen Sterbenden vor sich hat, dem man nicht beistehen kann. Drei Stunden in der verzweifelten Hoffnung, doch noch etwas retten zu können. Drei Stunden, die nie enden wollen.

Und plötzlich war es da ... das helle Knattern in der Luft, erst weit entfernt, dann schnell näher kommend Ron sprang auf und rannte hinaus an den Strand.

Über der Insel kreiste jetzt der Hubschrauber, flog zu den Lavafelsen, kehrte um und ging tiefer.

Ron winkte mit beiden Armen und zeigte auf den Strand in der Nähe seiner Hütte. Er war breit genug, daß man darauf landen konnte, zumal ein Hubschrauber ja kaum Platz benötigt bei der Landung, er kann senkrecht auf den Punkt niedergehen.

»Das ist ja unglaublich«, sagte der Pilot in diesem Augenblick. »Eine bewohnte Insel, die keiner kennt. So etwas gibt es noch? Das glaubt uns kein Mensch.«

»Doch.« Dr. Rudeck verzog den Mund. »Das Finanzamt. Keine Insel ist so einsam, daß sie keine Steuernummer hat.«

»Und da liegt die Yacht in der Lagune.« Der Pilot zeigte hinunter. »Ein tolles Schiff! Und der Kerl, dem es gehört, muß was vom Navigieren verstehen. Durch diesen kleinen Durchgang im Korallenriff zu fahren . . . das ist schon 'ne Kunst.«

»Da unten steht er und winkt. Wir sollen da landen.«

»Es ist kein dicker, fetter Millionär, wie Sie annahmen, Doktor. Der Typ da unten sieht ganz schön durchtrainiert aus.«

»Reicher Sohn eines reichen Vaters, der mit Papas Yacht auf Entdeckungsreise gegangen ist und tatsächlich eine unbekannte Insel gefunden hat.« Dr. Rudeck starrte hinunter auf Ron, der immer wieder winkte und auf das Strandstück zeigte. Aus dem Dorf kamen jetzt drei halbnackte braune Männer herbeigerannt. Sie waren mit Speeren bewaffnet und stellten sich neben den Weißen Tama'Olus Brüder.

»Sieht aus, als wollten sie uns fressen«, kommentierte Dr. Rudeck spöttisch. »Jack, außer dem Operationsbesteck nehmen wir auch jeder eine Pistole mit. Die Wilden da unten haben bestimmt noch keinen aufgeschnittenen Bauch gesehen und könnten durchdrehen.«

Der Hubschrauber flog noch eine Schleife über die Lagune, ging dann hinunter, schwebte, auf der Stelle stehend, über dem Strand und setzte dann zur Landung an.

Der feine Sand stob nach allen Seiten davon und hüllte dir Maschine ein. Erst als die Rotorblätter langsamer wurden und dann stillstanden, nahm Ron beide Hände vom Gesicht. Hinter ihm standen die drei Brüder Tama'Olus, auf ihre Speere gestützt, und wirkten, als habe der aufgewirbelte Korallensand sie gar nicht berührt.

Ron lief zu dem Hubschrauber und erreichte ihn in dem Moment, als Dr. Rudeck die Tür der Glaskanzel öffnete und in den Sand sprang.

»Dr. Rudeck«, sagte er, als stelle er sich auf einer Party vor. »Sie haben mich gerufen?«

»Ron Edwards. Gott sei Dank sind Sie da! Der Kranke lebt noch . . . Noch!«

Dr. Rudeck zeigte mit dem Daumen zur Yacht hinüber. »Ein Mitglied Ihrer Reisegesellschaft?«

»Nein. Ein Eingeborener. Der Häuptling dieser Insel und – mein Schwiegervater.«

Dr. Rudeck zog die Augenbrauen hoch und schob die Unterlippe vor. »Sie haben eine Polynesierin geheiratet?«

»Eine Tongalesin.«

»Das ist für mich dasselbe.«

»Spielt das in der jetzigen Situation überhaupt eine Rolle?« Mittlerweile war auch der Pilot ausgestiegen und blickte kritisch zu den drei großen, muskulösen Eingeborenen hinüber.

»Das ist Jack Willmore, Pilot und mein Assistent. Vor allem ein guter Anästhesist – das ist wichtig.«

»Und Sie sind Chirurg, Doktor?«

»Unter anderem . . . Auf Pangai muß ein Arzt alles können. Hier herrschen andere Bedingungen als in den USA, wo einer nur die Hand, der andere nur die Füße operiert. So eine extreme Spezialisierung wäre sinnlos bei uns. Von der hartnäckigen Verstopfung bis zur Mama-Amputation oder einer Magenresektion müssen wir alles beherrschen.« Dr. Rudeck blickte sich um. »Wo liegt der Kranke? Und die drei Knaben da . . . erklären Sie ihnen bitte, daß ich ihrem

Häuptling den Bauch aufschneiden muß. Und wenn er trotzdem stirbt, habe nicht ich ihn umgebracht, sondern der geplatzte Blinddarm.«

»Sie wissen es bereits.«

»Und stehen deshalb mit den Speeren bereit.«

»Sie sind mit dieser Waffe aufgewachsen. Damit jagen und fischen sie, der Speer gehört zu ihrem Leben. Davon trennen sie sich nie. Aber warum reden wir bloß so unwichtiges Zeug? Sie müssen handeln, Doktor!«

»Was ich muß, weiß ich allein und ohne Ihren Hinweis.« Das klang hochmütig und aggressiv. »Jack, hol alles, was wir benötigen, aus der Maschine und warte hier. Vielleicht brauchen wir gar nichts auszupacken, wenn der Patient bereits moribund ist.«

»Können Sie mir das übersetzen, Doktor?«

»Wenn er im Sterben liegt.« Dr. Rudeck sprach das Wort aus wie andere, Hallo, sagen. »Medizinische Wunder gibt es nicht. Jedenfalls nicht hier bei uns. Na, dann wollen wir mal.«

Ron ging voraus, Dr. Rudeck kam ihm nach, und dem Arzt wiederum folgten lautlos Tama'Olus Brüder mit ihren Speeren.

Dr. Rudeck spürte ein unangenehmes Kribbeln im Nakken, seine Muskeln spannten sich. Was nützt mir die Pistole in der Tasche, wenn die Angreifer von hinten kommen? dachte er. Aber dann sagte er sich, daß man eine Kuh, die Milch gibt, nicht schlachtet. Und ihn hatte man schließlich gerufen, um zu helfen, und nicht, um ihn abzustechen. Nur – wie sah seine Lage aus, wenn ihm der Häuptling unter den Händen starb?

Im Dorf rührte sich noch immer nichts. Alle Bewohner saßen im Kreis um Tapana und warteten auf den weißen Zauberer, der mehr können sollte als Nomuka'ha, der mit den Göttern sprechen konnte. Nomuka'ha, der zuletzt selbst den Hurrikan zum Weiterziehen veranlaßt hatte, nachdem der Sturm das Meer aufgewühlt und die halbe Insel überschwemmt hatte. Gab es jemanden, der mächtiger war als Nomuka'ha?

Dr. Rudeck und Ron betraten das große Haus des Stammesfürsten. Alle Köpfe flogen zu ihnen herum. Der Medizinmann, der neben dem Kranken gehockt hatte, erhob sich und starrte den weißen Konkurrenten haßerfüllt an. Neben Tama'Olu hockte nun auch ihre Schwester auf der Erde. Ihr Baby hielt sie fest an die Brust gedrückt. Rudeck blieb außerhalb des Kreises stehen.

»Ein Kind haben Sie auch schon?« fragte er mit mokantem Lächeln.

»Nein. Das ist meine Schwägerin.«

»Dann ist Ihre Frau die andere schwarzmähnige Schönheit?«

»Ja.«

»Gratuliere.«

»Fangen Sie endlich an, Doktor!«

Dr. Rutleck betrat den Kreis, beugte sich über Tapana und tastete ganz kurz dessen harten und aufgetriebenen Leib ab. Dann legte er ihm die Hand auf die Stirn und fühlte ihm anschließend den Puls.

»Fieber mindestens 40 Grad. Puls sehr schwach. Leib hart und deutlich aufgetrieben . . . Sie hatten mir Ihrer Diagnose recht, Ron. Wie lange geht das schon?«

»Drei Tage.«

»Das sind drei Tage zuviel. Der Mann hätte sofort operiert werden müssen. Übrigens – dazu brauche ich einen Tisch! Wo gibt es hier einen Tisch? Ich kann den Bauch nicht auf der Erde öffnen. Und dann dieses Licht!«

»In einem Vierteljahr sieht es hier anders aus, Doktor. Da haben wir ein kleines Elektrowerk, eine Funkstation – es liegt alles noch verpackt auf dem Schiff.«

»Aha! Sie bringen also die Segnungen der Zivilisation auf diese verlorene Insel. Ob das die Insulaner glücklicher macht? Mit dem Eintritt in die Neuzeit wachsen auch ihre Ansprüche. Und wenn sie dann auch noch Alkohol kennenlernen, gibt's bald Mord und Totschlag im Paradies. – Verdammt, ich brauche einen Tisch!«

»Kommen Sie mit zu mir, ich habe einen«, sagte Ron wütend. »Wenn Sie so flott operieren, wie Sie reden können, ist ein Nobelpreisträger der Medizin an Ihnen verlorengegangen.«

»Danke.« Dr. Rudeck sah Ron hochmütig an. »Ich werde mich revanchieren.«

»Aber erst operieren.«

»Auf zu Ihrer Hütte!«

Ron sagte ein paar Sätze auf tongalesisch zu den drei Söhnen Tapanas. Er hatte Mühe, die einzelnen Wörter richtig zusammenzusetzen, aber die Männer verstanden ihn doch. Nur der Medizinmann protestierte, hüpfte um Tapana herum und rasselte mit einer großen ausgehöhlten Kokosnuß, in die er kleine Kieselsteine geworfen hatte.

Dr. Rudeck schüttelte den Kopf. »Was will der Clown?« fragte er spöttisch.

»Er sagt, wenn Tapana die Hütte verläßt, fallen ihn die bösen Geister an. Er wird dann sterben. Hier im Hause hab er alle Geister verjagt.«

»Und alle glauben das, was? Sterben ... Ob er das muß, werde ich sehen, wenn ich in seinen Bauch hineingeblickt habe. Übrigens: Sie sprechen Tongalesisch?«

»Ein wenig. Sie nicht?«

»Bin ich ein Masochist? Das tue ich mir nicht an! Diese Wahnsinnssprache! Wer zu mir kommt und mit mir redet, soll gefälligst Englisch sprechen. So halte ich es auch im Hospital.«

Er verließ die Hütte und sah beim Hinausgehen noch, wie die drei Söhne und drei andere Männer des Dorfes den leise aufstöhnenden Tapana vorsichtig von der Erde hochhoben. Der Medizinmann stieß kurze, helle, spitze Schreie aus und strich mit einem Federwisch über Tapanas Leib. Aber niemand kümmerte sich mehr um ihn.

In Rons Hütte sah sich Dr. Rudeck erstaunt um. Mit den

geringen Möglichkeiten, die Tama'Olu zur Verfügung standen, hatte sie den Raum wohnlich eingerichtet. Alles war sauber und ordentlich.

»Ich habe das Haus nicht gebaut«, erklärte ihm Ron knapp. »Alles, was Sie hier sehen, stammt von Pater Emanuel Richards. Er wollte die Insel missionieren.«

»Und da haben ihn die guten Leute erschlagen, was?«

»Nein, er starb an Herzschwäche.«

»Kein gesundes Klima auf der Insel, glaube ich.« Dr. Rudeck fiel wieder in seinen aggressiven Sarkasmus. »Passen Sie auf sich auf, Ron. Ihnen kann das gleiche passieren. Bei so einer hübschen Frau muß man vorsichtig sein. Wir Weißen sind deren Anforderungen im Bett nicht gewachsen. Die Naturvölker machen uns da in puncto Ausdauer noch was vor ...«

Er ging zu dem massiven Tisch, rüttelte an ihm und nickte zufrieden. »Darauf kann man einen Wal operieren. Und Licht haben wir selbst mitgebracht. Batteriescheinwerfer mit Gestellen. Was ich brauche, ist heißes Wasser, mehr nicht.«

»Meine Frau hat immer einen Kessel mit heißem Wasser auf der Feuerstelle.«

»Eine Feuerstelle! Wie romantisch! Aber, wie Sie schon sagten, in einem Vierteljahr steht hier ein Elektroherd. Und knips – das Licht ist da. Kommen Sie, Ron, helfen Sie schleppen. Es gibt allerhand zu tragen, Sie werden sich wundern, was ich alles an Bord habe!«

Sie gingen hinaus und hinüber zu dem Hubschrauber, an dem Jack Willmore wartete. Vom Dorf näherte sich ein langer Zug. Vorneweg trugen die sechs Männer den ausgestreckten Körper Tapanas auf ihren Schultern, ihnen folgten Tama'Olu, ihre Schwester und ihre Mutter. Schweigend schritten alle Dorfbewohner hinterher, sogar die Kinder, soweit sie laufen konnten. Die ganze Kleinen wurden von ihren Müttern getragen. Vor Tapana und seinen sechs Trägern aber tanzte der Medizinmann durch den Korallensand, klapperte mit der steingefüllten Kokosnuß, fuchtelte mit dem Federwisch durch die Luft und vertrieb die bösen Geister, die hier überall lauerten.

»Von denen kommt mir keiner in Ihr Haus, Ron!« sagte Dr. Rudeck herrisch. »Nur Sie, Jack und ihre Frau. Vor allem nicht die drei Speerwedler. Sie machen mich nervös.«

Zweimal mußten sie zu dritt zum Hubschrauber und zurück laufen, ehe alle Gegenstände ausgeladen und in die Hütte gebracht waren. Erstaunt und im Innern Abbitte leistend, sah Ron, daß Dr. Rudeck sogar einen Galgen für eine Infusion mitgebracht hatte, eine Stahlflasche mit reinem Sauerstoff und eine Atemmaske, ein tragbares EKG, Plastikeimer und eine Kiste mit Infusionsflaschen.

In einem stabilen Koffer mußten die chirurgischen Instrumente liegen, in einem anderen die Medikamente, Spritzen, Tupfer, Ampullen und das Verbandsmaterial. Schwer zu schleppen hatten sie auch an den gewichtigen Batterien und den Scheinwerfern. Als alles in der Hütte abgelegt war, sagte Ron schwer atmend: »Das machen Sie wohl öfter, Doktor? Das ist ja ein komplett fliegender OP!«

»Was glauben Sie, wohin ich überall gerufen werde! Dieser Hubschrauber steht immer einsatzbereit.«

»Das erinnert mich an die Flying doctors im Outback von Australien. Ich habe diese Ärzte sehr bewundert.«

»Ich kenne die Arbeit dort.« Dr. Rudeck breitete eine Gummidecke über den Tisch. »Ich habe bei diesen Kollegen mein Praktikum gemacht und bin vier Jahre geblieben.«

Und wieder tat Ron innerlich Abbitte. Er ist ein grober Klotz, dachte er, ein Zyniker. Ein auf den ersten Blick geradezu widerlicher Kerl . . . aber als Arzt muß er hervorragend sein. Wer im australischen Outback gearbeitet hat, den dürfte nichts mehr erschüttern.

»Herein mit dem Häuptling!« sagte Dr. Rudeck forsch.

Jack Willmore baute die Scheinwerfer zusammen und schloß das EKG an die Batterieren an, die sich vor dem Bett reihten. Die Sauerstoffflasche stand schon auf dem Tisch – dort, wo Tapanas Kopf liegen sollte.

Die sechs Männer trugen Tapana herein und legten ihn ganz vorsichtig auf das Gummituch. In der Tür erschien der Medizinmann mit seinem Federbusch und der Klapper.

»Raus!« brüllte Dr. Rudeck. »Wenn ich den Kerl noch mal sehe, bekommt er einen Tritt gegen die Brust, daß die Rippen krachen! Raus! Alle raus!«

Die Männer verließen die Hütte. Dafür kam Tama'Olu herein und streichelte ihrem Vater über das schweißnasse, fieberheiße Gesicht.

»Kann Ihre Frau Englisch?«

»Ja. Genug jedenfalls, um Sie zu verstehen.«

Dr. Rudeck wandte sich an Tama'Olu. »Schöne Frau, ich brauche heißes Wasser. Einen Kübel voll. Ron, auch Sie können helfen. Packen Sie den Instrumentenkoffer aus, und legen Sie alles auf ein steriles Tuch rechts neben mir auf den Tisch.«

Dr. Rudeck ging zu einer Plastikschüssel, die Jack Willmore mit einer antiseptischen Lösung gefüllt hatte, und tauchte die Hände hinein.

Tama'Olu kam mit einem Eimer dampfenden Wassers zurück und schüttete es in eine andere Schüssel. Dr. Rudeck seifte seine Hände und Unterarme ein, spülte den Seifenschaum dann ab und ging zurück zu der Schüssel mit der Lösung.

»Wo haben Sie die Gummihandschuhe?« fragte Ron. Er stellte sich neben Dr. Rudeck und tauchte seine Hände ebenfalls in die Lösung. Der Arzt sah ihn verwundert an.

»Was verstehen Sie denn davon?« fragte er.

»Ich habe mal einen Lehrgang beim Roten Kreuz mitgemacht. Erste Hilfe.«

»Na, sieh an! Wenigstens etwas. Damit können Sie jetzt allerdings nur wenig anfangen. Aber trotzdem – Sie werden mir gemeinsam mit Jack assistieren. Und ich habe bis eben gedacht, Sie seien das Söhnchen eines reichen Vaters, zögen als Playboy durch die Welt, gönnten sich eine polynesische Frau, solange sie noch jung und knusprig ist, und hätten sich als Hobby die Kultivierung dieser Insel vorgenommen.«

»Sehe ich wirklich so aus, Doktor?«

»Eigentlich nicht. Aber wenn jeder nach dem aussehen würde, was er ist ... du lieber Gott, das wäre einfach teuflisch. Was machen die Insulaner jetzt?«

»Ich nehme an, sie sitzen in einem Kreis um mein Haus und warten auf ein Wunder.«

»Das haben wir auch nötig, Ron.« Er schüttelte die Hände aus, und Jack Willmore streifte ihm die Gummihandschuhe über. Auch Ron bekam welche, Jack trug bereits ein Paar.

Hinter Tapanas Kopf stand Tama'Olu und sah der Prozedur mit großen Augen zu.

»Ihre zauberhafte Frau braucht keine Handschuhe«, sagte Dr. Rudeck. Er hatte Rons fragenden Blick aufgefangen. »Sie wird nur allerhand Blut, Eiter und stinkende Ergüsse sehen und wegtragen müssen. Wird sie in Ohnmacht fallen, Ron?«

»Ich glaube nicht. Hier kippt ja auch keiner um, wenn er bei einer Geburt helfen muß.«

»Da haben Sie recht.« Dr. Rudeck trat an den Tisch, kontrollierte die Instrumente, die neben ihm lagen und die sonst eine OP-Schwester anreichte. »Verstehen Sie was von diesen Instrumenten?«

»Ich werde Ihnen keine Nadel geben, wenn Sie nach einer Klemme verlangen.«

»Probieren wir es mal.« Dr. Rudeck streckte die Hand nach rechts aus. »Scharfer Löffel«, befahl er knapp.

Ron reichte ihm das richtige Instrument. Dr. Rudeck nickte und warf den scharfen Löffel auf das sterile Tuch zurück.

»Dann wollen wir mal!« sagte er. »Jack, leite die Narkose ein. Ron, ein Intubiergerät konnten wir leider nicht mitbringen. Wir müssen eine Injektionsnarkose machen. Und die kann man nicht so gut steuern wie eine Intubation. Bei Ihrem Schwiegervater, den ich zur Gruppe 3 der Risikoeinteilung rechne, könnte es zu Komplikationen kommen. Könnte, betone ich! Außer dem Narkosemittel werden wir noch Muskelrelaxanzien injizieren, die eine Erschlaffung der quergestreiften Skelettmuskulatur bewirken. Dadurch werden reflektorische Abwehrspannungen verhindert. Das ist besonders wichtig bei Bauchoperationen. Und klar müssen wir uns darüber sein, daß jede Narkose eine schwere Belastung für den Organismus darstellt.«

»Warum erzählen Sie mir das alles?«

»Damit Sie mir später keine Vorwürfe machen, wenn der ehrenwerte Häuptling ex geht. Halb ist er es ja schon.«

Die Narkose wirkte schon nach kurzer Zeit. Der Atemsack blähte sich und fiel zusammen, im Rhythmus des Luftholens.

Jack Willmore maß den Puls und schaute auf das angeschlossene EKG-Gerät.

Es war eine Luxusoperation, und das auf einer einsamen Insel. Wie hat die Technik doch die Welt verändert! Wird sie mithelfen, jetzt auch Tapana zu retten?

Jack nickte zu Dr. Rudeck hinüber. Das hieß: Puls, Atmung und Herzfrequenz sind zufriedenstellend. Wir können ... Spritzen zur Stabilisierung des Kreislaufs lagen neben Jack griffbereit auf dem Tisch.

»Skalpell«, sagte der Operateur und streckte die Hand aus. Ron legte das chirurgische Messer in seine Finger.

Die Operation hatte begonnen. Ein Eingriff, den Dr. Rudeck im Grunde genommen als nutzlos ansah. Aber er machte dennoch den ersten Schnitt. Etwas mußte ja getan werden!

Es gab keine anderen Möglichkeiten, Informationen über Ron Edwards zu bekommen, als Charles Bouchet auszuhören. Zu diesem Entschluß war Pandelli gekommen, nachdem er auf See so schmählich abgehängt worden war. Sich direkt an den Perlen-Großhändler zu wenden und ihn so zu behandeln wie den Juwelier Degrelle war jedoch unmöglich. Erstens war Bouchet einer der Großen der Branche, jeder kannte ihn, er hatte keine Angst, und zweitens würde er nicht zögern, diese Gelegenheit wahrzunehmen, um endlich den Konkurrenten Pandelli auszuschalten.

Bouchet umzubringen – Pandelli nannte das schlicht Marktbereinigung – wäre völlig sinnlos gewesen, denn dann fehlte die Verbindung zu Edwards, die einzige, die Erfolg versprach.

James Myers, der dem Mann seine Yacht verkauft hatte, schied aus. Er hatte Edwards erst einen Tag vor dem Kauf kennengelernt.

Piero de Luca hatte schließlich eine blendende Idee, die er auch sofort Pandelli vortrug.

»Wir alle wissen, Alessandro«, sagte er zu seinem Boß, »daß Bouchet ein geiler Hund ist. Wenn der ein hübsches Mädchen sieht, verliert er den Verstand. In den einschlägigen Lokalen ist er Stammgast, in den Puffs blasen sie Trara, wenn er erscheint, und der Straßenstrich zittert vor Erwartung, wenn er mit seinem Wagen langsam über die Boulevards fährt und Ausschau nach einem schnuckeligen Häschen hält.«

»Na und? Was soll's?« fragte Pandelli ungehalten. Noch durchschaute er nicht die Gedankengänge seines getreuen Gehilfen.

»Die Sache ist ganz einfach: Wir legen Bouchet eine heiße Mieze ins Bett, und du wirst sehen, wie gesprächig er wird. Da gehe ich jede Wette ein.«

»Nicht übel!« Pandelli sah seinen Vertrauten an, de Luca grinste breit. »Ab und zu findet ein blindes Schwein auch eine Eichel.«

»Ich habe immer gute Ideen gehabt!« De Luca spielte den Beleidigten. »Ich habe auch schon ein Püppchen ausgemacht, das für unseren Plan geeignet ist.«

»Und die quatscht nicht herum?«

»Keine Silbe, sonst ist ihre Schönheit hin. Das weiß sie genau.«

»Und wer ist es?«

»Tamoe . . . ein Mischling. Zartbraune Haut, eine knackige Figur, heiß wie ein Vulkan und geschmeidig wie eine Schlange.«

»Eine Abgelegte von dir?«

»So kann man das nennen.«

»Bring sie her. Ich will sie vorher sehen – und sie über ihr Risiko aufklären.«

»Wann, Alessandro?«

»Wenn möglich, sofort.«

Tamoe war wirklich eine Schönheit. Sie trug einen Baumwollpullover, der ihre Brüste wie eine zweite Haut umspannte. Als sie nun vor Pandelli saß, die langen Beine übereinandergeschlagen, wobei der extrem kurze Rock ihre Schenkel bis zum Dreieck des knappen Höschens freigab, ärgerte sich Pandelli, daß nicht er so ein Rasseweib entdeckt hatte, sondern de Luca, dieser schmächtige Bock mit dem Gesicht eines Frettchens. Der lehnte jetzt an der Wand, lächelte zufrieden und erwartete ein Lob. Wenn jemand Bouchet zum Reden bringen würde, dann nur Tamoe, das war klar!

Man wurde sich schnell einig. »Für jede Nacht 1000 Francs, und bei Erfolg eine Prämie von 5000 Francs«, sagte Pandelli kurz angebunden. »Alles andere wird dir Piero sagen.«

»Ich weiß schon Bescheid.«

»Um so besser. Noch Fragen?«

»Ja, Chef.« Tamoe lehnte sich im Sessel zurück und gönnte Pandelli einen uneingeschränkten Blick auf ihr weißes Spitzenhöschen. »Bouchet kenne ich nur vom Sehen, aber eine Reihe Freundinnen von mir . . . na ja« Sie winkte ab. »Wie wär's mit einer Schwerarbeiterzulage?«

»Red keinen Blödsinn!« fauchte Pandelli sie an.

»Bouchet wiegt zwei Zentner, und wenn er mal loslegt, verdoppelt sich das Gewicht. Eine alte physikalische Weisheit: Kraft mal Weg gleich . . .«

»Du lieber Himmel!« Der Italiener schlug die Hände zusammen. »Raus mit dir!«

»Außerdem schwitzt er dabei wie ein Walroß in der Sauna. Die Freundinnen sagen, bei ihm kommt's aus allen Poren wie ein Wasserfall. Und dann brüllt er dabei auch noch die ordinärsten Wörter ... Wenn das keine Schwerarbeit ist ...«

»Was weißt du überhaupt von Physik?« fragte Pandelli.

»Chef, ich habe doch mein Abitur gemacht!«

»Im Puff«

»Vorher. Auf einem Abendgymnasium. Mein Vater hatte kein Geld, der arbeitet noch heute in der Markthalle als Schlepper. Er konnte das Gymnasium nicht bezahlen. Was blieb mir anderes übrig, als auf den Strich zu gehen. So 'ne richtige Vormittagsnutte war ich. Abends aß ich dann in der Schule, nachts machte ich meine Schularbeiten und paukte die Fächer durch. Dann schlief ich vier Stunden, und ab zehn Uhr morgens holte ich mir die Kerle ins Bett. Aber nur gutsituierte, die nicht feilschten, sondern mir hinterher noch einen Extraschein zwischen die Brüste schoben.«

»Eine Mieze mit Abitur«, sagte Pandelli kopfschüttelnd. »Na so was!«

»Ich wollte eigentlich Psychologie studieren und dann eine Praxis einrichten. Wichtigstes Möbel: die Plaudercouch.«

Tamoe lächelte so herzig, daß selbst in dem hartgesottenen Pandelli ein warmes Gefühl aufstieg. »Aber daraus wurde nichts. Ich hatte begriffen, daß man als ›Gesellschaftsdame‹ mehr und schneller Geld verdient als mit einer Psycho-Couch. So bin ich im Geschäft geblieben.« Sie beugte sich zu Pandelli vor, wobei sich ihr Pullover gefährlich spannte. »Zufrieden mit meiner Biografie? Wie ist's mit der Schwerarbeiterzulage?«

»Pro Nacht 200 Francs extra.« Pandelli seufzte auf. Er hatte Mühe, nicht auf Tamoes Reize zu reagieren. »Zufrieden?«

»Okay! Aber nur in der Hoffnung, daß es noch andere Spezialaufträge geben wird.«

»Sicherlich. Wir reden zu gegebener Zeit darüber.«

Tamoe erhob sich, strich den kurzen Rock glatt und verließ Pandellis Zimmer. Beim Hinausgehen blinzelte sie de Luca zu. Danke, hieß dieser Blick, du Saukerl!

»Na, ist das eine heiße Nummer?« rief de Luca, als Tamoe die Tür hinter sich zugeworfen hatte. »Bei der wird jeder Mann zum liebeskranken Idioten! Bouchet wird ihr alles anvertrauen, was wir wissen wollen.«

»Freu dich nicht zu früh, Piero.« Pandelli rieb sich nachdenklich mit dem Zeigefinger den Nasenrücken. »Hoffen wir, daß Bouchet dabei keinen Herzinfarkt bekommt ...«

Am dritten Tag erschien Tamoe wieder im Büro, strahlend schön wie immer und aufreizend angezogen. Wenn sie über die Straße geht, müßten eigentlich die Autos zusammenkrachen, weil alle Fahrer zu ihr hinstarren, dachte Pandelli.

»Was ist?« fragte er. »Hat Bouchet geredet?«

»Zunächst hat er geschwitzt und gearbeitet, als wolle er Festungsmauern stürmen. Mann, hat der eine Ausdauer! Und hinterher lag er wie ein dicker Karpfen im Bett, soff Absinth und sagte: ›Mädchen, wenn ich dich so ansehe, du nacktes Luder, juckt's bei mir wieder ...‹ So einer ist das!«

»Und sonst hat er nichts gesagt?« fragte Pandelli ungeduldig. Bouchets Potenz interessierte ihn überhaupt nicht.

»Er hat diesen Edwards damals zum erstenmal gesehen. Der Mann hatte ihn im Büro angerufen, ins Hotel bestellt und ihm die Perlen auf den Tisch gelegt. Aus einem Nylonbeutel soll er sie geholt haben, so als seien sie aus schwarzem Glas Bouchet hat sich sehr gewundert, denn so geht kein Fachmann mit wertvollen Perlen um. Dann sind sie sich nach einem guten Essen einig geworden. Bouchet hat in Dollars bezahlt – bar. Er hat das ganze Geld auf den Tisch geblättert. Ja, das war auch schon alles. Bouchet wollte mit Edwards noch einen Zug durch die Bars machen, aber der Amerikaner wollte nicht.«

»Und wo hat Edwards die Perlen her?«

»Das hat Bouchet auch nicht erfahren können. Da hat

Edwards gemauert. Aber er hat versprochen, wiederzukommen. Mit neuen schwarzen Perlen. Und es sollen noch mehr werden als diesmal.«

Pandelli warf einen langen Blick zu de Luca hinüber. Da kommt eine Gefahr auf uns zu, Piero, die wir noch gar nicht abschätzen können. Da werden wertvollste Perlen auf den Markt geworfen, und wir bleiben auf unserer minderwertigen Ware sitzen. Das geht an die Nieren!

Woher, zum Teufel, hat Edwards diese Perlen? Wo werden sie gefunden? Das kann doch nur hier im näheren Bereich sein! Woanders gibt es keine Muschel- und Austernbänke. Aber unwahrscheinlich ist es auch, daß Edwards sie von der arabischen Küste mitgebracht hat. Dort sind die echten Perlen selten geworden, das Gebiet ist ausgefischt, und schwarze Perlen findet man dort fast überhaupt nicht mehr. Aber Edwards kommt mit solchen Dingern an – gleich säckchenweise.

»Was ist los?« fragte Tamoe. »Warum seid ihr so still? Hab' ich was falsch gemacht?«

»Du warst fabelhaft!« sagte de Luca. »Auch wenn du ein Windei gelegt hast. Bouchet scheint ebensowenig zu wissen wie wir.«

»Ich bekomme 8600 Francs.« Tamoe streckte die Hand aus. »Für das, was ich hinter mir habe, ist das ein Hungerlohn.«

»Und wieviel hat dir Bouchet gegeben?« wollte Pandelli wissen.

»15 000 Francs. Und eine von den schwarzen Perlen.«

Pandelli zuckte hoch. »Her damit!« sagte er herrisch.

»Kneif die Backen zusammen . . . die Perle gehört mir!«

»Ich will sie dir abkaufen.«

»Wieviel?«

»Erst muß ich sie sehen und taxieren.«

Tamoe öffnete ihr kleine Handtasche und schüttete den Inhalt ungeniert auf Pandellis Schreibtisch aus. Ein Häufchen aus Lippenstift, Augenbrauenstift, Lidschatten-Etui,

Kondomen, Taschentuch und Schlüsselbund türmte sich auf. Mittendring lag die schwarze Perle mit ihrem irisierenden Glanz, ein Schwarz, das von innen heraus schimmerte.

»Und so ein Juwel liegt zwischen Kondomen!« sagte Pandelli tadelnd.

»Damit habe ich sie mir ja auch verdient.«

Pandelli griff nach der Perle, hielt sie ins Licht und war einen Augenblick ganz still. So etwas hatte er noch nie zwischen den Fingern gehalten.

»Dreitausend«, sagte er dann.

»Dollar?«

»Idiotin! Francs!«

»Bouchet hat auch in Dollar bezahlt. Und für so eine Perle hat er Edwards dreitausend bezahlt.«

»Nie! Glaubst du, Bouchet gibt dir für dein Hinternwakkeln dreitausend Dollar?«

»Ich habe mehr getan, wenn du es genau wissen willst! Aber gut, ich will keinen Streit: Zweitausend, und weiter handle ich nicht.« Tamoe streckte Pandelli ihre Hand entgegen. »Außerdem will ich zur Erholung nach Bora-Bora fliegen. Ich hab's nötig. Ich will mich auslüften.«

Tamoe bekam ihr Geld und verließ zufrieden das Büro. Pandelli hielt die Perle wieder gegen das Licht, und abwechselnd mit de Luca betrachtete er das Prachtstück.

»Wenn Bouchet so etwas verschenkt, muß er wissen, daß Nachschub kommt«, stellte Pandelli nachdenklich fest. »Und dann haben wir Edwards. Wie eine Klette werden wir an ihm kleben.«

Die Operation war beendet.

In der Hütte stank es nach Blut, Eiter und einem jauchigen Erguß. Tama'Olu stand hinter ihrem Vater, hielt seinen Kopf fest und streichelte die eingefallenen Wangen. Was sie gesehen hatte, konnte sie noch nicht ganz begreifen. Da hatte man ihrem Vater den Bauch aufgeschnitten, sie hatte in die blutige Höhle hineinsehen können, einer Schüssel gleich, in der eine fürchterlich stinkende Brühe schwappte, und dann hatte der andere weiße Mann mit einem Sauger alles fortgenommen, bis die Bauchhöhle frei vor ihnen lag – dieses sinnvolle Gewirr der Gedärme, die nun durch Eiter und Ergüsse miteinander verklebt waren. Mit weitgeöffneten Augen hatte Tama'Olu verfolgt, wie der Doktor etwas Entzündetes, Eitriges, Blutiges aus dem Bauch herausschnitt und in einem der Plastikeimer warf, der neben ihm stand. »Den hätten wir!« sagte er dabei zufrieden. »Nun müssen wir die Bauchhöhle säubern. Daß er eine Bauchfellentzündung hat, ist so sicher wie ein Amen in der Kirche. Wenn dann noch ein Darmverschluß hinzukommt ... Ron, was will der Häuptling mit einem anus praeter anfangen?«

»Fragen Sie nicht ... retten Sie Tapana!« antwortete Ron durch die zusammengepreßten Zähne.

Ein paarmal sah er zu Tama'Olu hinüber. Ihr Blick flehte ihn an, schrie um Hilfe, bettelte um Kraft. Und jedesmal, wenn er diesen verzweifelten Blick auffing, nickte er ihr zu und sagte: »Keine Angst, mein Liebling, es geht alles gut. Der Doktor ist ein fabelhafter Arzt. Er wird es schaffen.«

»Versprechen Sie nicht zuviel, Ron«, stieß Dr. Rudeck dann hervor. Er stand mit gebeugtem Rücken über dem Patienten, sah in die geöffnete Bauchhöhle und schien zu grübeln, wie man die verklebten Därme wieder auseinanderbekam. Mit dem Sauger war hier nichts mehr zu machen. Es blieben nur hoch dosierte Antibiotika und das Anlegen eines Drains, damit die Restflüssigkeit abfließen konnte. »Rosig sieht das alles nicht aus.«

»Wird er überleben?«

»Wenn wir fleißig beten und Gott uns zufällig hört, hat der alte Mann eine Chance.«

»Und Sie können nichts mehr tun?«

»Ich habe getan, was möglich war. Der geplatzte Appendix ist raus, die Bauchhöhle ist sauber. Was jetzt noch kommt – abwarten. Der Häuptling gehört eigentlich auf eine Intensivstation. Aber haben wir hier eine? Das ist der

Nachteil eines einsames Paradieses; da hilft nur noch Gott. In Nuku'alofa hätte Tapana eine Chance. Hier ist eben alles anders.«

Dr. Rudeck zuckte die Schultern, warf einen Blick auf Tama'Olu und sah ihr erstarrtes Gesicht. Ach ja, sie kann ja etwas Englisch, fiel ihm ein. Sie hat alles verstanden. Man braucht ihr nichts mehr zu erklären.

»Schöne Frau«, sagte er fast väterlich, »glauben Sie mir: Ich hätte Ihnen gern etwas Erfreulicheres gesagt, aber da müßte ich lügen.«

Er warf noch einen letzten kontrollierenden Blick in die Bauchhöhle, legte den Drain an und begann dann, den Leib in Schichten zuzunähen. Der Atemsack fiel und blähte sich regelmäßig, die Kurven des EKGs sahen nicht besorgniserregend aus.

Jack Willmore injizierte Kreislaufstabilisatoren und schloß dann einen Tropf zur Auffüllung des Blutverlustes an.

»Der Häuptling hat ein gutes Herz«, sagte Dr. Rudeck, wandte sich zur Seite und sah Ron an. »Ein sehr stabiles Herz. Leider.«

Es war das *Leider,* das Ron wie ein Hammer traf.

12

Während Willmore und Dr. Rudeck die Gummihandschuhe abstreiften und in einen Eimer warfen, der schon halb gefüllt war mit blutigen Tüchern und Tupfern, standen Ron und Tama'Olu nebeneinander vor dem narkotisierten Tapana und blickten auf das eingefallene Gesicht und den mit Jod eingepinselten Leib, der jetzt mit Binden umwickelt war.

»Er wird weiterleben, nicht wahr, Ovaku?« flüsterte Tama'Olu und lehnte sich an Rons Schulter.

»Ja«, antwortete er mit rauher Stimme. »Was wären wir ohne Hoffnung?«

»Meine Brüder werden ihn nach Hause tragen.«

»Das werden sie nicht tun!« Dr. Rudeck, der sich noch die Hände schrubbte, drehte sich um. »Er ist nicht transportfähig. Morgen vielleicht . . . Und mit den Füßen voraus auf jeden Fall, wenn Sie jetzt nicht auf mich hören.«

»Sie haben das Gemüt eines Elefanten, Doktor!« stieß Ron wütend hervor.

»Wenn ich's hätte, wäre ich ein schwieriger Mensch. Elefanten haben eine sehr sensible Seele. Nur ihre Haut ist dick. Das ist vielleicht das einzige, was ich von einem Elefanten übernommen habe: ein dickes Fell! Und das braucht man hier. Ein zartes Seelchen wird von der Umwelt sofort gefressen. Ron, Sie bilden sich ein, hier das Paradies entdeckt zu haben. Sie werden sich noch wundern, wie nahebei die Hölle ist! Ein Paradies ist nur ein Paradies, wenn keine Menschen darin leben! Schon drei genügen, und es gibt eine Keilerei. Stellen Sie sich folgende Situation vor: Im Paradies leben zwei Männer und eine Frau. Ahnen Sie, was dann alles passiert? Einer der Herren wird plötzlich krank, verunglückt oder wird ganz einfach um die Ecke gebracht.«

»Sie sind ein gefährlicher Zyniker, Doktor«, sagte Ron und beugte sich über Tapana. Die Lider des Alten flatterten, der Mund klappte auf, in den Armen und Fingern begann ein Zucken. »Die Narkose läßt nach. Er kommt langsam wieder zu sich.«

»Na also, das haben wir wenigstens erreicht: Er wacht auf. Ich sage ja . . . ein starkes Herz wie ein Stier.« Dr. Rudeck kam an den Tisch, sah den Frischoperierten kurz an, blickte dann auf das noch immer angeschlossene EKG und die regelmäßigen, wenn auch etwas abgeflachten Kurven. »Mal sehen, wie lange er das durchhält.«

»Sie sind wirklich ein Dickhäuter!«

Dr. Rudeck trocknete die Hände an den mitgebrachten

Handtüchern ab und wischte sich mit ihnen auch über das Gesicht.

Es war schwer zu taxieren, wie alt der Arzt war. Die Sonne hatte seine Haut gegerbt, die graugrünen Augen sprühten vor Leben. Seine Figur war kraftvoll, ohne daß er ein Muskelberg gewesen wäre. Er war nicht ganz so groß wie Ron, und in sein rötlich-braunes Haar mischten sich schon einige weiße Fäden. So Mitte vierzig wird er sein, dachte Ron. Nicht älter. Die paar weißen Haare haben keine Bedeutung.

Am auffälligsten war sein Mund: Normalerweise hatte er volle, etwas wulstige Lippen, aber sie konnten auch schmal wie ein Strich werden, ein scharfer Schnitt in dem runden Gesicht.

»Sind Sie verheiratet?« fragte Ron.

»Sehe ich so aus?« Dr. Rudeck lächelte breit. »Warum fragen Sie?«

»Ich hätte gern gewußt, ob Sie bei Ihrer Frau auch so rüde sein können wie gegenüber Tama'Olu. Statt ihr Mut zu machen, nehmen Sie ihr noch jede Hoffnung.«

»Das ist nur eine Vorbereitung auf das Mögliche – ich möchte fast sagen Unvermeidliche.« Dr. Rudeck setzte sich auf das Bett. Erst jetzt ließ die Anspannung nach, sah man seine Müdigkeit. Er hatte mehr als drei Stunden operiert, praktisch auf sich allein gestellt. Willmore hatte zwar die Narkose und den Kreislauf überwacht, ein paarmal Klammern gesetzt und Blut, Eiter und den Erguß abgesaugt, aber die Operation hatte Dr. Rudeck ausgeführt. Er spürte die Erschöpfung und war wütend darüber »Jetzt hätte ich Appetit auf einen Kognak und ein kaltes Bier«, sagte er. »Aber Sie haben ja hier nur Kokosmilch.«

»Irrtum, Doktor. Auf meinem Schiff habe ich zwei Kisten mit Kognak und fünf Kisten mit Dosenbier. Pilsener aus Nuku'alofa.«

»Dafür ziehe ich durch Urwald und Wüste.« Jack Willmore rieb sich die Hände. »Sagen Sie mir, wo Sie's auf der Yacht versteckt haben. Ich hole es rüber.«

»In der Pantry ist ein großer Kühlschrank. Der ist voll mit Bier. Kognak steht im Salon im linken Glasschrank. Da finden Sie auch Gläser.«

»Ich sause ab wie ein Sprinter!« Willmore lachte und rannte hinaus. Aber sofort kam er wieder zurück und zeigte mit ausgestrecktem Arm nach draußen. »Die belagern uns! Sitzen in einem Kreis rund ums Haus und machen Gesichter, als wollten sie gleich auf den Kriegspfad gehen. Die meisten Männer haben Speere in der Hand und Beile aus geschliffenen Steinen.«

»Sie warten darauf, daß Tapana wieder gesund wird.« Ron ging vom Tisch zur Tür und blickte hinaus. Die Männer standen hinter den sitzenden Frauen und Kindern und starrten auf das Haus. Tama'Olus Brüder wachten neben der Tür. Der federgeschmückte und bizarr bemalte Medizinmann hockte auf der Bank. Er sprang wie ein Raubtier herunter, als er Ron aus der Hütte kommen sah.

»Fatahefi lebt!« rief Ron auf tongalesisch. »Geht zurück ins Dorf.«

Niemand rührte sich, nur der Medizinmann begann, wieder mit seiner steingefüllten Kokosnuß zu rasseln.

Tama'Olus Lieblingsbruder Fai'fa drehte sich zu Ron um. »Wir wollen Fatahefi sehen!« erklärte er mit harter, entschlossener Stimme.

»'Ikai!« Ron schüttelte den Kopf. »Er schläft. Alles ist gut.«

»Er lügt!« schrie der Medizinmann von der Bank her. »Fatahefi lebt nicht mehr. Die Fremden haben ihn getötet! Der Gott der Blitze hat ihn geholt! Tötet sie alle, die Fremden, tötet sie!«

»Komm mit, Fai'fa.« Ron wies ins Innere der Hütte. »Sieh deinen Vater an. Er lebt. Es wird alles gut werden.«

Das war eine maßlose Übertreibung. Noch lebte Tapana zwar, aber keiner wußte, wie lange noch. Ron ging es jetzt nur darum, daß die Belagerung seiner Hütte aufgelöst wurde, Willmore hinüber zur Yacht waten und für Dr. Rudeck

Bier und Kognak holten konnte. Wenn Tapana stirbt, müssen wir das geheimhalten, dachte er gleichzeitig. Es darf so lange nicht bekannt werden, bis Dr. Rudeck und Willmore mit dem Hubschrauber in der Luft sind.

Es war durchaus möglich, daß die drei Brüder Tama'Olus sie aufspießten ... sie hatten ihrem Vater den Bauch aufgeschnitten und ihn damit ermordet. Es würde unmöglich sein, ihnen die Tatsachen zu erklären. Wie kann man einen Menschen aufschneiden, ohne daß er stirbt?

Fai'fa betrat die Hütte, ging langsam an den Tisch und sah seinen Vater an. Der breite Verband um seinen Leib war etwas Neues für Fai'fa. Auch die Überreste der Operation in den Eimern erregten seine Neugier. Er starrte auf das Gemisch aus Blut, Eiter und Erguß und begriff, daß die Fremden das alles aus dem Bauch seines Vaters geholt hatten. Er umklammerte seinen Speer, duckte sich wie zu einem Sprung, als Dr. Rudeck an den Tisch trat, und war offensichtlich bereit, zuzustoßen

Ron hielt den Atem an. Es wird zu einem Gemetzel kommen, durchfuhr es ihn. Und wir sind völlig wehrlos! Alle Waffen liegen noch in Kiste auf der Yacht.

Es war wie ein Wunder, daß Tapana gerade in diesen Sekunden die Augen aufschlug und sein erster Blick auf seinen Sohn fiel. Er wollte etwas sagen, aber die Stimme versagte ihm noch. Nur ein heiseres Röcheln kam aus seinem Mund.

»Geh hinaus, Fai'fa«, sagte Tama'Olu mit ruhiger, fester Stimme. »Sag ihnen, daß Fatahefi Tapana lebt. Bald ist er ganz gesund. Die fremden Ärzte und Ovaku haben ihn gerettet.«

»Was sagt sie?« fragte Dr. Rudeck. »Himmel, ist das eine Sprache!«

»Sie erklärt Fai'fa, daß Tapana bald wieder gesund sein wird.«

»Du meine Güte!« Dr. Rudeck warf einen schnellen Blick auf Tama'Olus Bruder. »Dann wird's Zeit, daß wir uns verabschieden, Ron. Ich habe kein Verlangen, ein Märtyrer der

Südsee zu werden. Wie kann Ihre Frau einen solchen Unsinn erzählen?«

»Anders erhalten Sie ihr Bier und ihren Kognak nicht. Willmore kommt nicht ans Schiff.«

»Ich verzichte auf das Bier!«

»Aber ich nicht. Ich habe auch Sehnsucht nach einem kühlen Blonden. Glauben Sie, ein offener Bauch ist ein so schöner Anblick, daß man sich daran weiden kann?«

»Für einen Chirurgen schon.« Rudecks Sarkasmus war kaum noch zu überbieten. »Sie sollten erst mal sehen, wie das aussieht, wenn man einen Dickdarm operiert.«

Fai'fa warf noch einen Blick auf seinen Vater. Er hatte die Augen wieder geschlossen, aber ein kleines Lächeln spielte um seine Lippen.

Was Fai'fa zurückhielt, hinauszugehen, waren die auf Tapanas Brust befestigten Elektroden des EKGs, die wie große Blutegel aussahen. Sein Blick fiel auf die vielen Drähte, die zu einem Kasten führten, in dem zuckende Geister tanzten. Und etwas ganz Merkwürdiges hing an einem blinkenden Gestell: eine Art Flasche, die aber zerbrochen war, denn unten heraus tropfte es ohne Unterlaß. Man schien das schon gemerkt zu haben, fing die Tropfen auf in einem durchsichtigen Schlauch, aber rätselhafterweise steckte der Schlauch im rechten Arm von Tapana, und alles floß in ihn hinein. Fai'fa verstand das nicht, ebensowenig wie Tama'Olu. Aber dem Vater schien es gutzutun, als er wieder die Augen öffnete, war sein Blick schon klarer.

Fai'fa lächelte ihn an und verließ schnell die Hütte. Draußen hob er seinen Speer hoch in die Luft und schrie: »Ko 'eku ha'u mei Fatahefi!« (Ich komme von Fatahefi.) Und dann, wie ein Jubelschrei: »Malo!« (Gut)

Ein vielstimmiges Jauchzen war die Reaktion. Alle Männer, Frauen und Kinder klatschten in die Hände, sprangen auf und liefen ins Dorf zurück. Der Alltag ging endlich weiter . . . fischen, auf dem Feld, im Wald, an den Feuerstellen arbeiten . . . Tapana lebte, die Götter waren gnädig mit ihm gewesen. Nur der Medizinmann tanzte wieder herum, stieß kreischende Laute aus und rief dann: »Er wird sterben! Er wird sterben!«

Aber niemand kümmerte sich mehr um ihn. Mit mörderischem Haß in den Augen schüttelte der buntbemalte Alte die Fäuste gegen Rons Hütte und rannte dann in den Palmenwald hinein.

»Sollten wir nicht besser abfliegen?« meinte Dr. Rudeck.

»Sie wollen nicht die weitere Genesung Ihres Patienten abwarten?«

»Auf gar keinen Fall. Ich bin froh, wenn ich wieder in Pangai in meinem Sessel am Schreibtisch sitze. Vom Paradies habe ich die Nase voll. Wenn das eintritt, was ich als fast sicher annehme –«, er sah hinüber zu Tapana –, »möchte ich weit weg sein. Sie können mich ja anrufen, wen Sie noch telefonieren können.« Sein Blick glitt weiter zu Tama'Olu und schien sie förmlich zu taxieren. »Sie haben eine besonders schöne Frau, Ron. Wie lange sind Sie schon verheiratet?«

»Noch gar nicht. Wir werden demnächst auf Telekitonga oder in Papeete heiraten.«

»Ach! Sie sind noch gar nicht verheiratet? Ron, Sie Glückspilz! Tun Sie's nicht. Genießen Sie ohne Zwang. Was glauben Sie, wie diese umwerfende Schönheit mit Fünfzig aussieht? Ich kenne das, habe genug von dieser Sorte in Behandlung. Ihre Großmutter sieht dagegen aus wie ein Teenager. – Er ist also gar nicht verheiratet! Das ist interessant!«

»Wieviel bekommen Sie, Doktor?« fragte Ron eisig.

»Was bekomme ich?«

»Ihr Arzthonorar.«

»Müssen wir jetzt davon sprechen?« Dr. Rudeck ließ seinen Blick über Tama'Olu gleiten, von den Haaren bis zum Saum ihres Rockes. Ein Blick, der die schöne Frau entkleidete.

»Ja! Ich möchte das so schnell wie möglich regeln. Wer weiß, was in den nächsten Stunden passiert.«

»Da haben Sie recht, Ron.« Dr. Rudeck hörte nicht

auf, Tama'Olu auf unverschämte Weise zu mustern. »Zählen wir mal zusammen: Drei Stunden Flug hin, drei Stunden Flug zurück – das ist generös gerechnet, denn es waren mehr als drei Stunden; eine Hubschrauberstunde zu 1000 Dollar, das sind schon 6000 Dollar. Eine OP-Einrichtung, Leihgebühr 500 Dollar. Material wie Injektionen, Tupfer, Zellstoff, Handtücher, Desinfektionsmittel, Infusionsflasche und so weiter und so weiter – das alles beziffert sich auf 300 Dollar. Anästhesie – das Geld bekommt Jack allein! – 500 Dollar. Für meine Arbeit, die wahrhaftig alles andere als leicht war beim Zustand des Patienten, verlange ich 3000 Dollar. Das ist beinahe ein Freundschaftspreis. Was glauben Sie, was Sie dafür in der Mayoklinik von Rochester zahlen! Summa summarum also: 10 300 Dollar. Für Sie ein Klacks.«

»Ich hole das Geld nachher von Bord, wenn Sie Ihr Bier trinken.« Ron ärgerte sich über die Blicke, die der Arzt Tama'Olu zuwarf und die ihn offensichtlich provozieren sollten. Du hast Glück, daß du Tanapa operiert hast, dachte er. Ob mit oder ohne Erfolg, das ist jetzt zweitrangig. Und du hast gut operiert, soweit ich das beurteilen kann. Wärst du ein anderer Mann, hätte ich dir längst in die Fresse geschlagen. So sieht man meine Frau nicht an . . . so nicht!

»Hoffentlich kann ich's dann noch gebrauchen.«

Willmore war unterdessen unterwegs zur Yacht, watete durch die Lagune und kletterte ins Boot. Sofort ging er unter Deck, fand das Bier im Kühlschrank, den Kognak im Salon und die Kühltasche neben der Pantry. Überrascht sah er sich auf dem Schiff um: überall Kisten, Säcke, Kartons, Benzinfässer, Gasflaschen, Gestänge, Seilrollen – aus der schönen Yacht war ein Frachtkahn geworden. Auf den großen Kartons war der Inhalt beschrieben: Vierflammiger Elektroherd. Kühlschrank mit drei Sternen. Gasherd, dreiflammig. Nähmaschine.

Willmore schüttelte den Kopf und stieg wieder an Deck.

Dieser Ron hat 'ne Schraube locker. Fehlt nur noch eine

Waschmaschine, ein Wäschetrockner, ein Mikrogrill und ein Rauchabzug. Was will er mit dem ganzen Zeug auf dieser Insel? Du lieber Himmel, auf was für Ideen die spleenigen Millionäre doch kommen! Wenn ich nur ein Zehntel von Rons Vermögen hätte – ich wüßte was Besseres damit anzufangen. Aber vielleicht braucht man dann gar nicht mehr zu arbeiten, das tun andere für einen.

Er sprang in das Beiboot, zog die Kühltasche durch die Reling nach und ruderte zurück zum Strand.

Im Dorf herrschte wieder quirliges Leben, die Kinder tobten herum, und die Hunde mit dem traurigen Blick kläfften Willmore an, als sein Boot in den Ufersand stieß.

Die drei Brüder Tama'Olus standen noch immer wie eine Wache neben der Tür zu Rons Hütte, den Speer vor sich in den Boden gesteckt, unbeweglich, als seien sie keine lebenden Menschen, sondern Figuren in einer völkerkundlichen Ausstellung. Nur ihre Augen bewegten sich, und ihre Blicke waren nicht gerade freundlich und beruhigten den Mann keineswegs.

Willmore betrat die Hütte in dem Augenblick wieder, wo Dr. Rudeck sagte:

»Sehen Sie sich das an, Ron! Der Häuptling ist so munter, als wäre er nicht gerade eben dem Tod von der Schippe gesprungen. Der steckt die Narkose weg wie ein Mittagsschläfchen. Jeder andere würde mit einem brummenden Schädel herumliegen und mit schwerer Zunge reden – wenn er überhaupt etwas sagen könnte. Und dieser Kerl spricht mit seiner Tochter, als läge er nicht auf dem OP-Tisch, sondern in einer Hängematte. Die sind zäh wie Sohlenleder.«

»Bis die Zivilisation zu ihnen kommt«, fiel ihm Ron ins Wort. »Die bringt dann Bakterien und Viren mit, schon eine harmlose Infektion wirft die Menschen um, eine Lungenentzündung ist ein Todesurteil. Und dann lernen sie den Alkohol kennen und saufen sich ins Grab. Ich habe das alles gesehen ... bei den Aboriginals in Australien und bei den Indianern am Amazonas.«

»Hurra! Hurra – das Bier ist da!« rief Willmore von der Tür her. »Ron, was haben Sie bloß alles mitgeschleppt? Bei Ihnen im Boot sieht's aus wie in einem Auslieferungslager. Wozu brauchen Sie das alles?«

»Er bringt Kultur ins Paradies.« Dr. Rudeck lachte spöttisch. »Eben noch jammerte er über den Untergang der Naturvölker, und was macht er selbst? Er bringt ein Schiff voll Neuzeit auf diese kleine Insel.« Er lachte zu Ron hinüber, der am Tisch stand und Tapanas noch schlaffe Hand hielt.

»Ron, was glauben Sie eigentlich, wieviel Bakterien Sie mit den Kisten und Kartons einschleppen? Millionen! Milliarden! Wenn ich ein bißchen Staub abwische und lege ihn unter ein Elektronenmikroskop ... Sie wären sprachlos. Mein alter Professor in Sydney sagte einmal: ›Man kann einem Menschen intramuskulär Scheiße injizieren – er steckt das weg.‹ Damals haben wir gelacht und es für einen faulen Witz des Ordinarius gehalten, der darauf wartete, daß wir wirklich lachen. Das Problem ist nur, daß die Naturvölker nicht einen solchen Abwehrmechanismus haben wie wir. Eben weil sie in der reinen Natur leben. Wir Zivilisierten haben uns im Laufe der Jahrhunderte einen wahren Immunpanzer angeschafft.«

Er nahm Willmore eine Dose Bier aus der Hand und zog die Lasche auf. Schaum drang aus der Öffnung, so daß er schnell die Dose an den Mund setzte. Nach dem ersten Schluck atmete Dr. Rudeck tief auf und dehnte sich.

»Tut das gut«, seufzte er. »Oh, ist das gut! Ein kühles Helles bei dieser Hitze – Ron, das ist fast ein Orgasmus! Für jedweden Quatsch wird der Nobelpreis verliehen, aber keiner kommt auf die Idee, den ersten Bierbrauer posthum zu ehren.« Er sah sich zu Willmore um. »Hat jeder sein Bier? Na denn ... an die Gewehre!«

Sie tranken alle einen Schluck, und wirklich – es war ein unbeschreiblicher Genuß. Willmore stieß sogar einen verhaltenen Rülpser aus.

»Und unsere Schöne bekommt nichts?« fragte Dr. Rudeck provozierend. »Ron, Sie sind ein ganz mieser Ehemann. Wer seine Frau liebt, bringt sie in Stimmung! Jack, reiß ihr eine Dose auf.«

»Nein!« Rons Stimme war schneidend scharf geworden. Willmore ließ sofort die Bierdose sinken. »Tama'Olu soll keinen Alkohol kennenlernen.«

»Sie sind ja ein besonders ekelhafter Fiesling! Hat kistenweise Alkohol an Bord, wird wie ein Kamel saufen, und seine schöne Frau bekommt Regenwasser zu trinken.«

Dr. Rudeck griff in die Kühltasche, holte die Flasche Kognak hervor, drehte den Schraubverschluß auf und suchte erst gar nicht nach einem Glas. Wie die Bierdose setzte er die Kognakflasche an den Mund und ließ den Alkohol in sich hineinlaufen. »Probieren Sie das mal, Ron. Drei Gläschen für die schöne Frau – und Sie werden erleben, welch feurigen Hintern sie bekommt. Die Polynesierinnen sind berühmt für ihre Ausdauer, wußten Sie das noch nicht?«

»Haben Sie kein anderes Thema?« fragte Ron böse.

»Nicht, wenn ich eine schöne Frau sehe. Da rollt vor meinem inneren Auge ein toller Film ab: Ich sehe ein Mädchen, einen Mann . . . na ja, den Rest überlasse ich Ihrer Phantasie.«

Er lachte und trank jetzt abwechselnd. In der linken Hand hielt er die Bierdose, in der rechten die Kognakflasche.

Tapana auf dem Tisch drehte den Kopf zur Seite und versuchte, Dr. Rudeck anzusehen. Tama'Olu beugte sich über ihren Vater und küßte seine noch immer heiße Stirn.

»Was tun die Männer da, Ovaku?« fragte sie.

»Sie betäuben sich.«

»Haben sie auch Schmerzen?«

»Man kann das so nennen. Der Doktor jedenfalls hat eine wunde Seele. Jack nicht, der hat nur Durst.« Und zu Dr. Rudeck gewandt, sagte er laut: »Verdammt . . . müssen Sie so grölen? Wenn Sie keinen Alkohol vertragen, trinken Sie doch Milch oder Fruchtsaft.«

»Soll ich kotzen?« Dr. Rudecks Blick war schon glasig geworden. Kognak in dieser Hitze hat eine dreifach so hohe Wirkung auf den Organismus wie normalerweise. Er vernebelt das Gehirn in rasender Schnelligkeit. »Ron, warum trinken Sie nicht mit? Sie elender Heuchler! Hat jede Menge Schnaps, Wein und Bier an Bord seines Schiffes und zelebriert den Alkoholfeind!« Rudeck starrte Ron an und grinste. »Das hab' ich doch schon mal gesagt.«

»So ähnlich. Ich habe erwartet, daß Sie wenigstens auf den Kranken Rücksicht nehmen. Als Arzt sollten Sie jedenfalls ...«

»Der Alte wird bald nichts mehr hören.« Dr. Rudeck blinzelte zu Tama'Olu hinüber und versuchte, sich zu erheben. Es gelang ihm nicht mehr. »Man sollte ihm auch einen Schluck gönnen, das macht es ihm leichter auf der großen Reise. Man sollte überhaupt allen Abwanderern einen kräftigen Schluck geben – zur Erinnerung an diese mistige Welt!«

Er lachte wieder dröhnend und schlug sich auf die Schenkel. »Stellen Sie sich vor, Ron, bei Petrus an der Himmelspforte melden sich nur noch besoffene Seelen! Das gäbe im Himmel einen Auflauf! Zum Wohle, du Scheißerde ...«

Er nahm wieder einen großen Schluck Kognak aus der Flasche und gab sie dann an Willmore weiter. Jack schien ein Ästhet zu sein, er hatte sich aus der Kühltasche ein Glas geholt und füllte es mit dem Kognak, allerdings randvoll. Es war ein Weinglas ...

Tapana fiel in einen tiefen Schlaf. Erschöpfung oder das Hinüberdämmern in das Nichts? Ron wußte es nicht. Er saß neben Tapanas Kopf auf einem Hocker und wartete. Wann steht der Atem still? Wann hört das Herz auf zu schlagen? Wann zerfallen die empfindlichen Hirnzellen?

Willmore, noch nicht völlig betrunken, kam an den Tisch und wechselte mit zitternden Händen die Infusionsflasche aus.

Dr. Rudeck lag inzwischen langgestreckt auf Rons Bett, sang einen schweinischen Vers von einem geilen Rocky und schlief dann ein. Sein röchelndes und pfeifendes Schnarchen war fast unerträglich.

Zwei Stunden mochten vergangen sein, und Tapana lebte noch immer. Er atmete tief und ruhig, und seine Hautfarbe wurde rosiger.

Gab es doch noch Wunder?

Der Arzt und Willmore lagen nebeneinander auf Rons Bett. Nun war auch Jack umgefallen. An einen Rückflug, wie Dr. Rudeck es gewollt hatte, war überhaupt nicht zu denken.

Ron war das nur recht. So konnte der Doktor am nächsten Morgen noch einmal nach Tapana sehen, bevor er abflog. Und er konnte die Medikamente dalassen, die man noch brauchte – vor allem Antibiotika, Schmerzmittel und Infusionsflaschen.

Zweimal ruderte Ron hinaus zu seiner Yacht und brachte alles mit, was sie jetzt gebrauchen konnten: Decken und Kopfkissen, zwei Matratzen und Propangaslampen. Er löschte die Scheinwerfer, um die Batterien zu schonen, und brachte zwei Flaschen Mineralwasser mit. Zum erstenmal in ihrem Leben trank Tama'Olu das sprudelnde, perlende Wasser. Sie lachte leise auf, als es in ihrer Kehle und Nase prikkelte, und begriff nicht, daß Wasser lebendig werden konnte.

»Leg dich hin und schlafe«, riet Ron und küßte sie zärtlich. Draußen ging wieder die Sonne wie ein Feuerball unter. »Es war ein schwerer Tag für dich, mein Liebling.«

Sie schüttelte den Kopf, trank das Glas leer und freute sich über das Sprudeln wie ein Kind. »Du mußt schlafen, Ovaku. Ich bleibe bei Fatahefi.«

»Die Wache übernehme ich.« Wenn er stirbt, werde ich sie nicht wecken, dachte er. Wenn sie dann aufwacht, ist alles vorbei, und das ist leichter für sie, als das Sterben ihres Vaters miterleben zu müssen. Kein Mensch sieht gut aus, wenn er stirbt, erst die Majestät des Todes verklärt sein Gesicht.

»Mal du, mal ich . . .« Tama'Olu ging zu der an der Wand

liegenden Matratze und setzte sich darauf. Sie hatte noch nie eine solche Unterlage gesehen. Sie war weicher als ihr mattenbelegter Boden, ihr war, als schwebe sie über der Erde.

»Darauf schlaft ihr?« fragte sie, klopfte auf die Matratze und wunderte sich, daß ihre Hand zurückfederte. War das ein Zauber? Eine Matte ließ doch keine Hand tanzen! Ganz vorsichtig legte sie sich hin und wartete auf neue Überraschungen, Obwohl sie müde war, wehrte sich ihr Körper gegen den Schlaf. Ihm fehlte der Kontakt mit der Erde.

Und Tapana lebte noch immer . . .

Aber auch Ron fand keine Ruhe. Die vergangenen dramatischen Stunden ließen sich nicht so einfach wegwischen. Irgendwann spürte er, daß eine bleierne Schwere sich in ihm ausbreitete, die Lider herunterzog, die Muskeln lähmte und seine Umwelt verschwimmen ließ. Er kam nicht dagegen an, er bemühte sich auch nicht darum. Er empfand es als wunderbar, die Augen schließen zu können. Dr. Rudecks Schnarchen wurde leiser und immer leiser – bis er es gar nicht mehr vernahm . . .

Er hörte nicht, daß Tama'Olu aufstand, nach ihrem Vater sah und die Infusionsflasche auswechselte. Sie hatte Willmore genau beobachtet, sie hatte sich jeden Griff gemerkt, und ohne Schwierigkeiten brachte sie die neue Flasche an.

Ron lag mit dem Kopf auf dem Tisch und schlief tief und fest. Dr. Rudeck und Willmore schnarchten unerträglich laut. Doch das alles schien Tama'Olu nicht zu stören. Sie sah nur ihren Vater: Er lebte noch immer . . .

Mit einem Ruck wachte Ron auf, und sein erster Blick fiel auf Tapana. Ruhig und gleichmäßig atmete der Stammesfürst, das Gesicht war entspannt, und der Mund war nur noch leicht geöffnet: ein Genesender, der im Schlaf Kräfte sammelte.

Auf dem Bett lag immer noch Willmore und schlief tief und fest. Dr. Rudeck war wohl schon aufgestanden. Auch Tama'Olu war nicht in der Hütte. Ron richtete sich auf und reckte sich. Dann stutzte er plötzlich und begriff, daß er aufgewacht war, weil er etwas wie einen Schrei gehört hatte. Im Unterbewußtsein, im Traum – er wußte es nicht zu erklären.

Er legte die Arme hinter den Kopf – und hielt abrupt in der Bewegung inne. Da war er wieder, der helle Schrei, und es war kein Traum. Der Ruf kam von draußen, und plötzlich wußte Ron, daß da Tama'Olu in höchster Not und Verzweiflung um Hilfe rief.

Mit ein paar langen Sätzen stürmte Ron aus seinem Haus, rannte an den Strand und sah im seichten Wasser der Lagune, wie Tama'Olu mit Dr. Rudeck rang, auf ihn einschlug und sich wie eine Katze wand.

Sie war nackt, ihr Kleid lag im Sand, so wie jeden Morgen, wenn sie in der Lagune ihr Bad nahm, ein wenig hin und her schwamm und erfrischt wieder an Land kam, bevor die Sonne ihre ganze Glut entfaltete.

Bei dem heutigen Bad schien Rudeck sie überrascht zu haben – oder er war ihr nachgeschlichen, ins Wasser gefolgt und versuchte jetzt, die schlanke nackte Gestalt an sich zu ziehen und zu besitzen.

»Ovaku! Hilfe! Hilfe!« schrie Tama'Olu nun wieder. Sie hatte sich aus dem Griff des Mannes befreit und wollte an Land flüchten, aber Rudeck war schneller. Er riß sie an den Schultern zu sich herum und preßte sie fest an sich. Wie eine Klammer war sein rechter Arm, die linke Hand umspannte Tamas Brust. »Ovaku! Hilf mir!«

Mit zusammengekniffenen Augen, bereit, notfalls zu töten, riß Ron einen knorrigen Wurzelstock aus einer am Strand liegenden, von einem Wirbelsturm entwurzelten Palme und watete in die Lagune.

»Rudeck, du Saukerl, laß meine Frau los!« brüllte er.

Der Arzt fuhr herum, riß Tama'Olu vor sich wie einen Schutzschild und umklammerte ihre Brüste. Tama schrie wieder auf, trat um sich und versuchte verzweifelt, dem festen Griff zu entkommen. Doch es war sinnlos, Rudeck faßte nur noch brutaler zu.

»Bleiben Sie stehen, Ron!« schrie der Arzt nun. »Das ist nicht Ihre Frau – Sie haben gar keine Rechte! Lebt Tapana noch? Ja? Sehen Sie, dann ist es nur recht und billig, wenn mich die Tochter ein bißchen belohnt!«

»Du bist ja noch betrunken, du erbärmliches Schwein! Laß sie los! Und dann weg mit dir von der Insel! Sofort!«

Ron machte wieder drei Schritte in der Lagune und drohte mit dem Wurzelstock. Tama'Olu war jetzt still. Ovaku war da, er würde sie befreien. Ihre Angst verwandelte sich in die Gewißheit, daß Ovaku stärker war als dieser Mann mit seinen harten Händen und dem schlechten Atem.

Plötzlich spürte sie einen kalten Gegenstand in ihrem Rücken, irgend etwas stach in ihr Fleisch.

»Bleib endlich stehen, du Blödmann!« sagte Dr. Rudeck mit gefährlich leiser Stimme. »Du glaubst wohl, nur Millionäre hätten das Recht, solch ein Püppchen zu besitzen. Da irrst du dich aber! Verdammt, bleib stehen!« Er hob eine Pistole hoch und legte sie auf Tamas Schulter. »Wenn ich abdrücke, das schwöre ich dir, hol' ich dir weder die Kugel raus noch nähe ich das Loch zu. Geh zurück in die Hütte und laß uns allein. Ich weiß, du hast keine Waffe im Haus, alles liegt noch auf der Yacht, und da kannst du nicht ran.«

»Rudeck, du machst einen Fehler«, knirschte Ron, aber er blieb stehen. Die Mündung der Pistole zeigte genau auf seine Brust. Es war sicher, daß auf diese Entfernung kein Schuß danebengehen würde.

»Was für'n Fehler, Klugscheißer?«

»Ich werde dich verfolgen, und wenn's bis zum Südpol wäre. Einmal aber kriege ich dich, und dann kommt es darauf an, wer schneller ist.«

»Erst einmal werde ich mich der Schönen widmen – dann bist du dran! Los, voran!«

Er stieß Tama'Olu mit dem Knie ins Gesäß und schob sie vor sich her, in einem Bogen um Ron herum zum Strand.

»Du wirst nicht wegfliegen können«, sagte Ron hart.

»Denkst du, deine Wilden könnten mich daran hindern?

Du Idiot! Den Weg schieße ich mir frei, das ist kein Problem.« Er stieß Tama'Olu weiter aus der Laune heraus, drückte sie auf den Strand und war sofort wieder hinter ihr, die Pistole immer auf Ron gerichtet.

»Wir wollen jetzt ungestört sein, Ron. Also sei vernünftig und bleib stehen. Gönn mir das kleine Abenteuer.« Als Ron zwei Schritte wagte, brüllte er: »Rühr dich nicht von der Stelle, du Idiot! So ist es brav... dreh dich um, damit du nicht alles siehst.«

Ron war stehengeblieben und ließ den Knüppel sinken. Tama'Olus Augen flehten um Hilfe, aber kein Ton kam über ihre Lippen. Nur die Arme streckte sie nach ihm aus, während Dr. Rudeck wieder ihre Brust umklammerte. Hilf, Ovaku, hilf mir doch!

Vor Wut fast besinnungslos, die Zähne fest aufeinandergepreßt, schweigend und leicht nach vorn gebeugt, stand Ron im Korallensand und rührte sich nicht.

Rudeck schob die Pistole in die Hosentasche, hob mit beiden Armen Tama'Olu hoch und trug sie, rückwärts gehend, weil er Ron immer noch nicht traute, zu den Blütenbüschen am Rand des Palmenwaldes.

Dort aber standen, wie aus dem Boden gewachsen, die drei Brüder Tama'Olus. Die Speere wippten in ihren Händen, die gezackten Spitzen, die schon so manchen Hai getötet hatten, tanzten auf und nieder. Ganz still war es jetzt am Strand, nur das Keuchen von Rudeck war zu hören, der mit Tama'Olu zum Waldrand eilte. Es schien, als könne er es nicht mehr erwarten, sie endlich zu besitzen.

»So ist es gut!« rief er jetzt zu Ron hinüber. »Du wirst es schwer haben, ihr noch zu imponieren, nachdem sie mich kennengelernt hat!«

Es waren seine letzten Worte.

Die drei Männer hoben ihre Speere, legten sich ein wenig zurück und gaben dem Wurf all ihre Kraft mit.

Dicht nebeneinander, als sei es eine artistische Schau, flogen die Speere lautlos durch die Luft, und es war wie ein einziger Hieb, als sie alle drei gleichzeitig in Rudecks Rücken drangen.

Mit einem ächzenden Laut ließ der Arzt sein Opfer los, warf die Arme in die Luft und fiel mit dem Gesicht nach vorn in den Sand. Ein Schwall Blut stürzte aus seinem Mund, aber das spürte er schon nicht mehr. Nur noch ein kurzes Zucken ging durch seinen Körper, dann lag er still. Die drei Speere in seinem Rücken zitterten noch von der Kraft des Wurfes und des Aufpralls.

Tama'Olu stieß einen wilden Schrei aus und rannte über die Waldlichtung zu Rons Hütte.

Ruhig, als hätten sie gerade einen großen Fisch gestochen, traten ihre drei Brüder an den Toten heran, zogen mit einem Ruck ihre Speere aus seinem Körper, hoben grüßend die Hände in Rons Richtung und gingen würdevoll in den Wald zurück.

Tama'Olu war gerächt! Es war natürlich und selbstverständlich, was sie getan hatten. Ihre Schwester gehörte Ovaku, und nichts, außer den Göttern, ist heiliger als die Ehre.

Ron verzichtete darauf, zu Dr. Rudeck zu gehen. Der Arzt war tot, daran gab es keinen Zweifel. Begraben würde man ihn noch heute, denn in der großen Hitze zersetzte sich ein Körper sehr schnell. Was aber, und das war das Problem, das Ron auf dem Weg zu seiner Hütte beschäftigte, wurde aus Jack Willmore? Sicher würde er gleich nach seiner Rückkehr in Pangai die Polizei alarmieren. Und dann würden sie alle nach Tonu'Ata kommen – mit Hubschraubern und Polizeibooten. Es gäbe keine unbekannte Insel mehr, das Paradies würde vernichtet werden. Die drei Brüder Tama'Olus würde man wie wilde Tiere jagen, sie finden und erschießen, denn wo sollten sie sich auf dieser Insel verstecken? Es wäre der Untergang von Tonu'Ata.

In der Hütte kauerte Tama'Olu auf der Matratze, ein kleines, nacktes Häuflein Mensch, in sich zusammengesunken, die langen Haare wie einen Trauerschleier über sich geworfen. Tapana lag wach auf dem Tisch und starrte an die geflochtene Decke. Auf dem Bett lag Willmore und schnarchte bei jedem Atemzug.

Mein Junge, dachte Ron und trat an das Bett heran. Du bist ein guter Kerl, du hast keine Schuld. Aber jetzt nach Pangai zurückkehren kannst du nie mehr. Du allein, außer mir, weißt jetzt, wo meine Insel liegt. Du allein kannst die Polizei hierherführen. Das ist eine Tatsache, die dich an To-nu'Ata, an mich und an Tama'Olu fesselt. Du darfst nie mehr zurück nach Pangai . . .

Er beugte sich über Willmore, rüttelte und schüttelte ihn. Doch als der Mann auch so nicht wachzukriegen war, goß Ron ihm eine Flasche Mineralwasser über den Kopf. Mit einem Grunzlaut schlug Willmore die Augen auf, starrte um sich, brauchte eine Zeit, um zu begreifen, wo er war, und lächelte Ron dann an.

»Mann, haben wir gesoffen!« sagte er mit schwerer Zunge. »Und einen Nachbrand habe ich! Ist noch kaltes Bier da?« Er wollte sich aufrichten, fiel aber sofort wieder auf den Rücken. »Wie mit 'nem Hammer geschlagen fühle ich mich.« Dann schien er sich zu erinnern, warum er hier lag, und streckte den Arm in Richtung Tapana aus. »Wie geht's ihm? Ex?«

»Nein, er lebt. Das Fieber ist sogar gefallen. Er ist bei Besinnung.«

»Wer hätte das gedacht? Aber ich sag's ja immer: Dr. Rudeck ist ein blendender Chirurg.« Er hob wieder den Kopf und sah kurz um sich. »Wo ist er überhaupt?«

»Draußen am Strand«, antwortete Ron ruhig.

»Und was sagt er zu seinem Erfolg?«

»Nichts.«

»Strand! Das ist eine Idee! Die Poren auslüften und schwimmen in der Lagune.« Willmore setzte sich auf das Bett und gähnte herzhaft. Dann fiel sein Blick auf die regungslose Tama'Olu. Sofort erkannte er, daß sie nackt war, aber im Gegensatz zu Dr. Rudeck regte ihn das nicht auf. »Sie hat schon geschwommen und schläft wieder, was?«

»Ja. Wir haben uns bei der Nachtwache abgelöst. Sie lagen ja da wie ein nasser Sack.«

»Verzeihen Sie, Ron. Ich weiß, das war mein Fehler.« Er sah hinüber zum Infusionsgalgen und wischte sich über die Stirn. »Die wievielte Flasche ist das?«

»Die vierte. Tama'Olu hat sie immer gewechselt. Sie muß auch die Nadel aus der Vene gezogen haben, als die vierte Flasche leer war und Blut in den Schlauch floß. Sie hat Ihnen genau zugesehen und es einfach nachgemacht.«

»Eine medizinische Naturbegabung.« Willmore schwang die Beine auf die Erde, blieb aber sitzen, weil alles um ihn herum zu schwanken begann. »O mein Kopf! Mir ist, als hätte ich in einer Waschmaschine übernachtet, die nicht abgestellt war. Aber nach einem Bad im Meer bin ich wieder klar, darauf können Sie sich verlassen . . .«

»Bevor Sie ins Wasser gehen, Jack, haben wir noch etwas zu besprechen.« Ron setzte sich neben Willmore auf das Bett. Willmore sah ihn erstaunt an.

»Das klingt ja so ernst und wichtig . . .«

»Es ist auch ernst, Jack. Dr. Rudeck ist zwar draußen am Strand – aber er schwimmt nicht. Er liegt mit dem Gesicht im Sand und ist tot.«

Willmore begriff nicht sofort, was Ron da sagte, aber dann klappte sein Unterkiefer herunter. »Mein Gott« murmelte er erschüttert, »er hat sich totgesoffen, was? Herzschlag, als er in die heiße Luft kam . . .« Er wollte aufspringen, aber Ron drückte ihn auf das Bett zurück.

»Er wurde dabei überrascht, als er Tama'Olu vergewaltigen wollte.«

»Das sieht ihm ähnlich! Haben Sie nicht bemerkt, wie scharf er auf Ihre Frau war? Und beim Vergewaltigen hat er einen Herzschlag bekommen, ist es so?«

»Nein. Er wurde von Tamas drei Brüdern mit den Speeren getötet.«

Willmore riß wieder den Mund auf, aber diesmal lag Entsetzen in seinem Blick. Nur mühsam konnte er hervorstoßen:

»Diese Wilden ... sie haben ihn ermordet? Ron, das ist ja fürchterlich! Wenn ich das in Pangai melde ...«

»Eben. Sie sagen es selbst. Und deshalb, Jack, können Sie nicht nach Pangai zurück.«

»Was sagen Sie da?« Willmore schoß empor, sein Kater war wie weggeblasen. Völlig klar war er plötzlich im Kopf und begriff seine Situation. »Das können Sie doch nicht machen, Ron! Ich habe Ihre Frau doch nicht angefaßt!«

»Aber Sie werden in Pangai der Polizei alles berichten.«

»Dazu bin ich doch verpflichtet!«

»Und ich bin verpflichtet, mein Paradies zu erhalten. Sie werden bei uns als lieber Gast wohnen.«

»Ich denke nicht daran! Ich fliege sofort wieder heim.«

»Zuerst begraben wir Dr. Rudeck.« Ron winkte Willmore zurück, als dieser zur Tür rannte. »Jack, seien Sie kein Narr. An Ihren Hubschrauber kommen Sie gar nicht heran, die drei Krieger stehen dort schon lange als Wache.«

»Das ist Freiheitsberaubung, Ron!« schrie Willmore außer sich.

»Nennen Sie es, wie Sie's wollen. Sie bleiben bei mir auf der Insel. Wir werden Ihnen eine schöne Hütte bauen, und bei meinem nächsten Ausflug nach Papeete werde ich Ihnen aus der Zivilisation alles mitbringen, was Sie brauchen. Bis dahin sind Sie mein Gast und helfen mir beim Kabelziehen für das elektrische Licht.«

»Einen Teufel werde ich tun! Ron, überlegen Sie doch mal logisch: Wenn ich heute nicht nach Pangai zurückkomme, wird man mich suchen.«

»Wo? Diese Insel hier gibt es nicht. Keiner wird so weit außerhalb des Archipels suchen, weil da eben nichts mehr ist als Ozean.«

Ron erhob sich nun auch von dem Bett, streichelte im Vorbeigehen Tama'Olu über das Haar und stieß vor Willmore die Tür auf. »Begraben wir jetzt Rudeck«, sagte er. »Hinter den Büschen am Waldrand. Ich habe aus Papeete Spaten und Hacken mitgebracht. Aber erschrecken Sie nicht, Jack. Dr. Rudeck sieht nicht sehr vorteilhaft aus.«

»Im Moment bin ich wehrlos und muß gehorchen, Ron.« Willmore trat neben Ron aus der Hütte ins Freie. Die Hitze schlug ihm entgegen wie ein Hammer. »Aber einmal und irgendwie zahle ich Ihnen das heim. Sie bekommen die Rechnung, verlassen Sie sich darauf.«

Sie gingen hinunter zum Strand, um Dr. Rudeck zu begraben.

Aber der Arzt war nicht mehr da. Nur ein großer Blutfleck.

Dafür sahen sie drei Einbäume mit geblähten Segeln, die jenseits des Korallenriffes ins offene Meer vorstießen.

13

Willmore begriff nicht sofort, was er sah. Er blickte wieder auf den Blutfleck im Sand und schüttelte den Kopf. Eine vage Hoffnung glomm in ihm auf.

»Haben Sie sich auch nicht geirrt, Ron?« fragte er. »Vielleicht ist Dr. Rudeck gar nicht tot, sondern nur verletzt und hat sich in Sicherheit gebracht. Wir sollten mal im Hubschrauber nachsehen, ob er sich da versteckt hat.«

»Willmore, er ist tot! Glauben Sie mir, drei Speere im Rücken – das überlebt keiner.«

»Und wo ist, er? Tote können nicht herumlaufen.«

»Er ist nicht weggelaufen, er schwimmt im Pazifik.« Ron zeigte hinüber zu den drei Booten, die jetzt auf den langen Wellen des Meeres tanzten.

Willmore legte die rechte Hand als Blendschutz über die Augen und begriff noch immer nicht. »Was wird hier eigentlich gespielt, Ron?« fragte er unwirsch. »Erst soll Rudeck tot sein, dann fährt er mit einem Einbaum aufs Meer hinaus.

Aber wie kann er das, wenn er drei Speere im Rücken gehabt haben soll? Und wo kommt der große Blutfleck im Sand her?«

»Haben Sie gute Augen, Willmore?« fragte Ron. Seine Stimme klang auf einmal merkwürdig rauh und belegt.

»Sehr gute sogar. Als Pilot muß ich jedes Jahr zur Kontrolle zum Augenarzt. Stellen Sie sich vor – ein kurzsichtiger Pilot, vor dessen Augen die Landebahn verschwimmt.«

»Dann sehen Sie mal genau hin, Willmore. Achten Sie auf das mittlere Boot.«

Willmore nickte. Er sah das Segel, den Mast aus Palmenholz, den Einbaum, die knorrigen Ausleger und im Boot einen Mann, einen der Brüder Tama'Olus.

»Na und? Ich sehe einen von diesen Wilden, aber keinen Dr. Rudeck.«

»Er ist aber in dem Boot, er liegt nur auf dem Boden – tot.«

»Ja aber, was soll das? Warum ...« Plötzlich schwieg er, als habe man ihm die Kehle zugedrückt. Voller Entsetzen starrte er Ron an. Jetzt endlich begriff er, und ein Würgen stieg ihm in die Kehle. Er glaubte, sich jeden Moment übergeben zu müssen. »Das ... das ist ...«, stotterte er heiser. »Ron, konnten Sie das nicht verhindern?«

»Nein. Ich war ja in der Hütte und mußte Sie wecken und Ihnen Dr. Rudecks Tod erklären. Da haben die drei Männer ihn weggeschafft.«

»Sie werfen den Toten über Bord, nicht wahr?«

»Ja.«

»Den Haien zum Fraß.«

»Er wollte ihre Schwester vergewaltigen, und für ihr Ehrgefühl ist der Tote nicht wert, in der Erde ihrer Heimat zu liegen. Futter für die Haie – das ist die letzte Strafe, die sie ihm zufügen.«

»Und auf solch einer barbarischen Insel wollen Sie leben, Ron? Nur wegen der schönen Tama'Olu?«

»Auch.« Ron blickte wieder hinüber zu den drei Einbäumen. Sie schaukelten jetzt in einem Kreis auf den Wellen, und jeden Augenblick mußte der Körper Rudecks ins Meer kippen und von den Haien zerfleischt werden. Es war sicher, daß sie bereits um die Boote schwammen und die Männer beobachteten. Wie ich diese Biester hasse, dachte Ron.

»Die Welt ist voll von schönen Frauen. Warum müssen Sie da ausgerechnet bei diesen Wilden leben? Ich habe Ihnen gestern schon gesagt: Es gibt keine Paradiese. Und was Sie hier Ihr Paradies nennen, ist in Wahrheit die Hölle!«

Ron atmete tief auf. Er sah, wie einer der Eingeborenen in seinem Einbaum balancierte, wie er einen Körper über die Bootswand zerrte und dann ins Meer fallen ließ. Das Boot schaukelte gefährlich, aber die Ausleger verhinderten ein Umkippen.

Ron war es, als könne er das Aufschäumen des Wassers sehen, als die Haie heranschossen, den Körper zerfleischten und mit den Stücken wieder in die Tiefe stürzten. Mit einem Frösteln, das ihm den Nacken hinunterlief, wandte er sich ab. Willmore hatte erst gar nicht hingesehen und drehte dem Korallenriff den Rücken zu.

»Ist es vorbei?« fragte er nach einer Weile tonlos.

»Ja.«

»Kommen Sie mit, Ron. Ich fliege Sie nach Pangai, und dort können Sie eine Maschine nach Nuku'alofa nehmen. Damit fliegen Sie irgendwohin, wo es keine Erinnerung mehr an Tama'Olu gibt. Nach Neuseeland und weiter nach Australien, von dort nach Singapur oder Hongkong ... Nur weit genug weg von hier. Singapur – das wäre was für Sie. In Singapur soll es die hübschesten Mädchen der Welt geben.«

»Ich kenne Singapur, habe dort drei Monate gelebt.«

»Wenn das Sie nicht reizt, dann nehmen Sie Hawaii. Ron, Sie haben doch Ihre wunderschöne Yacht. Mit der kommen Sie überallhin. Und ich verspreche Ihnen: Tama'Olu wird nichts geschehen. Ich werde schweigen über alles, was hier passiert ist. Ich werde erzählen, Dr. Rudeck sei beim

Schwimmen vor der Insel Fonoifua zu der wir gerufen worden waren, von einem Hai angefallen und in die Tiefe gezogen worden. Man wird es sofort glauben. Und in etwa ist es ja auch wahr . . .«

»Ich bleibe!« sagte Ron ruhig und entschlossen. »Willmore, es gibt für mein Verhalten viele Gründe, aber der erste und wichtigste ist Tama'Olu. Das ist kein Abenteuer wie bisher, ich liebe sie wirklich und will sie heiraten.«

»Aber ich bleibe nicht auf dieser Mistinsel! Das kann niemand verlangen!«

»Doch, Jack . . . ich! Sie können mir ein Stück vom Himmel versprechen, es ist unmöglich, und ebenso unmöglich ist es, daß Sie in Pangai nicht sofort die Polizei alarmieren.«

»Ich soll hier zeit meines Lebens bleiben? Als Gefangener?« Willmore atmete schwer.

»Bestimmt so lange, wie ich und Tama'Olu leben.«

»Das ist ja Wahnsinn!« schrie Willmore. »Sie sind verrückt, Ron! Bei der nächsten Gelegenheit fliehe ich.«

»Denken Sie an die Haie, Jack.«

»In der Luft gibt es keine Haie«, wandte Willmore ein.

»Sie werden nur noch einmal mit Ihrem Hubschrauber fliegen – und dann nie mehr. Und zwar fliegen wir sofort, das heißt in einer Stunde. Ich muß von meinem Schiff nur noch etwas holen. Und versuchen Sie nicht, in dieser Zeit abzuhauen. Der Hubschrauber wird von zehn Insulanern bewacht. Sie haben keine Chance außer der, Dr. Rudeck zu folgen.«

Ron ließ den vor Wut bebenden Willmore stehen und ging hinunter zum Strand. Dort nahm er sich einen der Einbäume, schob ihn in die Lagune und trieb ihn dann mit kräftigen Paddelschlägen hinüber zu seiner Yacht.

Unter Deck im Stauraum unter seinem Bett zog er die Kiste mit den Waffen hervor, nahm eine Pistole der Marke Smith & Wesson heraus, dazu drei Magazine und einen kleinen Kasten mit Munition. Jetzt hatte er auch Zeit, das kleine Beiboot mit dem 5-PS-Außenborder zu Wasser zu lassen;

das größere Boot, einem Tender ähnlich, ließ er in den Davits hängen. Er brauchte es erst beim Ausladen der mitgebrachten Waren.

Knatternd kam er zur Insel zurück.

Willmore stand noch immer am Strand, so wie er ihn verlassen hatte. Wortlos starrte er vor sich hin, als Ron auf ihn zukam. Ron zeigte Willmore die Pistole und steckte sie dann wieder in die Hosentasche.

»Das wollte ich nur schnell holen und Ihnen zeigen«, sagte er dabei. »Damit Sie keine Dummheiten machen, Jack, wenn wir nachher fliegen. Ich nehme an, ein Leben auf dieser Insel ist Ihnen lieber als ein Begräbnis im Ozean.«

»Wenn . . . dann sind Sie dran, Ron. Dann fallen wir gemeinsam zwischen die Haie!«

»So ein Held sind Sie nicht.« Ron schüttelte den Kopf und lächelte nachsichtig. »Jack, was soll diese Rederei? Stellen Sie sich besser auf Ihr neues Leben ein. So schlecht ist es gar nicht, Sie werden sehen.«

Zunächst gingen sie zurück in Rons Hütte.

Tama'Olu saß neben ihrem Vater und tupfte ihm den Schweiß aus dem Gesicht. Sie blickte hoch, als Ron und Jack eintraten, und duckte sich sofort, als hätte sie Angst, geschlagen zu werden.

»Er lebt wirklich noch immer«, stellte Willmore verblüfft und aufatmend zugleich fest. »Er muß ein unwahrscheinlich starkes Herz haben.«

Er ging zum Bett und setzte sich. Dabei machte er eine weite Handbewegung. »Nun haben Sie auch noch eine fast vollständige Operationsausrüstung bekommen, Ron. Es fehlt nur das Narkosegerät zum Intubieren. Aber wie ich Sie einschätze, holen Sie das auch noch heran. Und bauen hier eine Privatklinik.«

»Möglich. Und Sie werden dann Chefarzt, Jack.«

»Ich bin zwar nur ein Krankenpfleger mit Examen, aber für die Wilden wird's reichen. Gibt's hier viele Kranke?«

»Außer Tapana – keinen.«

»Wirklich einaufreibender Job.« Willmore flüchtete sich in Galgenhumor. »Hier kann kein Arzt sich einen Cadillac leisten.«

»Aber er lernt, ein Haus zu bauen. Das wird Ihre erste Aufgabe sein, Jack: Verschaffen Sie sich ein Dach über dem Kopf. Bei mir können Sie nicht wohnen.«

»Verstehe.« Willmore versuchte ein breites Grinsen. »Ich störe beim ehelichen Spiel. Bei Tama'Olus Temperament wackelt die ganze Hütte, nehme ich an.«

»Jack, wollen Sie eine Ohrfeige haben?«

»Nicht unbedingt.«

»Dann halten Sie das Maul! In zehn Minuten fliegen wir.«

Er ging zu Tapana hinüber an den Tisch und beugte sich über ihn. Der Häuptling hatte die Augen offen, ein schwaches Lächeln lag um seinen Mund. Als er Ron sah, versuchte er sogar, die rechte Hand zu heben, aber dazu war er noch zu schwach.

»Du bist bald wieder gesund«, sagte Ron langsam. Er suchte mühsam die tongalesischen Vokabeln zusammen und hoffte, daß Tapana ihn verstand, zumindest aber ahnte, was er sagte. »In sechs Wochen ist alles vorbei, und in elf Wochen kannst du wieder jagen und fischen«

Es ist doch eine Wahnsimssprache, dieses Tongalesisch, dachte er. Allein das Wort elf heißt: Hongofulumataha or tahataha. Ich glaube, es ist einfacher, ihnen allen Englisch beizubringen. Das wäre eine gute Aufgabe für Jack Willmore.

Tapana flüsterte etwas, aber Ron verstand ihn nicht. Er blickte zu Tama'Olu, die ihm gegenüber an Tapanas Kopf saß. »Er sagt«, übersetzte sie, und ihre Stimme klang demütig, »du hast ihm das Leben gerettet.«

»Ich nicht. Dr. Rudeck«

»Du willst fliegen?« Ihre großen schwarzen Augen bekamen plötzlich einen feuchten Schimmer. »Bist du böse?«

»Warum und auf was sollte ich böse sein, mein Engel?«

»Auf mich, Ovaku.« Sie senkte den Kopf und zog die

schmalen Schultern hoch. »Schlag mich, bind mich an einen Baum, damit alle mich beschimpfen können ... nur geh nicht weg!«

»Liebling, was redest du denn da?«

»Du mußt mich bestrafen. Ich habe nackt gebadet – vor einem fremden Mann. Sie haben ihn getötet, aber ich bin doch schuld.«

»Du konntest nicht wissen, daß Dr. Rudeck so früh aufwachen und an den Strand kommen würde.«

»Aber ich war nackt, und fremde Männer waren hier. Ovaku, geh nicht weg, bleib hier ... oder ich stürze mich vom Felsen ins Meer.«

»Ich werde nur den Hubschrauber verstecken.« Er hob den Arm über Tapana hinweg und streichelte über ihr Gesicht. »Wie könnte ich jemals von dir weggehen, Tama'Olu.«

»Und der andere fremde Mann?«

»Er bleibt auf Tonu'Ata. Er muß bleiben, um uns nicht zu verraten. Er wird mit uns leben müssen.«

»Einen Scheißdreck werde ich!« brummte Willmore vom Bett her. »Ich werde euch diese Hölle noch heißer machen, als sie ohnehin schon ist. So lange, bis ihr froh seid, mich abschieben zu können. Und ich wiederhole: Das zahle ich Ihnen heim, Ron!«

»Das dürfen Sie, Jack – indem Sie mir beim Ausbau der Insel helfen. In spätestens einem Monat werden Sie sich hier heimisch fühlen.«

»Nie! Niemals!«

»Ich erinnere Sie in vier Wochen daran.« Ron trat vom Tisch zurück. »Und nun machen wir einen kleinen Rundflug über Tonu'Ata und suchen uns ein schönes Plätzchen.«

»Wofür?« fragte Willmore mißtrauisch.

»Für Ihre große Hummel. So ein richtig sicheres Versteck, das man auch aus der Luft nicht sieht.«

»Ist es nicht einfacher, Sie sprengen den Hubschrauber in die Luft oder verbrennen ihn?«

»Nein. Ich möchte nicht vernichten, was ich vielleicht

doch noch eines Tages gebrauchen kann. Wer weiß, was auf uns zukommt? Ein Hubschrauber ist oft besser als eine Yacht. Auf dem Meer sind wir verwundbar, in der Luft nicht. Nicht hier jedenfalls.«

»Sie rechnen also doch damit, daß Ihr höllisches Paradies eines Tages entdeckt wird?«

»Es gibt Zufülle, die eine ganze Welt verändern können. Kommen Sie, Jack, gehen wir. Und nach unserer Rückkehr wechseln wir Tapanas Verbände. Nicht wahr, Herr Chefarzt von Tonu'Ata?«

»Sie haben einen Humor der mich ankotzt!« Willmore erhob sich von Rons Bett. »Mir fällt schon was ein, Ihnen einmal ins Kreuz zu treten.«

Als sie aus der Hütte traten, sahen sie, daß die drei Brüder Tama'Olus mit ihren Einbäumen schon wieder in der Lagune waren und auf die Insel zuhielten. Willmores Blick war voller Ekel, er wandte sich ab und ballte die Hände zu Fäusten.

»Gehen wir schnell zum Hubschrauber«, sagte er heiser. »Ich möchte jetzt diesen Burschen nicht begegnen. Erst töten und dann das Opfer den Haien vorwerfen – mir dreht sich der Magen um bei dieser Vorstellung.«

Sie liefen zu dem Fluggerät – wie es in der Amtssprache heißt –, und tatsächlich saßen sechs Krieger davor, die sofort aufsprangen, als Ron und Jack näher kamen. Sie rissen ihre Speere hoch und richteten sie stumm auf die beiden Männer. Willmore blieb ruckartig stehen.

»Die stoßen zu!« keuchte er, und Panik erfaßte ihn.

»Sicherlich. Ich habe Ihnen ja gesagt, Jack, an die Maschine kommen Sie nicht ran. Los, steigen wir ein.«

»Erst müssen wir an der Tür sein, ohne daß ich wie Dr. Rudeck ende.«

»In meiner Begleitung geschieht Ihnen nichts.« Ron ging einen Schritt vor und sagte, als er die vorgestreckten Speere erreicht hatte: »Geht nach rechts weg!« Auf tongalesisch hieß das: »Afe to'omata'u.«

Die Krieger zögerten und starrten Willmore feindselig an. Aber dann, als Ron energisch winkte, traten sie nach rechts vom Hubschrauber zurück. Die Speere aber hielten sie kampfbereit in den Händen. Willmore zögerte noch immer, zum Flugzeug zu gehen, er wartete, bis Ron die gläserne Tür geöffnet hatte.

»Ich bin mir nicht ganz sicher, ob die Kerle mich nicht auch von hinten abstechen«, sagte er.

»Seien Sie kein Angsthase, Jack. Los, kommen Sie her«

Willmore nickte. Mit einem unangenehmen Gefühl im Nacken kletterte er auf den Pilotensitz und fühlte sich erst von der inneren Anspannung befreit, als er die Tür neben sich zuschlagen und verriegeln konnte.

Ron saß auf dem Sitz neben ihm, hatte die Beine gegen die Frontplatte gestemmt und legte jetzt seine Pistole auf den Schoß. Willmore schob die Unterlippe vor und schüttelte den Kopf.

»Was trauen Sie mir eigentlich zu, Ron?«

»Alles«, war die lakonische Antwort Rons. »Versuchen Sie nicht, in eine falsche Richtung zu fliegen. Die Smith & Wesson ist entsichert und schußbereit. Und, verdammt noch mal, ich tu's. Das sollten Sie wissen.«

»Dann schmieren wir beide ab. Wir sitzen nun wirklich und fast wörtlich genommen im gleichen Boot. Sie können also nur verlieren.«

»So ist es. Und da wir beide unser Leben sehr lieben, lassen Sie uns keinen Blödsinn mehr reden, der doch nichts bringt, sondern fliegen. Wir steigen auf dreißig Meter und fliegen ins Innere der Insel. Das ist auch für mich interessant. So lerne ich Tonu'Ata im ganzen kennen.«

»Wenn Sie wollen, mache ich einen schönen Rundflug, Ron. Wieso kennen Sie die Insel nicht genau, wem Sie doch schon so lange hier sind?«

»Ich habe bis jetzt noch keine Zeit gehabt, sie zu Fuß zu durchstreifen.« Ron lehnte sich zurück. Die Motoren knatterten los, die Rotorflügel begannen sich zu drehen, erst langsam, dann immer schneller, bis sie zu einem wirbelnden Kreis über ihren Köpfen wurden.

Die Insulaner wichen zurück, weggetrieben von dem starken Luftzug.

»Auf geht's!« schrie Willmore durch den Motorenlärm. Er hantierte an einigen Hebeln herum, der Hubschrauber hob sich senkrecht vom Boden und stieg in den wolkenlosen Himmel, bis er über den Wipfeln der höchsten Palmen stand. »Soll ich die Küste abfliegen?«

»Ja!« schrie Ron zurück. »Und dann ins Innere.«

Der Hubschrauber schwenkte hinaus auf die Lagune, drehte dort und flog dann die Küste entlang.

Tama'Olu war vor die Hütte getreten und starrte nach oben. Ron winkte ihr zu, aber sie winkte nicht zurück. Sie war sich nicht sicher, ob Ovaku wirklich zu ihr zurückkam oder sein Winken ein Abschied für immer war.

Die Insel war größer, als Ron angenommen hatte. Jetzt, aus der Luft, erkannte er Palmenwälder und dichtes Urwaldgebüsch, vereinzelte Lavafelsen und zugewachsene Täler. Hinter dem Dorf sah er die angelegten Felder und ab und zu eine wilde Ziege, die zu ihnen heraufblickte und dann in das Buschwerk flüchtete. Sie flogen an der Bucht der Schwarzen Perlen vorbei, über die Felsen, gegen die hochschäumend die Brandung schlug, und Willmore zeigte hinunter auf die im Wasser schwimmende Kette aus Kokosnüssen, ohne zu ahnen, was sie wirklich bedeuteten.

»Da müssen sie Netze oder Reusen ausgelegt haben!« rief er Ron zu. »Haben Sie das schon gesehen?«

»Nein. Ohne festes Boot kommt man ja dort nicht hin.«

»Mit Ihrer Yacht . . .«

»Die habe ich erst vor zwei Tagen geholt. Als ich zurückkam, fand ich Tapana sterbend vor und habe sofort mit Pangai telefoniert.«

Willmore nickte und folgte mit dem Hubschrauber weiter der Küstenlinie. Einsame weiße Sandstrände wechselten ab mit schroffen Klippen, an einer Stelle reichten die windgebeugten Palmen bis an die Lagune. Das Korallenriff lag wirklich wie ein Sperring um die ganze Insel. Nur durch den schmalen Durchschlupf gegenüber dem Dorf war Tonu'Ata zu erreichen. Eine Festung der Natur, die von See aus kaum zu erobern war.

Als sie nach dem Rundflug wieder über dem Dorf kreisten, wies Ron in Richtung Inselmitte. »Suchen wir uns ein schönes Plätzchen, Jack!« schrie er gegen den Motorlärm an. »Halten Sie mal auf die Stelle dort zu, wo die einzelnen Lavasäulen stehen.«

»Wie Sie befehlen, Sir!« Willmore grinste. Er flog einen ganz engen Bogen und nahm Kurs auf das dichtbewachsene Innere von Tonu'Ata. Über den Steinsäulen blieb er in der Luft stehen und blickte nach unten. »Das nennen Sie ein schönes Plätzchen, Ron?«

»Können Sie hier runtergehen, Jack?«

»Wenn's einen freien, ebenen Fleck gibt ...«

»Dann landen wir hier.«

»Und wie kommen wir zurück zum Dorf?«

»Zu Fuß, mein Lieber. Wir werden uns durchschlagen, wie es Entdeckern zukommt. Stellen Sie sich vor, Sie wären mit Captain Cook unterwegs.«

»Ich habe nie den Ehrgeiz gehabt, in die Weltgeschichte einzugehen.«

»Runter, Jack!«

Willmore flog über die unwirtliche Landschaft, suchte einen freien Platz und fand ihn zwischen zwei steinernen Säulen. Er sank bis auf zehn Meter Höhe und schwebte dann auf der Stelle.

»Das ist verdammt eng, Ron.«

»Ich denke, man kann mit dem Hubschrauber auf dem Punkt landen?«

»Der Punkt muß aber mindestens so groß sein, daß die Rotorflügel hineinpassen. Versuchen wir's. Mehr, als die Rotorflügel abschlagen, können wir nicht. Wenn wir dann runterfallen, sind's zumindest nur ein paar Meter – die können wir überleben. Achtung, Ron, es geht los!«

Er drückte den Hubschrauber hinunter, genau zwischen die beiden Steinsäulen auf das freie Fleckchen Erde.

Es gelang tatsächlich. Vorsichtig setzte die Maschine auf, die Rotoren liefen aus und standen dann still. Zu den Steinsäulen links und rechts von ihnen blieben nur noch zwei Meter Raum.

Willmore lehnte sich zurück, wischte sich den Schweiß aus dem Gesicht und sagte laut: »Puh! Das war knapp!«

»Jack, Sie sind ein fabelhafter Pilot!« Ron klinkte seine Tür auf. »Ihre Leistung eben war wirklich bewundernswert.«

»Was habe ich davon?« Willmore lächelte ziemlich gequält. »Sie haben mich zu lebenslänglich verurteilt, verbannt auf diese Scheißinsel! Wissen Sie, wie mir zumute ist?«

»Ja. Aber verstehen Sie auch mich: Diese Insel soll ein Paradies bleiben. Vielleicht das letzte auf dieser Erde.«

Sie sprangen aus der Glaskanzel auf den weichen Waldboden und gingen um den Hubschrauber herum.

»Und was nun?« fragte Wilmore.

»Sie haben doch im Werkzeugkasten auch ein Beil, Jack, oder?«

»Natürlich.«

»Dann fangen wir mal an, große Zweige abzuhacken und Ihre Superbiene damit zu bedecken. Das haben wir beim Kommiß bis zum Erbrechen geübt. Waren Sie auch Soldat, Jack?«

»Nein. Als ich das Alter dafür erreicht hatte, bin ich nach Tonga abgehauen. Ich hab' was gegen Strammstehen und Griffekloppen.«

Er kletterte wieder in den Hubschrauber, holte aus dem Werkzeugkasten hinter den Sitzen ein Beil und einen an der Stichseite scharfgeschliffenen Spaten heraus und warf ihn Ron zu.

»Damit Sie auch was tun und nicht nur kommandieren müssen«, rief er dabei. Nach einer Stunde waren sie naß wie aus dem Wasser gezogen, setzten sich zu Füßen der Steinsäulen und atmeten schwer. In dieser schwülen Hitze armdicke Zweige abzuschlagen war Schwerstarbeit. Aber der Hubschrauber war nun zugedeckt, die Äste mit Steinen beschwert. Es war unmöglich, aus der Luft inmitten dieser Wildnis noch irgend etwas zu sehen.

»Mir flimmert's vor den Augen«, keuchte Willmore. »Ron, ich habe keine Knochen mehr. Gleich falle ich zusammen.«

»Jetzt haben Sie eine Ahnung davon, was auf Sie zukommt, wenn Sie Ihr Haus bauen, Ihr Feld anlegen und Ihren Einbaum ausbrennen und herausschlagen.«

»Und Sie wollen heute auch noch zu Fuß zum Dorf zurück? Ich kann keinen Schritt mehr gehen.«

»Hier übernachten werde ich auf keinen Fall. Schließlich weiß ich nicht, was hier für Viecher herumlaufen.«

»Wir klettern wieder in die Kanzel, Ron«, schlug Willmore vor. »Nein. Ich habe Tama'Olu versprochen, schnell zurückzukommen.«

»Auch noch schnell?!« Willmore schloß erschöpft die Augen. »Sie wird ja wohl eine Nacht ohne Ihre Umarmung auskommen können.«

»Wenn wir nicht kommen, wird sie denken, wir seien tatsächlich von der Insel weggeflogen.«

»Glaubt Sie wirklich, Sie ließen Ihr schönes Schiff zurück? So naiv kann selbst eine Eingeborene nicht sein.«

»Die Menschen, die hier leben, mißtrauen jedem Fremden, und ich bin noch ein Fremder für sie – auch wenn Tama'Olu in ihren Augen meine Frau ist.«

»Sie könnten Tama'Olu doch niemals verlassen, Ron. Nicht auf diese herzlose Art.«

»Nie!«

»Und das weiß sie auch.« Willmore streckte die Beine von sich. »Mich kriegt heute keiner mehr hoch, geschweige denn zum Laufen . . .«

»Ist Ihnen übrigens aufgefallen, Jack, daß wir heute überhaupt noch nichts gegessen haben? Wir sind seit gestern nüchtern.«

»Nüchtern ist gut.« Willmore grinste müde. »So wie gestern habe ich seit Jahren nicht mehr gesoffen. Ich verspüre auch nicht den geringsten Hunger.«

»Aber ich . . . und wie!«

Eine halbe Stunde gönnte sich Ron als Verschnaufpause, dann stand er wieder auf und blickte zu Willmore hinüber. »Sie bleiben also hier, Jack?« fragte er. »Ich für meinen Teil ziehe los.«

»Sie wollen mich in der Wildnis allein lassen?«

»Wer hier schlappmacht, sind Sie.«

»Ich kann keinen Muskel mehr bewegen.«

»Die Muskeln werden vom Gehen wieder locker. Aber wie Sie wollen! Good-bye, Jack.«.

Er wandte sich ab, nahm das Beil und ging auf die Mauer aus Buschwerk, Dornen, jungen Palmen und hohen Farnen zu. Willmore schob sich an seiner Steinsäule hoch und versuchte, ein paar schwankende Schritte vorwärtszugehen.

»Ron«, murmelte er dabei. »Sic verdammter sturer Hund! Warten Sie doch! Ich muß mich erst wieder einlaufen! Kennen Sie überhaupt die Richtung, in der das Dorf liegt?«

»Ja.« Ron zeigte auf die bizarren Felsen in der Ferne, hinter denen das Dorf lag. »Diese Granitklötze sind der beste Wegweiser. Wenn wir parallel zu ihnen gehen, kommen wir unter Garantie an den Strand. Und dann müssen wir uns ostwärts halten. Hier kann man sich doch nicht verlaufen. Auf einer Insel kommt man immer ans Meer, ganz gleich, wohin man läuft.«

Die erste Strecke, vielleicht tausend Meter, mußten sie sich einen Weg durch das Gestrüpp schlagen, Schritt um Schritt. Sie wechselten sich ab mit dem Beil; während der eine die Äste abhieb, säbeltc der andere mit dem geschärften Spatenblatt die dünnen Zweige von den Stämmen.

»Das ist tierisch!« stöhnte Willmore einmal. »Ron, das schwöre ich Ihnen: Wenn wir wieder in Ihrer Hütte sind, werfe ich mich aufs Bett und verlasse es für drei Tage nicht mehr. Suchen Sie sich mit Tama'Olu ein anderes Plätzchen. Was heißt suchen? Sie haben ja Ihre fabelhafte Yacht in der Lagune liegen. Bestimmt mit Luxuskabinen. Warum wohnen Sie eigentlich noch in dieser miesen Hütte?«

»Wir werden sie jetzt zu einem richtigen Haus ausbauen.«

»Der Millionär Ron ... besitzt eine Yacht und einen Landsitz, aber zu fressen gibt's nur gebratene Bananen und Maisbrei.«

»Beides ist gesund. Los, Jack, nicht die Zeit vertrödeln mit dummem Geschwätz. Sie sollen für kurze Zeit mein Bett haben. Aber wenn Sie sich einbilden, Sie könnten sich nachts wegschleichen und mit Ihrer Hummel abfliegen ... Irrtum! Die drei Brüder werden bei ihrem Vater wachen, und an denen kommen Sie nicht vorbei. Weiter!«

Nach einem Marsch von vier Stunden hatten sie die Wildnis hinter sich gelassen. Sie kamen in einen lichteren Palmenwald und dann zu den ersten Feldern der Insulaner. Rons Orientierungssinn war vorzüglich ... sie stießen direkt auf den Kultplatz mit den geschnitzten Götterstatuen, die aus riesigen Augen zu ihnen hinabschauten. Zwischen ihnen hockte der Medizinmann auf der Erde, nun ohne Federschmuck und Bemalung. Jetzt erst sah Ron, daß es ein älterer Mann war, mager, ja knochig. Es schien, als esse er nur gerade so viel, um sich am Leben zu erhalten.

»Malo e lelei ki he efiafi ni«, grüßte Ron. (Guten Abend)

Der Medizinmann antwortete nicht; er bedeckte sein Gesicht mit den Händen, als sei der Anblick der weißen Männer für ihn Gift oder entehre ihn. Er hatte Tapana nicht retten können, aber die Fremden konnten es. Sie hatten die Götter verspottet, ohne deren Willen nichts auf dieser Erde geschah. Ohne ihn aufzuhalten, hatte sein Stamm ihn in den Wald gehen lassen – ein Geschlagener, an dessen Zauberkraft man zu zweifeln begann.

Ron wartete einen Augenblick, dann wandte er sich ab

und ging zu Willmore zurück. »Jetzt haben wir einen Todfeind«, sagte er ernst.

»Das Männlein ist doch froh, daß es lebt.«

»Für ihn hat der Tod keinen Schrecken. Deshalb sollten wir höllisch auf uns aufpassen.«

»Was kann er uns schon antun?« fragte Willmore geringschätzig.

»Vergiften etwa. Das genügt. Die Medizinmänner kennen eine Menge sofort wirkender Gifte. Sie sind die wahren Giftbauern. Jack, nehmen Sie ab sofort nichts an, was Ihnen die Insulaner an Essen und Trinken anbieten. Religiöser Fanatismus zerstört alles Menschliche.«

Sie gingen weiter, schleppten sich mit schweren Beinen bis zum Waldrand und liefen dann auf Rons Haus zu.

In der Lagune schaukelte die Yacht an den Ankerketten, die Sonne stand schon tief, und bald würde der Himmel wieder brennen, wenn sie sich dem Horizont näherte.

»Haben Sie was dagegen, wenn ich mich ins Wasser stürze?« fragte Willmore. »Ich habe eine unbändige Sehnsucht nach Abkühlung.« Er riß sich das Hemd vom Körper, ließ die Hose fallen und zog auch den Slip aus. »Halten Sie Tama'Olu im Haus . . . wenn sie mich so sieht, haben Sie nichts mehr bei ihr zu melden.«

»Idiot!«

Er wartete, bis Willmore über den Strand gelaufen war und in die Lagune watete. Als ihm das Wasser bis zur Brust reichte, machte Willmore einen Satz und schwamm dann hinaus.

In der Hütte saßen die drei Söhne Tapanas um das Lager ihres Vaters und hoben schweigend die Köpfe, als Ron eintrat. Tama'Olu, die in einer Holzschüssel einen Brei rührte, empfing ihn mit einem Blick der Erleichterung und einem zaghaften Lächeln.

»Talitali fiefia, Ovaku«, sagte sie leise. (Willkommen, Ovaku) »Malo . . .« (Danke)

»Wofür danke?« Fragte Ron.

»Du bist zurückgekommen.«

»Ich werde, immer zu dir zurückkommen, mein Engel, das solltest du eigentlich wissen. Wie geht es Fatahefi Tapana?«

»Er schläft wieder. Aber sein Kopf ist nicht mehr so heiß, und besser atmen tut er. Fai'fa will dir etwas schenken.«

Fai'fa, Tama'Olus Lieblingsbruder, kam auf ihre Aufforderung hin zu Ron. Den Speer, den Stolz jeden Kriegers, hielt er fest in der Hand. So baute er sich vor Ron auf.

»Ko koe Tangata'eiki«, sagte er mit seiner tiefen Stimme. (Du bist der Herr) Dann riß er plötzlich seinen Speer hoch und hielt ihn Ron hin. »A'au!« (Dein)

Er schenkt mir seinen Speer, durchfuhr es Ron. Das Wertvollste, was er besitzt. Ein Krieger gibt freiwillig seinen Speer ab – eine größere Ehrung gibt es nicht, Ron schüttelte den Kopf.

»Fai'fa, das ist zu wertvoll«, sagte er mit stockender Stimme.

»Nimm es, Ovaku.« Tama'Olu legte Ron von hinten die Arme um die Brust »Beleidige ihn nicht.«

Ron nickte. Er nahm den Speer aus Fai'fas Faust, drückte ihn an seine Brust und blickte in Fai'fas Augen, die ihn stolz und entschlossen ansahen.

»Malo!«

Fai'fa drehte sich um und ging zum Tisch und zu seinem Vater zurück.

»Jetzt bist du wie er unser zukünftiges Oberhaupt«, flüsterte Tama'Olu und küßte seinen Nacken. »Du gehörst jetzt zu unserem Volk.«

Ron spürte, wie ihm vor Rührung die Kehle eng wurde. Er nickte nur und wußte, daß dies einer der wichtigsten Tage in seinem Leben war. Dann sah er den Speer genauer an, und ein kalter Schauer lief ihm über den Rücken:

An der gezackten Lanzenspitze klebte noch Dr. Rudecks Blut.

Und Tapana lebte immer noch!

Was, bei allem Optimismus und Wunschdenken, niemand für möglich gehalten hatte, schien wahr zu werden: Tapana überwand die Bauchfellentzündung, er bekam keinen Darmverschluß, die Verklebungen und der Resteiter wurden von den Antibiotika zerstört und dann über den Drain aus dem Körper gespült. Willmore erwies sich als ein vorzüglich ausgebildeter Krankenpfleger. Er wechselte die Verbände, erneuerte den Drain, injizierte Penizillin, und Tama'Olu oder ihre Brüder wuschen den Alten, der schon am dritten Tag nach der Operation aufstehen und zu seinem Haus gehen wollte.

Obwohl Ron weiche Decken von der Yacht geholt und ihm untergeschoben hatte, war es Tapana zu hart auf dem Tisch; seine drei Söhne hoben ihn vorsichtig hoch und trugen ihn in Rons Bett.

Auch Tama'Olus Mutter und Schwester, den Säugling auf dem Arm, besuchten Tapana, hockten vor dem Bett, schwatzten und lachten, und es war selbstverständlich, daß sich das Leben in Rons Hütte verlagerte und die ganze Familie sich um den Kranken versammelte.

Nach acht Tagen saß Tapana bereits im Bett, gestützt durch Kissen, die Ron aus Papeete mitgebracht hatte – Daunenkissen, die von allen bestaunt, gedrückt und geschüttelt wurden. Doch dies geschah erst, nachdem Willmore das Bett freigegeben hatte.

Nach der Rückkehr vom Versteck des Hubschraubers und dem erfrischenden Bad in der Lagune hatte Willmore tatsächlich sofort Rons Bett belegt und war bereit – wie er sagte – es mit Fäusten und Zähnen zu verteidigen.

»Machen Sie nicht solch ein Theater, Ron!« rief er und streckte sich aus. »Sie haben Ihre Luxuskabine auf der Yacht. Da hört Sie keiner, da sieht Sie keiner, da können Sie tun und lassen, was Sie wollen. Da können Sie mit Ihrer Frau herumhexen . . . nicht mal schwanken wird das Schiff! Mich kriegt hier erst mal keiner weg! Verdammt, und jetzt bekomme ich doch Hunger! Ober, wo bleibt die Speisekarte?«

Ron tuckerte mit dem kleinen Beiboot hinüber zur Yacht, holte vier Dosen Nudeln mit Gulasch und brachte auch den Propangaskocher mit. In einem großen Flechtkorb transportierte er Geschirr, Bestecke, Gläser und zwei große Kochtöpfe.

Staunend und verständnislos sahen Tama'Olu und ihre Brüder zu, wie Ron den Gaskocher entzündete, die Dosen aufschnitt, die Nudeln mit Gulasch heiß werden ließ, sie auf die Teller häufte und dann mit einer Gabel aß. Willmore fraß wie ein Ausgehungerter, so hastig, daß er rülpsen mußte und sich mit einem Blick bei Ron entschuldigte.

»Iß du auch etwas«, sagte Ron zu Tama'Olu. »Versuch es – es ist ganz einfach.« Er schob ihr einen Teller hin, und sie machte es Ron nach, spießte Fleisch und Nudeln auf die Gabel und lachte dann, als sie den ersten Bissen gegessen hatte. Auch die drei Brüder griffen zu und grinsten, nachdem es ihnen gelungen war, mit den Gabeln zu hantieren. Sie hatten das schon einmal gesehen, bei dem Händler Gilbert Descartes, aber als er ihnen dieses Gerät verkaufen wollte, hatten sie lachend den Kopf geschüttelt. Sie aßen alles mit einem geschnitzten Holzlöffel.

Am Abend dann gingen Tama'Olu und Ron im Mondschein am Strand spazieren, Hand in Hand, wie jeden Abend. Später saßen sie auf der Bordkante des kleinen Beibootes und sahen hinüber zur Yacht.

»Fahren wir hin?« fragte Ron und legte den Arm um Tamas Schulter.

»Wenn du willst, Ovaku.«

»Hast du schon einmal so ein Schiff gesehen?«

»Nein. Schiff von Descartes ist viel kleiner.«

»Dann komm!« Sie schoben das Boot gemeinsam ins Wasser. Ron hob Tama'Olu hinein, warf den Motor an und tuckerte durch die Lagune. »Gleich wirst du staunen, mein Engel.«

Was wird sie sagen, wenn sie das große runde Bett sieht,

bespannt mit Seide, die weißen Schränke mit den goldenen Zierleisten, die Kristallampen, die Spiegel, die Teppiche? Sie wird nicht wagen, sich auf das Bett zu legen, sie wird keinen Schritt in die Kabine hinein tun. Sie wird wie erstarrt dastehen und nicht begreifen, daß man es sich in diesen Möbeln bequem machen kann.

Er sah sie an, wie sie im Boot vor ihm saß: wunderschön, eingehüllt in ein großgeblümtes Tuch, das Descartes ihr verkauft hatte, die Haare im Fahrtwind flatternd und mit einem schimmernden Glanz in den Augen.

Tama'Olu, du bist ein wahrgewordenes Märchen, dachte er und wußte, daß er sie auf seine Arme nehmen und zum Bett tragen würde, daß er sie küssen und an ihrem Mund sagen würde: »Mein Engel . . . ich liebe dich unendlich!«

14

Ron wurde nur langsam wach. Er hielt die Augen noch geschlossen und tastete mit der Hand neben sich, wo Tama'Olu schlief, sicherlich wie immer zusammengerollt wie eine Katze. Nur hatte sie jetzt auf dem großen Rundbett mehr Platz als in dem mit Palmstroh gefüllten Kasten, den Pater Richards sich selbst zusammengezimmert hatte.

Aber dort, wo Tama'Olu liegen sollte, griff er ins Leere. Noch einmal streckte er den Arm aus, dehnte sich. Sie ist ganz an den Rand gerutscht, dachte er, aber der Platz an seiner Seite war leer. Mit einem Ruck setzte er sich auf, nun auf einmal hellwach. Er knipste die Deckenlampe an, die Kristalleuchter flammten auf und verwandelten den Raum wieder in eine Traumkulisse.

Tama'Olu war nicht mehr da. Aber der großgeblümte Stoff, in den sie sich eingewickelt hatte, lag noch über dem mit gelber Seide bezogenen kleinen Barocksessel.

Mit einem Satz sprang Ron aus dem Bett und fuhr sich mit gespreizten Fingern durch die vom Schlaf zerzausten Haare. Oben an der Decke summte leise die Klimaanlage und blies eine angenehme Kühle in das ganze Zimmer.

»Tama'Olu!« rief Ron. »Was ist denn los? Wo bist du?«

Aus dem Badezimmer kam keine Antwort, dort war sie also nicht. Ron riß seinen weißen Bademantel an sich, schlüpfte hinein und stürzte aus der Kabine. Im großen Salon mit dem breiten Rundsofa brannten die Wandlampen, die Pantry war dunkel, und im oberen Salon mit dem Innensteuerstand fiel nur das Licht des Mondes durch die breiten Fenster.

»Tama'Olu!«

Ron raste den Niedergang hinauf – ängstlich, besorgt und völlig verständnislos.

Was ist denn los, dachte er. Was habe ich falsch gemacht? Hat das alles hier, dieser fremde, für sie märchenhafte Luxus Tama'Olu so erschreckt, daß sie vor ihm geflüchtet ist? Er fuhr sich wieder mit beiden Händen durch die Haare und starrte hinüber zum Dorf und dann zu seiner Hütte. Alles lag im dunklen Schatten der Palmen. Das Mondlicht ließ nur den weißen Korallensand aufschimmern, als bestünde er aus Kristallen.

Tama'Olu hatte nichts gesagt, als er sie durch das Schiff führte, erinnerte er sich nun. Stumm war sie mit ihm durch die Räume gegangen und hatte sich alles erklären lassen. Die Kochplatten in der Pantry, die glühend heiß wurden, wenn man einen Knopf drehte ... Licht, helles Licht, das aus seltsamen Gebilden an Decken und Wänden kam, wenn man einen anderen Knopf drehte ... Wasser, das in dünnen, kräftigen Strahlen aus einer bemalten glatten Wand schoß – sie hatte das alles wortlos betrachtet.

Als er dann mit ihr das Schlafzimmer betrat, dieses Prunkgemach, das sich der dicke Myers hatte bauen lassen, um für seine Gespielinnen den richtigen Rahmen zu haben, und das selbst Ron für einen Moment sprachlos gemacht hatte, drückte sie sich an ihn, als habe sie Angst vor dieser Pracht aus Seide, Kristall, Schleiflack und Spiegeln. Als sie sich und Ron in dem großen Spiegel neben dem Bett wiedersah, erschrak sie nicht ... Einen Spiegel kannte sie, der Händler Descartes hatte ein paar kleine Handspiegel gegen Palmholzschnitzereien eingetauscht.

Tama'Olu staunte nur, daß es so große Spiegel gab, in denen man sich von oben bis unten betrachten konnte, sah interessiert zu, wie Ron ihr das Kleid aufwickelte, wie er sich selbst auszog und sie dann nackt nebeneinanderstanden und Ron begann, ihre Brüste zu streicheln und mit den Lippen die Linien ihres schlanken Körpers nachzuzeichnen.

Als sie beobachtete, wie er an ihrem Körper hinunterglitt, vor ihr kniete, das Gesicht in ihrem Schoß vergrub, schien etwas in ihr zu explodieren. Es mußte ein Gefühl gewesen sein, von dem sie bisher nicht gewußt hatte, daß sie so intensiv empfinden konnte. Mit einer Kraft, die Ron noch nie bei ihr erlebt hatte, schlang sie die Arme um ihn, drückte seinen Kopf zwischen ihre Schenkel, stieß einen spitzen hellen Schrei aus und ließ sich nach hinten auf das federnde Bett fallen. Das war kein harter Boden, mit einer Matte bedeckt, kein warmer Sand, kein raschelndes Palmstroh ... unter sich spürte sie das Zittern wieder, das sie in jeder Pore fühlte, bei jeder Bewegung schwankte der Untergrund mit. So herrlich war das alles, so unbegreiflich und atemberaubend, daß man einfach vor Leidenschaft schreien mußte.

Ovaku, halt mich fest. Ovaku, alles dreht sich um mich. Ovaku, der Himmel stürzt über mir zusammen!

Und dann sah sie über Rons Schulter in dem großen Spiegel ihre verschlungenen nackten Körper, das Spiel der Muskeln und ihre langen schlanken Beine, die Rons Rücken umklammerten. Da schrie sie wieder auf, krallte sich in Rons Haaren fest und biß ihn in die Brust.

In der Erinnerung daran tastete er behutsam über die Stelle und spürte erst bei dieser Berührung den leichten ziehenden Schmerz und die blutverkrusteten Abdrücke ihrer Zähne.

Warum bist du dann weggelaufen, mein Engel?

Ron schüttelte verständnislos den Kopf und ging langsam nach hinten auf das Sonnendeck, das mit einer orangefarbenen Plane überdacht war. Dort standen um einen flachen Tisch einige schwere, weißlackierte Sessel mit dicken, gelb bezogenen Schaumstoffkissen. Eine aufklappbare Bar war in die Wand des Aufbaus eingelassen. Im Mondlicht sah das alles aus wie eine Hollywood-Kulisse.

Tama'Olu saß jedoch nicht in einem der breiten Sessel. Sie hatte sich an die Bordwand gesetzt, die Beine durch die Reling gesteckt und ließ sie über dem Wasser baumeln. Ihre nackte Haut schimmerte matt im Mondlicht, und das lange schwarze Haar glänzte, als sei es aus Seide gesponnen.

Unbeweglich sah sie hinüber zum Strand und zum Dorf und schien Ron gar nicht zu hören.

Er blieb bei den Sesseln stehen, erlöst von allen fragenden Gedanken, glücklich und dankbar wie ein reichbeschenktes Kind. Wenn ich diese Minuten beschreiben sollte, ich könnte es nicht, dachte er. Es würde so kitschig klingen, wie so vieles auf der Welt kitschig ist, wenn man es in Worte zu fassen versucht: einen Sonnenuntergang, einen Himmel voll dahinziehender geballter Wolken, ein Gewitter mit dämonischen Blitzen, eine rosa Wolke von aufflatternden Flamingoschwärmen, die hitzeflimmernde Luft über einer Wüste, einen anschleichenden Tiger, einen Mond, der das Meer versilbert . . . wie kann man das beschreiben? Ganz unmöglich ist es bei einem Gefühl, wie ich es jetzt empfinde . . . Jetzt, wo ich Tama'Olu sehe, eingedrungen in meine Seele. Ach Gott, auch das klingt wieder entsetzlich kitschig! Für Liebe gibt es kein anderes Wort als Liebe. Es ist ein göttliches Wort.

Leise, fast unhörbar ging er zu ihr an die Reling und blieb dicht hinter ihr stehen. Tama'Olu mußte ihn auf jeden Fall gehört haben, ein paarmal hatten die Deckdielen geknirscht.

Und bei ihrem wie bei einem scheuen Tier ausgeprägten Gespür mußte sie die Schwingungen der Dielen bei jedem seiner Schritte mit ihren feinen Nerven aufgenommen haben. Aber sie rührte sich nicht. Unbeweglich starrte sie weiter hinüber zur Insel.

»Mein Liebling«, sagte Ron leise, »erzähl mir alles, was du denkst.«

Er streichelte ganz zart über ihr Haar und ließ dann seine Hände auf der nackten kühlen Haut ihrer Schultern liegen. Sie neigte den Kopf etwas zur Seite und schmiegte ihre Wange an seine Hand.

»Du bist ein großer, reicher Herr . . .«

»Nein. Ich bin Ovaku, dein Mann.«

»Du hast ein großes Schiff, mit dem du überallhin fahren kannst. Weit, weit über das Meer, in Länder, die ich nicht kenne, von denen ich nie etwas gehört habe. Du hast einmal gesagt: Tonu'Ata ist nur winziges Sandkorn, so klein, daß man es übersehen hat, als man Karten anlegte. Wo du herkommst, gibt es Land mit so vielen Menschen, daß man sie gar nicht zählen kann.«

»Über drei Milliarden«, bestätigte Ron.

»Was ist Milliarden? Ich bin so dumm, Ovaku.«

»In zwei Jahren wirst du alles wissen, Tama'Olu. Ich nehme dich doch mit in diese fremde Welt, die du noch nicht kennst. Von Land zu Land werden wir fahren, zu all den verschiedenen Menschen. Du wirst Häuser aus Stein sehen, die bis in den Himmel stoßen, mit Tausenden von Fenstern, die in der Sonne blitzen. Du wirst ein Gewimmel von bunten Blechkisten mit vier Rädern sehen, in denen Menschen sitzen und schnell über die Erde fahren, Autos nennt man diese Kästen, und du wirst auch in einem solchen Gefährt sitzen, neben mir, in einem wunderschönen Kleid. Und wo wir auch hinkommen, werden alle Menschen stehenbleiben und dich anschauen, weil du so schön bist . . . Und nach diesen zwei Jahren in der großen weiten Welt wird das alles selbstverständlich für dich sein.«

»Glaubst du das wirklich, Ovaku?«

»Aber sicher! Du wirst in Salzburg eine Oper von Mozart hören, mit mir in Sankt Moritz skilaufen, in Rom und Florenz die alten Kunstwerke bewundern, die man heute so mühsam zu erhalten versucht.«

»Ich habe Angst, Ovaku«, gestand Tama'Olu. »Angst vor dieser Welt – auch wenn ich nicht alles verstehe, was du sagst.«

»Ich bin doch immer bei dir, mein Liebling, du brauchst dich nicht zu fürchten, glaub mir.«

»Ich muß Fatahefi Tapana und meine Mutter verlassen, meine Brüder und meine Schwester, unser Haus und Tonu'Ata. Wir werden irgendwo da draußen leben, und ich werde viel weinen und an unsere Insel denken. Eines Tages aber wirst du allein wegfahren und nie wiederkommen.«

»Ohne dich kann ich nicht mehr leben, Tama'Olu.«

»Und ich nicht ohne dich.« Sie neigte den Kopf weit nach hinten und sah ihn an. »Was sollen wir tun, Ovaku?«

»Zunächst bringen wir alles, was ich mitgebracht habe, auf die Insel. Und dann werden wir wieder tauchen, jeden Tag, und die schwarzen Perlen sammeln. Wir müssen viele davon heraufholen, Tama'Olu, zweihundert oder dreihundert. Und wenn wir dieses Vermögen aus dem Meer geholt haben, fahre ich mit dir nach Papeete, nach Tahiti.«

»Ein großes Land?«

»Nein, Tahiti ist auch eine Insel, aber fünfmal größer als Tonu'Ata. Und trotzdem ist auch sie nur ein Sandkorn oder, sagen wir besser, ein Steinchen auf dieser weiten Welt.«

»Und wir kommen hierher zurück?«

»Bestimmt, mein Schatz. Wir werden immer wieder zurückkommen.«

»Ist das wahr?« fragte sie zweifelnd.

»Du kannst mich töten, wenn das nicht wahr ist.«

Sie sah ihn ernst und forschend an, drehte sich dann zu ihm und umfaßte seine Beine. »Du und ich«, sagte sie, und es klang wie ein Schwur, »wir lassen uns nicht allein ...«

Ron hob sie von den Planken hoch, nahm sie auf die Arme und trug sie wieder in das Schiff zurück.

Zehn Tage später brachten die drei Brüder Tama'Olus und Willmore auf einer aus Palmholz gezimmerten Trage Tapana zurück in sein Haus. Das halbe Dorf begleitete den Transport mit fröhlichem Gesang und Händeklatschen. Allen voraus ging Tama'Olus Mutter. Sie trug ein von Descartes gekauftes buntes Kleid mit weitem Rock, hatte sich Hibiskusblüten ins Haar gesteckt und sich mit drei langen Ketten aus schwarzen Perlen geschmückt.

Vor allem die Frauen waren vollzählig zum Geleit gekommen, die Hälfte der Männer fischte in der Lagune oder auf offener See. Vier Insulaner waren im Inneren der Insel unterwegs und suchten eine wilde Ziege. Ein Schwein war bereits geschlachtet worden, der Erdofen war ausgelegt, angezündet und abgedeckt worden – die Rückkehr des genesenen Tapana war ein neuer Anlaß für ein großes Dorffest.

Obwohl er von all den Köstlichkeiten nichts essen durfte und nur den Hirsebrei mit Ziegenmilch oder zu Brei gestoßenes, gekochtes Hühnerfleisch schlürfte, nahm der Stammesfürst an der allgemeinen Freude teil. Und er hatte auch im Takt der Lieder mitgeklatscht, als seine Söhne und Willmore ihn an der Lagune entlang zum Dorf trugen.

Willmore hatte sich in den vergangenen vierzehn Tagen erstaunlich gut mit seinem Schicksal abgefanden und schnell auf der Insel eingelebt. Es war so gekommen, wie er angedroht hatte: Er schlief in Rons Hütte, beanspruchte sie ganz für sich, während Tama'Olu und Ron auf dem Schiff wohnten.

Dort lehrte Ron seine Geliebte, wie man auf dem Elektroherd kocht, wie man mit dem Entsafter umgeht und mit der Universalküchenmaschine zerkleinert, hackt und rührt.

Tama'Olu begriff das alles sehr schnell, hatte es – wenigstens nach außen hin – aufgegeben, sich über alles zu wundern und zunächst an Zauberei zu glauben. Sie überraschte

Ron eines Mittags mit ihrem ersten in der Pfanne gebackenen Pfannkuchen aus Maismehl, den sie mit Erdbeermarmelade gefüllt hatte. Stolz servierte sie den Pfannkuchen auf einem großen Teller, setzte sich nackt an den Tisch und sah zu, wie Ron ihr Meisterwerk verzehrte.

Wenn sie allein auf der Yacht waren, lief Tama'Olu immer ohne Kleid herum. Nur wenn Willmore in dem kleinen Beiboot herübertuckerte, zog sie ihren mit großen Mohnblumen bedruckten Bademantel an oder eins von den komischen Dingern, die aus einem Höschen und einem schmalen Tuch bestanden, das man um die Brüste binden mußte. Ron nannte das einen Bikini. Bequem war dieses Ding nicht, aber weil Ron es wollte, band sie sich das komische Kleidungsstück um.

Getaucht hatten sie noch nicht wieder. Erst mußte alles an Land gebracht werden, was Ron in Papeete eingekauft hatte, vor allem das gesamte Material für die Herstellung von Elektrizität. Die Kabelrollen, die Benzinfässer, die Schalter und Steckdosen und das vielfältige Kleinmaterial machten keine Schwierigkeiten, Ron brachte alles mit dem Tender auf die Insel. Nur die Transformatoren und Generatoren, die in Papeete mit einem Kran an Bord gehievt worden waren, bereiteten Ron Kopfzerbrechen. Sie ließen sich zwar über Deck rollen, aber wie sollte man sie über die Bordwand in den Tender bringen?

Ron zimmerte mit Willmores Hilfe einen starken hölzernen Tragebalken, hing seinen neuen Flaschenzug daran, legte dicke Nylonseile um die Kisten und ließ sie hinunter auf den Tender schweben. Dort standen die drei Brüder Tama'Olus und nahmen sie in Empfang. Die Inselbewohner hatten schnell begriffen, wie man mit den mordernen Geräten umgehen mußte. Sie waren äußerst gelehrig und freuten sich wie die Kinder, als Ron ihnen an Land die zunächst per Batterie betriebene Kreissäge vorführte und mit der Kettensäge im Ruckzuck dicke Palmen fällte. Die Qual des Hakkens mit dem Beil war vorbei.

Als Fai'fa später seinen ersten Baum mit der Kettensäge umlegte, in wenigen Minuten und mit einem sauberen, geraden Schnitt, warf er die Arme hoch in die Luft, wie er es sonst tat, wenn er draußen vor dem Riff einen der lauernden Haie abgestochen hatte.

Vom Tender schleppten dann zehn kräftige Männer die schweren Kisten auf Traghölzern an Land und stapelten alles rund um Rons Hütte,

»Wahnsinn, was Sie da alles mitgeschleppt haben!« sagte Willmore, nachdem sie einen ganzen Tag lang nur ausgeladen hatten. »Kühlschrank mit Eisbereiter, elektrische Nähmaschine, Stichsägen ... Sie haben einen Knall, Ron! Sie suchen das Paradies, und wo Sie's gefunden haben, katapultieren Sie es ins 20. Jahrhundert. Und wieder ist es Scheiße mit dem Paradies.«

»So habe ich auch erst gedacht. Aber dann sagte ich mir: Ich mache ihnen das Dasein leichter, sie werden von nun an ein weniger mühsames Leben führen können. Sie werden elektrisches Licht haben, Maschinen für die Feldarbeit, die zermürbende Knochenarbeit ist vorbei. Haben Sie nicht gesehen, wie Fai'fa sich über die Kettensäge gefreut hat? Er hat sie sogar geküßt.«

»Und von jetzt ab werden diese Wilden faul werden. Ron. Die Maschinen tun ja die meiste Arbeit. Ich kenne das von Pangai her. Je mehr Fortschritt ins Land kommt, um so unzufriedener werden die Menschen. Und die Kriminalität steigt. Lernen die Leute dann noch Whisky und Brandy kennen, ist bald der Teufel los. Ich bin gespannt, wann's hier den ersten Totschlag gibt.«

»Mit unserer Art Alkohol werden sie nicht in Berührung kommen, Jack.«

»Das können Sie gar nicht verhindern.«

»Wieso nicht? Was ich an Alkohol aus Papeete mitgebracht habe, ist auf der Yacht verschlossen. Und den Schlüssel habe nur ich. Die Männer hier kennen nur ein Bier aus Mais, Kokosmilch und Bananen, ein gegorenes Gebräu, von dem man einen elefantendicken Schädel bekommt, sonst nichts. Und dabei wird's bleiben«

Er blickte über die Kisten, Kartons, Säcke und Fässer, die um sein Haus herum lagen, und klopfte Willmore auf die Schulter. »Mein Lieber, jetzt werden wir in die Hände spukken und endgültig mit der Kultivierung Tonu'Atas beginnen.«

»Und womit fangen wir an?«

»Was ist das Wichtigste, Jack, um alles aufbauen zu können?«

»Energie. Elektrizität.«

»Sie sind ein kluges Kerlchen. Also bauen wir erst das ›Elektrizitätswerk Tonu'Ata‹ Wenn die erste Glühbirne brennt, haben wir gewonnen.«

»Verstehen Sie etwas von dieser Materie?«

»Gar nichts«, gab Ron zu. »Aber wozu gibt es Gebrauchsanweisungen?«

»Wer Sie hört, muß sich an den Kopf fassen und an Ihrem Verstand zweifeln. Ron, Sie stecken kein Messer in die Erde, sondern wollen mit Generator und Trafo arbeiten! Ein Glück für Sie, daß ich was davon verstehe . . .«

»Da sagen Sie ein wahres Wort, Jack.« Ron lachte Willmore an. »Da habe ich doch den richtigen Griff getan, als ich Sie für immer mit der Insel verheiratete.«

»Abwarten, Ron. Sie haben mich übrigens nie gefragt, ob ich verheiratet bin.«

»Wären Sie's, hätten Sie längst von Ihrer Frau und Ihren Kindern erzählt.«

»Eine umwerfende Logik! Was wollen Sie übrigens mit den langen Stahlstangen?«

»Sie zusammensetzen und einen Mast errichten.«

»Und daran die Flagge von Tonga hissen, was?«

»Witzbold. Wir bauen einen Kurzwellensender . . .«

». . . und senden flotte Tanzmusik von 10 bis 12 und 20 bis 22 Uhr. Sender KWK . . . Kurz-Welle Kokosnuß . . . Ron, Sie haben wirklich 'ne Macke!«

Willmore, das gab Ron ganz offen zu, war eine wertvolle Hilfe. Und das nicht nur auf technischem Gebiet. Was er für Tapana tat, konnte in einer modern eingerichteten Klinik nicht sorgfältiger geschehen. Er legte neue Drains an, verband den Kranken, verhinderte Wundinfektionen und weitere Entzündungen. Schließlich zog er sogar die Operationsfäden und wusch mit Hilfe Tama'Olus den wieder kräftiger werdenden Körper Tapanas, rieb ihn mit Franzbranntwein ein und regte so die Durchblutung an. Sehr sorgfältig überwachte er das Essen. Wegen der Darmverklebungen mußte Tapana lange Zeit Brei essen und den Organismus behutsam wieder an feste Nahrung gewöhnen. Nach drei Wochen sagte Willmore selbstzufrieden:

»Sie können mir gratulieren, Ron – der Alte ist über dem Berg. Die Operation von Dr. Rudeck war hervorragend, aber auch auf die Nachbehandlung kommt es in einem solchen Fall an.«

»Sie sehen ja, wie dankbar die Insulaner Ihnen sind. Auch Sie sind bereits in den Stamm eingegliedert.«

»Soll ich deswegen einen Freudentanz vollführen? Mir wäre lieber, Sie ließen mich ziehen.«

»Jetzt noch? Das ist unmöglich geworden. Was wollen Sie sagen, wo Sie die ganze Zeit über gewesen sind? Und dann kommt schließlich doch noch raus, daß es Tonu'Ata gibt.«

»Damit müssen Sie so oder so rechnen. Es ist nur eine Frage der Zeit, bis die Insel entdeckt wird.«

»Hundert Jahre scheint es gutgegangen zu sein. Noch mal hundert Jahre genügen mir.«

Auf der Insel begann man nun, Hand in Hand zu arbeiten. Die Dankbarkeit der Eingeborenen zeigte sich darin, daß sie ein Haus für Willmore bauten. Es war ein großes, langgestrecktes Haus aus Plamholzbrettern und Flechtwerk, das an der Rückseite einen zweiten Eingang bekam. Dieser führte zu einem Raum, in dem die medizinische Einrichtung untergebracht werden sollte.

»Was wollen Sie mehr, Jack,« lachte Ron eines Tages.

»Da entsteht eine Poliklinik, in der Sie bestimmt genug Arbeit bekommen werden. Der Medizinmann ist entmachtet und abgeschoben. Nur die ganz Alten lassen sich noch von ihm mit Salben, Zaubersprüchen, Gerassel und Beschwörungen behandeln.«

»Und ich warte auf seine Rache. Ein verdammt unangenehmes Gefühl. Können Sie mir nicht eine Pistole oder ein Gewehr geben? Ich bringe Sie nicht um, Ron. Ich will nur ruhiger schlafen.«

»Auf Sie wird aufgepaßt, Jack. Sie merken das bloß nicht. Nomuka'ta kann sich nicht unbeobachtet anschleichen, und wenn Sie mal in den Wald gehen, sind immer zwei oder drei Männer in Ihrer Nähe.«

»Das ist mir aufgefallen. Trotzdem – ich wäre lieber wieder in Pangai.«

In den Palmenwald hinein setzten sie die Generatoren und den Trafo. Die Kabel zogen sie hoch durch das Geäst: ein Hauptkabel zum Dorf, eines zu Rons und Willmores Haus. An einen dicken Holzpfahl hinter Tapanas Haus schraubten sie die Panzersicherung und die Verteiler für das Dorf an. Die zweite Panzersicherung legten sie in Rons Haus in einem großen Blechkasten voller Einzelsicherungen an. Sogar Sicherheitsautomaten hatte Ron mitgebracht.

Trotzdem sagte Willmore nach einem Monat: »Wenn das ein Elektriker sieht, reißt er sich alle Haare aus. Wann wollen Sie die Generatoren anwerfen?«

»Sobald alles verkabelt ist, Jack. Und das wird ein Volksfest, wie es Tonu'Ata noch nicht erlebt hat, das schwöre ich.«

Alles, vor allem Willmores Hausbau, war einfacher geworden. Mit der Kreissäge konnte man jetzt Bretter zurechtsägen und mit großen Nägeln befestigen. Es gab Zangen, Bohrer, Schrauben und Schraubenzieher, Handsägen und Hämmer, Hobel und Stecheisen. Und es war für Ron eine Freude zu sehen, wie schnell sich die Insulaner mit diesen Werkzeugen anfreundeten, wie geschickt sie damit umgingen. Sie besaßen eine unwahrscheinliche Lernfähigkeit.

Wenn man ihnen einmal die Funktion eines Gerätes erklärt hatte, begriffen sie es sofort, und ihre Gesichter glänzten vor Eifer.

Ein neuer Festtag wurde es für das Dorf, als Tapana zum erstenmal allein und ohne auf seine Frau gestützt vor die Hütte trat und langsam hinüberging zu Ron und Willmore. Die drei Söhne und Tama'Olu begleiteten ihn. Auf einen dicken Ast gespießt, trugen sie ein gebratenes Ferkel hinter Tapana her.

Willmore faßte Ron am Arm.

»Die bringen uns ein Spanferkel!« sagte er. »Sehen Sie sich den Alten an, wie er geht . . . Sieht so ein Todeskandidat aus? Ich hätte vor vier Wochen keinen Penny mehr für ihn gegeben.«

»Das ist Ihr Schwein, Jack. Das ist der höchste Dank der Dörfler. Gleich wird Tapana den Braten anschneiden und Ihnen das erste Stück geben. Damit sind Sie in die Gemeinschaft aufgenommen. Mr. Willmore, ich begrüße Sie in Tapanas großer Familie.«

»Danke. Ob Sie's glauben oder nicht – ich fange an, mich an Ihr Paradies zu gewöhnen.«

Wie schnell ein halbes Jahr herumgehen kann, entdeckte Ron erst, als er auf der Yacht in einem Kalender blätterte.

Willmores Haus war längst fertig, der Sendemast stand, Rons Hütte war um das Doppelte erweitert worden. Mit dem Motorpflug hatten sie neue Felder angelegt, und ihre Ernte verdreifachte sich. Ein kleines Wunder aber war es für das Dorf, als Ron die Generatoren anwarf. Willmore faltete die Hände. Sein Gesichtsausdruck wirkte angespannt.

»Wenn du jetzt am Schalter drehst und fliegst nicht mit einem elektrischen Schlag durch die Luft, haben wir gewonnen«, sagte er. Irgendwann hatten sie mit einer Flasche Montrachet Brüderschaft getrunken. Sie fanden es beide blöd, sich jetzt noch immer zu siezen. »Hast du ausgerechnet, wie lange das Benzin reicht?«

»Im Dorf gibt es täglich von 11 bis 13 Uhr und von 18 bis 20 Uhr Strom. Nur bei uns wird es auch nachts brennen – und bei Bedarf auf den Baustellen.«

»Dann gib mal das Startzeichen für die Zukunft!«

Ron hatte den Haupthebel heruntergedrückt, flog nicht durch die Luft, aber über seiner Eingangstür und zunächst im Haus von Tapana leuchteten flackernd die Glühbirnen auf.

Welch ein Abend!

Die Frauen des Dorfes begannen zu singen, und die Männer, mit Blütenketten und kunstvoll geflochtenem Stroh geschmückt, tanzten ihre uralten Ritualtänze, allen voran die drei Brüder Tama'Olus. Es waren Tänze voller Grazie und Kraft. Nur Tama'Olu gab sich überlegen und unbeeindruckt. Sie kochte und briet, backte und siedete ja bereits seit sechs Monaten auf dem Elektroherd der Yacht. Für sie war helles Licht aus der Decke oder aus der Wad nichts Neues mehr, und sie hatte sich aus den herrlichen Baumwollstoffen aus Tahiti auf der elektrischen Nähmaschine bereits vier Kleider genäht.

In den letzten zwei Monaten hatten sie das Tauchen wieder aufgenommen. Mit der Yacht fuhr Ron in die Bucht der Schwarzen Perlen, warf dort am Rand der Muschelbänke die Anker und stieg nun bestens ausgerüstet hinab in die Tiefe. Er hatte modernste Tauchgeräte mitgebracht: Neoprenanzüge, Preßluftflaschen, Bleigürtel, Harpunen, batteriebetriebene Meißel, Unterwasserscheinwerfer, Drahtkörbe und Schwimmflossen.

Zuerst hatte sich Tama'Olu geweigert, diese Ausrüstung anzulegen. Wie immer tauchte sie nackt ins Meer, schwamm elegant wie ein schlanker brauner Fisch zu den Muscheln und hackte sie mit ihrem Messer ab.

Aber dann sah sie, daß Ron sich mit einer gelben Stahlflasche auf dem Rücken auf die Wippen hockte und der ratternde Meißel die Muscheln abschlug, so daß er sie nur einzusammeln brauchte.

Fünfmal tauchte sie auf, holte tief Luft und stieß wieder zu ihm hinunter, und er saß noch immer auf den Felsen und winkte ihr übermütig zu. Sie sah sein lachendes Gesicht hinter dem ovalen Glas der Brille und konnte einfach nicht begreifen, warum er es so lange unter Wasser aushielt. Er erntete die Muscheln, als hole er Maniokwurzeln aus dem Feld.

»Das muß ich auch lernen, Ovaku,« sagte sie, als Ron wieder an Bord geklettert war und drei große Stahlkörbe voller Muscheln aus dem Wasser zog. »Warum brauchst du keine Luft mehr?«

»Ich nehme die Luft auf dem Rücken mit. Und mit den Bleigürteln kann ich dreißig und mehr Meter tief tauchen. Da, wo du nie hinkommst – und wo vielleicht die schönsten Perlen wachsen.«

»Das will ich auch können.« Und gelehrig, wie sie war, hatte sie das neue Tauchen nach drei Tagen begriffen und ließ sich neben Ron von der Reling rücklings ins Meer und in die Tiefe fallen.

Bevor sie wieder zurück zum Riff führen und Ron die Yacht vorsichtig durch die schmale, flache Einfahrt steuerte, saßen sie jeden Abend unter dem Sonnensegel, öffneten die Muscheln, warfen die tauben zurück ins Wasser und lösten die Perlen aus dem glitschigen Fleisch. Hellgraue, dunkelgraue und schwarze Perlen von einem matten, seidigen Glanz kamen zum Vorschein. Perlen, bei deren Anblick Charles Bouchet die Hände zusammengeschlagen hätte. So etwas Schönes gab es nicht wieder!

In diesen zwei Monaten waren auch drei Perlen dabei, die die Faszination der ›Königin des Meeres‹ besaßen – jenes Juwels, das Myers von Degrelle in Papeete gekauft und das Pandelli so aufgeregt hatte.

Als Ron 323 Perlen zusammenhatte und diesmal in einem schonenden Samtsäckchen aufbewahrte, glaubte er, daß es nun an der Zeit sei, mit Tama'Olu die Fahrt in die große weite Welt anzutreten.

Auch Willmore mußte unterrichtet werden. Er hatte sein

schönes Haus bezogen, eingerichtet mit Möbeln der Yacht, die Ron in Papeete dann ersetzen wollte.

Willmore hatte die Wartung des ›Elektrowerkes‹ übernommen, aß als Familienmitglied bei Ron und hielt in der »Poliklinik« jeden Morgen Sprechstunde ab wie ein richtiger Doktor. Sogar einen weißen Kittel trug er dann, was allen Ehrfurcht einflößte.

An Kranken mit kleinen Wehwehchen gab es genug aber viele kamen auch nur, um sich von ihm untersuchen zu lassen und um zu sehen, was er mit ihnen tun würde. Vor allem die jungen Frauen und Mädchen standen wartend vor seiner »Ordination«, wie er den abgeteilten Raum im hinteren Teil des Hauses nannte. Er brauchte gar nichts zu sagen, die Mädchen kamen ins Zimmer und warfen sofort ihre Röcke ab. Zuerst war Willmore verwirrt gewesen, aber Ron erklärte ihm: »Die Menschen hier haben eine andere Beziehung zu ihrem Körper als wir. Für sie ist Nacktheit etwas ganz Natürliches. Niemand wird dadurch sexuell erregt.« Und mit der Zeit gewöhnte sich Willmore tatsächlich an den Aufmarsch der schönen ebenmäßigen Frauenkörper.

Krank war auch Tama'Olus jüngste Schwester Lanei'ta, die fast jeden Tag kam und mal über Rückenschmerzen, mal über Bauchdrücken klagte. Mal war's der Hals und ein andermal ein Stechen in der rechten, zugegeben schönen Brust. Willmore untersuchte sie stets sehr geduldig, fand jedoch nichts, was auf eine Krankheit hingedeutet hätte und gab ihr ein Pulver, das er selbst anrührte und verschieden färbte, von Gelb bis Rot und Violett. Eine Mischung aus Mehl und Zucker oder aus Reis, den er im Mixer zermahlen hatte.

»Ich bin genauso ein Halunke wie Nomuka'ta,« sagte er einmal zu Ron. »Nur habe ich andere Möglichkeiten. Der Medizinmann sollte mal bei mir in die Lehre gehen!«

»Du kannst ihm ja mal den Vorschlag machen. Seit Monaten geht er nicht mehr von seinem Götzenplatz weg, und es geht auch keiner der Dörfler mehr zu ihm hin. Er geht ein wie eine heruntergebrannte Kerze. Aber wenn du mit ihm sprichst, nimm vorsichtshalber Fai'fa mit.«

Diesem Vorschlag war Willmore nach drei Monaten auch gefolgt, aber Nomuka'ta hatte ihn nur stumm angesehen, hatte die Hände wieder über die Augen gelegt und den Kopf gesenkt. Lieber will ich sterben, hieß das.

An dem Abend, an dem Ron zu Willmore ging, um ihm zu sagen, daß er für einige Zeit wegfahren wolle, war es Willmore, der zuerst redete.

Tama'Olu wirtschaftete in der modernen Küche und backte einen Kastenkuchen. Jack Willmore tat sehr feierlich und wichtig, ging vor Ron hin und her und suchte nach Worten.

»Das ist so«, begann er zögernd. »Na ja, als Arzt habe ich ja Schweigepflicht . . .«

»Idiot!« unterbrach ihn Ron.

»Du kennst doch Lanei'ta.«

»Natürlich, frag nicht so dumm!«

»Sie ist meine ständige Patientin. Hat mal dies, mal jenes. Immer waren ihre Beschwerden harmlos, genaugenommen nichts – bis ich vor zwei Wochen etwas entdeckte . . .«

Ron wurde sofort ernst und sah Willmore betroffen an.

»Du lieber Himmel, man muß es Tama'Olu sagen!«

»Später, Ron, später.« Willmore hob wie abwehrend beide Hände. »Ich denke noch darüber nach.«

»Ist es so ernst?«

»Ich fürchte, ja.«

»Sie . . . sie wird nicht mehr lange leben?«

»Mit der Krankheit kann sie uralt werden. Trotzdem . . .«

»Jack, nun sag es endlich, was du bei ihr entdeckt hast!«

»Nicht nur bei ihr, auch bei mir.« Willore holte tief Luft. »Ron, wir lieben uns«, stieß er dann hervor.

Einen Augenblick war es still im Raum, aber dann begann Ron zu lachen, so laut, so ungestüm, daß Tama'Olu aus der Küche herausstürzte und nur den Kopf schüttelte. Ron schien sich nicht beruhigen zu können, lachte und lachte und hieb sich dabei auf die Schenkel.

»Was hat er?« fragte Tama'Olu.

»Er ist ein blöder Hund!« Willmore nahm seine nervöse Wanderung wieder auf und war sehr verlegen. »Manchmal ist er unerträglich.«

»Liebling, gib Jack einen Kuß!« japste Ron. »O Gott, mein Bauch tut weh! Jack, so etwas verkündet man nicht unvorbereitet. Schatz, wer da so mit miesem Gesicht herumläuft, ist Jack Willmore, dein zukünftiger Schwager. Er liebt Lanei'ta!«

»Ich weiß«, sagte Tama'Olu ruhig.

»Du weißt es?« riefen die beiden Männer wie aus einem Mund.

»Bei uns gibt es keine Lügen. Bei uns wird alles erzählt. Lanei'ta ist ganz krank vor Liebe. Fatahefi Tapana wartet, daß Jack zu ihm kommt und mit ihm spricht.«

»Und was sagen deine Brüder?«

»Sie sind einverstanden.«

»Sie sind einverstanden! Sie machen keine Schwierigkeiten!« Willmore raufte sich die Haare. Sehr theatralisch sah das aus. »Aber sie brauchen ihre Speere nicht in der Hand zu wiegen – ich habe Lanei'ta bisher nicht angerührt.«

»Das weiß ich.«

»Auch darüber sprecht ihr?« stammelte Willmore fassungslos.

»Wir sagen uns alles. Es gibt keine Geheimnisse.«

»Das Paradies, Jack, da hast du es«, sagte Ron gemütlich. »In Reinkultur. Jeden Hüpfer macht die ganze Familie mit.«

»War's bei dir vielleicht genauso?«

»Ja. Ich habe geglaubt, daß Tama und ich uns heimlich lieben – dabei wußte es bereits das ganze Dorf.«

»Es ist ernst, Ron, bestimmt, es ist mir todernst. Ich will sie heiraten, richtig heiraten, und sie nicht nur ›meine Frau‹ nennen, wie du's mit Tama'Olu machst.«

»Ich nehme an, du willst nach Pangai zurück, bei der nächsten sich bietenden Gelegenheit.«

»Vergiß, was ich vor einem halben Jahr gesagt habe.«

Willmore schielte zum Wandschrank hinüber, hinter dessen Tür leise ein kleiner Kühlschrank summte.

»Ich glaube, ich habe einen Whisky verdient.«

»Du wirst gleich zwei brauchen, Jack.« Ron ging zu Tama'Olu und legte den Arm um ihre Schultern. Erstaunt blickte sie zu ihm auf. »Nächste Woche geht's auf See – nach Tahiti.«

Tama'Olu zuckte unter seiner Umarmung zusammen. Ängstlich sah sie zu ihn hoch. »In . . . in die andere Welt?«

»Ja, mein Engel. Wir werden Möbel kaufen, schöne Kleider für dich, Benzin und Gas, Preßluftflaschen, Werkzeuge, Kartons voll Dosen mit Zucker, Gewürzen, Mehl, Backpulver, Hefe . . .«

». . . und Windeln, einen Schnuller, Babywäsche . . .«, ahmte Willmore ihn nach.

»Vielleicht. Auch daran sollte man denken. Wir werden zwei Monate wegbleiben, und so lange gehört die Insel dir als meinem ›Gouverneur‹. Du garantierst mir dafür, daß hier alles weiterläuft wie bisher. Jetzt können wir ohne Sorgen fahren, du wirst auf der Insel bleiben. Dafür sorgt schon Lanei'ta.«

Tama'Olu schob Rons Arm von ihrer Schulter und ging mit gesenktem Kopf zurück in die Küche. Ron blickte ihr nach und sah dann Willmore fragend an.

»So ganz glücklich scheint sie nicht zu sein«, stellte Jack leise fest. »Mir deinen Worten: So etwas sagt man nicht unvorbereitet. Du wirst mit deinem Engelchen noch viel zu reden haben, ehe du die Anker lichtest.«

»Wann gehst du zu Tapana?« wollte Ron wissen.

»Morgen. Ich werde Lanei'ta an die Hand nehmen und mich dann für die Welt verloren erklären.«

»Viel Glück, Jack.«

»Das wünsche ich dir auch.«

An einem sonnigen Sonntagmorgen verließen sie Tonu'Ata. Bei ruhiger, ja fast glatter See lief die Yacht ›Paradies‹, wie Ron sie getauft hatte, durch die enge Einfahrt des Korallenriffs hinaus auf den Ozean.

Am Strand standen Willmore, Lanei'ta, Tapana, seine Frau, die übrigen Geschwister Tama'Olus und das ganze Dorf und winkten ihnen nach. Die drei Brüder segelten in ihren Auslegerbooten voraus wie eine Ehrenformation. Draußen, auf See, zog Ron dreimal das Nebelhorn und ließ den dumpfen, durchdringenden Ton über die Insel schallen.

Tama'Olu stand nicht mit ihm an Deck und winkte zurück. Sie saß zusammengesunken im großen Salon auf dem Rundsofa und starrte gegen die mit Mahagoni getäfelten Wände.

Die weite, unbekannte Welt öffnete sich ihr, und sie hatte Angst davor. Unbeschreibliche Angst – und konnte sich nicht erklären, warum. Doch ein Gefühl war in ihr, als sähe sie Tonu'Ata nicht wieder.

Sie führen Stunde um Stunde, und das Meer hörte nicht auf. Wohin man blickte, in jede Richtung – nur wogendes Wasser und ein heißer Himmel.

Diesmal gab es für Ron keine Schwierigkeiten, keine Unsicherheit und kein Ausprobieren. Die Satellitennavigation beherrschte er jetzt exakt. Er trug seine Position in die Seekarte ein, programmierte den Autopiloten auf Tahiti und hatte dann Zeit, sich endlich von dem anstrengenden halben Jahr zu erholen, an Deck zu faulenzen, Musik zu hören, zu lesen, vor allem Konsalik – es gab leider nichts Besseres an Bord –, und Tama'Olu zu lieben.

In der ersten Nacht auf dem Meer hatte sie sich förmlich an ihn geklammert, ihr Gesicht an seine Brust gedrückt und lange geweint. Er hatte ihren glatten, warmen Körper gestreichelt und ihr zärtlich zu helfen versucht, über ihre Trauer und ihr Heimweh hinwegzukommen.

Als die Küste Tahitis auf dem farbigen Bildschirm des Radars erschien, griff Ron nach dem Hörer des Funktelefons und wählte die Rufnummer von Charles Bouchet.

Es summte und knackte, und dann hörte er den Perlen-Großhändler so deutlich, als säße er im Nebenzimmer.

»Raten Sie mal, wer hier spricht, Charles!« rief er.

»Ich bin Perlenhändler, aber kein Rätselrater«, knurrte Bouchet. »Nennen Sie Ihren Namen, oder ich lege auf.«

»Trinken wir wieder in der Suite Nummer drei Ihren abscheulichen Absinth?«

»Ron! Ron Edwards!« Bouchets Stimme überschlug sich fast. »Welche Überraschung! Wo sind Sie? Von wo rufen Sie an?«

»Ich bin auf dem Weg zu Ihnen, ich sehe schon die Küste von Tahiti. Ich komme mit 25 Knoten zu Ihnen gerast.«

»Willkommen auf Tahiti, Ron! Die hübschen Mädchen warten schon auf uns!«

»Sie haben wieder Pech, Charles: Ich bringe meine Frau mit!«

»Nach Tahiti bringen Sie Ihre Frau mit? Ron, sind Sie verrückt geworden?«

»Das werden Sie heute abend werden, das schwöre ich Ihnen. Heben Sie von der Bank schon mal vorsichtshalber 527 000 Dollar ab. Sie wissen ja: Cash!«

»Ron!« Bouchet japste nach Luft. »Sie kommen mit neuen Perlen? Schwarzen?«

»Dreihundertzwanzig in Superqualität, wie von mir gewöhnt – und wieder drei ›Königinnen der Meere‹.«

»Das darf nicht wahr sein! Ron – wann sehen wir uns?«

»Heute abend um zwanzig Uhr im Hafen. Auf meinem Schiff ›Paradies‹. Und tun Sie mir einen Gefallen: Saufen Sie nicht vorher. Meine Frau mag keinen Alkoholatem.«

Ron legte auf und wußte, daß Bouchet jetzt wie ein Wahnsinniger nach Hause raste, sich duschte und einen weißen Smoking anzog. Und ihm würden förmlich die Augen aus dem Kopf fallen, wenn er Tama'Olu sah.

Darauf freute sich Ron besonders!

15

Pünktlich um 20 Uhr fuhr Bouchet auf der Pier vor und hielt vor der Gangway, der schnittigen Yacht. Er hatte seinen Chauffeur mitgebracht in der Erwartung, daß es trotz der Anwesenheit von Madame Edwards zu einer kräftigen Sauferei kommen würde, denn über 500 000 Dollar mußten begossen werden – das war man einer solchen Summe einfach schuldig.

Ron beobachtete vom Fenster des großen Salons, wie der dicke Perlenhändler ausstieg, seinem Fahrer einige Anweisungen gab und der Wagen gleich darauf davonfuhr. Dann nahm Bouchet die ›Paradies‹ in Augenschein, spitzte die Lippen und ging auf die Gangway zu.

Neben Ron stand Tama'Olu in einem traumhaft schönen Abendkleid, das sie kurz zuvor in einem Modesalon mit den neuesten Kreationen aus Paris gekauft hatten. Eng anliegend, den Körper modellierend, schulterfrei ... und darüber flossen aufgelöst Tamas lange schwarze Haare wie ein seidener Schleier.

»Du siehst hinreißend aus«, hatte Ron gesagt, und selbst ihm war vor Bewunderung für einen Augenblick die Luft weggeblieben. Soviel Schönheit auf einmal, bei einem einzigen Menschen, kann es eigentlich gar nicht geben.

Mit Tama'Olu war in den ersten Stunden in Papeete nicht zu reden gewesen.

Zum erstenmal sah sie die breiten Boulevards, die hohen Steinhäuser, die Treppen und Gärten, Plätze und Straßen, von denen ihr Ron erzählt hatte. Sie sah diese Fahrzeuge, die er Autos nannte, und andere, offene, bunt bemalte große Autos voller Menschen – Ron sagte, man nenne sie hier Trucks. Sie sah Menschen auf knatternden Sitzen, die zwischen zwei Rädern hingen. Lichter zuckten an den Hauswänden und über Geschäften, und sie gingen inmitten eines Gewimmels von Menschen in noch nie gesehenen Kleidern, die Frauen in Schuhen mit hohen Absätzen, die Männer in merkwürdigen Hemden. In großen Fenstern lagen Dinge, die sie nicht kannte, und überall herrschte ein Lärm, der ihr in den Ohren schmerzte. Es war wirklich eine andere Welt, faszinierend, aber auch abstoßend, voller Hetze und Lärm. Und die Menschen sahen alle aus, als flüchteten sie vor etwas oder jagten wilden Tieren hinterher. Doch ihre Augen waren merkwürdig leer, selbst die der Menschen, die ihre Hautfarbe hatten.

Ergeben, fast betäubt, ließ sie sich in dem Modesalon die Kleider anpassen. Sie stieg in die hochhackigen Schuhe, in denen sie nicht gehen, sondern nur balancieren konnte, ließ sich in einem spiegel- und kristallblitzenden Salon ein diskretes Make-up machen, weil Ovaku es so wollte, und glaubte dann, im Spiegel eine fremde Frau zu sehen, die ein wenig Ähnlichkeit mit ihr hatte. Nur die Haare rührte keiner an . . . und schon darüber war sie glücklich.

Nun stand sie also neben Ron im Salon und sah, wie der kleine rundliche Mann in einer weißen, schönen Jacke und schwarzen Seidenhosen die Gangway hinaufging und dabei einen riesigen Strauß gelber Teerosen schwenkte.

Sie schaute zu Ron hinüber. Wie der dicke Mann trug auch er so einen weißen Anzug mit einer lustigen Fliege unter dem Kinn, nickte ihr jetzt zu, sagte: »Liebling, dein erster großer Auftritt!« und stieg die Treppe hinauf an Deck.

Sie folgte ihm, was etwas schwierig war mit den hohen Absätzen, in kurzem Abstand. Dann blieb sie unter dem Sonnensegel stehen und wartete.

Bouchet umarmte Ron wie einen zurückgekehrten Sohn, küßte ihn auf beide Wangen, was Tama'Olu sehr komisch fand. Wieso küssen sich Männer? Beide klopften sich bei der Umarmung kräftig auf die Schultern und schrien sich an, als müßten sie einen Gegner erschrecken.

»Ron! Willkommen! Welche Freude! Wie geht es Ihnen? Blendend sehen Sie aus! Über ein halbes Jahr ist es her, seit wir uns gesehen haben.«

»Auch Sie sehen fabelhaft aus, Charles. Mann, Sie werden ja immer jünger! Kein Faltchen im Gesicht.«

»Das ist der Trost der Dicken: Da ist kein Platz für Falten. Haha!«

Bouchet riß das Papier von seinem Rosenstrauß und blinzelte Ron zu. »Wo ist Ihre Wunderfrau?«

»Dort.« Ron gab den Blick auf Tama'Olu frei.

Bouchet riß den Mund auf, starrte Tama'Olu wie eine Erscheinung an und schluckte mehrmals. Er war nicht hingerissen – er war wie erschlagen.

»Sie ist wirklich ein Wunder«, flüsterte er. »Gratuliere, Ron. Sie ist hundertmal schöner als Ihre Perlen.«

Er riß den Rosenstrauß hoch und wurde dann stumm vor so viel Schönheit.

»Liebling, darf ich dir Monsieur Charles Bouchet vorstellen«, sagte Ron und nahm Tama'Olu an die Hand. »Der beste Perlenhändler von Tahiti und der größte Gauner.«

»Madame...« Bouchet beugte sich formvollendet über Tamas Hand und hauchte einen Kuß darauf. »Sie sehen mich überwaltigt. Und hören Sie nicht auf das, was Ron sagt. Er ist ein Ignorant. Daß er Sie uns allen vorenthalten hat, werde ich ihm nie verzeihen.«

Und jetzt war es Ron, als schwanke unter ihm der Boden, als höre er völlig Unbegreifliches. Tama'Olu nahm die Rosen mit einem Lächeln entgegen, steckte das Näschen hinein und sagte:

»Mr. Bouchet, das sind die schönsten Rosen, die ich bisher bekommen habe. Wie herrlich sie duften! Ron, müssen Sie wissen, hält nicht viel von Blumen. Er züchtet Kakteen.«

»Ein Barbar, Madame! Unglaublich. Wie können Sie nur mit so einem verrohten Menschen leben?«

»Charles, trotz Smoking trete ich Ihnen gleich im den Hintern! Stecken Sie das Süßholz weg.«

»So haben sich früher die Hunnen benommen, Madame.« Bouchet atmete ihr Parfüm ein, warf einen langen Blick auf den Saum des Mieders, der die Ansätze ihrer Brüste andeutete, und fragte sich, wo Ron wohl diese Göttin aufgetrieben hatte. Eine Polynesierin war sie, ohne Zweifel. Wo aber wuchsen solche Zauberwesen?

»Ich habe uns einen stillen Tisch im ›Trocadero‹ bestellt«, sagte Ron und boxte Bouchet in den Rücken. »Ist Ihnen das recht? Sonst kocht meine Frau immer an Bord, aber heute . . .«

»Natürlich ist es mir recht«, unterbrach ihn Bouchet galant. »Obwohl ich glaube, daß ich bestimmt noch nie so köstlich gegessen hätte wie bei Madame.«

»Das können wir nachholen.« Tama'Olu blitzte Bouchet an, und das Gesicht des Dicken begann zu zucken. »Nennen Sie mir einen Wunsch, und ich erfülle ihn – beim Kochen.«

»Gehen wir.« Ron faßte Tama'Olu unter, Bouchet rannte voraus, um ein Taxi heranzuwinken.

»Du Luder«, sagte Ron leise zu Tama und drückte ihren Arm. »Ich kenne dich nicht wieder. Wo hast du es gelernt, so unverschämt zu flirten?«

»Ich bin eine gelehrige Frau, das weißt du doch, Ovaku.« Sie lachte leise, und ihr Blick ging Ron unter die Haut. »Ich begreife schnell. War ich gut?«

»Zu gut! Darüber unterhalten wir uns nachher noch im Bett. Du bist ein satanischer Engel. Du bist etwas Wunderbares.«

Der Abend im ›Trocadero‹, einem der exklusivsten Lokale von Papeete, wurde ein voller Erfolg. Nicht nur für Tama'Olu, deren Blicke Bouchet fast um den Verstand brachten, sondern auch für Ron.

»Können Sie die 527 000 Dollar in bar beschaffen?« fragte er.

»Erst muß ich die Perlen sehen, und dann reden wir darüber.«

»Meine Frau findet sie einmalig. Wollen Sie anderer Meinung sein als meine Frau?«

»Wie können Sie so etwas denken, Ron? Das Urteil von Madame ist für mich wie das Urteil des Paris.«

»Das – vergessen Sie es nicht – letztendlich den Trojanischen Krieg auslöste.«

»Aber doch nicht zwischen uns, Ron!« Bouchet winkte den Kellner herbei. »Darf ich?«

»Was?«

»Einen Absinth. Ich habe ihn nötig.«

»Aber nur einen, Charles!«

Bouchet kippte den höllischen Schnaps mit einem Schwung hinunter und fühlte sich gleich wesentlich ruhiger. »Wo kriegen Sie die Perlen her? Ich weiß, Sie werden es nie verraten, Ron, aber mir scheint, als hole Madame sie direkt aus dem Himmel. Wann kann ich die Perlen sehen?«

»Morgen vormittag. Zehn Uhr. Abgemacht? Und bringen Sie das Geld gleich mit. Sie wissen ja: Ich kassiere schnell ... aber dafür bekommen Sie auch eine einmalige Ware. Das ist mein Prinzip.«

»Sie haben einen Gatten, Madame, dessen Unverschämtheit schon charmant ist.« Bouchet beugte sich zu Tama'Olu vor und lächelte sie über den Tisch hinweg an. »Aber ich mag ihn.«

»Das kann ich verstehen.« Tama'Olus Lächeln konnte Felsen schmelzen. »Ich liebe ihn.«

»Das Glück trifft oft den Falschen.« Bouchet nahm Tama'Olus Hand und küßte die Fingerspitzen. Ron lehnte sich lächelnd zurück und wartete, bis Bouchet die Hand wieder freigab. »550 000 Dollar«, sagte er dann.

»Wieso denn das?«

»Dieser Kuß und Ihr provozierendes Flirten mit meiner Frau kosten Sie 23 000 Dollar. Ich bin eifersüchtig, Charles! Gegen mich war Othello ein Waisenkind. Das muß bezahlt werden.«

»Madame – « Bouchet starrte Tama'Olu entgeistert an. »Haben Sie das gehört? Retten Sie sich! Kommen Sie zu mir!«

Es wurde noch viel gelacht an diesem Abend. Erst nach Mitternacht rief Bouchet seinen Chauffeur an und bestellte ihn zum ›Trocadero‹.

Er brachte Ron und Tama'Olu zu ihrer Yacht zurück und versicherte, daß er eine schlechte Nacht haben werde, weil er bestimmt von Madame träumen müsse.

Für Tama'Olu war das alles noch wie unwirklich. Das feudale ›Trocadero‹ mit den Kellnern im weißen Dinnerjackett, das Essen mit Kaviar, Hummer und weißer Trüffelsuppe, der Wein, der ihr gar nicht schmeckte, denn der trockene Sancerre Le Grand Chemarin 1983 war ihr zu sauer, das Dessertbuffet mit Eis-Parfaits, Mousse de chocolade, Torten und Fruchtsalaten mit verschiedenen Likörsorten, die eleganten Frauen und die meist gutaussehenden Männer, die verstohlen zu ihr herüberblickten, dieses quirlige Leben auf den Straßen, die Neonreklame mit zuckenden Bildern und Laufschriften . . . alles schlug über ihr zusammen und nahm ihr schier die Luft zum Atmen.

»Oh, Ovaku«, sagte sie, als sie endlich wieder allein auf der Yacht waren und sich im Schlafzimmer auszogen. »Gefällt dir das?«

»Was, mein Liebling?«

»Dieses andere Leben. Alles ist so laut! Alle Menschen rennen herum, als würden sie verfolgt.«

»Sie werden auch verfolgt, mein Schatz, verfolgt zum Zwang, Erfolg zu haben. Wer zu langsam ist, wird von den anderen überholt und kommt immer zu spät. Das Leben ist ein ständiger Kampf um Positionen.«

»Auf Tonu'Ata nicht.«

»Darum ist es auch ein Paradies.« Er küßte sie auf Mund und Busen, und wie immer, wenn er sie berührte, bog sie sich ihm entgegen. »Du warst die Schönste von ganz Tahiti. Die Männer haben dich angestarrt, als wärst du von einem anderen Stern gefallen.«

Sie setzte sich auf die Bettkante, zog die Beine an und stützte das Kinn auf die Knie. Ihre samtbraune Nacktheit glitzerte im Kristallicht der venezianischen Lampen. Sie schlief nur nackt, sie wollte Rons Körper an ihrer Haut spüren. »Sind die Perlen wirklich so teuer, Ovaku?«

»Hier ja, weil sie so selten sind.«

»Kannst du meine Ketten auch verkaufen?«

»Nein. Die behältst du.«

»Wenn sie dir helfen können . . .«

»Deine Ketten kann niemand bezahlen. Sie müßten in New York im Schaufenster liegen, bei Bulgari, Cartier, Tiffany . . .«

»Was ist New York?«

»Eine große Stadt, Engelchen. Eine der größten Städte der Welt.«

»So groß wie Papeete?«

»Papeete wäre noch nicht mal ein Stadtteil von New York.« Ron legte sich ins Bett und zog Tama'Olu zu sich herüber. Sie schmiegte sich in seine Arme. »Auch New York werde ich dir zeigen. Nächstes Jahr. Wir werden von Tongatapu über Hawaii und San Francisco nach New York fliegen.«

»Mit Jacks Hubschrauber?«

»O nein . . . mit einem Riesenflugzeug, in dem fast vierhundert Menschen Platz haben.«

»Und das fliegt hoch in der Luft? Vierhundert Menschen?« Sie lächelte und boxte ihn gegen die Brust. »Du lügst, Ovaku! So etwas gibt es nicht.«

Sie küßten sich, und Tama kuschelte sich in seine Arme und schlief schnell ein.

Ron aber lag noch lange wach, streichelte ihren glatten, warmen Körper und war unendlich glücklich. Mehr als ich kann ein Mensch nicht besitzen, dachte er. Mehr vom Schicksal zu verlangen wäre Vermessenheit und Untergang.

Es gibt noch Paradiese . . . auch auf dieser Welt.

Bouchet war, das mußte man anerkennen, ein cleverer Geschäftsmann, vor allem war er pünktlich. Genau um 10 Uhr vormittags stieg er wieder die Gangway zur Yacht hinauf, einen Aktenkoffer aus Schweinsleder an ein Handgelenk gekettet, als transportiere er geheimes Diplomatengepäck.

Sein erster Blick fiel auf den gedeckten Tisch unter dem Sonnensegel. Kaffee, Gebäck und Früchte standen bereit, und mittendrin sah er in einer geschliffenen Vase seine gelben Teerosen stehen.

Die Bar in der Bordwand war herausgeklappt, die Flasche Absinth leuchtete ihm förmlich entgegen. Ron, Sie sind ein wirklicher Freund, dachte er.

Tama'Olu empfing ihn in einem umwerfenden Strandkleid, unter dem sich deutlich ein winziger Bikini abzeichnete. Wieder trug sie ihre langen schwarzen Haare lose über der Schulter und ließ sie im warmen Wind, der vom Meer kam, wehen.

Bouchet küßte ihr erneut die Hand, sagte: »Madame, verzeihen Sie mir, daß mich Ihr Anblick sprachlos macht«, schloß dann seine Kette vom Handgelenk auf und stellte den Aktenkoffer in einen der Sessel. »Sie haben sich mit dem Petit Déjeuner eine so große Mühe gemacht . . .«

»Die Kuchen sind selbst gebacken, Monsieur.«

»Mit diesen zarten Händen? Ich werde jeden Bissen erst küssen, ehe ich ihn hinuntcrschlucke.«

Aus dem Niedergang kam Ron heraus und drohte dem Gast sofort mit dem Finger. Aber er lachte dabei. »Charles, Ihr Süßholz reicht für eine ganze Zuckerfabrik. Nehmen Sie Platz, trinken Sie eine Tasse von Tama'Olus hervorragendem Kaffee und kippen Sie dazu Ihren geliebten Höllenschnaps.«

»Alles der Reihe nach, Ron. Erst mal will ich wissen: Wo sind die Perlen?«

»Unten im Salon. Glauben Sie, ich breite sie hier auf Deck vor aller Augen aus? Sie haben das Geld dabei?«

»Wie können Sie so etwas fragen, Ron?« Bouchet tat beleidigt. »Ich habe schon in der Badewanne Rundgespräche geführt . . . die Hälfte der Perlen ist bereits vorbestellt oder verkauft.«

»Womit Sie aus der Badewanne raus einige Millionen Francs verdient haben. Aber ich gönne es Ihnen, mein Freund. Ich will auch nicht meine Preise höhertreiben – es sei denn, der Markt verändert sich, und das heißt, nur nach oben.« Er holte ein kleines Wasserglas, goß es halbvoll mit Absinth und reichte es Bouchet.

Tama'Olu goß schwarzen, köstlich duftenden Kaffee in die Tassen. Über ihnen, ziemlich niedrig, donnerte ein Jumbo-Jet der Air France, von Paris kommend, zum Flugplatz von Papeete. So ein Flugzeug muß Ron gestern gemeint haben, dachte Tama'Olu. Vierhundert Menschen ... und damit werde ich auch fliegen! Nach New York, dieser Riesenstadt, die hundertmal größer als Papeete ist ... sagt Ron. Oh, Ovaku, wer soll dir das glauben?

Bouchet kippte seinen Absinth, aß zwei Stückchen Kuchen, von denen er behauptete, so könnten nur himmlische Wesen backen, trank zwei Tassen Kaffee, die er Sonnentau nannte, so einmalig seien sie, und stieg dann mit Ron hinunter in den Salon.

Tama'Olu blieb an Deck und legte sich in einen Liegestuhl. Sie vertiefte sich wieder in ihr Lehrbuch der englischen Sprache. So vieles konnte sie noch nicht! Aber sie wollte alles lernen – Ovaku zuliebe, den sie mehr liebte als sich selbst.

Auf dem Tisch, auf einer Unterlage aus hellrotem Samt, schimmerten die 320 schwarzen Perlen.

Schon an der Treppe blieb Bouchet stehen, wischte sich über die Augen und sagte leise: »Das ist Wahnsinn! Ron, das ist kompletter Wahnsinn! Sie setzen da völlig neue Qualitätsmaßstäbe für Perlen. Alle Händler werden dastehen wie Talmiverkäufer. Wissen Sie, daß das gefährlich für uns werden kann?«

»Wieso?«

»Sie bringen den Markt völlig durcheinander!«

»Mit lächerlichen 323 Stück?«

»Es spricht sich sehr schnell in allen Perlenmetropolen herum, daß Bouchet in Papeete über eine unbekannte Quelle noch nie gesehener schwarzer Perlen verfügt. Natürlich werde ich nichts verraten, aber man wird mich massiv bedrängen.«

»Charles, beginnen Sie nicht, mit diesem Argument den Preis zu drücken.« Sie setzten sich an den Tisch, die ausgebreiteten Perlen zwischen sich. »Haben Sie Ihren Taschenröntgenapparat wieder bei sich?« fragte Ron spöttisch.

»Bei Ihnen nicht nötig.« Bouchet klappte den Aktenkoffer auf . . . er war randvoll mit gebündelten Dollarscheinen. »Zählen Sie nach, Ron.«

»Auch nicht nötig, Charles. Ich will ja wiederkommen, und Sie wollen kaufen.«

»Sagen Sie bloß, Sie hätten noch mehr!«

»Wie ein guter Bauer brauche ich nur zu ernten.«

»Ich werde wahnsinnig! Kommen Sie von einem anderen Stern? Auf unserer Erde gibt's das nicht.« Er stieß einige Perlen mit den Fingerspitzen an und ließ sie auf dem Samttuch hin und her rollen. »Ehrlich, was soll ich sagen, wenn man mich fragt?«

»Sagen Sie, irgendein spleeniger Amerikaner käme aus San Francisco – nein, besser aus Hawaii – geflogen und brächte diese Perlen mit.«

»Und das soll man mir glauben? In Amerika bekäme er doch mehr dafür als hier auf Tahiti.«

»Er hat eben einen Spleen, Charles.«

»Und Sie werden die nächste Sendung nun auch in Amerika verkaufen.«

»Nein. Treue um Treue. Sie waren mein erster Kunde, wir verstehen uns von Mensch zu Mensch, das bindet. Ich bin nicht der Typ, der nach dem Start seinen Partner in den Hintern tritt, nur um ein paar Dollar mehr herauszuschlagen. Das nächstenmal komme ich mit Ware, die eine ganze Million wert ist. Horten Sie schon mal Geld, Charles.«

Als sie wieder hinaufkamen an Deck – Bouchet jetzt das Köfferchen mit den Perlen an sich gekettet – stand Tama'Olu an der Reling und blickte auf das wimmelnde Leben im Hafen und auf der Uferpromenade. Sie hatte das Strandkleid ausgezogen und trug nur diesen Hauch von Bikini. Ihr geschmeidiger, hellbrauner, herrlicher Körper glänzte im

Sonnenlicht. Um den schlanken Hals, herunterreichend bis zu den kaum bedeckten Brüsten schimmerte ihre dreifache Kette aus großen schwarzen Perlen.

Bouchet starrte erst ihre Figur, dann die Kette an, verdrehte die Augen, küßte ihr die Hand und lief wortlos zur Gangway. Erst dort sagte er rauh:

»Sie sind ein perverser Lüstling, Ron! Erst zeigen Sie mir Ihre Frau, die einen um den Verstand bringen kann, und jetzt auch noch diese Dreierkette auf diesem Busen! Das ist gemein! Was kostet die Kette?«

»Unbezahlbar, Charles.«

»Alles ist bezahlbar! Scheuen Sie sich nicht, einen Preis zu nennen.«

»Unmöglich. Die Kette und ihre Trägerin gehören zusammen. Und ich verkaufe doch nicht meine Frau!«

Bouchet schüttelte den Kopf, klopfte Ron auf die Schultern und betrat die Gangway. »Sehen wir uns noch? Wie lange bleiben Sie noch in Papeete?«

»Bestimmt acht Tage, wenn nicht länger.«

»Dann darf ich Sie zu mir einladen? Mit ›Sie‹ meine ich auch Ihre Gattin.«

»Wir kommen gern, Charles.«

Tama'Olu winkte Bouchet nach, als er in seinen Wagen stieg und wegfuhr.

»Wie war ich, Ovaku?« fragte sie wieder wie am Abend vorher.

»Man sollte dich einsperren und keinem Mann mehr zeigen.«

Sie lachte, bog sich nach hinten und ließ ihre langen Haare wehen. »Und meine Kette?«

»Er wollte sie sofort kaufen. Wenn nötig, mit dir dazu.«

»Siehst du!« Sie lachte wieder. »So kannst du reich werden mit mir.«

»Lieber zusammen mit dir ein Bettler als ohne dich der Beherrscher der Welt.«

Am Nachmittag fuhr Ron seine Yacht wieder in die

Werft, wo er sie gekauft hatte. Er wollte die gesamte technische Anlage durchsehen lassen. Eine große Inspektion.

Myers neues großes Luxusschiff lag halbfertig im Dock. Er selbst, so erfuhr Ron vom Betriebsleiter, war mit einem jungen Starlet in Florida. In einer Illustrierten war ein Bild von ihnen gewesen.

»Fünfzig Jahre jünger«, sagte der Geschäftsführer geringschätzig.

»Das kostet ihn eine schöne Stange Geld und eine Herzschwäche.« Ron lachte. »Beeilen Sie sich mit der neuen Yacht, sonst sitzen Sie auf ihr fest.«

Zwei Tage später strich Piero de Luca wie gewohnt durch Papeete, um die Schaufenster der Juweliere zu inspizieren. Bei Alain Degrelle blieb er wie vom Donner gerührt stehen, starrte auf die Auslage ohne Preis, betrat sofort den Laden und traf Degrelle allein an. Der Juwelier wurde blaß, de Luca gab ihm wortlos eine kräftige Ohrfeige, und Degrelle sagte sofort:

»Von Bouchet ... gestern abend.«

Ebenso stumm, wie er eingetreten war, verließ Piero de Luca wieder das Geschäft. Aber dann raste er zu seiner Firma und traf Pandelli beim Studium ungefaßter Brillanten an.

»Ron Edwards ist wieder da!« rief de Luca. Pandelli fiel die Lupe aus den Augen. »Degrelle hat sieben schwarze Perlen im Fenster liegen ... sieben Gedichte. Von Bouchet erworben.«

»Sofort die Beobachtungen wieder aufnehmen!« Pandelli schoß aus seinem Sessel hoch und schlug die Hände gegeneinander. »Piero, dieses Mal entwischt er uns nicht! Miete bis auf weiteres die ›Roi de Tahiti‹. Die hat sogar einen Hubschrauber an Bord.«

»Mieten mit Hubschrauber?«

»Natürlich, du Idiot!« brüllte sein Boß. »Gerade darauf kommt es doch an!«

Piero de Luca war so klug, fluchtartig das Büro zu verlassen.

Die ›Aktion Edwards‹ rollte an ...

Es dauerte keine zwei Tage, da liefen von allen Seiten die Meldungen bei Pandelli ein. Die erste war auch die wichtigste: Bouchet hat Edwards und eine Frau abgeholt und zu sich nach Hause gebracht. Die Yacht liegt auf der Werft. Und dann: Edwards und die ihn begleitende Frau haben bei ›Duforts‹ Kleider gekauft. Edwards und die Frau waren im Schuhladen von Rocky Steel. Edwards und seine Begleiterin haben bei ›Electro Central‹ vier Kühlschränke, vier Herde und eine Reihe von Küchenmaschinen gekauft. Bei ›Tahiti Art‹ erstanden sie ballenweise Stoff.

»Zum Teufel: Edwards und die Frau!« schrie Pandelli. »Wer ist ›die Frau‹? Ein Flittchen aus der Rue Montaigne?«

»So sieht sie nicht aus, Alessandro.« Piero de Luca bekam glänzende Augen, wenn er sich Tama'Olu vorstellte. »Bei ›Tahiti Art‹ stand ich neben ihnen. Er nennt sie Darling und gegenüber der Verkäuferin ›Meine Frau‹!«

»Er ist verheiratet?«

»Scheint so. Und was für eine Frau das ist! Eine Eingeborene . . .«

»Da haben wir die heiße Spur, Piero. Endlich! Endlich! Dort, wo er sich die Frau geholt hat, gibt's auch die Perlen! Das ist nur logisch. Vielleicht ist er erst durch die Frau an die Perlenbank herangekommen! Und nur um den Preis, daß er sie heiratet! Da hängt man sich leicht eine braune Katze an den Hals.«

»Sie ist ein Wunder von Frau, Chef.«

»Und wenn sie die Mona Lisa wäre . . .«

»Schöner.«

»Von mir aus soll er sie Tag und Nacht bumsen! Wir haben ihn, Piero, ihn und seine geheime Perlenquelle. Wir werden Edwards eine Partnerschaft vorschlagen.«

»Das heißt, du wirst ihn liquidieren.«

»Das ist falsch ausgedrückt, mein Junge.« Pandelli stand am Fenster und blickte hinunter auf das Menschengewimmel. »Ich sagte es, glaube ich, bereits einmal: Wir werden den Markt ordnen. Und bei jedem Auskehren fällt naturgemäß Schmutz an . . .«

Zehn Tage blieb Ron in Papeete, und zehn Tage und Nächte lang wurde seine Yacht bewacht. Pandelli selbst war einmal auf Beobachtungsposten und verfolgte mit dem Fernglas die Bewegungen an Deck.

»Wirklich eine schöne Frau«, murmelte er. »Aber dem Typ nach kommt sie nicht aus Französisch-Polynesien. Edwards ist ja auch damals aus unserem Archipel herausgefahren. Vielleicht nach Fidji, Rarotonga oder Samoa? Samoa . . . so sieht sie aus. Aber bei Samoa gibt's keine Perlen. In der ganzen Gegend nicht. Das steht fest.«

»Es hat auch keiner Diamanten in Sibirien vermutet, Alessandro«, wagte de Luca einzuwerfen. »Und weder dein Vater noch deine Mutter, Piero, haben gemerkt, welch ein Idiot du bist. Die Fundstellen von Perlen sind längst registriert. Auch die möglichen, die theoretischen. Samoa ist nicht dabei, und alles, was weiter östlich liegt, auch nicht. Da gibt es sehr gute Korallen, aber keine schwarzen Perlen.«

»Wir werden es bald wissen, Chef.« Piero de Luca setzte sein Fernglas an die Augen und beobachtete, wie Tama'Olu sich auf einer Sonnenliege räkelte. »Das ist eine Frau, die selbst einen Eisblock zum Schmelzen bringen könnte«, stellte er mit Kennermiene fest. »Der Bursche hat ein Glück . . .«

»Gehabt!« ergänzte Pandelli brutal und setzte sein Glas ab. »Gehabt! Die Zukunft sieht anders aus. Gönnen wir ihm noch die paar Wochen Glück.«

Er verließ seinen Beobachtungsposten, fuhr in die Innenstadt von Papeete und begegnete – es gibt gemeine Zufälle – auf der Straße Ron Edwards. Er kam gerade aus einem Geschäft für Eisenwaren und Werkzeuge.

Pandelli ging eine Weile hinter ihm her, was in dem Gedränge von Menschen nicht auffiel, und blieb ihm auf den Fersen bis zur Uferpromenade. Dort schlenderte er lässig an ihm vorbei, als Ron sich in ein Straßencafé setzte und eine Portion Eis, ohne Sahne, bestellte.

Es muß schnell gehen, dachte Pandelli, während er weiterging. Er ist ein kräftiger, durchtrainierter Kerl. Es sollte besser nicht zu einem Kampf kommen. Für Gegenwehr darf man ihm keine Zeit lassen.

Pandelli erinnerte sich an seine Zeiten in Italien, später in Chikago, New York und San Francisco, an das lautlose Gewehr mit Schalldämpfer, in dessen Holzkolben jeder Treffer eingeritzt war und der als Legitimation für neue Aufträge gegolten hatte. So und nicht anders mußte man den Fall Edwards lösen, wenn man seine Muschelbank erst einmal entdeckt hatte.

Den ganzen zehnten Tag lang wurde die Yacht dann wieder beladen. Es war unglaubhaft, was Ron alles eingekauft hatte und was dieses Schiff in sich aufnehmen konnte, wenn man jede Ecke ausnützte und vollstapelte! Nur das Schlafzimmer ließ Ron unberührt, nicht der kleinste Karton kam da hinein. Diese Rücksichtnahme war er Tama'Olu schuldig.

Kurz vor der Abfahrt kam noch einmal Bouchet an Bord und verabschiedete sich. »Wann sehe ich Sie wieder?« fragte er.

»Wie versprochen, Charles: Wenn ich für eine Million Dollar Perlen habe.«

»Das war kein Witz, Ron?«

»Mit einer Million Dollar macht man keinen Witz mehr. Übrigens, ist Ihnen nichts aufgefallen, Charles? Sie waren dreimal hier bei mir auf der Yacht, und dreimal tauchte hinter Ihnen ein hellblauer Peugeot auf.«

»Ich habe nichts bemerkt, Ron.«

»Kann ein Zufall sein. Haben Sie Feinde, Charles?«

»Nicht, daß ich wüßte. Aber Neider ... selbstverständlich. Der Erfolgreiche wird immer Zielscheibe des Neids sein. Ein stetes Wettrennen ist das Leben, und der Überholte wird immer schreien: Haltet ihn fest! Er hat gemogelt! Damit muß man leben. Sie haben diese Anstrengungen zum Glück nicht nötig. Sie sind rundum ein glücklicher Mensch, Ron. Bleiben Sie es. Und wenn es aus meinem Mund nicht so blöd klingen würde, möchte ich jetzt sagen: Gott mit Ihnen.«

»Danke, Charles.«

Gegen zehn Uhr morgens, nach Abwicklung aller Hafen- und Zollformalitäten, fuhr die ›Paradies‹ aus dem kleinen Werkshafen der Werft wieder hinaus in die Südsee.

Draußen lag ein großes Schiff und wartete. Ron fuhr in einiger Entfernung ahnungslos daran vorbei und stellte nur fest, daß auf Deck ein Hubschrauber stand. Es muß doch verflucht reiche Leute auf Tahiti geben, dachte er. Oder ist's ein arabischer Scheich, der sich ausnahmsweise mal hier herumtreibt und nicht zwischen Marbella und Monte Carlo? Er stellte die Motoren auf halbe Fahrt, peilte den Kurs an, gab ihn in den Autopiloten ein und stieg zu Tama-Olu an Deck.

»Das also war Papeete, mein Schatz«, sagte er. »Hat es dir gefallen?«

»Sehr«, antwortete sie, weil sie glaubte, Ron würde das gern hören.

»Du lügst!« Ron hob den Finger. »Engel dürfen nicht lügen.«

»Ich freue mich, daß wir zurückfahren nach Tonu'Ata«, gestand Tama'Olu da. »Ich freue mich, mit dir wieder allein zu sein. Ich freue mich, meine Brüder, die Schwestern, Vater und Mutter wiederzusehen. Alles ist so laut in der anderen Welt.«

Sie blickte an sich hinunter. Sie trug eine lange, dünne weiße Hose und darüber eine weite kostbare Seidenbluse mit einem Blumenmuster. »Muß ich das jetzt anlassen, Ovaku?«

»Du siehst bezaubernd aus, vor allem in dem Abendkleid.«

»Muß ich es anziehen bei uns im Haus?«

»Du kannst anziehen, was du willst, mein Liebling. Alles, was dir gefallt . . .«

»Wirklich?«

»Aber ja!«

Sie jauchzte auf, warf die Arme hoch und drehte sich mehrmals um die eigene Achse. Dann zog sie die Bluse aus, schleuderte die Schuhe von den Füßen und machte ein paar übermutige Tanzschritte.

»So ist es schön, Ovaku!« rief sie. »So wie früher. Das andere war wie eine Fessel, eng, zusammengeschnürt. Muß man auf so hohen Absätzen balancieren?«

»Nein.«

»Warum soll ich es dann tun, Ovaku?« wollte sie wissen.

»Weil du dann noch schöner aussiehst, mein Engel.«

»Ist Schönheit da draußen in deiner Welt so wichtig?«

»Ja. Es ist verrückt und doch wahr: Schönheit öffnet alle Türen.«

»Bei uns sind alle Türen offen.«

»Das ist ja auch das Paradies.«

»Dann ist die ganze andere Welt die Hölle, ja?«

»Vielleicht. Die wenigsten Menschen denken darüber nach. Sie wollen es auch gar nicht so genau wissen.«

»Dann machen wir es so, Ovaku«, schlug Tama'Olu vor und drückte die Seidenbluse fest an die Brust. »Im Paradies trage ich das hier . . .« Sie streckte den Arm mit der Bluse von sich und stand da in herrlicher Nacktheit. »Und ich mache mich schön, wenn wir wieder in die Hölle gehen. Wo sind wir jetzt, Ovaku? Noch in der Hölle?«

»Nein, auf dem Weg ins Paradies.« Er griff nach ihren Händen und küßte sie so, wie es Bouchet getan hatte. »Unsere nächste Reise geht nach Telekitonga.«

»Was wollen wir dort? Auch einkaufen?«

»Nein. Heiraten.«

Er zog sie an sich, so heftig, daß sie das Gleichgewicht verloren und auf die Planken fielen. Sie rollten, eng umschlungen über das Deck und lachten. Lachten wie zwei übermütige Kinder.

Die ›Roi de Tahiti‹ rauschte hinter der ›Paradies‹ her – mit der gleichen Geschwindigkeit, aber mit einem Abstand, bei dem sie mit bloßen Augen nicht erkennbar war. Nur auf dem Radarbild war sie deutlich zu sehen, und das genügte.

Auch Ron sah auf seinem Schirm das andere Schiff, aber er dachte sich nichts dabei. Nur Pandelli, der neben dem Kapitän auf der Brücke stand, wurde unruhig, wenn er Edwards aus den Augen verlor.

»Gehen Sie doch näher ran!« forderte er ungeduldig. »Wenn wir ihn verlieren, werden Sie Ihr Leben lang nicht mehr froh, das garantiere ich Ihnen.«

»Wir haben ihn im Radar, das genügt«, erklärte der Kapitän.

»Ihnen! Ich gehe auf Sicherheit.«

»Radar ist sicher«, sagte der Kapitän stur. Er war ein Mischling, Vater Franzose, Mutter Tahitianerin. Er war so rasch nicht aus der Ruhe zu bringen.

Die ›Roi de Tahiti‹ gehörte einer Chartergesellschaft, die das Schiff an Millionäre vermietete, die wichtige Kunden zu einer Fahrt in die Südsee einluden, meist eine Woche lang, denn dann war das Geschäft gemacht und die Verträge waren unterschrieben. Dabei halfen auch ausgesucht hübsche Mädchen mit Blütenkränzen im Haar. Dementsprechend waren auch die Kabinen eingerichtet, schalldichte Liebesnester, in denen den meist biederen Geschäftsleuten Hören und Sehen verging.

Dem Kapitän war es gleichgültig, wen er über das Meer fuhr, er bekam seinen Lohn und 10 Prozent vom Bordumsatz. Er verdiente gut, und da lohnte es sich, nichts zu sehen, nichts zu hören, nichts zu sprechen. Die Philosophie der drei heiligen Affen bewährt sich immer.

Um so mehr hatte er sich gewundert, daß vier Männer ohne die üblichen Weiber im Schlepptau das Schiff gemietet hatten und nun ganz wild darauf waren, die vor ihm laufende Yacht nicht aus den Augen zu verlieren. Noch mehr erstaunte ihn die Antwort auf seine Frage: »Wo soll's denn hingehen?«

Der Mann, der anscheinend der Boß war, hatte geknurrt: »Fragen Sie nicht. Immer der Yacht nach.«

»Und wo fährt die hin?«

»Wohin wir fahren.«

Nach so einer dämlichen Antwort schweigt man besser.

Wer zahlt, hat immer recht und auch das Sagen.

»Er nimmt den gleichen Kurs wie damals«, stellte Pandelli erregt fest, als sie Moorea und Bora-Bora passiert hatten. »Aber diesmal hängt er uns nicht ab.«

»Ist da draußen Ihre Frau mit 'nem Liebhaber an Bord?« fragte der Kapitän.

»Sehe ich so aus, als ob ich einer Frau nachliefe?«

»Wer sieht schon so aus, Monsieur? Ich kenne Riesenkerle, die vor einem Püppchen herumhopsen wie ein Tanzbär. Und einer, von dem man denkt, das ist'n stiller Professor, der sticht aus Eifersucht plötzlich seine Frau ab. Also keine Frau?«

»Nein!« schrie Pandelli aufgeregt. Er hatte Ron wieder aus den Augen verloren. Der Horizont hatte ihn förmlich verschluckt. »Näher ran!« befahl er.

»Wenn Sie wollen, gehe ich so nahe heran, daß wir Seite an Seite fahren. Der da vorn hat keine zwölf Knoten drauf. Der scheint Zeit zu haben.«

Zwei Tage später lagen sie in Rarotonga nebeneinander an der Pier und bunkerten Treibstoff und Frischwasser. Das Zusammentreffen ließ sich nicht vermeiden, es waren die einzigen Zapfstellen weit und breit.

Nur einen kurzen Blick warf Ron auf das Schiff mit dem Hubschrauber an Deck, las den Namen ›Roi de Tahiti‹ und beachtete es dann nicht weiter. Nachdem die Yacht aufgetankt war, fuhr er weiter in Richtung Osten.

Pandelli dauerte es zu lange, bis auch sein Schiff Rarotonga verließ: »Wie lange dauert das denn noch?« herrschte er den Kapitän an.

»Noch eine Stunde. Keine Aufregung, Monsieur, die holen wir spielend ein.« Und dann, fragend fast: »Das wird wohl eine lange Reise . . .«

»Und wenn's rund um die Welt geht – Sie werden bezahlt.«

»Das wäre auch das mindeste, Monsieur. Ich fahre ja nicht aus Vergnügen wie Sie . . .«

Hinter Niué, das sie steuerbords liegen sahen und nicht anliefen, beugten sich Pandelli und der Kapitän über die Seekarte und blickten sich dann etwas ratlos an.

»Wo will er hin?« fragte der Kapitän wieder. »Wenn er jetzt weiter nach Osten fährt, kommt er nach Japan. Das heißt, er kommt nicht hin, denn dazu reicht sein Treibstoff nicht. Und unserer auch nicht.«

»Wir haben genug Reservefässer an Bord.«

»Trotzdem. Er muß jetzt bald nach backbord abschwenken und Kurs auf Tonga nehmen. Das ist der einzige Weg, der ihm bleibt. Tonga. Haben Sie damit gerechnet, Monsieur?«

»Nein«, sagte Pandelli später zu Piero und den anderen Männern, ausgesuchten Burschen, die Kung-fu beherrschten, mit einer Maschinenpistole umgehen konnten und ein Messer stets griffbereit hatten. Töten, vernichten war ihr Geschäft. »Tonga! Daran hat niemand gedacht. Wieso auch? Auf Tonga gibt's erst recht keine Perlen.« Er starrte Piero an, der verhalten grinste. »Dir schlag' ich gleich die Zähne ein, dann wird dir das dämliche Grinsen vergehen!« schrie er.

»Das ändert nichts daran, Chef«, entgegnete de Luca mutig, »daß wir vielleicht eine kleine Liebesreise begleiten und die Flitterwochen stören. Tonga ist dafür der richtige Ort.«

»Und wie ich sie stören werde«, knirschte Pandelli und hieb mit der geballten Faust auf die Seekarte. »Mir ist das jetzt gleichgültig. Ob auf Tonga oder Popola – ich spreche mit Edwards auf meine Art, und er wird mir alles sagen, alles! Wir fangen bei diesem Weibsbild an. Sie wird unser erster Gast, Piero. Wie schnell wird Edwards da den Mund aufmachen ...«

Nach zwei Tagen – die Yacht war wieder am Horizont verschwunden – drosselte der Kapitän den Motor der ›Roi de Tahiti‹.

Pandelli stürzte auf die Brücke, aber der Kapitän hob abwehrend beide Hände.

»Bevor Sie wieder hysterisch werden, Monsieur, eine Feststellung: Da, wo wir hinfahren, ist tatsächlich nichts mehr, nur Ozean. Tonga liegt backbords weit zurück, wir befinden uns jetzt auf der Höhe der Ha'apai-Inselgruppe, ebenfalls backbord . . . und steuerbord beginnt totale Einsamkeit. Und er fährt und fährt, jetzt mit voller Kraft, als wittere ein Pferd den Stall. Aber da ist nichts mehr!«

»Vielleicht doch?«

»Hier ist die Karte. Wenn Sie darauf ein Fleckchen Erde – und sei's auch nur einen Fliegenschiß – entdecken, sind Sie größer als Kolumbus und Cook zusammen.«

»Hinterher!« befahl Pandelli heiser vor Wut. »Hinterher! Was Edwards kann, können wir auch!«

»Wir könnten mit dem Hubschrauber mal die Gegend abfliegen, Monsieur.«

»Zu früh. Das machen wir erst, wenn wir Edwards Ziel erreicht haben.«

»Bon, Monsieur.« Der Kapitän nahm die Fahrt wieder auf. »Ich muß das aber meinem Chef durchfunken.«

»Nichts werden Sie, Kapitän.« Pandelli baute sich vor dem verblüfften Mann auf. »Sie, ein Steuermann und zwei Matrosen sind an Bord, das macht vier. Ich und meine Begleitung, wir sind fünf Mann. Wir haben außerdem den Vorteil, alle gut bewaffnet zu sein.«

»Soll das eine Meuterei werden?«

»So ähnlich.«

»Auch bei der Bounty ist das damals schiefgegangen, Monsieur.«

»Bei mir geht nichts schief. Entscheiden Sie sich: Entweder Sie tun, was ich Ihnen sage, oder Sie gehen der Einfachheit halber über Bord. Ob es hier in der Gegend Haie gibt, weiß ich nicht, aber Tausende Meilen schwimmen Sie auf gar keinen Fall.«

»Bleibt mir eine Wahl? Aber wir kommen ja mal nach Papeete zurück, und dann . . .«

». . . sind Sie ein reicher Mann, Kapitän, und brauchen

keine Manager mit ihren Miezen mehr auf dem Meer herumzugondeln«, vollendete Pandelli den Satz.

»Reich? Wieso?«

»Da vorn läuft ein Millionengeschäft vor uns her. Ich beteiligte Sie mit zehn Prozent, und jeder Ihrer Leute bekommt 50 000 Dollar. Ist das ein Wort?«

»Und um was geht's?«

»Schwarze Perlen.«

Der Kapitän verzog das Gesicht, als habe er in eine Zitrone gebissen. »Das hätten Sie gleich sagen können, Monsieur. Das hätte uns viel Nerven erspart. Hier gibt es keine Perlen.«

»Der Meinung war ich auch. Warten Sie's ab. Und jetzt gehen Sie zu Ihren Leuten und sagen ihnen, daß sie für 50 000 Dollar nichts zu tun brauchen als den Mund zu halten und sich nach meinen Anweisungen zu richten.«

Die ›Roi de Tahiti‹ schoß weiter durch die Südsee und hatte die ›Paradies‹ bald wieder im Radar.

Aber nach einer knappen Stunde stürzte der Kapitän zu Pandelli in den großen Salon. Er machte ein Gesicht, als habe er was Schreckliches gesehen. »Monsieur!« rief er. »Da ist etwas, das gibt es nicht. Ich habe Land auf dem Radar! Genau vor uns ... einen deutlichen Landstrich! Aber da gibt's laut Karte gar kein Land, da ist nur Ozean ...«

Pandelli griff sich ans Herz.

»Land«, wiederholte er leise. Piero de Luca war blaß geworden bei dieser Meldung. »Land, das es nicht gibt ...«

»Ja, Monsieur.«

»Das ist es! Freunde, das ist des Rätsels Lösung! Wir sind bei den schwarzen Perlen. Ich spür' es! Ich weiß es! Kapitän, das ist der Preis fürs Durchhalten!«

Es dunkelte bereits, als sie sich ohne Lichter der Insel näherten und in angemessener Entfernung Anker warfen. Da hier das Meer über 4000 Meter tief ist, konnten es nur zwei Treibanker sein. Die ganze Nacht über war die Brücke mit einer Wache besetzt, um die Abdrift zu kontrollieren.

In der Nacht saßen Pandelli, der Kapitän, seine Mannschaft und Pandellis ›Spezialisten‹ im Speisesaal zusammen und hörten sich an, was ihr Boß als Operationsplan entwikkelt hatte.

»Morgen früh fliegen wir mit dem Hubschrauber die Insel ab und sehen sie uns an. Wir prüfen, ob sie bewohnt ist, wieviel Einwohner sie gegebenenfalls hat, wo man an Land gehen kann und ob man aus der Luft schon Muschelfelder entdecken kann. Haben wir einen Überblick, fahren wir näher an die Insel heran und nehmen Kontakt mit Edwards auf. Er ist ein kluger Mensch, er wird seine Lage sofort überblicken und richtig einschätzen. Daraus entwickelt sich das Weitere. Gute Nacht, meine Herren. Gönnen Sie sich einen kräftigenden Schlaf. Wir werden Kraft nötig haben.«

Auf der Insel ahnte niemand etwas von der Anwesenheit eines zweiten Schiffes.

Ron und Tama'Olu wurden mit einem großen Volksfest empfangen, mit Gesang und Tanz und Blumenketten, und Tapana begrüßte Ron mit Küssen auf die Wange – das hatte ihm Willmore beigebracht. Überhaupt Willmore: Er und die zierliche, glückstrahlende Lanei'ta trugen ein bemaltes Stirnband um den Kopf, in den gleichen Farben, mit den gleichen Motiven, ein Zeichen, daß sie für immer zusammengehörten. Jack hatte Rons Abwesenheit benutzt, Lanei'ta nach den Riten von Tonu'Ata zu heiraten.

»Es ist alles in Ordnung, Ron«, berichtete er, als sie in Rons Haus saßen und zur Begrüßung eine Flasche Champagner tranken. »Das Elektrowerk funktioniert einwandfrei, die Funkstation ist okay, ich gehöre zum Dorf, und Lanei'ta ist eine wunderbare Ehefrau. Ich bin verrückt vor Liebe.«

»Und wenn ich jetzt zu dir sagen würde: Nimm deine Hummel und flieg zurück nach Pangai . . .?«

»Das wäre die grausamste Strafe. Dann schon lieber eine gnädige Kugel.« Willmore grinste und nickte dabei mehrmals. »Es ist ein einzigartiges Gefühl, zu wissen, daß es uns nicht gibt. Heute könnte ich dir um den Hals fallen für deine Idee, mich hierzubehalten. Als Gefangener auf Lebenszeit. Dabei bin ich jetzt freier denn je.«

In dieser Nacht schliefen Ron und Tama'Olu an Land in ihrem Haus und nicht auf der Yacht. So merkten sie auch nicht, wie sich im Morgengrauen die ›Roi de Tahiti‹ an die Insel heranschob und in respektvoller Entfernung von dem brandungsumschäumten Korallenriff die Anker warf.

Einer der Männer, die Pandelli mitgenommen hatte, machte den Hubschrauber klar.

Der Kapitän und Pandelli standen auf der kleinen Brükkennock und blickten hinüber zu Riff, Lagune, Strand und Dorf. Nichts rührte sich dort, es lag alles noch im tiefsten Schlaf. Bis tief in die Nacht hinein hatte das Dorffest gedauert, hatte man getanzt und gesungen. Auf Tonu'Ata gab es keine Uhren, die den Tagesablauf bestimmten, die den Menschen zum Sklaven der Zeit machten.

»Der Kerl ist in der Lagune«, sagte Pandelli. »Schaffen wir das auch, Kapitän?«

»Nie. Wir haben einen größeren Tiefgang als seine Yacht. Und auch für ihn ist's jedesmal ein Balanceakt. Monsieur, ich kann mich noch immer nicht beruhigen, daß wir eine neue Insel entdeckt haben. Die Pandelli-Insel . . .«

»So wird sie in der Tat heißen – und unbekannt bleiben! Unentdeckt. Wollen wir einen Sturm auf die schwarzen Perlen auslösen?«

»Auf gar keinen Fall, Monsieur.« Der Kapitän leckte sich aufgeregt über die Lippen. »Zehn Prozent für mich, sagten Sie. Wieviel könnte das werden?«

»Ganz vorsichtig geschätzt: 300 000 Dollar.«

»Das ist ein Witz, Monsieur.«

»Nein. Es kann sogar noch mehr werden . . .«

»Wenn das so ist, Monsieur . . .« Der Kapitän streckte seine Hand aus. »Meine Leute und ich werden für Sie durch die Hölle gehen, das versichere ich Ihnen.«

»Das werden wir vielleicht auch müssen.« Pandelli nahm

die Hand des Kapitäns an und schüttelte sie kräftig und mit einem vertrauenerweckenden Lächeln, obwohl er jetzt schon wußte, daß die einzige Partnerschaft von Kapitän und Mannschaft darin bestehen würde, daß sie nebeneinander in der Erde lagen oder auf den Meeresboden sanken.

Am Morgen weckte ein Knattern in der Luft den am Tama'Olus Brust schlafenden Ron. Mit einem Satz war er aus dem Bett. Jack, der Lump, hat uns alle getäuscht, nun haut er ab, dachte er spontan. Aber warum jetzt, warum nicht, als ich weg war?

Er stürzte aus dem Haus, nackt wie er war, und Tama'Olu rannte ihm nach, mit dem gleichen Gedanken und um ihre Schwester Lanei'ta zu trösten.

Aber Jack stand schon vor seinem Haus am Waldrand, hatte den Arm um seine Frau gelegt und starrte hinauf in den noch blassen Morgenhimmel.

Ein kleiner, fremder Hubschrauber, so eine leichte, gläserne Mücke, kreiste über ihnen und flog dann weiter ins Innere der Insel. Und ihnen gegenüber, jenseits des Riffs, lag breit und behäbig und trotz seiner Schönheit drohend ein Schiff.

Willmore rannte hinüber zu Ron, in seinen Augen stand blankes Entsetzen. Beim Laufen riß er den rechten Arm hoch und zeigte hinauf in den Himmel.

»Sie haben uns entdeckt, Ron!« schrie er. »Jetzt haben sie uns!« Keuchend blieb er vor Ron stehen, von seiner Stirn tropfte der Schweiß. »Einmal mußte das ja kommen früher oder später. Es gibt keinen unbekannten Fleck mehr auf der Erde. Was nun? Sag, was sollen wir tun?«

»Es ist meine Schuld, Jack. Ganz allein meine Schuld« Ron blickte zu dem Schiff hinüber. Im Nacken hörte er das Rattern der Mücke, die über die Palmenwipfel hinwegflog und die Insel erkundete. »Da drüben liegt die ›Roi de Tahiti‹.«

»Du kennst das Schiff?«

»Es hat mich seit Papeete verfolgt. Wir haben nebeneinander in Rarotonga gebunkert. Ich habe mir nichts dabei gedacht, ich war ein ganz naiver Affe ...«

»Affen sind nicht naiv, das sind hochsensible Tiere.«

»Ich war es nicht, Jack! Ich war mir meiner Sache zu sicher. Wer kennt mich denn? habe ich gedacht. Warum sollte man mir folgen? Daß zwei Schiffe den gleichen Kurs haben, kommt ja öfter vor. Und als die ›Roi‹ nachher verschwand, war für mich klar: Sie ist nach Tonga abgeschwenkt.«

»Scheiße! Und jetzt?«

»In die Lagune kommt sie nicht rein. Sie hat mehr Tiefgang als mein Boot.«

»Das ist aber auch alles. Sie landen mit einem Hubschrauber. Wer sind sie überhaupt?«

»Das werden wir bald erfahren. Ihre Mücke kann drei Mann aufnehmen, mehr nicht. Und da muß schon einer schiefsitzen. Sie werden hier landen, und dann wissen wir's.«

»Ich könnte verhindern, daß sie landen, Ron.«

»Wie denn?«

»Mit meinem Hubschrauber. Ich bin zweimal größer als ihr Floh. Ich setz' mich einfach über ihn und drücke ihn runter. Und wenn ihr Rotorblatt in meine Stahlkufen kommt, stürzen sie wie ein Stein ab.«

»Und du, Jack?«

»Ich, werde verbogene, Kufen haben, mehr nicht.«

»Aber der Zusammenprall läßt auch dich abstürzen.«

Nun war das ganze Dorf munter geworden. Die Männer standen mit ihren Speeren vor den Hütten, die Frauen und Kinder hockten im Schatten der Hauswände. Die drei Brüder Tama'Olus liefen durch den Ufersand zu Rons Hütte. »Warten wir erst ab, was sie wollen«, murmelte Ron.

Der kleine Hubschrauber kam zurück, kreiste über Dorf und Strand, dann klappte in der Glastür ein Spalt auf und ein mit Papier umwickelter Stein fiel in den Sand. Fai'fa, der am nächsten stand, hob den Stein auf und brachte ihn zu Ron. Der Hubschrauber machte kehrt und flog zum Schiff zurück.

Mit zitternden Fingern befreite Ron das Gummiband von dem Stein und entfaltete das Schreiben.

Die Sätze waren auf englisch geschrieben, mit einer gut lesbaren Handschrift trotz des Geschüttels in der kleinen Glaskanzel:

»Ich heiße Alessandro Pandelli. Tiefe Freude erfaßt mich, Ihre nicht existierende Insel gefunden zu haben. Ich sehe aus der Luft, daß Sie eine gute Funkstation gebaut haben und sicherlich auch Funktelefon besitzen. Ich gebe Ihnen hier meine Nummer und bitte Sie, mich auf dem Schiff anzurufen. Es ist allerlei zu bereden. Alessandro.«

Sie blickten wieder hinüber zu der ›Roi de Tahiti‹ und beobachteten, wie der Hubschrauber genau auf den Punkt an Deck aufsetzte.

»Fliegen kann der Kerl wirklich gut!« murmelte Ron.

»Den mach' ich fertig!« knirschte Jack Willmore und war blaß vor Aufregung. »Den drücke ich ins Meer und verwandle ihn in einen Wasserfloh.«

»Erst mal sehen, was sie wollen.« Ron ging zurück in sein Haus, setzte sich an sein Funktelefon und wählte die Nummer, die ihm zugeworfen worden war.

Sofort meldete sich eine freundliche, etwas schmierig klingende Stimme. »Ich wußte, daß Sie umgehend anrufen würden, Ron.«

»Alessandro?«

»Natürlich.«

»Wer sind Sie?«

»Kürzen wir meinen nicht gerade langweiligen Lebenslauf ab: Ich habe einen Juwelen- und Perlen-Großhandel in Papeete, bin also ein etwas größterer Kollege Ihres Freundes Bouchet.«

»Ich kenne Ihren Namen aus dem Telefonbuch. Fast hätte ich damals Sie statt Charles angerufen.«

»Das wäre für alle Seiten besser gewesen, Ron. Doch das dumme Schicksal war wohl dagegen. Ich habe die Perlen gesehen, die Sie Bouchet geliefert haben. Die ›Schwarze Königin der Meere‹ und die ›Prinzessinnen der Südsee‹. Treffende Namen, muß ich gestehen. Es sind die schönsten schwarzen Perlen, die mir je unter die Augen gekommen sind. Leider bei Bouchet, nicht bei mir. Begreifen Sie — das ärgert mich. Und da Bouchet sicherlich nicht weiß, wie Sie an die herrlichen Perlen gekommen sind, habe ich mir gedacht: Spiel einmal Trapper und verfolge den Bären bis zu seiner Höhle. Und da bin ich, Ron.«

»Lassen Sie sich auslachen, Alessandro!« Ron kritzelte nervös kleine Männchen auf die Unterlage vor sich. »Ich wohne hier in der Einsamkeit, und das bekommt mir gut. Aber die Perlen kommen von woandersher. Hier gibt es keine Perlmuschelbänke.«

»Das habe ich auch gedacht. Aber können Sie mir erklären, Ron, was ich aus der Luft gesehen habe? In einer weiten Bucht vor den Lavafelsen schwimmt eine Kette miteinander verbundener Kokosnüsse. Das sieht ganz nach einer Markierung aus.«

»Es ist auch eine. Dort stehen immer Fischschwärme, von denen die Eingeborenen leben.«

»Sehr eindrucksvoll, Ron. Wir werden uns erlauben, ab heute dort zu fischen. Ich liebe frischen Fisch, gegrillt und mit einer diskreten Beize aus provencalischen Ölen. Wenn dieser würzige Kräutergeschmack in den Fisch gezogen ist und . . .«

»Sie werden dort nicht fischen, Alessandro«, widersprach Ron ernst.

»Und warum nicht? Wer will mich daran hindern?«

»Es sind die Fischgründe der Insulaner, und sie werden sich wehren.«

»Mit Speer und Pfeil und Bogen, wie ich sehen konnte. Wir sind hier an Bord stark bewaffnet und scheuen uns nicht, davon Gebrauch zu machen. Und wenn sich diese Einbäume uns in den Weg stellen, pflügen wir sie einfach um.«

»Sie vergessen mich, Alessandro.«

»Im Gegenteil! Ich freue mich, Sie zu empfangen. Wir haben vier Kalaschnikows an Bord.«

»Wie sich die Bilder gleichen! Ich habe sie auch! Also Krieg, Mr. Pandelli?«

»Nur, wenn Sie uneinsichtig sind, Ron. Im anderen Fall könnten wir Partner werden.«

»Ich brauche Sie nicht.«

»Aber ich brauche Sie, das ist der gravierende Unterschied. Wenn wir nicht Partner sein können, dann ist einer von uns zuviel auf der Welt.«

»Das ist deutlich.«

»Ich bin immer für Klarheit, wenn es keine Zeugen gibt.«

»Alessandro, ich schneide unser Gespräch mit.«

»Das habe ich mir gedacht. Aber nützt Ihnen das etwas?«

»Sie werden das Band nie auswerten können.«

»So sicher sind Sie sich?«

»So sicher, wie da oben die Sonne am Himmel steht.«

»Sie werden sich noch wundern, mein Bester.«

»Bluffen Sie nicht, Ron. Ich kenne meine Stärke. Sie können keine Hilfe rufen, ich kann keine Hilfe rufen – uns beiden liegt daran, daß keiner diese Insel kennenlernt. So soll's auch bleiben.«

»Dann also los!« sagte Ron völlig ruhig. »Beginnen wir den Krieg von Tonu'Ata. Aber ich sage Ihnen eins: Es gibt dabei kein Pardon!«

»Natürlich nicht. Jeder Überlebende ist eine Gefahr. Ron, Sie wissen doch, daß Sie damit auch Ihre wundervolle Frau opfern.«

Ohne Antwort, mit versteinertem Gesicht, hängte Ron den Hörer ein. Willmore, Tama'Olu und ihre Schwester Lanei'ta blickten Ron schweigend an. Aber in ihren Augen las man, daß sie die Wahrheit wußten.

»Soll ich den Hubschrauber klarmachen?« fragte Willmore tonlos.

»Ja. Tu das. Von seiner Existenz ahnen sie nichts. Und sie wissen auch nicht, daß ich auf der Werft einen Stahlkiel habe anbringen lassen. Als Schutz vor den Korallen. Die Yacht ist jetzt konstruiert wie ein Eisbrecher. Und damit schlitze ich ihr Schiff auf, als wäre es aus Butter.«

Sein Blick fiel auf Fai'fa, der still in der Ecke stand. »Fai'fa, verteile die Gewehre. Habt ihr damit geübt?«

»Jeden Tag, Bruder. Bruder Jack ist guter Lehrer.«

Von da an verlief alles sehr schnell.

Pandelli hatte den Überfall bestens vorbereitet. Er begann mit einem Zwei-Fronten-Krieg.

16

Von der ›Roi de Tahiti‹ stieg der kleine Hubschrauber von neuem auf.

Willmore war bereits unterwegs zu seiner Maschine, die er die ganzen Monate über sorgfältig gepflegt, eingeölt und konserviert hatte. Durch den Busch hatten sie einen schmalen Pfad geschlagen, der aus der Luft nicht zu erkennen war, und so dauerte der Weg nicht mehr viele qualvolle Stunden, sondern nur noch zwanzig Minuten.

Der kleine Hubschrauber der ›Roi‹ flatterte über die Lagune, stand kurze Zeit über dem Strand zwischen Dorf und Rons Haus in der Luft und senkte sich dann langsam nieder.

Ron hatte seine Kalaschnikow vor die Brust geschnallt, ein Ersatzmagazin in den Gürtel geklemmt und wartete an der Tür auf das Aufsetzen der Maschine. Plötzlich fühlte er den Druck von Tama'Olus rechter Hand auf seiner Schulter.

»Gib mir auch ein Gewehr«, sagte sie.

»Nein.«

»Gib mir auch ein Gewehr«, sagte sie. Er spürte ihren Atem im Nacken und fuhr herum. Sie hatte Jeans und eine blaue Bluse angezogen und die Haare nach hinten gebunden.

»Das ist verrückt, Tama! Das ist viel zu gefährlich! Hier wird gleich gekämpft und getötet. Du bleibst im Haus.«

»Ich bin dort, wo auch du bist! Gib mir ein Gewehr. Du bist mein Mann, ich lasse dich nicht allein!«

»Aber das ist doch eine völlig andere Situation!«

»Es gibt nicht Situation . . . es gibt nur dich.« Sie ließ einfach nicht locker, und Ron sah ein, daß es sinnlos war, ihr noch länger zu widersprechen.

»Im linken Schrank im Wohnzimmer stehen noch zwei Gewehre.«

»Danke, Ovaku.« Tama huschte davon.

Der Hubschrauber hatte jetzt den Strand erreicht, Sand wirbelte auf, und dann geschah etwas, was Ron nicht für möglich gehalten hätte: Wie ein bestens ausgebildeter Sturmtrupp sprangen drei Männer aus der Kanzel, landeten geduckt im Sand und begannen sofort, wild um sich zu schießen. Feuerschutz hieß das beim Militär – Hier war es eiskalter Mord. Am Dorfrand sanken vier Männer um, und als eine Frau sich schreiend mit einem Kind auf dem Arm auf einen der gefallenen Männer stürzen wollte, traf auch sie eine Salve aus den Maschinenpistolen und schleuderte sie und das Kind gegen die Hüttenwand.

Ron stieß die Tür auf und ließ sich sofort fallen. Eine Kugelserie schlug dicht über ihm in die Hauswand. »Tama, Deckung!« brüllte Ron. »Komm nicht her!« Und dann zog er seine Kalaschnikow durch zu einem Dauerfeuer.

Die drei Angreifer lagen nun auch im Sand und robbten auf den Waldrand zu. Abwechselnd gaben sie sich Feuerschutz, aber bis zu den Palmen waren es gute zehn Meter, und zehn Meter sind eine verdammt lange Strecke, wenn man unter Beschuß steht.

Ron schoß jetzt gezielt. Immer, wenn einer der Männer den Kopf aus dem Sand reckte, drückte er ab, aber die Kugeln schlugen ganz knapp vor den Robbenden ein und ließen lediglich die Erde aufspritzen.

Erst beim sechsten Schuß gelang Ron ein Treffer. Der zuvorderst Kriechende warf die Arme hoch, stieß einen gellenden Schrei aus, bäumte sich auf und fiel dann zurück. Sofort ratterten die MPs los und zerfetzten Rons Hüttenwand. Dann sprang der zweite Mann auf, um im Zickzack zum Waldrand zu hetzen. Ron war es unmöglich, den Kopf zu heben und zu zielen. Aber plötzlich erhielt der Rennende einen Schlag in den Rücken. Man sah deutlich, wie eine unsichtbare Faust ihn traf, wie er stolperte, das Gleichgewicht verlor, wie ihm die Maschinenpistole aus den Händen fiel und er langgestreckt, mit dem Gesicht nach unten, in den Sand stürzte. Gleichzeitig wurde hinter Ron die Haustür aufgerissen, und Tama'Olu warf sich neben ihn auf den Boden.

»Ich habe ihn getroffen, Ovaku!« schrie sie. »Ich habe einen Menschen erschossen. Ich ... ich ...« Sie vergrub das Gesicht zwischen den Armen und begann laut zu weinen.

Und noch ein zweiter einzelner Schuß fiel und traf den dritten Mann. Aber er war noch nicht tot ... er kroch auf Händen und Füßen zurück und versuchte, den Hubschrauber zu erreichen.

Ganz ruhig, als gehe sie ihre Schwester gegenüber besuchen, kam Lanei'ta aus Willmores Haus, ein Gewehr unter den Arm geklemmt, stellte sich dem Verwundeten in den Weg, richtete den Lauf gegen seine Stirn und drückte ab. Mit ohrenbetäubendem Geheul brachen die Männer vom Dorfrand hervor und stürmten auf den Hubschrauber zu.

Der Rotor kreiste noch immer, der Mann am Steuer schoß mehrmals in die Menge, stieg dann mit seiner Maschine senkrecht auf und flüchtete über die Lagune. Speere und Pfeile schwirrten ihm nach und trafen natürlich nicht.

Die drei Brüder Tama'Olus knieten im Sand und schossen ihm nach, aber die Ausbildung war zu kurz gewesen, um richtig zielen zu lernen. Einer der Männer wurde sogar vom Rückschlag des Gewehres getroffen, bekam vom Kolben eine saftige Ohrfeige, fiel rücklings in den Sand und strampelte mit den Beinen.

Tama'Olu und Lanei'ta umarmten sich. Beide waren erregt und verstört, doch Lanei'ta faßte sich rasch und sagte: »Jack wird stolz auf mich sein. Ich habe unser Haus verteidigt, ganz allein ...«

Ron ging langsam hinüber zu den drei Toten. Die Dorfbewohner hatten einen Kreis um sie gebildet, und als Ron zu ihnen trat, lief ein Schauer über seinen Rücken. In allen Körpern steckten jetzt Speere, und zwei Männer waren dabei, die drei Köpfe mit Keulen zu zertrümmern.

Die ›Roi de Tahiti‹ hatte die Schleppanker eingeholt, wartete noch, bis der Hubschrauber auf dem Oberdeck gelandet war, und drehte dann ab in Richtung Bucht der Schwarzen Perlen.

Pandelli war zufrieden. Er hatte nur einen Mann verloren, denn die anderen zwei Toten gehörten zur Besatzung. Er sparte 150 000 Dollar, und das war auch die Absicht des sinnlosen Unternehmens gewesen. Jetzt ging es darum, die zehnprozentige Beteiligung des Kapitäns einzusparen.

»Sie fahren zu den Muscheln«, stieß Ron heiser hervor. »Ich muß auf mein Schiff.«

»Wir müssen auf das Schiff.« Tama'Olu warf wie ein Soldat das Gewehr am Riemen über ihre Schulter, wandte sich ab und wollte zum Strand und dem Beiboot gehen. Doch Ron hielt sie am Gewehrriemen fest.

»Geht das schon wieder los? Du bleibst hier.«

»Ich bin, wo du bist.«

»Siehst du, daß Lanei'ta – bei Jack im Hubschrauber sitzt? Sie ist auch hiergeblieben.«

»Ich bin nicht Lanei'ta – und ich bekomme auch kein Kind.«

»Du lieber Himmel! Weiß Jack es schon?«

»Nein.« Lanei'tas Gesicht begann zu strahlen. »Ich weiß es auch erst seit gestern. Nomuka'ta sagt ...«

»Wie kann der Zauberer das wissen? Nach so kurzer Zeit?«

»Nomuka'ta weiß. Kann lesen in Urin ...«

Ron nickte nur. Was sollte er auch anderes tun? Der Alte

ist ein Könner, dachte er. Ohne daß er ein Labor hat, sagt er: Du bekommst ein Kind, und es stimmt. Ein Jammer, daß wir uns nicht verstehen, sondern nur Haß zwischen uns ist. Und Jack Willmore ist erst recht ein rotes Tuch für den Medizinmann. Armer, alter, enthronter Mann.

»Dann komm«, sagte er zu Tama'Olu. »Du willst es ja nicht anders, aber unter Deck binde ich dich fest.«

Sie führen mit dem kleinen, tuckernden Beiboot zur ›Paradies‹ – ein Name, der jetzt einen ironischen, ja perversen Klang bekommen hatte. Das letzte Paradies war dabei, in Blut zu ertrinken. Der Mensch, der große Vernichter, kannte keine Skrupel. Wo er Geld witterte, schlug er zu. Vor der Gier der Menschen ließ sich auch Tonu'Ata nicht bewahren.

Erstaunt sahen sie, daß an der heruntergelassenen Treppe ein altes, verwittertes Auslegerboot schaukelte, festgebunden mit einem Palmenstrick. Sie blickten die Bordwand hinauf, aber an der Reling war niemand zu entdecken.

»Wir haben Besuch«, sagte Ron und half Tama'Olu aus dem Boot. »Wer kommt denn jetzt auf unser Schiff?«

»Fatahefi Tapana vielleicht«, meinte Tama.

»Nein. Dein Vater ist kein Feigling. Er kämpft an der Spitze der Männer.«

Sie stiegen an Deck, aber auch da war niemand zu sehen. Und doch spürten sie beide, daß sie nicht allein auf der Yacht waren.

»Wer ist da?« rief Ron über Deck, trat dann an den Niedergang und nahm vorsichtshalber die Maschinenpistole in die Hand. »Wenn du da unten bist, komm rauf! Ich habe weder Zeit noch Lust, mit irgendeinem Verrückten Verstekken zu spielen. Los, laß dich sehen!«

Von unten kam ein Rascheln, es hörte sich wie das Huschen einer großen Ratte an. Ron hob den Lauf seiner Kalaschnikow. »Komm rauf!« schrie er.

Am Niedergang erschien eine schmale, gekrümmte, knochige Gestalt und kroch wie ein Riesenkäfer die Treppe herauf. Erst als er auf der obersten Stufe den Kopf hob, erkannten sie ihn.

»Nomuka'ta«, rief Tama'Olu, bückte sich und zog den Alten empor.

»Was willst du hier?« Ron führte den Zauberer zum Sonnendeck und drückte ihn in einen der Sessel. Nomuka'ta fiel förmlich in sich zusammen. Für ihn war alles, was er hier sah, unverständlich und beängstigend.

»Ich . . . Gewehr . . .«, sagte er. Seine Stimme war ein Krächzen, das nur Tama'Olu verstand. Sie schüttelte den Kopf.

»Wozu willst du ein Gewehr?«

»Kämpfen.«

»Aber das kannst du doch gar nicht mehr!«

»Götter sagen, kämpfen, sonst Insel tot – alle tot.«

»Wir werden kämpfen. Aber du bist doch viel zu schwach, um ein Gewehr zu halten. Du kannst doch auch gar nicht schießen.«

»Götter bringen es mir bei.«

»Wohl kaum.« Diesen Satz hatte auch Ron verstanden. »Deine Götter können zwar viel, aber von einem Gewehr haben sie keine Ahnung«, erwiderte er.

»Götter können alles.« Nomuka'tas trübe Augen belebten sich auf geheimnisvolle Art. Plötzlich sah er viel jünger aus und saß sogar gerade im Sessel. »Gib mir Gewehr.«

»Damit du mich und Willmore erschießen kannst.«

»Ich Tonu'Ata retten.«

»Gib ihm ein Gewehr, und bring ihn von Bord, Tama!« sagte Ron. »Ich habe keine Zeit, noch länger mit dem alten Mann zu diskutieren. Pandelli darf seine Taucher nicht zu den Muscheln lassen. Das müssen wir verhindern. Mein Gott, es ist zu spät, den Medizinmann von Bord zu bringen. Wir müssen hinter Pandelli her! Jede Minute ist verlorene Zeit!«

Er rannte den Niedergang hinunter zum vorderen oberen Salon, setzte sich an den Steuerstand und ließ die Motoren an. Aufheulend quittierten sie den Befehl »Volle Kraft«, die

Yacht machte einen Satz, überall im Schiff knirschte es, unten fielen Kartons und Kisten um, und dann jagte die, Paradies, hinter Pandellis Boot her.

Pandelli stand auf der Backbordnock, umklammerte die Verkleidung und blickte zurück. In einer Wolke von Gischt und Schaum näherte sich Rons Yacht. Der Abstand verringerte sich bedrohlich rasch. Pandelli sprang in das Ruderhaus zurück.

»Ich denke, die ›Roi‹ macht 25 Knoten?« schrie er. »Warum schleichen Sie dann wie ein Blinder herum? Edwards kommt immer näher!«

»Er kennt das Meer hier, ich nicht. Ich will nicht mit 25 Knoten auf ein Riff laufen . . . hab' ich's im Echo, kann ich nicht mehr abbremsen und haue voll drauf. Ein Schiff ist nicht lenkbar wie ein Auto. Außerdem – was will dieser Edwards schon ausrichten? Er kann uns nicht aufhalten. Und dann gibt es da noch etwas, Monsieur, von dem auch Sie noch nichts wissen: ich habe Minen an Bord, kleine Minen. Wenn er da drauflӓuft . . .«

»Was sagen Sie da?« Padelli starrte den Kapitän an. »Wo, um Himmels willen, haben Sie denn Minen her?«

»Da war so eine verrückte Charter vor etwa einem halben Jahr. Zwei Amerikaner als Gastgeber, neun andere Herren aus verschiedenen Ländern als Gäste. Es ging, das habe ich mitbekommen, um neue Waffen. Kaum waren wir außerhalb des Archipels, rückten die beiden mit ihren kleinen Superminen raus. Zehn Stück hatten sie an Bord gebracht. Nun setzten sie acht von denen aus, ließen ferngelenkte kleine Schiffchen – Modelle, wissen Sie – zu Wasser und spielten wie große Jungs mit der Fernlenkung. Was soll ich Ihnen sagen: Die Minen waren so empfindlich eingestellt, daß sie bei der Berührung mit den kleinen Dingern losgingen und die Schiffchen pulverisierten.« »Der Kapitän grinste breit. »Als alle in Papeete wieder von Bord gingen, haben die beiden Amerikaner die letzten zwei Minen vergessen«

»Und die sind jetzt hier auf der ›Roi‹?« rief Pandelli entsetzt. »Wir leben auf zwei Bomben? Ja, sind Sie denn wahnsinnig? Wenn die hochgehen . . .«

»Erst wenn sie scharf gemacht worden sind.«

»Und das können Sie?«

»So was muß man zwar üben, aber das hab' ich getan.« Der Kapitän zeigte mit dem Daumen nach rückwärts. »Was glauben Sie, was von dem übrigbleibt, wenn er über diese Dinger fährt? Den setzt dann kein Weltmeister im Puzzlespielen mehr zusammen.«

»Die Idee ist gut.« Pandelli nickte dem Kapitän anerkennend zu. »Das machen wir.« Er zeigte voraus, wo die dunklen bizarren Felsen bis ins Meer reichten. »Da vorn muß es sein. Von oben sieht alles anders aus, aber die Felsen erkenne ich wieder. Und da ist auch die Bucht.«

»Und unter der Wasseroberfläche lauern die Riffe. Monsieur, damit habe ich Erfahrung – böse Erfahrung. Da fahre ich nur im Schneckentempo herum.«

»Wenn wir Edwards erledigt haben, können Sie von mir aus im Kreis herumgondeln. Wir bleiben ja da doch vor Anker.«

»Sie wollen die ganze Aktion also vom Schiff aus durchziehen?«

»Natürlich nicht! Zwar werde ich auch die Insel erobern – das ist aber erst der zweite Teil, wenn der erste Teil gelungen ist. Ich werde, wie Edwards, die Insel zum geheimen Standort machen.«

Pandelli ging wieder hinaus auf die Nock und blickte nach rückwärts. Ron hatte sich bis auf Megafonweite der ›Roi‹ genähert, zog jetzt nach steuerbord hinüber und schien die größere Yacht überholen zu wollen. Pandelli stürzte wieder zurück ins Ruderhaus.

»Schneller!« brüllte er. »Schneller!«

»Einen Teufel werd' ich tun.«

»Er will uns überholen!«

»Bitte schön, soll er nur. Dann zeigt er uns den Weg. Einen besseren Lotsen können wir gar nicht haben.«

»Sie Vollidiot! Und wie kriegen Sie jetzt Ihre Minen los?«

»Später.«

»Später kann es zu spät sein!«

»Wenn ich ihm jetzt die Tellerchen vor den Bug werfe, gehen wir mit hoch. Sie ahnen ja nicht, welch eine Sprengkraft in diesen Dingern steckt. Das muß ein ganz besonderer Sprengstoff sein. Außerdem, wir haben doch unseren Hubschrauber. Ich weiß, daß Sie Dynamitstangen mitgebracht haben. Monsieur, ich bin nicht so dämlich, wie ich aussehe. In mir hat sich schon mancher getäuscht. Wie wäre es, wenn wir die Stangen auf die, Paradies, regnen ließen? Ihr Gegner hat doch gar keine Chancen, Monsieur, also regen Sie sich nicht so auf.«

Pandelli beruhigte sich tatsächlich etwas. Früher, als ich alles selbst machte, klappte auch alles vorzüglich, dachte er. Aber wenn man sich auf andere Menschen verlassen muß, beginnt die Scheiße!

Wie aufs Stichwort hatte Pandelli neuen Grund, zusammenzuzucken und sich aufzuregen. In der Luft hing plötzlich ein helles Knattern ... von der Insel herüber jagte ein großer Hubschrauber heran. Pandelli riß wieder die Tür des Ruderhauses auf und zeigte nach draußen.

»Sie haben einen Hubschrauber!« schrie er außer sich vor Erregung. »Sehen Sie ihn? Wo kommt der denn her?«

»Von der Insel«, erwiderte der Kapitän trocken.

»Und was wollen die damit?«

»Zu uns kommen, was sonst? Monsieur, ich glaube, Sie haben Ihren Gegner unterschätzt. Er ist hervorragend ausgerüstet, besser als wir. Das ist sogar ein Ambulanzhubschrauber! Sehen Sie die roten Kreuze am Schwanz? Von wegen einsame unbekannte Insel. Die Seekarten sind Mist, das ist alles!«

»Unser Hubschrauber muß auch sofort hoch«, stieß Pandelli hervor.

»Wollen Sie einen Luftkampf?« Der Kapitän war die Ruhe selbst. »Wenn der andere runtergeht und uns angreift, hauen wir ihm die Kanzel voll Blei. Sie haben doch so hervorragende Schützen.«

»Die brauche ich aber auch zum Tauchen! Einen Mann hab' ich schon verloren.«

»Und ich zwei. Ich brauche meine Matrosen fürs Schiff.«

»Auf wessen Seite stehen Sie eigentlich?« schrie Pandelli. »Da, jetzt ist Edwards vor Ihnen! Volle Kraft . . . so rammen Sie ihn doch!«

»Das ist kein guter Rammwinkel, Monsieur.«

»Sie können mich mal . . .«

»Bestimmt nicht. Zum Teufel, was ist denn das? Unser Hubschrauber hebt ja ab! Haben Sie das befohlen?«

»Das ist de Luca. Er überblickt die Lage besser als Sie.«

»Ein Selbstmörder ist er! Eine Mücke gegen einen Habicht . . . wer gewinnt da wohl?«

»Keiner! Wenn sie gegeneinanderrasen, stürzen sie beide ab! Das hätte ich Piero nie zugetraut! Der Junge hat Mut, alle Achtung!«

»Kein Hirn hat er!« schrie jetzt der Kapitän. Zum erstenmal verließ ihn seine Gelassenheit. »Selbst wenn er noch rechtzeitig rausspringen kann – da unten sind Haie. Schlagen Sie ein Kreuz, Monsieur.«

Die Mücke mit de Luca am Steuer war regelrecht in den Himmel geschossen, schwebte über dem Schiff, drehte dann zur Seite und raste jetzt geradewegs auf Willmore zu. Piero de Luca hatte neben sich die Glastür offengelassen. Der Wind zerrte an ihm und hätte ihn vom Sitz gerissen, wenn er nicht festgeschnallt gewesen wäre. Er sah, daß sein Gegner nicht die geringsten Anstalten machte, ihm auszuweichen.

Willmore hatte die Lippen zusammengepreßt, die Augen waren zu Schlitzen verengt. Der kleine Hubschrauber flatterte ihm entgegen, ein Zusammenprall bei dieser Geschwindigkeit wäre für beide eine Katastrophe gewesen, das wußte er.

Im wirklich letzten Moment riß de Luca seine Mücke hoch, aber gleichzeitig schoß er mit seiner Kalaschnikow. Die Kugeln prasselten gegen Willmores Maschine. Doch nur eine einzige traf die Kanzel, durchschlug sie und zischte knapp an Jacks Kopf vorbei in die Rückwand.

Ich weiß, was er will, dachte Willmore verbissen. Er will den Rotormotor treffen oder den Benzintank und eine Explosionswolke aus mir machen. Er ist wendiger als ich, und fliegen kann der Satansjunge hervorragend.

Er flog einen Bogen, stieg dabei schnell höher und sah schließlich unter sich de Lucas' flatternden Moskito. Jetzt habe ich dich, mein Junge, dachte Willmore kalt. Jetzt kommst du nicht mehr an mir vorbei. Jetzt spielen wir Däumchendrücken.

Genau über de Luca ließ Willmore seinen Hubschrauber praktisch fallen. Erst fünf Meter über ihm fing er ihn wieder ab, und so wild de Luca auch herumkurvte und zu entkommen suchte – Willmore blieb über ihm wie ein riesiger Schatten.

Fassungslos starrte Pandelli auf diesen verzweifelten Luftkampf.

Auch Ron und Tama'Olu standen auf dem oberen Steuerstand und stöhnten auf, wenn Willmore sich wieder absakken ließ. Ron hatte die Yacht, nachdem er Pandelli überholt hatte, gewendet und lag jetzt mit seinem Stahlkiel der ›Roi de Tahiti‹ genau gegenüber, bereit, jederzeit vorzuschießen und sie zu rammen.

»Jack ist verrückt!« schrie Ron und fuchtelte mit beiden Armen in der Luft herum. »Hau ab, Jack. Du bekommst ein Kind. Was hat ein Kind später von einem Vater, der ein Held ist? Jack, zurück! Zurück!«

Doch es war ein sinnloses Unterfangen, der Motorenlärm fraß jeden anderen Ton auf. Auch Rons Winken sah Jack Willmore nicht. Er hatte nur Augen für seinen Gegner, der jetzt begriff, was man mit ihm vorhatte, und versuchte, zu entwischen.

Pandelli packte den Kapitän am Ärmel und schüttelte ihn.

»Wo sind Ihre Leute?« Seine Stimme überschlug sich. »Warum schießen sie nicht? Der Kerl drückt de Luca doch ins Meer! Sehen Sie das denn nicht?«

»Wenn man so idiotisch ist wie Ihr angeblich bester

Mann . . . Monsieur, ich bin in erster Linie für mein Schiff verantwortlich und kann mich nicht noch um Selbstmörder kümmern.«

Pandelli rannte wieder hinaus auf die Nock und sah sie alle auf Deck stehen: seine zwei Taucher, den Steuermann und die übriggebliebenen zwei Matrosen. Sie sahen dem grausamen Schauspiel zu, das vor ihren Augen wie auf einer Riesenkinowand ablief, hatten die Maschinenpistolen an die Brust gedrückt, aber keiner von ihnen schoß. Der Luftkampf riß sie in seinen Bann.

Ron, die Hand am Gashebel, sah aber noch etwas, worauf niemand achtete: Vom Riff her jagten unter vollen Segeln und von wildem Paddeln unterstützt drei Auslegerboote auf sie zu. Tamas Brüder griffen in den Kampf ein!

Hinter jedem Boot lag ein langes Seil im Wasser und schleppte an einem starken Haken große Fetzen blutigen Fleisches hinter sich her. Um die Blutspur herum brodelte das Meer. Große glänzende Fischkörper schossen aus dem Wasser, dreieckige Rückenflossen durchpflügten die Wellen. Ab und zu tauchte ein weit aufgerissenes Maul mit schrecklichen Zahnreihen auf und schnappte nach den Fleischbrocken.

»Tama«, sagte Ron mit schwankender Stimme, »deine Brüder kommen, sieh nur, da, hinter der ›Roi‹ . . . Sie bringen ein Rudel Haie mit . . . Sie sperren mit Haien die Muschelbänke ab. Die Haie werden die schwarzen Perlen bewachen . . . da kommt niemand mehr hinunter, auch wir nicht!«

»Verdammt, Jack! Hör auf, flieg zurück! Du bekommst ein Kind! Fai'fa verteidigt die Insel auf seine Weise.« Er zog das Kinn an, umklammerte die beiden Gashebel, gab wohldosiert Gas und richtete den Stahlbug genau auf das andere Schiff. »Liebling, lauf schnell unter Deck«, befahl er Tama'Olu.

»Nein!«

»Dann halt dich fest.« Er drückte beide Hebel bis zum Anschlag hinunter und umklammerte das Steuerrad mit festem Griff. Die Yacht bäumte sich auf, stieg mit dem Kiel hoch aus der See und jagte dann wie ein Pfeil auf die ›Roi de Tahiti‹ zu.

Und jetzt verlor auch der Kapitän die Nerven. »Er ist verrückt!« stammelte er. »Er ist total verrückt! Monsieur, er greift uns mit seiner Nußschale an! Das gibt's doch nicht! Das ist der totale Wahnsinn!«

Das Bugstrahlruder der ›Roi‹ schäumte auf, aber schon als er es anstellte, wußte der Kapitän, daß es zu spät war, das Schiff herumzureißen, um dem Gegner nicht seine Breitseite anzubieten. Schräg von vorn müßten sie aufeinandertreffen, und dann würde die ›Paradies‹ an der Stahlwand zerplatzen wie eine reife Kastanie.

Der Kapitän hielt sich am Steuerrad fest und kümmerte sich nicht mehr um Pandelli, der auf der Nock stand und voll Entsetzen zusah, wie Willmore gnadenlos de Luca ins Meer zu drücken versuchte. Piero legte sich auf die Seite und flüchtete. Er jagte den Riffen und der Lagune entgegen, um sich ins seichte Wasser zu retten.

»So nicht, mein Junge!« knirschte Willmore, der den Plan seines Gegners sofort durchschaute. »Auch wenn sie dich drüben erschlagen – mir entkommst du nicht! Das ist jetzt eine Angelegenheit zwischen uns beiden.«

Es war leicht, die kleine Mücke zu verfolgen und sich wieder über sie zu setzen. Auch als sich de Luca aus der Tür beugte und nach oben schoß, ein paarmal das Gestänge der Kufen traf, aber nicht den Benzintank, beeindruckte dies Willmore nicht im geringsten. Er achtete nicht auf seine Sicherheit, sondern sackte nach unten. Verzweifelt ließ de Luca sich fallen, genau das, was Willmore wollte.

In rasender Fahrt kam der Kiel der, Paradies, auf die ›Roi‹ zu. Das muß ein Wahnsinniger sein, dachte der Kapitän, und doch wurde ihm plötzlich die Kehle eng. Mir wird es eine Beule in der Bordwand einbringen, seine Yacht wird zertrümmert werden.

Neben sich sah er jetzt die drei Auslegerboote mit den geblähten Segeln und Fai'fa, der an dem knorrigen Mast stand, ein Gewehr in der Hand. Idioten, wohin man blickt, nur Idioten, ging es dem Kapitän durch den Sinn. Was will der Wilde hier mit seinem Schießprügel? Auf wen oder auf was will er noch schießen?

Und dann erschütterte lautes Krachen und Bersten von Metall das Schiff. Planken wirbelten wie Geschosse durch die Luft, die ›Roi‹ bäumte sich unter dem Zusammenprall auf. Nahezu mittschiffs bohrte sich der Stahlkiel der ›Paradies‹ in die Bordwand und zerschnitt das Schiff fast bis zur Hälfte.

Der Kapitän wurde an die Wand der Brücke geschleudert und blieb benommen liegen. Die ›Roi‹ hatte sofort Schlagseite bekommen, das Wasser gurgelte durch das wildgezackte Leck ins Innere.

Der Aufprall hob die Männer an Deck wie von Geisterhand hoch und stürzte sie ins Meer. Auch Pandelli wurde aus seiner Nock herausgeschleudert. Schreiend und mit den Armen rudernd wirbelte er durch die Luft, als könne er wie ein Pelikan fliegen. Dann schlug er auf dem Wasser auf. Aber noch in den zwei, drei Sekunden, bevor er das Wasser berührte, traf ihn ein harter Schlag gegen die Brust . . . Fai'fa hatte geschossen und sogar getroffen.

Es war ein gnädiger Schuß, denn so war Pandelli schon tot, als er mitten in das Hairudel fiel, das sofort seine Richtung geändert hatte. Die anderen Männer schrien gellend, als die messerscharfen Zahnreihen der Raubfische Stücke aus ihnen rissen und die Haie in einem Blutrausch über sie herfielen.

Der Kapitän erwachte aus seiner Benommenheit, zog sich vom Boden hoch und schwankte aus der Brücke hinaus zur Treppe, rutschte die Stufen hinunter und taumelte an Deck. Er mußte sich an den Laufstangen festhalten, tastete sich mühsam vorwärts.

Sein Schiff lag jetzt schon schräg im Meer, und als er das Vorderdeck erreichte, hatte Ron gerade auf ›Rückwärts‹ geschaltet, wodurch er die ›Paradies‹ aus dem zerfetzten Schiffsleib wieder herauszog. Ihr stahlbewehrter Kiel war eingedrückt, aber er hatte gehalten.

Erstaunt nahm der Kapitän wahr, daß auf der rechten Hälfte seines zerschnittenen Schiffes eine schmale, braune, verschrumpelte Gestalt hockte, sich gegen die Reling lehnte und jetzt ein Gewehr hob. Sie war nach dem Aufprall von der Yacht wie ein Floh herübergehüpft. Selbst Ron und Tama'Olu hatten sie bei dem Durcheinander nicht gesehen, sie hatten sich geduckt und festgeklammert. Aber nun war Nomuka'ta da, wie es die Götter befohlen hatten, um seine Insel zu retten.

Er legte an, zielte und schoß. Die Kugel traf den Kapitän in den Hals, eine Blutfontäne spritzte aus der zerrissenen Schlagader. Ein reiner Zufallstreffer. Der Kapitän griff sich mit beiden Händen an den Hals, stürzte dann auf die Planken und blieb an der Reling liegen.

Nomuka'ta aber war verschwunden. Der Rückstoß des Gewehres hatte ihn voll am Kinn getroffen und über die Leckkante ins Meer geschleudert, mitten zwischen die in irre Raserei verfallenen Haie.

Nach sechs Sekunden gab es Nomuka'ta nicht mehr. Das Gewehr sank in die Tiefe zu den Muschelbänken. Die Götter hatten ihn noch zum Helden gemacht: Er starb nicht als alter, verlachter Mann, ein Zauberer, den die Zeit überrollt hatte. Er war ein Mensch geworden, den man nicht wieder vergaß.

Langsam versank die ›Roi de Tahiti‹ im Ozean. Sie legte sich ganz auf die Seite, kenterte dann und sackte mit dem Bug zuerst in die Tiefe. Und als wollte das Unglück, das von diesem Schiff ausging, nicht enden, entstand dabei ein so starker Sog, daß Fai'fas Boot wie in einem Strudel im Kreis herumgerissen wurde. Der Mast zerbracht, die Ausleger splitterten ab, und wie von unsichtbarer Hand gezogen, verschwand das Boot gurgelnd im Meer. Die beiden anderen Brüder sahen hilflos zu, wie Fai'fa versank. Und wieder schossen die Haie heran.

»Fai'fa!« schrie Tama'Olu und klammerte sich an Rons Arm, zerriß sein Hemd und schlug wie wild um sich, als Ron sie festhielt. Und dann weinte sie mit aufgerissenem Mund um ihren Lieblingsbruder, während die beiden anderen Krieger wie wild mit ihren Speeren auf die herumschnellenden Haie einstießen und die Wellen um sie herum sich rot färbten.

Ron zog Tama'Olu an sich, drückte ihr Gesicht gegen seine Brust, schlang die Arme um ihre Hüften und trug sie so, wie eine leblose Puppe, unter Deck. Dort fiel sie auf das Bett, hämmerte mit den Fäusten auf die Matratze und schrie so lange »Fai'fa« in die Kissen, bis sie das Bewußtsein verlor.

Kaum einer hatte mehr darauf geachtet, wie der Luftkampf de Luca gegen Willmore endete. Nur an Land standen die Insulaner in einer dichten Kette am Strand der Lagune und verfolgten das tödliche Umkreisen und Auf- und Niederflattern der Hubschrauber.

Piero de Luca hatte es erreicht, über die Lagunc zu flüchten. Den Haien war er entkommen. Das flache Wasser unter ihm schreckte ihn nicht, er konnte nicht mehr ertrinken. Er war gerettet und bereit, sich zu ergeben.

Sie können mir nichts anhängen, dachte er. Ich habe keinen von ihnen getötet. Ich habe die anderen nur zur Insel geflogen und bin dann wieder zurück zum Schiff. Geschossen haben die drei Kerle, deren Namen ich nicht mal weiß. Das muß man doch anerkennen! Ich bin doch zu allem von Pandelli gezwungen worden. Ich war sein Sklave. Wenn man es genau betrachtet, hat er uns allen den eigenen Willen gebrochen und uns zu Marionetten gemacht. Wir sind ganz arme Schweine, seht das doch ein ...

Er riß wieder die Tür der Glaskanzel auf und schleuderte seine Maschinenpistole hinaus in die Lagune.

Seht, ich habe auch keine Waffe mehr, sollte das bedeuten. Ich ergebe mich. Ihr könnt doch keinen Wehrlosen umlegen!

Er ließ sich absacken, erreichte gerade noch den Strand und landete unterhalb von Rons Haus.

Und dort stand Lanei'ta ...

Willmore flog einen engen Bogen, erkannte seine Frau und war nur zwei Sekunden lang unaufmerksam – zerrissen von panischer Angst, als er de Luca aus der Mücke springen und auf Lanei'ta zurennen sah.

Mit aller Wucht, ungebremst, schlug er mit den Kufen auf dem Boden auf und wurde vom Aufprall zurückgeschleudert wie ein Gummiball. Da half es nichts mehr, daß er an sämtlichen Hebeln riß und versuchte, den Hubschrauber wieder in die Gewalt zu bekommen ... Zum zweitenmal schlug er auf, wurde gegen die Palmen geschleudert, flog in weitem Bogen aus der aufgesprengten Kanzel und krachte gegen einen Palmenstamm. Die Frauen kreischten auf, die Männer rannten zu ihm hin ... nur Lanei'ta blieb am Strand stehen und blickte auf de Luca, der auf sie zuhetzte.

Fünf Meter waren es noch, da hob sie das Gewehr.

»Nein!« brüllte de Luca. »Nein! Ich habe doch nichts getan!«

Er stolperte, fiel in die Knie und hob flehend beide Hände. Lanei'ta verstand ihn nicht, wollte ihn auch gar nicht verstehen. Sie sah nur seine vor Entsetzen geweiteten Augen, seinen aufgerissenen Mund, und sie dachte an die Toten, die hinter ihr ins Dorf getragen worden waren; an die drei Männer, die junge Frau und das Kind auf ihren Armen.

Mit regungslosem Gesicht drückte sie ab. Piero de Luca wurde auf den Rücken geschleudert, zuckte und wollte sich wieder aufrichten, da traf ihn der zweite Schuß mitten in die Stirn.

Lanei'ta warf ihr Gewehr weg, wirbelte herum und rannte dann schreiend auf den Waldrand zu, wo der zerborstene Hubschrauber lag.

»Jack!« schrie sie. »Jack ... ich komme!«

Und als sich vor ihr eine Gasse öffnete und alle zu Boden blickten, erfüllte nur noch ihr Schreien die plötzliche Stille. Sie warf sich über den verkrümmt unter einer Palme liegenden Körper Jacks und krallte sich so fest an ihn an, daß es Tapana nicht gelang, sie von ihm wegzureißen.

Durch das Korallenriff schob sich vorsichtig Rons Yacht, gefolgt von den Einbäumen der beiden Brüder. Sie brachten Fai'fas zerrissenes Segel zurück zum Dorf . . .

Noch immer gibt es schwarze Perlen auf Tahiti. Es wird sie immer geben. Aber nie mehr eine ›Königin der Meere‹ oder die ›Prinzessinnen der Südsee‹. Vergeblich wartete Bouchet Monat um Monat auf das Erscheinen von Ron Edwards – er kam nie mehr nach Papeete.

Die Riffe mit den Perlenbänken, die Bucht der Schwarzen Perlen, wurde von den Hairudeln bewacht. Es nutzte nichts, die Tiere abzustechen, zu erschießen, mit ins Meer geworfenen Dynamitstangen zu vernichten. Es kamen immer neue Haie hinzu, füllten die Lücken und umkreisten als unnachgiebige Wächter die millionenschweren Muschelfelder.

Ein paarmal fuhren Ron und Tama'Olu noch hinaus in die Bucht und beobachteten die Haie, die furchtlos neben ihnen herschwammen.

»Das ist Nomuka'tas letzte Zauberei«, sagte Tama'Olu und lehnte sich an Ron. »Die Götter haben es so befohlen. Ovaku, es gibt sie doch, unsere Götter. Siehst du es jetzt? Du wirst nie ein Millionär werden.«

»Ich habe dich, mein Engel. Und um uns ist das Paradies . . . was wollen wir denn mehr? Wir sind die glücklichsten Menschen.«

Bis heute steht Tonu'Ata auf keiner Karte.

Sie ist die letzte Hoffnung der Kranken und Verzweifelten: Corinna, die Wunderheilerin aus dem Münsterland. Vielen hat sie schon geholfen, hat mit ihren »strahlenden Händen« schwere Krankheiten bezwungen. Doch ist sie auch die Zielscheibe von Verachtung und Haß: Von prominenten Vertretern der Schulmedizin wird sie als »Kurpfuscherin« verleumdet, die Medien ziehen sie gnadenlos durch den Schmutz. Die Situation spitzt sich zu, als sie mit dem dramatischsten Fall ihrer Laufbahn konfrontiert wird...

ISBN 3-404-14232-2

BASTEI LÜBBE